Sebastian Dobitsch

Küstenwahn

Über den Autor:

Sebastian Dobitsch wurde am 19.09.1993 geboren und entdeckte bereits in der Jugend seine Leidenschaft für das Schreiben. Der Thriller- und Krimiautor publizierte bisher drei Romane: 2017 erschien der Debüt-Thriller »Stunde Null«, 2019 folgte »Lost Life« und 2022 »Lügentod«. Als freiberuflicher Online Redakteur schreibt der Autor zudem Artikel für diverse Online- und Printmagazine. Seit Mitte 2020 fungiert Sebastian Dobitsch als Vorstand des Literaturvereins »Münchner Kneipenliteraten e. V.« und befasst sich mit der Förderung von Literatur in der bayrischen Hauptstadt. Mit seinen Texten ist er gerne zu Gast auf diversen Literaturbühnen.

Sebastian Dobitsch

Küstenwahn

Thriller

Bibliografische Information der Deutschen Nationalbibliothek:
Die Deutsche Nationalbibliothek verzeichnet diese Publikation in der Deutschen Nationalbibliografie; detaillierte bibliografische Daten sind im Internet über http://dnb.d-nb.de abrufbar.

Empire-Verlag OG, Lofer 416, 5090 Lofer

Lektorat: Dr. Alexandra Sept – https://stift-und-papier.webnode.page/
Korrektorat: Johannes Eickhorst

Cover: Chris Gilcher
https://buchcoverdesign.de/
Illustrationen: Adobe Stock ID 361114058, Adobe Stock ID 171150851

Buchsatz: Samantha Halama
http://www.samanthahalama.com/
gesetzt aus der Garamond Libre
erstellt mit Affinity Publisher

Bestellung und Vertrieb: Nova MD GmbH, Vachendorf

Für Tina und Leo

1.

Weder der Regen noch die dröhnenden Kopfschmerzen konnten Liam davon abbringen, die Tür zum Pub mit einem breiten Grinsen aufzureißen. Ein paar müde Gesichter wandten sich ihm zu, verloren aber schlagartig wieder das Interesse an ihm und gaben sich ihren belanglosen Gesprächen hin.

Schon beim Eintreten schlug Liam der miefige Geruch entgegen – er konnte die Luft nicht nur riechen, sondern auch schmecken. Dieses eigenwillige Gemisch aus Bier, alten Ledersitzen und Rauch hing im Schankraum fest wie der Gestank von getrocknetem Schweiß unter einer Achsel. Neben dem Geruch bemerkte er eine erdrückende Wärme. Dieser Pub war eine Perle der Schönheit, wagte Liam zu behaupten, zumindest dann, wenn man auch Hässlichkeit schön finden konnte.

Keinem der Gäste schien seine Anwesenheit zu kümmern und ihm selbst konnten die gelangweilten Gesichter nicht gleichgültiger sein.

Zielgenau manövrierte er sich durch den halbleeren Schankraum, dessen abgetretener Holzboden sich über die Jahre mit dem Inhalt so vieler Gläser vollgesogen hatte, dass man die Bretter vermutlich auspressen konnte.

Er steuerte nicht auf die Tische zu, an denen die Hafenarbeiter im schummerigen Licht Karten spielten, sondern sah dabei zu, wie soeben der letzte Platz am Tresen besetzt wurde. Noch bevor Liam fluchen konnte, sah er seinen ausgestreckten Finger bereits auf die Schulter des Nebenmanns tippen.

»Entschuldigen Sie, ich komme gerade von draußen und da lag eine Brieftasche auf dem Parkplatz. Das ist nicht zufällig Ihre, oder?«

Der Mann fasste sich an die Hosentasche und wurde schlagartig blass. Ohne eine Antwort von sich zu geben, drängte er sich an Liam vorbei und stürmte nach draußen in den Regen.

Viel Glück, dachte Liam mit einem schelmischen Lächeln, als er den fremden Geldbeutel aus seinem Ärmel schüttelte und unauffällig unter den nächsten Tisch warf.

Ein Gefühl der Belohnung überkam ihn, als er auf dem nun leeren Barhocker Platz nahm. Den klitschnassen Mantel schwang er achtlos über den Tresen und sah dabei zu, wie sich darunter eine Pfütze bildete.

Schritte näherten sich und auf der anderen Seite des Tresens blieb ein schlaksiger Mann mit tiefdunkler

Haut und filzigem Backenbart mit verschränkten Armen vor ihm stehen. Als er sich vorbeugte, berührte die glühende Zigarette in seinem Mundwinkel beinahe Liams Stirn.

»Machst du eigentlich nie Feierabend, Carl?«, fragte Liam und erhielt zur Antwort einen Schwall dichten Rauch in sein Gesicht. Er unterdrückte ein Husten. Zwar war das Rauchen in schottischen Pubs verboten, doch konnte er es Carl nicht verübeln, dass er für sich selbst hinter dem Tresen gern eine Ausnahme machte.

»Wann hörst du endlich auf, die Leute zu verarschen, Liam?« Die Zigarette glühte erneut auf.

»Sobald sie nicht mehr so blöd sind und darauf reinfallen. Tu mir was Gutes, Carl, und bring mir bitte ein Bier.«

»Gar nichts bekommst du. Zahl erst einmal deine Zeche vom letzten Mal.«

Na, toll. Obwohl Liam sich allergrößte Mühe gab, die Worte zu überhören, gelang es ihm nicht, Carls bohrenden Blick zu ignorieren.

»Du ziehst mir die Hosen aus, Carl.«

»Deine Sauferei zieht dir die Hose aus«, stellte er mit trockener Stimme den Satz richtig. Erst als Carl sich schon abwenden wollte, knallte Liam augenrollend zwei zerknitterte Scheine auf den Tisch. »Hier, du Aasgeier. Und vergiss das Bier. Heute will ich einen Whisky. Einen teuren!«

Mit einem spöttischen Blick, der keiner weiteren Worte bedarf, sah Carl ihn an.

»Als ob du was von Whisky verstehen würdest. Sicher, dass es nicht die übliche Plörre sein soll?«

»Mach dich ruhig lustig über mich. Aber nein, heute gibt es etwas zu feiern.« Liam wischte sich die regennassen Haare hinters Ohr und setzte sein gut einstudiertes Lächeln auf.

Carl hatte sich unterdessen ein leeres Glas zur Hand genommen, das er mit einem Geschirrtuch abtrocknete. Auch wenn er nicht nachfragte, konnte Liam doch die Neugierde in seinen Augen aufblitzen sehen. Er ließ sich also nicht lange bitten.

»Vor dir sitzt ein gemachter Mann, zumindest werde ich einer sein, denn ich habe einen erstklassigen Auftrag an Land gezogen.« Er schnalzte vielsagend mit der Zunge, doch Carl lachte nur heiser.

»Und was für ein Auftrag soll das bitte schön sein? Es würde doch keiner einem Halsabschneider wie dir Geld hinterherwerfen.«

»Vorsicht!« Er wedelte mit dem ausgestreckten Zeigefinger. »Ich bin ein außerordentlich seriöser Privatdetektiv.« Vielleicht lag es an Carls Schweigen, doch auch Liam musste zugeben, dass sich diese Worte falsch anhörten. »Vergiss es einfach. Den Auftrag gibt es, so wahr ich hier vor dir sitze. Ich soll ein paar verschwundene Mitarbeiter suchen. Oben im Norden auf einer Insel namens Widow Peak.«

Das Glas rutschte Carl aus den Händen und landete klirrend auf dem Tresen. Anstatt es gleich wieder aufzuheben, sah er Liam entgeistert an.

»Das ist doch diese Insel mit der Psychiatrie drauf? Und das traust du dich?«

»Wieso auch nicht?« Liam lehnte sich nach vorne, als der stechende Schmerz in seine Schläfen zurückkehrte. Er kniff die Augen zusammen, zwang sich jedoch, Carl wieder anzusehen.

»Muss ein ganz finsterer Ort sein. Manche behaupten sogar, er ist verflucht. Die Fischer machen immer einen großen Bogen um die Insel.«

»Pah! Mehr hast du da nicht zu erzählen?«, antwortete Liam mit wegwerfender Handbewegung. »Ich glaube nicht an solche Ammenmärchen.«

»Keine Märchen, Liam!« Carl fasste über den Tresen und packte ihn am Arm. Sein Blick war so starr und bohrend, dass Liam das Gefühl bekam, als könnte Carl direkt in seine Gedanken sehen.

»Es haben schon so viele Leute die Insel betreten. Besucher, Ärzte, Wächter und Pfleger und viele sind dann unfreiwillig auf der Insel geblieben.« Er machte eine bedeutungsvolle Pause. »Als Patienten«. Ein plötzliches Krachen fegte durch den Schankraum, als der Wind eines der angelehnten Fenster aufstieß. Einige Regentropfen prasselten unweit von Liams Platz aufs Fensterbrett, doch hing er so an Carls Lippen, dass er es kaum bemerkte. »Es ist so, als würde die Insel die

Leute verrückt machen. Verstehst du? Seltsame Dinge passieren da. Menschen verschwinden. Ich gebe dir einen Rat: Halte dich von der Insel fern.«

Dafür ist es zu spät. Liam spürte, wie sich ein fester Kloß in seiner Kehle gebildet hatte. Die Worte des Barkeepers hatten das Stechen in seinen Schläfen verschlimmert, es pulsierte und ließ ihn nach der kleinen Dose in seiner Jacke greifen. Seine schwitzigen Finger fischten das Döschen heraus und rutschten beim Versuch es zu öffnen, immer wieder vom Drehverschluss ab, bis es ihm gelang, eine der Pillen in seinen Mund zu werfen.

»Hey, nicht hier drin!«, zischte Carl, was Liam mit einem finsteren Blick beantwortete.

»Reg dich ab. Das sind nur Kopfschmerztabletten. Du kennst mich.«

»Nein. Niemand hier kennt dich. Du bist vor ein paar Wochen wie aus dem Nichts aufgetaucht, und immer, wenn du zu viel getrunken hast, erzählst du eine andere Geschichte, warum es dich angeblich hierher verschlagen hat.«

Liam wusste nicht, was er antworten sollte, und glaubte schon, dass ihre Unterhaltung zu Ende war, doch lehnte sich Carl noch ein letztes Mal über den Tresen, um ihm etwas ins Ohr zu flüstern.

»Du hast Probleme, Liam. Und das sage ich nicht nur wegen deiner Pillen und dem vielen Alkohol. Ich muss mich jetzt um die anderen Leute kümmern, aber falls es dir nicht aufgefallen ist, die Frau da drüben am Tisch starrt dich schon die ganze Zeit an.«

Als Liam sich umdrehte, sah er eine Frau allein an einem Tisch in einer der dunklen Ecken sitzen. Sie warf ihm einen Blick zu, von dem er nicht wusste, ob er neugierig oder herausfordernd war. Ob sie Interesse an ihm hatte?

Sie musste ungefähr in seinem Alter sein, also Mitte dreißig oder vielleicht sogar etwas jünger. Ihr fein geschnittenes Gesicht wurde eingerahmt von lockigen dunkelbraunen Haaren, dir ihr bis auf die Schlüsselbeine reichten. Aus ihrem südländischen Teint glaubte er zu erkennen, dass sie oder zumindest ihre Vorfahren irgendwo aus Lateinamerika stammen könnten. Ihr schwarzes Kleid lag eng an und machte kein Geheimnis aus ihrer athletischen Figur. Auch ihr Ausschnitt ließ tief blicken. Mit ihrer geraden Haltung und dem leicht angehobenen Kinn strahlte sie eine Stärke aus, bei der sich Liam plötzlich um einige Zentimeter kleiner fühlte.

Genau die Sorte Frau, von der er sich gern anschauen ließ. Er setzte ein möglichst selbstbewusstes Lächeln auf und ging zu ihr herüber.

»Kommt es mir nur so vor, oder beobachtest du mich?«

Sie lächelte, doch ihre Augen musterten ihn aufmerksam.

»Vielleicht habe ich ein bisschen gelauscht«, sie zwinkerte und Liams Herz begann schneller zu schlagen. »Du bist Privatermittler? Ziemlich spannend. Ich mag es, wenn Männer etwas zu erzählen haben. Willst du dich zu mir setzen?« Noch ehe er antworten konnte, streckte sie ihm die Hand hin. »Ich bin übrigens Sonya.« Liam entdeckte ein kleines Tattoo auf ihrem Fingerknöchel. Es zeigte eine Libelle.

»Nenn mich Liam.« Er schüttelte ihre Hand, erstaunt, wie viel Kraft in ihr steckte, und setzte sich auf den Stuhl gegenüber von ihr.

»Beobachtest du oft fremde Männer in Bars?«

Sonya lachte nur und verdrehte die Augen. »Nein, überhaupt nicht. Und hier drin erst recht nicht. Die meisten Kerle in solchen Schuppen sind Vollidioten, aber du ...« Sie sah ihn neugierig an. »... scheinst eine Ausnahme zu sein. Was du erzählt hast, interessiert mich. Stimmt das mit deinem Auftrag auf Widow Peak?«

»Aber sicher. Schon mal von der Insel gehört?«

Für die Dauer eines Wimpernschlags glaubte Liam, einen flüchtigen Schatten über Sonyas Gesicht huschen zu sehen, bevor sie wieder ebenso unbekümmert aussah wie zuvor.

»Gehört habe ich viel. Es gibt einige Gerüchte, aber wer weiß schon, ob es wahr ist. Ich kenne zwar jemanden auf der Insel, aber sie spricht nicht viel darüber.«

»Ach ja? Darf ich fragen, wer das ist?«

»Nein«, antwortete sie kurz angebunden. Während Liam noch darüber nachdachte, wie er das Gespräch aufrechterhalten sollte, übernahm Sonya bereits das Wort. »Möchtest du mich nicht auf einen Drink einladen?«

»Keine Sorge. Mit mir verdurstet niemand. Bin gleich wieder da.«

Er stand auf, ging zur Bar und winkte Carl heran. Mit einem schelmischen Grinsen orderte er die Getränke und kehrte kurz darauf mit zwei Gläsern in den Händen zu Sonya zurück.

»Ich hoffe, du magst Gin Tonic?«

Sonya biss sich auf die Unterlippe und nahm ihm das Glas aus der Hand.

»Keine Einwände. Cheers. Auf unerwartete Bekanntschaften.«

Die Gläser trafen klirrend aneinander. Als Sonya ihren Drink an die Lippen hob, rutschte der Ärmel ihres Kleids vom Handgelenk und gab den Blick auf einen dunklen Bluterguss frei.

Länger als er es vermutlich hätte tun sollen, starrte Liam auf die entblößte Haut, hatte sich aber schnell wieder im Griff.

»Na komm. Erzähl weiter. Was genau musst du machen und wann geht dein kleines Abenteuer los?«

»Das darf ich nicht sagen. Aber los geht es schon morgen.« Er ließ die Eiswürfel in seinem Glas kreisen. »Dann legt die Fähre ab. Die nächste geht erst in einem Monat. Die Insel liegt ziemlich abgeschieden und wird nicht so häufig angefahren.«

Sonya machte ein verblüfftes Gesicht, während sie an ihrem Gin Tonic nippte.

»Ich hoffe, das lohnt sich auch. Mir müsste man einen gehörigen Batzen Geld bezahlen, wenn ich einen Fuß auf Widow Peak setzen sollte.«

Oh, ja und das tun sie auch, schoss es Liam durch den Kopf, wobei ihn ein Lächeln überkam, das er an allen anderen Menschen schmutzig gefunden hätte.

»Über die Bezahlung kann ich mich nicht beklagen. Da springt ein ganzer Sportwagen dabei heraus.«

Sonyas Gesichtszüge froren ein und mit dem Glas auf dem Weg zu ihrem Mund hielt sie inne. Ein unergründlicher Ausdruck, von dem Liam hoffte, dass es Bewunderung war, lag in ihrem Gesicht. Oder täuschte er sich da?

»Glückwunsch. Aber hast du denn keine Angst?«

»Habe ich nie«, antwortete Liam und kam sich dabei plötzlich ekelhaft großspurig vor.

Natürlich habe ich Angst, aber was bleibt mir schon für eine Wahl? Von seinen Gedanken schien Sonya nichts zu bemerken, denn sie lächelte weiterhin und steckte sich eine Zigarette in den Mundwinkel.

»Damit wäre ich vorsichtig. Hier drinnen darf nur Carl rauchen«, sagte Liam und nickte in Richtung Tresen.

Daraufhin ließ Sonya die Zigarette wieder in ihre Hand fallen. »Dann gehe ich kurz raus. Kommst du mit?«

Worauf du dich verlassen kannst, Süße, dachte sich Liam. Mit seinem Glas in der Hand stand er auf und folgte Sonya durch den Schankraum bis zur Hintertür, vorbei an heiser knurrenden Dockarbeitern und einer Gruppe von Männern in schlecht sitzenden Anzügen, die aussahen, als hätten sie sich hierher verirrt.

Draußen hatte sich das Wetter seit seiner Ankunft kaum gebessert. Selbst hier im dunklen Innenhof wirbelte der Wind das gefallene Laub auf und der Regen prasselte unermüdlich auf die umliegenden Wellblechdächer.

Eine enorme Pfütze nahm die meiste Fläche des Innenhofs ein und zwang sie, dichter an die Mauer zu rücken. Dort blieben sie, zwischen leeren Bierkisten und einer Restmülltonne, unter dem Vordach stehen. Nur ein schwaches Licht weiter oben an der Hausfassade spendete einen müden Schein, der kaum bis zu ihren Zehenspitzen reichte.

»Hast du Feuer?«, fragte Sonya. Ihre grünen Augen sahen ihn scharf und eindringlich an.

Liam zog ein Feuerzeug aus seiner Gesäßtasche. Kaum sah er wieder zu Sonya auf, traf ihn ein Schlag mitten ins Gesicht. Er versuchte sich an der Wand festzuhalten, doch seine Finger rutschten nur über die nassen Ziegel. Von der Wucht des Hiebs kippte er zur Seite und riss noch ein paar der Bierkisten mit sich.

Plötzlich fand sich Liam am Boden wieder. Er lag zwischen zerbrochenen Flaschen, das Hemd am Kragen aufgerissen. Eine warme Flüssigkeit sickerte ihm aus der Nase über die Lippen. Er sah Blut und erst, als er es auch schmeckte, verstand er, dass es sein eigenes war. Dann spürte er den Schmerz. Ein Pochen in seinem Gesicht, ein Dröhnen in den Ohren.

Liam blinzelte. Sonya stand immer noch vor ihm. Ihr Gesicht glühte in der Dunkelheit auf, wann immer sie einen Zug von der Zigarette nahm.

»Was bist du nur für Dummkopf, Liam.« Eine Pistole erschien in ihrer freien Hand, als sie nur eine Armlänge von ihm entfernt in die Hocke ging. »Ich soll dir Grüße von Enrico Varga ausrichten. Er wartet auf sein Geld.«

»Er bekommt sein Geld!«, sprudelte es aus Liam heraus. Seine Zunge fühlte sich so schwer und geschwollen an, dass er beim Klang seiner eigenen Stimme erschrak.

»Ach, Süßer. Hör auf mit dem Gefasel. Natürlich bekommt er sein Geld. Die Frage ist nur, wann? Ihm geht langsam die Geduld aus und das heißt nichts Gutes für dich.«

Liam konnte nicht anders, als auf die Pistole in Sonyas Hand zu starren.

»Ich besorge das Geld schon, versprochen. Ich brauche nur noch ein paar Wochen.«

»So wie die letzten Male?«

»Diesmal wirklich. Vertraut mir.«

Sonyas Lachen hallte von den Mauern des Innenhofs. »Hörst du dir eigentlich selbst zu? Du bist ein Märchenerzähler, Liam. Varga hört sich deine Ausreden nicht mehr länger an. Er hat von deinem Auftrag mitbekommen. War nicht schwer, so wie du es herumposaunt hast. Da fällt eine nette Stange Geld ab und wir wissen beide, wem du die überlassen wirst.«

In Liam zog sich alles zusammen und er bekam das Gefühl, sich gleich übergeben zu müssen. Trotzdem nickte er gezwungen.

»Ihr könnt euch auf mich verlassen. Ja, ehrlich. Ich hatte nur eine Pechsträhne, aber das ist jetzt vorbei.« Er schluckte, um den faden Geschmack seiner Lüge loszuwerden.

Eine Weile starrte ihn Sonya nur an, bevor sie ein Stück näher rückte.

»Varga hat übrigens gesagt, wenn du es nicht hinbekommst, soll ich dir einfach die Lichter ausknipsen.« Sie drückte den Lauf ihrer Waffe an Liams Stirn. Das Metall fühlte sich kalt und bedrohlich an.

»Nicht ...«, keuchte er, ein Schweißtropfen sammelte sich an seiner Nasenspitze.

Ein Klicken ertönte.

»Das nächste Mal ist da eine Kugel drin. Wir behalten dich im Auge. Wir sehen uns morgen am Hafen.« Die Pistole löste sich von seiner Stirn und Liam stöhnte erleichtert. »Ach ja, und eine Sache noch.« Sonya beugte sich plötzlich zu ihm herab und hauchte ihm einen Kuss auf die Wange. »Danke für den Drink.« Mit einem amüsierten Lächeln wandte sie sich ab und Liam sah ihr entgeistert nach, als sie durch die Hintertür in die Bar verschwand.

2.

Der Hafen von Edinburgh lag verlassen da. Möwen kreischten über Sonyas Kopf und die Luft roch nach Salz und Diesel. Es war noch früh am Morgen und sie stand an der Kaimauer mit Blick auf das Hafenbecken, wo die rostigen Boote sachte in der Dünung schwankten.

Es war wieder einer dieser Tage, an denen sich Sonya fragte, was sie hier eigentlich verloren hatte. Ihr Blick streifte die Nebelschwaden am Horizont und sie begann zu frösteln. Varga hatte sie mit deutlichen Worten hierhergeschickt, auch wenn es ihr nicht gefiel. Nun wartete sie hier, allein mit ihren Gedanken. Nichts, was sie unbedingt gebrauchen konnte.

Sonya hauchte ihren Atem in die Luft und sah dabei zu, wie er in der morgendlichen Kälte gefror. Ein Moment seltener Ruhe, der auch schon wieder vorbei war, als eine schreiende Möwe vor ihren Füßen landete.

Mistviecher, dachte sich Sonya und scheuchte den gefiederten Putzlumpen mit ihrem Fuß davon. Noch eine Weile sah sie der Möwe nach, wie sie am Himmel kreiste. Einfach die Flügel ausbreiten und davonfliegen, frei sein und hingehen, wo auch immer sie hinwollte – das klang wie ein unerreichbarer Traum für sie. Nicht zum ersten Mal fühlten sich ihre Verpflichtungen wie ein schweres Eisengewicht an, das sie langsam in den Abgrund zog.

Der gestrige Abend hatte ihr schon gereicht. Sie kam sich immer noch albern dabei vor, wie künstlich sie sich auftakeln musste. Und das alles nur, um an diesen Holzkopf von Privatermittler heranzukommen. Und genutzt hatte es letztendlich nichts, denn sie hatte kaum etwas erfahren, das sie nicht vorher schon wusste. Wenn es nach ihr ginge, sollte sich Varga in Zukunft selbst in ein Kleid zwängen oder zur Hölle fahren.

Sie spuckte über die Hafenkante und ihr Blick fiel auf ein rostiges Schiff, das mit jeder heranrollenden Welle gegen die Kaimauer prallte. Das sollte die Fähre nach Widow Peak sein? Ein finsterer Schlepper, rostig und vermutlich weitaus älter als sie selbst. Bei jeder Bewegung verlor sich das laute Knarren der Spanten in der Luft. Bisher war kein einziger Passagier an Bord gegangen. Durch die Scheibe des Steuerstands konnte Sonya jedoch den Kapitän erkennen, ein grimmig aussehender Mann mit Haaren so grau wie das Meer, auf dem er fuhr. Er starrte sie an und sie fragte sich, wie lange er sie bereits beobachtete.

Sollte er ruhig glotzen, sie hatte genug andere Dinge im Kopf. Dabei musste sie an Elina denken und wie es ihr wohl auf Widow Peak ging. Elina war nicht gerade für ihre Redseligkeit bekannt und verlor auch nur selten ein Wort über die Zustände auf der Insel, doch von den verschwundenen Mitarbeitern hätte sie ihr doch bestimmt etwas erzählt, oder? Wann hatten sie überhaupt das letzte Mal telefoniert? Das musste schon eine ganze Weile zurückliegen. Seit Elina auf Widow Peak arbeitete, ließ sie nicht mehr viel von sich hören. Es kam ihr immer noch seltsam vor, dass sie darauf bestanden hatte, dass niemand sie dort besuchen sollte.

Während Sonya darüber nachdachte, betrachtete sie das kleine Tattoo auf der Rückseite ihres Ringfingers. Die Libelle weckte alte Erinnerungen, die besser da bleiben sollten, wo sie herkamen. Nicht hier, nicht jetzt.

Für einen Moment schien das Meer zu schweigen und selbst die Möwen unterbrachen ihr anhaltendes Geschrei. Schritte kamen den langen Betonsteg entlanggelaufen.

Sonya musste sich nicht einmal umdrehen, um zu wissen, zu wem sie gehörten. Begleitet von einer Wolke aus Tabakrauch und schwerem Parfum erschien Enrico Varga neben ihr. Er lächelte breit, doch in seinem Strahlen lag keine Wärme.

»Du schon hier?«, begrüßte er sie, ohne wirklich in ihre Richtung zu sehen. In seinem schmalen, beinahe wieselartigen Gesicht stand selbst früh am Morgen schon die Gier geschrieben. In seiner rechten Hand führte er einen Rollkoffer mit sich, bei dessen Anblick Sonya fragend die Stirn runzelte.

»Was hast du da?«

»Nur eine Überraschung für Liam.« Er lachte auf eine Art und Weise, die nichts Gutes befürchten ließ. »Schon etwas von ihm gesehen?«

Sonya schüttelte den Kopf. »Hat sich noch nicht blicken lassen. Meinst du, er taucht noch auf?«

»Wenn ihm sein Leben lieb ist ...« die Worte schwebten in der Luft wie flüchtiger Zündstoff.

»Schon klar. Was ist das überhaupt für ein Kerl?«

»Das weiß keiner so genau«, gab Varga mit einem bedächtigen Schmatzen zu. »Er kam vor einer Weile hier an, hat sich viel Geld geliehen und alles in kürzester Zeit verjubelt. Nur Gott und er wissen für was. Die Jungs sollten ihn unter die Lupe nehmen, aber sie haben kaum etwas gefunden.« Er machte eine nichtssagende Geste mit den beringten Fingern. »Bevor er hier aufgetaucht ist, war er wohl ein Geist. Niemand kennt ihn, keine Familie, keine Spuren, nichts, dem man nachgehen könnte. Er wohnt in einem schmuddeligen Hotelzimmer hier in der Nähe des Hafens. Die meiste Zeit wandert er ziellos herum, verkriecht sich oder sitzt im Pub.«

Klingt, als hätte da jemand was zu verbergen, schoss es Sonya bei der Erinnerung an Liam durch den Kopf. Genau wie ich. Sie vermied es, auf Varga hinabzublicken, der trotz ihrer durchschnittlichen Größe ungefähr einen Kopf kleiner war als sie selbst. Doch wer schon einmal tief in seine hellbraunen, nahezu goldenen Augen gesehen hatte, der wusste, dass man ihm besser keine Probleme machte. Für sie war er ein skrupelloser Kredithai, für andere ein Zuhälter, Drogenhändler und wer weiß, wo er noch seine Finger im Spiel hatte.

Sie spürte, wie er sie von der Seite betrachtete und wusste, dass es nicht mehr lange dauern konnte, bis er etwas sagte.

»Du hast gestern übrigens zauberhaft ausgesehen. Aufgetakelt wie in guten alten Zeiten.«

Beim bloßen Klang dieser Worte krampfte sich Sonyas Magen zusammen. Die guten alten Zeiten konnten sie mal am Arsch lecken. Sie hatte dieses Kapitel nicht umsonst hinter sich gelassen und das listige Grinsen auf Vargas Gesicht verriet ihr, dass er das auch wusste.

Sonya fror und diesmal lag es nicht am kalten Wind. Aus dem Augenwinkel sah sie, wie Varga die Hand nach ihr ausstreckte. Als seine Finger ihre Wange berührten, fuhr sie gereizt zu ihm herum.

»Hände weg, Varga! Das gilt auch für dich. Oder hast du schon vergessen, warum ich für dich arbeite?« Seine Hand senkte sich widerstrebend. Eine Mischung aus Wut und Überraschung funkelte in seinen Augen.

Bevor er etwas erwidern konnte, tauchte eine weitere Gestalt am Pier auf.

Liam sah mitgenommen aus. Er wirkte, als hätte er eine lange Nacht hinter sich oder als hätte die Nacht für ihn nie geendet. Schweren Schrittes schleppte er sich voran. Die Jacke hing ihm halb von den Schultern und die Schnürsenkel seiner hohen Stiefel zog er einfach hinter sich her.

Zum ersten Mal seit ihrer letzten Begegnung hatte Sonya Zeit, ihn genauer zu betrachten.

Liam war durchschnittlich groß, schlank, aber nicht hager. Seine scharf geschnittenen Gesichtszüge wirkten heute ausgezehrt. Er hatte sich nicht rasiert und trug immer noch seinen Dreitagebart, der in etwa so lang war wie die Schläfen, an denen er die Haare kürzer trug und sich bereits vereinzelte graue Haare sammelten. Während er auf sie zuging, fing er seine vom Wind zerzausten Haare wieder ein, die er in einem lässigen dunkelbraunen Schopf seitlich vom Kopf hängen ließ. Sie musste zugeben, dass ihm der Undercut gut stand, passend zum verwegenen Charme, den er ausstrahlte.

Er hatte etwas an sich, das sicher vielen Frauen gefiel, doch als Sonya ihn so näherkommen sah, empfand sie nur tiefes Mitleid.

Armes Schwein, dachte sie sich, ohne eine Regung in ihrem Gesicht zuzulassen. Nicht genug, dass Enrico Varga seine Krallen in ihn geschlagen hatte, nein, jetzt stand ihm auch noch eine Überfahrt nach Widow Peak bevor.

Je länger Sonya ihn betrachtete, desto geheimnisvoller fand sie ihn. Liam wirkte harmlos und doch umgab ihn eine unterschwellige Bedrohlichkeit, die sich nicht in Worte fassen ließ. Er sah vertrauenswürdig aus und gleichzeitig unberechenbar, wie ein Mann, der alten Frauen die Tür aufhielt, nur um ihnen kurz darauf den Schmuck zu stehlen. Dass er ein Lügner war, wusste sie schon, aber selten hatte sie einen gesehen, der so sehr von seinen eigenen Worten überzeugt war. Sogar seine Schritte wirkten mal zaghaft und plötzlich wieder energisch, fast als würde er alle paar Meter seine Stimmung ändern.

Zunächst sah es so aus, als wollte er sie ignorieren und an ihnen vorbeigehen, doch lenkte er schließlich ein und blieb in einigem Abstand vor ihnen stehen. Seine altmodische Reisetasche aus verknittertem Leder ließ er einfach neben sich auf den Boden fallen.

»Du bist pünktlich, Liam. Hätte nicht gedacht, dass du mich noch überraschen kannst«, rief Varga ihm zu. Er überbrückte die kurze Distanz und forderte Sonya mit einem Fingerzeig dazu auf, ihm zu folgen. »Du weißt, warum wir hier sind?«

Liam schwieg mit zusammengekniffenen Lippen. Er sah sie nicht einmal richtig an, sondern starrte geistesabwesend in Richtung der Fähre.

Aus der Nähe konnte Sonya erkennen, dass Liams Nase vom Vorabend immer noch geschwollen war. Doch etwas anderes zog ihre Aufmerksamkeit auf sich. Zuerst hatte sie es nicht bemerkt, doch jetzt konnte sie es nicht mehr ignorieren. Seine Pupillen waren riesig und hatten beinahe vollständig die haselnussbraune Iris verdrängt.

»Um mich zu erinnern, dass ich dir Geld schulde«, sagte er, als sie schon gar nicht mehr mit einer Antwort gerechnet hatte.

»Bravo. Du hast es also verstanden. Meine letzten Erinnerungen sind nämlich nicht so ganz bei dir angekommen, hm?« Varga begann ihn zu umrunden, während er ihn abschätzig betrachtete. »Man erzählt sich, dass du dir einen Auftrag in Widow Peak geangelt hast und dabei ordentlich absahnen willst. Aber ich weiß doch mittlerweile, dass man deinen Worten selten glauben kann. Nehmen wir aber mal an, es gibt diesen Auftrag wirklich. Dann verrate mir mal, wie viel sie dir bezahlen. Und überleg dir gut, was du jetzt sagst.«

Zur Bekräftigung seiner Worte lüpfte Sonya den Saum ihrer Lederjacke, damit Liam den Griff ihrer Pistole sehen konnte. Er schluckte.

»Also ...« Liam zupfte sich am Kragen, als würde dieser ihn plötzlich einengen. Ihm wurde sichtlich warm. »Warum ist das wichtig? Ich zahle damit meine Schulden und das war's.«

»Es ist deshalb wichtig, weil ich erst noch entscheiden muss, ob ich dich überhaupt auf diese Fähre steigen lasse. Also? Ich höre.«

Ein Seufzer ließ Liams Widerstand in sich zusammenfallen. »Es sind Achtzehntausend pro verschwundenen Mitarbeiter. Insgesamt also Vierundfünfzigtausend«, knurrte er widerwillig.

Das Leuchten in Vargas Augen hätte nicht deutlicher sein können. Er klatschte in die Hände und wirkte plötzlich um ein Vielfaches lebendiger. »Ach, ja? Dann musst du wohl ein richtiger Glückspilz sein. Das reicht für deine Schulden und es bleibt sogar noch etwas Taschengeld für dich.« Auf einen Schlag verfinsterte sich Vargas Miene wieder und er trat so unvermittelt an Liam heran, dass dieser erschrak. »Und wer garantiert mir, dass du auch wirklich mit dem Geld zurückkommst und nicht vorher abhaust? Zuzutrauen wäre es dir.«

»Ich verspreche es?«, versuchte Liam sein Glück, erntete aber nur einen vernichtenden Blick.

»Oh, nein. So leicht kommst du mir nicht davon. Du gehörst zu der Sorte Mensch, die ihre eigene Mutter verkaufen würden, nur um selbst davonzukommen. Ich brauche Sicherheiten.«

Sonya konnte förmlich das Unbehagen spüren, das gerade nach Liam griff. Ein einziger Blick in Vargas Gesicht genügte ihr, um zu wissen, dass er gar keine Antwort erwartete, sondern längst eine eigene Vorstellung hatte.

»Mein lieber Liam«, flötete er mit einer Stimme, die unmöglich süßer und giftiger sein konnte. »Ich will nur dein Bestes und das ist nun mal leider dein Geld. Es wäre tragisch, wenn dir etwas auf dem Weg passiert oder du auf dumme Ideen kommst. Daher habe ich beschlossen, dass du nicht allein reisen wirst.«

Zwei verdutzte Augenpaare richteten sich auf Varga, der das Überraschungsmoment offenbar nicht nur genoss, sondern auch eine kleine Kunstpause einlegte. Er nahm den Rollkoffer und stellte ihn demonstrativ vor Sonya.

Sie zuckte zusammen, als hätte er sie geschlagen. Das konnte nicht sein Ernst sein. Aus weit aufgerissenen Augen starrte sie ihn an. Erst als sie ein Stechen in ihrer Brust spürte, bemerkte sie, dass sie die Luft anhielt.

»Varga, nein. Ich kann nicht ...« Er legte einen Finger auf seine Lippen und gab ein durchdringendes Zischen von sich.

»Pst! Du kannst und du wirst.« In seinen frostigen Worten blieb kein Raum für Widerworte. Auffordernd klopft er auf den Koffer. »Hier ist alles drin, was du brauchst.«

Noch immer wagte es Sonya nicht, den Koffer zu berühren, als würde sich ihr Schicksal dadurch irgendwie vermeiden lassen.

»Können wir nicht einfach ...«

»Sei still. Betrachten wir Liam als meine Investition, auf die du jetzt aufpassen wirst. Und falls er versucht abzuhauen ...« Varga funkelte Liam unter seinen zusammengezogenen Augenbrauen an. »Dann hindere ihn daran oder schieß ihm ins Gesicht.«

Etwas an diesen Worten versetzte Sonya zurück in eine längst vergangene Zeit. In ihren Erinnerungen stand sie wieder in einem Salon aus rotem Samt. Um sie herum gedämpfte Lichter. Es roch süß, als hätte jemand die Luft in Champagner getränkt. Doch die Erinnerung verwelkte vor ihren Augen, faulte geradezu dahin. Überall klebte plötzlich Blut. Sie wischte es aus ihrem Gesicht, aus ihren Augen und Haaren, doch es wollte nicht verschwinden. Überall tropfte und sickerte es von ihr. Vor ihrem inneren Auge sah sich Sonya, wie sie versuchte zu schreien, doch kein Ton verließ ihre Lippen.

Stumm und wie gelähmt fand sie wieder in die Wirklichkeit zurück und begegnete Liams Blick. Er sah mindestens genauso entsetzt aus, wie sie es von sich selbst glaubte.

Das Dröhnen eines Horns drang von der rostigen Fähre herüber und kündigte an, dass sie gleich in See stechen würden.

3.

Mit jeder heranrollenden Welle schwankte die Fähre und Liam schwankte mit ihr. Seit einer gefühlten Ewigkeit saß er unter Deck auf einer alten Bank, die man allenfalls als grobes Holzbrett bezeichnen konnte.

Es roch feucht und nach frischem Lack, auch wenn er keinen davon an den von Rost gesprenkelten Wänden erkennen konnte. Hier unten gab es nichts, woran er sich mit den Augen hätte festhalten können. Der kleine Raum war trostlos und nur wenige andere Passagiere waren an Bord. Alle schwiegen, hin und wieder hörte Liam verhaltenes Gemurmel oder ein Husten. Schon seit einer Weile fragte sich Liam, was diese Leute dazu bewegte, auf die Insel zu kommen, doch weder ihr Aussehen noch ihre verschlossenen Mienen wollten es ihm verraten.

Auch Sonya hatte bisher keinen Laut von sich gegeben. Sie hockte gegenüber von ihm, erstaunlich blass und schweigsam verschränkte sie die Arme. Nicht zum ersten Mal in den letzten beiden Tagen fragte sich

Liam, in welcher Verbindung sie zu Varga stand. Er hatte schon mit einigen Geldeintreibern zu tun gehabt und Sonya gehörte zweifellos nicht zu der üblichen Sorte. Doch je länger er sie heimlich beobachtete, desto unschlüssiger wurde er. Sie ließ sich nicht ohne Weiteres lesen, stattdessen verbarg sie ihre Gedanken unter eine Maske aus gut einstudierter Ausdruckslosigkeit.

Liam zweifelte nicht daran, dass Sonya ihn erschießen würde, sobald er etwas Unüberlegtes anstellte, doch gleichzeitig hatte er den Eindruck, sie würde es nicht freiwillig tun. Etwas beschäftigte sie, etwas, das Liam bis zu diesem Moment noch nicht deuten konnte.

Zu seinem Pech änderte ihre Anwesenheit leider alles. Varga war schlauer, als er es dem kleinen Rattenschädel zugetraut hätte.

Natürlich war es sein Plan gewesen, sich mit der Bezahlung in der Tasche aus dem Staub zu machen, was auch sonst? Doch jetzt musste ein anderer Plan her ...

Möglichst unauffällig schielte er zu Sonya. Er musste sie loswerden. Blieb nur die Frage, wie er das am besten anstellen sollte?

Sie trug ihre Lederjacke offen und so konnte er sehen, wie sich der Griff ihrer Pistole unter dem grauen verwaschenen Kapuzenpullover abzeichnete. Vermutlich fiel es ihm nur auf, weil er wusste, dass sie die Waffe dort trug, doch konnte er es seitdem nicht länger ignorieren.

Was ist dein Geheimnis? Warum arbeitest du für Varga und was hat er gegen dich in der Hand?

Spätestens seit ihrem Gespräch mit Varga war ihm klar, dass sie selbst nur ein Bauer auf seinem Schachbrett war.

Als hätte sie seine Gedanken gehört, warf sie ihm einen finsteren Blick zu und Liam wandte sich rasch ab.

Er gab vor, angestrengt hinaus aufs Meer zu schauen, und tatsächlich blieb sein Blick daran haften. Je länger Liam durch das von Salz verkrustete Bullauge nach draußen starrte, desto weniger gefiel ihm, was er dort sah.

Der Morgen am Hafen hatte harmlos begonnen, nur ein paar wenige hellgraue Wolken waren zu sehen gewesen. Davon war nicht viel geblieben. Aus den dunklen Wolken, die sich wie ein undurchdringliches Gewölbe über den Himmel gespannt hatten, regnete es in Strömen. Die Tropfen prasselten so laut auf das Deck, dass Liam seine eigenen Gedanken kaum hören konnte. Auch der Wind hatte angezogen, er peitschte die Gischt von den Wellen und türmte das Meer auf.

Ihre Fähre schaukelte und krängte in den heranrollenden Wellen, die wie eine Hand unter ihren Rumpf fuhren und sie in das nächste Wellental stießen. Beängstigt nahm Liam wahr, wie die Wassermassen schäumend und sprudelnd gegen die Bordwand klatschten. Auch das Knarren und Ächzen der Spanten trug nicht dazu bei, Liams mulmiges Bauchgefühl zu beruhigen.

Insgeheim hatte er fest damit gerechnet, dass die Fähre umkehren würde, doch der Kapitän hielt noch immer gerade aus. Stur und grimmig stand er mit breiten Beinen im Steuerstand, die Augen, ohne zu blinzeln, aufs Meer gerichtet.

Was hatte er sich da nur wieder eingebrockt? Und wo lagen eigentlich seine Grenzen, wenn es um Geld ging? Die Antwort auf diese Frage machte ihn nicht stolz.

Ein Teil von ihm wünschte sich zurück an Land. Bei einem Pint Bier und ein wenig Glücksspiel sah die Welt gleich viel freundlicher aus. Allein der Gedanke an Würfel, Karten oder sogar bunt leuchtende Automaten sorgte dafür, dass ihm schon wieder die Finger juckten. Vielleicht wäre genau heute der Beginn seiner großen Glückssträhne und er verpasste sie gerade? Liam biss sich auf die Lippen.

Reiß dich zusammen. Du brauchst das Geld!

Alles, worauf er sich jetzt konzentrieren sollte, war der Auftrag. Wie aus dem Nichts war ihm dieser zugeflattert und er fragte sich immer noch, ob es ein Segen oder Fluch war. Zu gern hätte er sein verdutztes Gesicht gesehen, als vor einigen Tagen plötzlich die E-Mail von Dr. Charles Bedingfield eingegangen war, dem Leiter der psychiatrischen Einrichtung auf Widow Peak. Liam konnte sich nicht daran erinnern, ihm persönlich begegnet zu sein, doch offenbar hatte Dr. Bedingfield bereits von ihm gehört.

Die wenigen Worte, die er da gelesen hatte, machten den Eindruck, als wären sie in großer Eile und Verzweiflung verfasst worden.

Drei Mitarbeiter waren seit knapp zwei Wochen verschwunden, jeder von ihnen an einem anderen Tag, jedoch kurz aufeinanderfolgend. Das war alles, was Liam von dem Auftrag wusste. Nichts deutete darauf hin, was mit ihnen passiert sein könnte.

Seltsam, wenn man bedachte, dass die Insel nicht sonderlich groß war, doch hatte Dr. Bedingfield in seiner Mail bereits angedeutet, dass Widow Peak mit seinen steilen Küstenklippen von Tunneln und Höhlen durchzogen war. Orte zum Suchen schien es also zur Genüge zu geben.

Nachdenklich knetete Liam seine Unterlippe, dabei schaute er abermals zu Sonya.

Vielleicht bildete er es sich nur ein, doch kam es ihm so vor, als wäre ihre Haltung deutlich in sich zusammengesunken. An Bord der Fähre war es kühl und trotzdem zeichneten sich vereinzelte Schweißperlen auf ihrer Stirn ab. Alles an ihr, von der ungewöhnlichen Blässe bis hin zu den fest zusammengepressten Lippen, deutete darauf hin, dass sie gerade einen inneren Kampf mit sich führte. Der Seegang schien ihr nicht zu bekommen.

Leicht vornübergebeugt schoss sie plötzlich in die Höhe und stürzte so abrupt hinaus aufs Deck, dass Liam ihr nur hinterherschauen konnte.

Die darauffolgenden Minuten blieb er unbewegt sitzen und fragte sich, was da gerade passiert war. Sollte er ihr folgen? Er konnte sich deutlich Schöneres vorstellen, als sich draußen an Deck Wind und Regen auszusetzen. Außerdem, was interessierte ihn schon, was seine Aufpasserin da oben trieb? Er sollte jede Sekunde ohne sie genießen.

Liam begann, unruhig auf der Bank zu rutschen. Er hatte sich noch gar nicht richtig entschieden, doch sah er sich bereits aufstehen.

Es konnte nicht schaden, zumindest einen Blick um die Ecke zu werfen. Im Einklang mit dem schwankenden Boot manövrierte sich Liam bis zu der schmalen Treppe, die auf das kaum höher gelegene Außendeck führte. Von draußen hörte er bereits das wütende Schäumen der Wellen. Während er noch unschlüssig auf der Treppe stand, spritzten ihm die aufs Deck prasselnden Regentropfen auf die Stiefelspitzen.

Obwohl er bereits darüber nachdachte, sich wieder hinzusetzen und der Kapitän ihnen verboten hatte, das Unterdeck zu verlassen, gab er sich einen Ruck und trat hinaus in den Regen.

Ein lautes Donnern hieß ihn willkommen. Kaum hatte er seinen ersten Schritt auf das Außendeck gemacht, brach der Platzregen über ihn herein. Ein Wolkenbruch, wie Liam ihn schon lange nicht mehr erlebt hatte. Der kalte Regen traf ihn so heftig, als hätte jemand einen Eimer über seinem Kopf geleert.

Er spürte das Wasser in seinen Kragen sickern, spürte, wie ihm der Mantel beinahe schlagartig an der Brust klebte und seine Haare ihm triefend nass ins Gesicht fielen. Über ihm grollte und blitzte es in den finsteren Wolken.

Liam stemmte sich gegen den Wind und verfluchte sich für seine schlechten Entscheidungen. Mit zusammengekniffenen Augen hangelte er sich an der Bordwand entlang. Eine Welle prallte seitlich gegen das Schiff, stob in die Höhe und klatschte vor Liam aufs Deck. Das Salzwasser schwappte um seine Schuhe und er spürte, wie ihm die Socken feucht wurden.

Als er sich zur Backbordseite gekämpft hatte, gab die Bordwand den Blick auf eine bedrohliche Silhouette frei, die vor ihnen am Horizont auftauchte – Widow Peak.

Steile Klippen, einige von ihnen dutzende Meter hoch, ragten vom Meer auf, gekrönt von dunklen Wäldern. Liam glaubte, das Donnern zu hören, wann immer sich eine Welle an der Küstenlinie brach. Weiter im Osten der Insel ragte ein Berg empor, schmal und spitz wie ein Finger, der in den Himmel zeigte. An der zerklüfteten Felswand thronte eine imposante Festung. Ihr Anblick sog ihn förmlich ein, zerrte ihn an einen Punkt seiner Erinnerung, an den er nicht mehr zurückwollte. Je länger er dort hinsah, desto mehr entschwebte sein Bewusstsein dem schwankenden Deck, auf dem er händeringend Halt suchte.

Schon vor der Abreise hatte er gewusst, dass es passieren würde, aber gehofft, dass ihm mehr Zeit blieb. Warum musste das alles genau jetzt wieder hochkommen?

Weil du hier bist. Wo du hingehörst, hörte er seine innere Stimme, die er mit aller Macht zu ersticken versuchte.

Das Schwanken unter seinen Füßen nahm zu, ein Gefühl, das nicht an den Wellen lag, sondern aus seinem tiefsten Inneren kam.

Liam vergrub eine Hand in der Manteltasche, fummelte hektisch nach seiner Pillendose. Endlich fand er sie.

Die kleine Dose lag beinahe unschuldig in seiner Hand und wartete darauf, geöffnet zu werden. Nur ein unscheinbares Ding und doch war es für ihn Verbündeter und Feind zugleich. Mit dem Daumen lüpfte er den Deckel, als eine Welle krachend gegen die Steuerbordseite des Schiffs prallte und Liam gegen die Reling schleuderte.

Eiskalte Gischt schwappte ihm in den Kragen, gerade noch rechtzeitig fing er seinen Sturz ab. Er spürte, wie die Dose aus seinen Fingern glitt, sah, wie sie über die Reling flog und geräuschlos in den Fluten landete.

Ein Schrei entfuhr seinem Mund, als Liam der Dose nachschaute, wie sie noch eine Weile an der Oberfläche kreiste, hin und hergeworfen von den Wellen, bis das tosende Meer sie letztendlich verschluckte.

Wie nach einem Schlag in den Magen begann sich Liam zu krümmen. Seine Haltung fiel in sich zusammen, als hätte ihm eine unsichtbare Hand das Rückgrat aus dem Leib gerissen. Er wollte vor Wut schreien, brachte aber keinen Ton heraus. Stattdessen klammerte er sich nur stumm an die Reling und raufte sich die klitschnassen Haare.

Eine Weile starrte er entgeistert ins Wasser, als eine Bewegung aus seinem Augenwinkel ihn ablenkte. Erst jetzt bemerkte er Sonya, die sich halb abgewandt von ihm weiter vorne am Schiff tief über die Reling beugte.

Es sah beinahe so aus, als würde sie in den trüben Fluten nach Fischen suchen, wäre da nicht der Schwall aus Erbrochenem gewesen, der aus ihrer Kehle drang und klatschend ins Wasser fiel.

Sie würgte und schnaubte. Immer wenn sie den Mund öffnete, rann ihr der zähflüssige Speichel über die Lippen. Offenbar hatte sie Liam noch gar nicht bemerkt. Als er sie so ansah, verfinsterte sich sein Blick.

Das ist alles deine Schuld. Ohne sie würde er in der ungemütlichen, aber dafür trockenen Kabine unter Deck sitzen, seine Dose noch in der Tasche. Und ohne sie könnte er auch schon bald über alle Berge sein. Er wusste, was zu tun war. Er musste sie loswerden. Sollte Varga ihn ruhig da küssen, wo die Sonne nie schien. Er hatte nicht vor, sein Geld mit irgendwem zu teilen.

Liam wagte einen Schritt auf Sonya zu, dann noch einen. Er ertappte sich dabei, wie er auf Zehenspitzen ging, sich anpirschte, auch wenn er dadurch fast den Halt auf dem rutschigen Deck verlor. Doch es war überflüssig, denn das Getöse von Wind, Wellen und Regen schluckte das Geräusch seiner Schritte. Auch nachdem er sich ein weiteres Stück genähert hatte, bemerkte Sonya nichts von seiner Anwesenheit.

Nur ein kleiner Schubs, dachte sich Liam. *Und schon bin ich ein großes Problem los.* Es wäre nur ein bedauerlicher Unfall, mehr nicht. Bei dem Wellengang konnte schon mal jemand über Bord gehen. Das Meer würde den Rest für ihn erledigen. Eine saubere Sache.

Liam schluckte, doch fühlte sich sein Hals wie ausgedörrt an. Nur noch eine Armlänge trennte sie voneinander. Er streckte die Hände aus, zuckte aber gleich wieder zurück. Sein Herz hämmerte wie wild in seiner Brust, jeder Schlag klopfte auffordernd gegen sein Brustbein.

Tu es! Tu es!

Zuerst zitterten nur seine Finger, dann sein Arm und innerhalb weniger Sekunden der ganze Körper. Als wäre er gegen eine unsichtbare Wand geprallt, taumelte er zurück. Liam fuhr sich mit der zitternden Hand übers Gesicht und versuchte damit, das Entsetzen zu unterdrücken, das sich daraufhin ausbreitete. Was war da nur in ihn gefahren? Das war nicht er.

Ein sonderbares Gefühl überkam ihn, wie es immer der Fall war, wenn er glaubte, beobachtet zu werden. Er sah sich zu allen Seiten um, und als er schon glaubte, es sich nur eingebildet zu haben, begegnete er einem Paar grauer Augen, die ihn unverhohlen durch die Fenster des Steuerstands anstarrten.

Liam schauderte. Wie lange beobachtete der Kapitän ihn schon? In seinem nahezu ausdruckslosen Gesicht fand er keine Antwort darauf. Ihm blieb nicht die Zeit, darüber nachzudenken, als Sonya plötzlich zu ihm herumfuhr.

»Schleich dich nicht so an!«, zischte sie mit einer Wildheit in den Augen, die Liam an eine in die Ecke gedrängte Löwin erinnerte. Sie sah geschwächt aus, mit hängenden Schultern und blassem Gesicht. Dabei entging ihm nicht, dass ihre Hand unauffällig dorthin rutschte, wo sie ihre Pistole verborgen hielt. Ihre Knie zitterten und doch ließ sie keinen Zweifel daran, dass er sie nicht unterschätzen sollte. »Du machst mir keinen Ärger, hörst du, Liam?«

»Hatte ich nicht vor.« Er hob abwehrend die Hände.

»Und was machst du dann hier draußen? Das berauschende Wetter genießen?«

Das Schiff tauchte in ein Wellental ein und ein Schwall Meereswasser ergoss sich über ihre Köpfe.

»Wir sind fast da. Ich wollte nur sehen, wo du bleibst. Hätte ich mir sparen können.«

Sonya nickte bedächtig, doch als Liam auf dem Absatz kehrtmachte, hielt sie ihn am Ärmel fest.

»Warte!« Sie kämpfte wieder sichtbar gegen die Übelkeit und starrte wie hypnotisiert auf die düstere Insel, die sich vor ihnen immer weiter aus den dunklen Schwaden schälte. Was ihr dabei durch den Kopf ging, hielt sie gut verborgen, doch glaubte Liam, eine verborgene Reaktion in ihrem Gesicht zu erkennen. »Wenn du schon hier bist, sag mir, was uns da auf der Insel erwartet.«

»Varga hat dir nicht viel gesagt, hm?«, entgegnete Liam nicht ohne einen Anflug von Häme. Sonya antwortete nicht, sondern hob nur auffordernd eine Augenbraue.

»Mach es nicht komplizierter, als es ist. Niemand verlangt, dass wir die besten Freunde werden, aber so wie es aussieht, müssen wir es eine Weile miteinander aushalten.«

In ihren Worten, so gezwungen sie auch über ihre Lippen gingen, steckte mehr Wahrheit, als Liam sich eingestehen wollte.

»Na, gut. Was willst du wissen?«

»Alles«, brach Sonya das darauffolgende Schweigen. Der Wind wehte ihr einzelne Strähnen ihrer dunklen Haare ins Gesicht. »So viel kann es ja nicht sein, oder?«

»Das meiste werden wir gleich vor Ort erfahren. Der Auftrag kommt vom Leiter der psychiatrischen Klinik, einem gewissen Dr. Charles Bedingfield. Er hat sich mit Details ziemlich bedeckt gehalten, aber so viel kann ich dir sagen: Drei seiner Mitarbeiter sind verschwunden. Ein Hausmeister, ein Wachmann und eine Ärztin.«

Irgendetwas an seinen Worten schien Sonya aus der Fassung gebracht zu haben, denn bei seinen letzten

Worten zuckte sie zusammen und auch ihr Gesichtsausdruck sah aus, als hätte er sie gerade geohrfeigt.

»Stimmt etwas nicht?«

»Nein, schon gut. Red weiter.«

Lüge, dachte sich Liam. Wenn er eine Sache auf dieser Welt erkannte, dann waren es Lügen. Er beäugte sie argwöhnisch und gab sich wenig Mühe dabei, seine Gedanken zu verbergen. Ihre Reaktion, ihre Stimme, die Art und Weise, wie sie plötzlich ihre Hände versteckte, alles daran verriet sie. Eine Lüge so glaubwürdig zu vermitteln, dass sie als Wahrheit wahrgenommen wurde, war eine unterschätzte Kunst, die nur wenige beherrschten. Sonya gehörte ganz offensichtlich nicht dazu. Im Gegensatz zu ihm.

Anstatt sie darauf anzusprechen, schnalzte Liam nur vielsagend mit der Zunge.

»Wie auch immer. Die Mitarbeiter sind kurz nacheinander verschwunden. Die Insel haben sie angeblich nicht verlassen. Die letzte Fähre hat in Widow Peak vor genau einem Monat angelegt und die wenigen Besucher an Bord am selben Tag wieder heimgebracht.«

Eine Pause entstand, in der Liam nach den richtigen Worten suchte. »Aber warum interessiert dich das überhaupt? Es ist mein Fall und du nur mein lästiger Anhang.«

Sonya machte einen Schritt auf ihn zu und setzte ihm den ausgestreckten Zeigefinger auf die Brust.

»Eben. Hast du dir überhaupt schon Gedanken darüber gemacht, wie du erklärst, wer ich bin? Ich könnte mir vorstellen, dein Dr. Bedingfield wird sich wundern, dass du nicht allein kommst. Und die Wahrheit kommt sicher nicht so gut an.« Sie deutete auf sich selbst, als würde sie ein wunderbares Geschenk präsentieren. »Darf ich also vorstellen: Vor dir steht deine sehr geschätzte Assistentin.«

Wie lange Liam sie ausdruckslos angestarrt hatte, wusste er nicht. Erst ihr ungehaltenes Räuspern weckte ihn aus seiner Starre.

»Oder fällt dir etwas Besseres ein?«, warf Sonya hinterher, doch daraufhin konnte Liam nur den Kopf schütteln.

Natürlich hatte er keine Sekunde darüber nachgedacht, doch das musste sie nicht unbedingt erfahren.

»Muss wohl reichen«, antwortete er mit zurückhaltender Begeisterung und zuckte mit den Schultern.

Das Dröhnen eines Horns unterbrach ihr Gespräch. Selbst das ewige Schaukeln der Fähre endete so abrupt, dass Liam nach Gleichgewicht suchen musste.

Vor ihnen ragte Widow Peak aus dem noch immer schäumenden Meer. Sie hatten sich der Insel bereits so dicht genähert, dass er die Nester der kreischenden Seevögel in den felsigen Steilwänden erkennen konnte.

Düster und wie verlassen lag die Insel da. Mit ihren dunklen Felsen und den noch dunkleren Wäldern schien sie jeden Neuankömmling bereits von der Ferne warnen zu wollen, dass hier keine Willkommenskultur herrschte.

Eine wie ein breites Maul geformte Bucht verschluckte sie. An der wohl einzigen Stelle, die nicht von einer Steilwand versperrt wurde, tauchte in einiger Entfernung eine aus grobem Beton gegossene Anlegestelle auf.

Mit jedem zurückgelegten Meter fühlte sich Liam, als würde er schrumpfen.

Es dauerte nicht mehr lange und ihre Fähre kam neben der Anlegestelle zum Stehen. Als kurz darauf die Laderampe krachend auf dem Steg landete, wusste Liam, dass der Moment gekommen war. Die anderen Passagiere verließen nacheinander das Schiff und auch er und Sonya folgten ihnen.

Mit ihrem spärlichen Gepäck in der Hand schoben sie sich zwischen Bordwand und Reling entlang bis hin zur Laderampe. Dort wartete bereits der Kapitän. Mit frostigem Blick beäugte er jeden einzelnen der Passagiere, ohne dass ein einziges Wort seine fest zusammengepressten Lippen verließ.

Zuerst ging Sonya von Bord. Liam folgte ihr, doch als er sich am Kapitän vorbeischob, schoss dessen Hand plötzlich hervor und packte ihn am Handgelenk.

»Ich kenne Sie«, knurrte er, wobei sein ledriges Gesicht einen Teppich aus Falten warf. »Sie können vielleicht die anderen täuschen, aber mich nicht.«

Liam versuchte sich loszureißen, doch hielt der Arm ihn eisern fest.

»Was reden Sie da?«, keuchte er, erschrocken über den sonderbaren Klang seiner eigenen Stimme. »Ich kenne Sie nicht und ich habe Sie noch nie gesehen.«

Lange und eindringlich sah der Kapitän ihn an, fast als könnte er erraten, was gerade in Liams Kopf vor sich ging. Dann ließ er ihn abrupt los.

»Das spielt keine Rolle. Ich glaube kaum, dass Sie Widow Peak je wieder verlassen werden.«

4.

Als sie endlich wieder festen Boden unter den Füßen spürte, schickte Sonya ein Stoßgebet in Richtung Himmel. Nicht, dass sie so gläubig wäre, wie ihre Eltern es ihr vorgelebt hatten, doch empfand sie gerade eine so tiefe Erleichterung, dass sie irgendwem dafür danken wollte. Ihr Magen beruhigte sich nach den letzten Stunden, in denen sie kotzend über der Reling der Fähre gehangen war, nur langsam.

Sie wollte Varga immer noch am liebsten den Hals umdrehen. Was würde er denn noch alles von ihr verlangen?

Wer keine Wahl hat, darf sich nicht beschweren, geisterten seine Worte in ihrem Kopf herum. Sonya fühlte sich, als würde sie in einen tiefen Abgrund starren. Sie war gefangen in Vargas Würgegriff und ihr erster Eindruck von Widow Peak besserte dieses Gefühl nicht im Geringsten.

Seit sie von Bord gegangen waren, wirkte Liam wie ausgewechselt. Er sprach kein Wort und brütete mit verbissenem Gesichtsausdruck vor sich hin. Ob es daran lag, was der Kapitän zu ihm gesagt hatte? Kein einziges Wort davon war zu ihr durchgedrungen, aber allem Anschein nach hatte das Gespräch bei Liam einen bleibenden Eindruck hinterlassen. Je verbissener er schwieg, desto mehr war sie selbst allein mit ihren Gedanken. Auch ihr war nicht zum Lachen zumute. Unter den drei Verschwundenen befand sich auch eine Ärztin und das gab ihr zu denken. Bestimmt nur ein Zufall. Elina ging es sicher gut, sonst hätte man ihr doch Bescheid gegeben, oder?

Sonya wiederholte ihre Worte wie ein beruhigendes Mantra, so lange, bis zumindest ein Teil von ihr daran glaubte.

Ihre Ankunft auf Widow Peak war bisher genauso schroff und kalt gewesen wie die Insel selbst. Kaum hatten sie die Fähre verlassen, waren sie von mehreren Wachleuten in Empfang genommen worden, wobei *Empfang* der Situation kaum gerecht wurde.

Jeder von ihnen hatte ausgesehen wie die Sorte Mensch, die Varga normalerweise für sich arbeiten ließ. Finstere Gestalten mit grimmigen Gesichtern und einer wortkargen Zunge. Die Männer wirkten nervös und ließen nur selten ihre Hände von den Schlagstöcken an ihren Gürteln.

Statt einer Begrüßung waren sie nur dazu aufgefordert worden, sich kooperativ zu verhalten und den Wachen zum Verwaltungsgebäude zu folgen.

Von dem ansonsten menschenleeren Pier, der wie ein Keil zwischen den Steilwänden klemmte, führte eine Treppe bis zu einer Anhöhe hinauf, auf der sich die ersten Gebäude gegen den grauen Himmel stemmten.

In Begleitung der Wachleute stapften sie den schwindelerregenden Serpentinenweg empor. Der Regen hatte mittlerweile etwas nachgelassen, nieselte aber immer noch verächtlich auf sie herab.

Liam kämpfte sich vor ihr schwer atmend die Stufen hinauf und Sonya ließ es sich nicht nehmen, ihn eingehend zu mustern. Dass er an Bord der Fähre angeblich nur nach ihr sehen wollte, war so unglaubwürdig, dass sie am liebsten laut gelacht hätte. Sie traute Liam nicht weiter, als wie weit sie ihn werfen konnte, und darüber hinaus musste sie sich mit dem Gedanken abfinden, dass er sie womöglich loswerden wollte. Die schlaflosen Nächte waren also vorherbestimmt. Wie wohl die nächsten vier Wochen mit ihm aussehen würden? Immerhin verhinderte die Insellage, dass er ohne Weiteres floh. Das machte ihre Arbeit zumindest etwas leichter.

Endlich endete der zähe Aufstieg und sie kamen vor einem großen, mit Stacheldraht bewehrten Tor zum Stehen. Das Portal öffnete sich und gab den Blick auf eine alte Villa frei, die aussah, als stammte sie noch aus der Kolonialzeit. Mehrstöckig mit einer Fassade aus roten Ziegeln, weißen Fensterläden und einem säulengetragenen Eingang. Hinter den mannshohen Fenstern erkannte Sonya keine Regung. Überall an der Villa und auch den umliegenden Gebäuden entdeckte sie kleinere oder größere Schäden an der Fassade, die teils laienhaft ausgebessert wurden. Es sah fast so aus wie die Spuren eines schweren Sturms. Ein paar wenige Fenster waren vernagelt und größere Farbflecken ließen darauf schließen, dass Schmierereien oder sonstige Verschmutzungen übermalt worden waren.

Es blieb ihnen nicht viel Zeit, die altehrwürdige Villa länger zu betrachten, denn das Wachpersonal winkte sie bereits auffordernd in Richtung des Haupteingangs.

Im Inneren der Villa herrschte eine bedrückende Stille, die beinahe zum Greifen schwer in der Luft hing. Sie standen in einer Art Vorzimmer, das von einem wie aus der Zeit gefallenen verstaubten Kronleuchter erhellt wurde. Hinter dem Empfangstresen saß eine auffallend attraktive Frau mit tiefroten gelockten Haaren, einem sinnlichen Mund und darüber hinaus noch unverschämt ebenmäßigen Gesichtszügen, bei deren Anblick sich Sonya plötzlich wie eine graue Maus fühlte. Sie trug ein schlichtes weißes Shirt, das wohl zur Kleiderordnung gehörte und bereits ziemlich verwaschen aussah.

Die Vorzimmerdame verzog keine Miene, auch nicht, als die Gruppe an Besuchern eintrat.

An der Art, wie sich die anderen Neuankömmlinge gleich in einer Schlange aufreihten, erkannte Sonya, dass sie wohl nicht das erste Mal auf der Insel waren. Keiner von ihnen führte Gepäck bei sich, was dafür sprach, dass sie nur einen Patienten besuchten und dann mit derselben Fähre noch heute wieder in Richtung Festland abfuhren.

Sonya reihte sich mit Liam ganz hinten in der Schlange ein. Es dauerte keine zehn Minuten, bis der letzte Besucher seine Anmeldung abgeschlossen hatte und durch eine Tür zu ihrer Linken verschwunden war. Die Frau hinter dem Empfangstresen schenkte ihnen nicht den Hauch eines Lächelns, sondern nahm sie forschend in Augenschein. Auf einem kleinen Plastikschild an ihrer Brust stand der Name *Amanda* geschrieben.

»Zum ersten Mal auf Widow Peak?«, fragte sie geradeheraus. Ihre Stimme klang dabei ebenso monoton und farblos wie ein später Novemberabend. »Ihre Namen, bitte«, forderte sie, ohne eine Antwort abzuwarten.

Liam ließ seine Reisetasche auf den Boden fallen und lehnte sich mit einem gewinnenden Lächeln weiter als nötig über den Tresen.

»Das wären Liam Hopkins und Sonya ...« Er stockte und Sonya konnte die Ratlosigkeit auf seinem Gesicht erkennen, als Liam auffiel, dass er nicht einmal ihren vollen Namen kannte.

»Sonya Alvarez«, kam sie ihm zu Hilfe. Im darauffolgenden Moment war nur das Geräusch von Fingernägeln auf einer Tastatur zu hören.

Wie aus dem Nichts krabbelte plötzlich eine Spinne über den Tresen. Obwohl sie nicht so recht wusste, warum, folgte Sonya ihr mit den Augen, ehe Amanda das Insekt mit einem dröhnenden Hieb unter ihrer geballten Faust zerquetschte. Die Vorzimmerdame machte sich nicht einmal die Mühe, ihre Hand abzuwischen, ehe sie ihren völlig ausdruckslosen Blick wieder vom Computer entfernte.

»Ich habe Sie schon bei uns im System gefunden, Mister Hopkins. Dr. Bedingfield erwartet Sie bereits oben in seinem Büro. Aber was Sie angeht, Miss Alvarez ... Zu Ihnen liegt mir keine Anmeldung vor. Gehören Sie zusammen?«

Beide nickten mechanisch. »Verstehe. Ich brauche ohnehin Ihre Ausweise.«

Sie streifte Liams Personalausweis nur mit einem kurzen Blick und gab ihm diesen sofort wieder zurück, musterte dafür aber Sonyas Pass umso gründlicher.

Amanda tippte einige Informationen in ihr System, dann hielt sie auch Sonya ihren Pass wieder entgegen.

»Danke. Hier, Ihr Ausweis, Dr. Alvarez.« Sonya spürte, wie ihre Wangen zu glühen begannen. Hastig schnappte sie ihr den Ausweis aus der Hand. Liams verdutzten Blick ignorierte sie einfach in der Hoffnung, dass dieser Moment so schnell wie möglich vorbeizog. »Das wäre dann alles. Eine seltsame Zeit haben Sie sich da ausgesucht, um nach Widow Peak zu kommen. Aber das wissen Sie bestimmt schon.«

»Was sollten wir denn wissen?«, schaltete sich Liam sofort ein. Statt einer Antwort deutete Amanda in den angrenzenden Flur.

»Dr. Bedingfield möchte Sie sprechen. Er wartet in seinem Büro auf Sie. Einfach hier unten rechts durch die Tür und dann die Treppe nach oben. Ihr Gepäck lassen Sie hier.« Ihr Ton duldete keinen Widerspruch und sie wandte sich so abrupt ab, dass kein Raum für weitere Fragen blieb.

Während sie vorgab, angestrengt einen Stapel Dokumente zu sortieren, setzte sich Sonya bereits in Bewegung. Bei jedem Schritt spürte sie Liams fragenden Blick auf sich lasten. Keiner von ihnen sagte ein Wort. Ihr Schweigen hielt an, bis sie die ersten Treppenstufen erreichten.

»Ein Doktortitel? Im Ernst?«, platzte es aus Liam heraus. »Was für Leute heuert Varga denn neuerdings als Geldeintreiber an?« Dabei sah Liam sie mit einem Blick an, von dem Sonya nicht wusste, ob er überrascht oder belustigt war.

In ihrem Inneren begann es zu brodeln. Eine Hitze, die ihr von den geballten Fäusten bis in den Kopf stieg.

»Das geht dich überhaupt nichts an.« Sie bekräftigte ihre Worte, indem sie Liam den ausgestreckten Zeigefinger so fest in die Brust drückte, dass er zwei Stufen zurückweichen musste. »Ich will hier nur eine Sache klarstellen: Wir beide sind nicht hier, um uns anzufreunden. Du stellst keine Fragen, sondern kümmerst dich um deinen verdammten Auftrag, kassierst die Bezahlung ein und wenn du die Füße stillhältst, muss ich dich nicht erschießen.«

Etwas in Liams Gesichtsausdruck veränderte sich. Sonya konnte nicht einmal genau sagen, was es war, doch wirkte es nun beinahe so, als wäre er eingeschnappt. Zu ihrer Überraschung setzte er ein gespieltes Lächeln auf und schob sich ohne ein weiteres Wort an ihr vorbei die Treppe hinauf.

Das Büro von Dr. Bedingfield lag am Ende des kurzen dunklen Korridors. Sie klopften an die schwere mit Intarsien verzierte Ebenholztür, doch kam aus dem Inneren keine Antwort. Auch ein zweites Klopfen brachte sie nicht weiter und so drückte Liam einfach die Klinke hinunter.

Sie betraten den hellen Raum, der auf den ersten Blick mehr einem Museum als einem Büro glich. Zahllose Vitrinen und Schaukästen säumten die Wände und standen auch inmitten des Raums. Die gesamte Einrichtung erinnerte Sonya an das Zigarrenzimmer eines altenglischen Herrenclubs. Ihr erster Blick streifte vorbei an einem leeren Kamin, bis hin zu den mit dunklem Holz vertäfelten Wänden.

An der Stirnseite des Raums verdrängte ein überdimensionaler Schreibtisch die zahllosen Exponate, doch saß niemand auf dem dazugehörigen schweren Lederstuhl.

Liam deutete in die entgegengesetzte Richtung und da entdeckte Sonya ihn.

Dr. Bedingfield beugte sich mit konzentrierter, nahezu selbstvergessener Miene über einen Schaukasten, in dem ein detailgetreues Modell der Insel steckte. Er knabberte nervös an seinen Fingernägeln und gelegentlich zupfte er an den schneeweißen Haaren seines Kinnbartes. Offenbar hatte er sie noch gar nicht wahrgenommen und auch jetzt zeigte er noch keine Reaktion auf ihr Erscheinen. Nachdem sie ihm noch ein paar Sekunden gegeben hatten, von seinen Gedanken zurück in die Wirklichkeit zu finden, ging Liam offenbar die Geduld aus, denn er stellte sich direkt hinter ihn, gefolgt von einem auffordernden Räuspern.

Mit einem Satz sprang Dr. Bedingfield auf. Er wirbelte herum, die Augen weit aufgerissen. Auf seinem Gesicht lag der Ausdruck eines Menschen, der sich nicht nur erschrocken hatte, sondern blanke Angst spürte.

Einen Moment lang huschten seine Augen wild zwischen ihnen hin und her, dann beruhigte er sich mit einem hörbaren Seufzen.

»Oh, ich habe Sie gar nicht hereinkommen hören«, sagte er, zog ein Tuch aus seinem Jackett und trocknete sich damit die schweißnasse Stirn ab. »Ich bitte vielmals um Entschuldigung. In letzter Zeit bin ich ein wenig schreckhaft. Sie müssen Mister Hopkins sein, richtig?« Er quetschte sich zwischen den Vitrinen hindurch und schüttelte Liam die Hand. »Und wie ich sehe, haben Sie auch Verstärkung mitgebracht. Wie überaus praktisch.«

Nun kam er auch vor Sonya zum Stehen. Während sie ihm die Hand schüttelte und sich als Liams Assistentin vorstellte, nahm sie ihn genauer in Augenschein.

Dr. Bedingfield war ein Mann Anfang der Siebzig, weder besonders groß noch klein, weder schlank noch übergewichtig. Auf seinem Kopf schwebte ein Bausch weißer Haare, die keinen Scheitel zu besitzen schienen. Er trug ein Sakko aus hellbraunem Tweed und Aufnähern an den Ellenbogen sowie eine farblich abweichende Cordhose. Hinter einer rahmenlosen Brille blickte er Sonya aufmerksam an und lächelte. Seine Zähne wiesen ebenso wie seine Fingerspitzen einen unverkennbaren Gelbstich auf.

Während sich Liam und Dr. Bedingfield in belanglosem Smalltalk versuchten, ließ Sonya ihren Blick durch den Raum schweifen.

Hinter dem polierten Glas sah sie alte Karten, medizinische Instrumente und sogar menschliche Schädel. Besonders ins Auge stachen ihr jedoch auf Acrylglas gedruckte Fotoaufnahmen an den Wänden, die aus einer längst vergangenen Zeit stammen mussten. Sie alle zeigten bemitleidenswert aussehende Menschen in Nahaufnahme. Bilder grausam verstümmelter Gesichter, geöffneter Schädeldecken und vielem mehr. Auf einem davon erkannte sie einen Mann mit einer in den Kopf gedrehten Schraube, ein anderes Foto zeigte einen Patienten, dem Elektroschocks versetzt wurden. Viel zu lange hatte Sonya diese Bilder angeschaut, sodass sie gar nicht bemerkte, wie das Gespräch verstummt und Dr. Bedingfield hinter sie getreten war.

»Faszinierend, nicht wahr?«, fragte er sie und Sonya musste sich beherrschen, nicht zusammenzuzucken.

Wohl eher verstörend, hätte sie am liebsten geantwortet, doch lächelte sie bloß. Sie gewann den Eindruck, dass sie seine Worte nicht einfach unkommentiert stehenlassen konnte, also stellte sie die erste Frage, die ihr in den Sinn kam.

»Eine beachtliche Sammlung. Was ist das alles hier?«

»Eine Momentaufnahme der Geschichte«, rief Dr. Bedingfield aus und hob die Hände. »Vieles hiervon hängt entweder direkt oder indirekt mit der Insel zusammen. Widow Peak sieht auf eine bewegte Vergangenheit zurück, diese psychiatrische Einrichtung existiert bereits seit dem Jahr 1879. In diesen Vitrinen finden Sie viele Antworten. Wie es hier einst aussah, wer die Einrichtung gegründet hat und wer über die Jahre hinweg Teil von ihr war. Aber auch wichtige Meilensteine der Psychologie sind hier vertreten. Sie müssen wissen, dass so etwas–«, er deutete auf eine der verstörenden Abbildungen, »leider nicht so lange zurückliegt, wie wir es gern hätten. Die Psychologie ist nicht nur spannend und komplex, nein, sie steckt auch bis heute noch in den Kinderschuhen. Es gibt noch immer so viele Dinge, die wir nicht wissen oder höchstens annehmen können. Heutzutage gelingt uns der Umgang mit dem Unbekannten wesentlich besser, doch in der Vergangenheit wurden schreckliche Methoden bei den Patienten angewandt.«

Es wurde kurz still im Büro.

»Gab es solche Experimente auch hier auf Widow Peak?« Ihre Frage ließ das enthusiastische Leuchten in den Augen des Klinikleiters für die Dauer eines Augenblicks gefrieren. Ein gequältes Seufzen entfuhr ihm.

»Überall. Aber lassen Sie uns nicht länger über das Vergangene sprechen. Setzen Sie sich doch bitte. Ich sehe, Sie sind ganz nass. Ihre Jacken können Sie gern dort drüben an die Garderobe hängen. Wirklich ein scheußliches Wetter da draußen.«

Bedingfield kehrte zu seinem Schreibtisch zurück, einem wuchtigen Prunkstück aus dunklem Holz, dessen Verzierungen mit Goldfarbe bemalt waren. Kaum hatte er sich hingesetzt, riss er bereits eine der Schubladen auf und zerrte eine Schachtel Zigaretten heraus.

»Es stört Sie doch sicher nicht, wenn ich rauche, oder?« Er wartete kaum ihr verhaltenes Nicken ab, als er auch schon ein Feuerzeug in den Fingern hielt. Kurz darauf waberten die ersten grauen Schwaden durch das Büro. Sonya beobachtete Bedingfield dabei, wie er in schneller Folge von der Zigarette zog und dabei unruhig mit einem Fuß wippte.

»Es ist mir eine Freude, Sie hier auf Widow Peak begrüßen zu dürfen, auch wenn der Anlass dazu ein sehr bedrückender ist.« Sein Blick fiel auf Liam. »Sie können sich bestimmt denken, warum ich gerade Sie beauftragt habe?«

»Weil Sie den Besten seines Fachs wollten?« Bedingfield wich Liams selbstsicheren Blick aus und räusperte sich verlegen.

»Nun, ein entfernter Bekannter hat Sie empfohlen. Er meinte, Sie wären moralisch äußerst flexibel.« Nicht ohne etwas Schadenfreude bemerkte Sonya, wie Liam errötete.

»Schon möglich«, antwortete er kurz angebunden.

»Wie dem auch sei. Ich brauche jemanden wie Sie. Jemanden, der keine großen Fragen stellt, sondern alles tut, was nötig ist, um diese Sache aufzuklären. Ob das nun den Regeln entspricht oder eben auch nicht. Verstehen Sie mich nicht falsch, Vorschriften sind wichtig, doch hier geht es um etwas Größeres. Genauer gesagt um das Leben meiner Mitarbeiter.«

»Ist so etwas in der Vergangenheit denn schon einmal passiert? Ich meine, dass Leute auf der Insel verschwunden sind?« Auf Liams Frage hin schien Bedingfield noch nervöser zu werden, zumindest erhöhte sich die Geschwindigkeit, in der er abwechselnd seine Hände zum Mund führte – die eine, um zu rauchen, die andere, um an den Nägeln zu knabbern.

»Sie fragen sicherlich wegen den Gerüchten, die man so hört? Diesbezüglich kann ich Ihnen versichern, dass bisher noch nie ein Angestellter verschwunden ist. Schon gar nicht drei auf einmal. Bislang war das vereinzelt nur bei Patienten der Fall. Wie jede andere psychiatrische Einrichtung haben auch wir mit der Gefahr von Suiziden zu kämpfen. Auf der geschlossenen Station können wir es meist verhindern, aber wenn sie nicht als akut gefährdet eingestuft werden, befinden sie sich auf der offenen Station. Und dort ist es schon vorgekommen, dass sich Patienten von den Klippen geworfen haben. Nicht jeden davon konnten wir finden.«

Obwohl Sonya sich vorgenommen hatte, sich völlig aus dieser Unterhaltung herauszuhalten, konnte sie sich den folgenden Kommentar nicht verkneifen. »Sie glauben also, Ihre Leute sind noch am Leben? Ganze zwei Wochen nach ihrem Verschwinden?« Vielleicht lag es an den Worten selbst oder an der Art, wie Sonya es gesagt hatte, denn Bedingfields Kopf schnellte zu ihr herum und die Empörung in seinem Gesicht war nicht zu übersehen.

»Das will ich schwer hoffen. Alles andere wäre unvorstellbar.«

Mit nachdenklich gefalteten Händen lehnte sich Liam nach vorne. »Ich muss zugeben, meine Kollegin hat nicht ganz unrecht. Widow Peak ist nicht so riesig, dass man sich hier über einen längeren Zeitraum verirren könnte. Wie kann es sein, dass Menschen spurlos auf einer abgeschotteten Insel verschwinden und nicht wieder auftauchen? Halten Sie es für möglich, dass sich Ihre Mitarbeiter aus irgendeinem Grund verstecken?«

Sonya folgte seinem Blick zu Bedingfield, der immer mehr in sich zusammensank.

»Genau deswegen sind Sie hier. Ich weiß es einfach nicht. Wir haben die gesamte Insel abgesucht, leider erfolglos. Es ist mir ein absolutes Rätsel. Aber lassen Sie sich gesagt sein, dass Widow Peak sehr viel mehr ist als das, was Sie mit bloßem Auge sehen. Die Insel ist durchzogen von unzähligen Höhlen und Stollen. Es gibt hier mehr Verstecke, als man mit einer Suchmannschaft in Jahren durchstöbern könnte.«

»Gibt es eine detaillierte Karte der Insel?«, fiel ihm Liam sogleich ins Wort.

»Nur grobe, mit Höhenprofilen. Die Höhlen sind nicht menschengemacht. Das Kalkgestein unter uns ist wie ein poröser Schwamm voller Ecken und Winkel.«

Eine Wanduhr schlug zur vollen Stunde und Liam warf Sonya einen Blick zu, von dem sie nicht wusste, worauf er abzielte.

»Wir werden alles in unserer Machtstehende für Ihre Mitarbeiter tun. Ich möchte aber ehrlich mit Ihnen sein. Es kann sein, dass wir sie womöglich nicht mehr lebend finden werden. Die Tatsache, dass keiner von ihnen bisher aufgetaucht ist, spricht entweder dafür, dass sie einen schweren Unfall hatten oder sich in der Gewalt von jemandem befinden.«

»Das ist absurd!«, protestierte Bedingfield. Er blinzelte nervös und gestikulierte mit der bis zum Filter heruntergebrannten Zigarette. »Na ja, obwohl ...«

Plötzlich wurde Bedingfield bleich. Er schaute zur Tür hin, wie um sich zu vergewissern, dass niemand gerade hereinkam. Dann fügte er mit flüsternder Stimme hinzu: »Widow Peak ist kein sicherer Ort. Nicht für Sie und nicht für mich.«

Eine plötzliche Kälte erfasste Sonya. Durch das Fenster hinter Bedingfield konnte Sie zum Pier hinabsehen, wie die ersten Passagiere bereits wieder an Bord der Fähre zurückkehrten.

»Wie meinen Sie das?«

»Es gibt hier viele Geheimnisse und man lernt schnell, nicht allzu neugierig zu sein. Sie sollten wissen, unsere Mitarbeiter wohnen auf dieser Insel. Würden Sie gern so abgeschottet leben wollen?« Er lachte freudlos. »Jeder meiner Mitarbeiter hat einen guten Grund, hier zu sein. Dinge, über die ich gar nichts wissen will. Sie arbeiten und verfolgen sonst ihre eigenen Interessen. Ich versuche, all das irgendwie zusammenzuhalten, doch es gibt Dinge, die entziehen sich meiner Macht.«

Liam sah aus, als hätte er sich soeben an Bedingfields Worten geschnitten. Mit verkniffenem Gesichtsausdruck ordnete er die Falten auf seiner Stirn, bevor er sich wieder seinem Gesprächspartner zuwandte.

»Das klingt fast so, als hätten Sie keine Kontrolle über diese Insel.«

»So drastisch würde ich es nicht formulieren. Widow Peak folgt seinen eigenen Gesetzen. Ich kann Ihnen nur so viel sagen: Irgendetwas geht hier gerade vor sich. Etwas brodelt in Widow Peak. Nennen Sie es Paranoia, doch ich habe das Gefühl, dass ich beobachtet werde.« Er fluchte, als der glühende Zigarettenstummel seine Finger versengte.

Nicht zum ersten Mal beschlich Sonya ein ungutes Gefühl. Hatte Elina von den Zuständen auf der Insel gewusst? Sprach sie deswegen nie über Widow Peak, um sich selbst zu schützen? Vielleicht war das auch der Grund, warum sie sich in den letzten Monaten so selten gemeldet hat.

Nicht nur sie schien nachdenklich geworden zu sein, auch Liam wirkte beunruhigt, erkennbar daran, wie er mit den Knöcheln auf der Tischplatte trommelte.

»Das macht unsere Arbeit nicht leichter. Wem können wir hier trauen?«

»Niemandem«, antwortete Bedingfield unverwandt. »Außer mir natürlich.«

»Auch nicht Ihrem Stellvertreter? Sie werden doch sicher einen haben, oder?«

»Sie meinen Dr. Joshua Cole?« Er drehte sich in seinem Stuhl und deutete mit dem Finger auf ein gerahmtes Bild an der Wand. Darauf zu sehen war Bedingfield nebst einem hageren großen Mann mit Glatze. Etwas an dem Aussehen von Dr. Cole weckte in Sonya ein ablehnendes Gefühl. Der hochmütige Blick, die kalten blauen Augen hinter der dicken Brille, alles an ihm wirkte unnahbar und versteift. »Ihm erst recht nicht. Er ist ein brillanter Psychologe und darüber hinaus Spezialist in der Neurologie, doch wir haben uns nicht viel zu sagen. Unsere Ansichten gehen doch sehr weit auseinander. Das allein wäre nicht einmal ein Problem für mich, aber Dr. Cole ist ein gerissener Strippenzieher, von dem man nicht weiß, was er als Nächstes vorhat. Wäre er nicht die rechte Hand unserer Investoren, ohne die Widow Peak nicht bestehen könnte, wäre ich ihn vermutlich längst los. Unterschätzen Sie ihn bloß nicht. Ich rate Ihnen zur Vorsicht. Im Übrigen ist er nicht darüber eingeweiht, dass Sie hier sind. Und auch sonst niemand.«

Zum ersten Mal seit sie diese Unterhaltung begonnen hatten, nahm Liam sein Notizbuch zur Hand und notierte sich etwas.

»Verstehe. Weiß die Polizei eigentlich von den verschwundenen Mitarbeitern?«

Sonya entging nicht, wie sich Bedingfields Haltung für einen kurzen Moment versteifte.

»Nein, und das sollte auch so bleiben. Ich möchte jegliche Verwicklung der Behörden nach Möglichkeit vermeiden. Widow Peak musste in der Vergangenheit bereits genug Rückschläge für seinen Ruf erdulden und ich möchte das nicht weiter verstärken. Das ist ein sehr sensibles Thema und ich wüsste nicht, warum es in ihren Händen nicht ebenso gut aufgehoben ist.«

»Wie Sie wollen«, sagte Liam, ohne seinen Blick von dem Geschriebenen zu nehmen. »Was können Sie mir noch sagen? Ein paar mehr Details zum Verschwinden Ihrer Mitarbeiter wären hilfreich.«

»Sicher doch.« Bedingfield nahm eine aufrechtere Position ein, doch änderte dies nichts an seinem niedergeschlagenen Tonfall. »Wie schon in meiner E-Mail geschrieben, sind die Mitarbeiter vor knapp zwei Wochen verschwunden, jeder von ihnen an einem anderen Tag, jedoch innerhalb einer Woche. Aufgefallen ist es immer dann, wenn sie nicht zum Dienst erschienen sind. Keiner von ihnen hat eine Nachricht hinterlassen oder sonstige Probleme erwähnt. Natürlich habe ich einige Kollegen befragt, aber niemand konnte mir weiterhelfen. Es geschah ganz ohne irgendwelche Vorzeichen. Zuerst ist Alan White, unser Hausmeister und Handwerker, verschwunden. Wenige Tage später ein Wachmann namens Oliver Preston. Und zuletzt unsere einzige Allgemeinmedizinerin, Dr. Elina Alvarez.«

Ein Paukenschlag ertönte in Sonyas Kopf. Sie schloss die Augen, konnte das plötzliche Wanken aber nicht aussperren. Sie hielt sich an der Tischkante fest, bohrte ihre Fingernägel ins Holz, bis der erste von ihnen abbrach. Eine unsichtbare Kraft trieb ihr den Mageninhalt in Richtung Kehle. Sie hörte Bedingfields Stimme, doch klang sie plötzlich meilenweit entfernt.

»Geht es Ihnen nicht gut? Warten Sie, ich bringe Ihnen ein Glas Wasser.«

Das Erste, woran Sonya sich wieder erinnerte, war das Glas Wasser in ihrer Hand und wie sie mit tiefen gierigen Schlucken daraus trank. Nur langsam klarte ihr Verstand auf und sie zwang sich dazu, wieder aufrecht in ihrem Stuhl zu sitzen. Es war zu spät, um den Schein zu wahren, aber nicht zu spät, den Rest ihrer Würde und besonders ihrer Geheimnisse für sich zu bewahren.

»Es geht mir gut, danke. Das kommt sicher nur von der langen Reise, ich war etwas seekrank.« Sie bemühte sich um ein falsches Lächeln. Nur ein einziger Blick in Liams Augen verriet ihr, dass er ihre Lüge durchschaut hatte. Doch das kümmerte sie nicht. Sonya fühlte sich, als hätte man sie soeben ausgehöhlt.

Elina, verschwunden? Sie wollte noch nicht so recht glauben, was sie da gehört hatte. Schweigend saß sie da und ergab sich allem, was da noch kommen sollte.

Liam hatte unterdessen seinen Notizblock zugeklappt.

»Das war also alles, ja? Nicht gerade viel, aber wir werden uns umgehend an die Arbeit machen.«

Bedingfield klatschte in die Hände, es war jedoch keine Geste der Freude.

»Meinen aufrichtigen Dank. Ich werde Sie auf jede nur erdenkliche Art unterstützen. Ich habe Ihnen zu den drei betroffenen Mitarbeitern bereits ein kleines Dossier zusammengestellt. Hier, bitte sehr.« Eine schmale Ledermappe rutschte zu Liam herüber, die er gleich einsteckte, nachdem er einen kurzen Blick ins Innere geworfen hatte. »Lassen Sie mich wissen, wenn Sie sonst etwas brauchen. Eine Sache gäbe es da aber noch.

Eine ganz entscheidende Sache.« Dabei sah Bedingfield zuerst Liam und danach Sonya eindringlich an. »So, wie die Dinge hier in Widow Peak stehen, erklärt es sich beinahe von selbst, dass Sie nicht einfach herumlaufen und ermitteln können. Das würde nur ungewollte Aufmerksamkeit auf Sie ziehen. Ich muss also darauf bestehen, dass Sie verdeckt ermitteln.« Er machte eine längere Pause. »Getarnt als Patienten.«

Während Sonya erst die Augen aufriss, war Liam bereits von seinem Stuhl aufgesprungen.

»Halt. Davon war in Ihrer E-Mail aber keine Rede.«

»Ich weiß. Aber leider sehe ich keine andere Möglichkeit.«

»So was machen wir nicht.« Liam sah hilfesuchend zu Sonya. »Nicht wahr?«

»Dann können Sie es gleich bleiben lassen.« Bedingfield deutete aufgebracht zum Fenster hinaus »Solange man Sie da draußen für einen Fremden oder, noch schlimmer, für einen Ermittler hält, werden Sie hier überhaupt nichts herausfinden. Geheimhaltung ist unser oberstes Gebot. Damit keiner der Angestellten Verdacht schöpft, habe ich bereits eine Patientenakte für Sie anlegen lassen. Sie werden es gleich verstehen.«

Bedingfield beugte sich zu einer der Schubladen seines Schreibtischs herab. »Ich möchte Ihnen nun die gesamte Einrichtung zeigen.« Er schob ihnen ein Bündel mit Patientenkleidung entgegen. »Bitte ziehen Sie sich um.«

5.

Es fühlte sich falsch an, in dieser schrecklichen Patientenkluft zu stecken, und noch schrecklicher fühlte es sich an, dass sie nach langer Diskussion auf Bedingfields Bitte eingegangen waren. Wahrscheinlich bildete Liam es sich nur ein, doch glaubte er, dass ihn die Nähte dieses Fummels bereits jetzt überall zwickten und kratzten. Ein schnittloser Sack aus weißem Leinen mit viel zu kurzen Ärmeln.

Einerseits konnte er Bedingfields Anliegen verstehen und sah auch einen gewissen Vorteil darin, verdeckt ermitteln zu können, andererseits sträubte sich seine ganze Vernunft dagegen, denn es bedeutete für den Rest des Monats, täglich all die Patienten um sich zu haben. Sonya hatte in der Zwischenzeit kein einziges Wort gesagt. Seit ihrem sonderbaren Schwächeanfall im Büro wirkte sie, als würde sie an unsichtbaren Fäden hängen. Irgendwie gedankenversunken und doch stellenweise wieder hellwach. Ihm war nicht verborgen geblieben, dass Sonya ihre Pistole nicht mehr bei sich trug. Unter der Patientenkleidung wäre die Waffe beinahe unmöglich zu verstecken und so vermutete er, dass Sonya sie in ihrem Koffer verstaut hatte.

Mittlerweile hatten sie das Büro verlassen und Liam stapfte gedankenverloren hinter Bedingfield her. Zu wenige Informationen und nicht ein einziger Ansatzpunkt, wo er seine Suche beginnen sollte.

Draußen hatte es mittlerweile aufgehört zu regnen, doch war der Boden abseits der befestigten Wege bereits so weich und matschig, dass Liams Stiefel nach nur wenigen Schritten aussahen, als hätte er sie in einen Straßengraben geworfen.

Sie standen wieder vor dem Eingang, durch den sie das Verwaltungsgebäude kurz zuvor betreten hatten, aber etwas hatte sich verändert. Das Tor zum Anlegesteg war nun geschlossen und wie um Liam die Endgültigkeit seiner Entscheidung zu demonstrieren, hörte er das dröhnende Horn der Fähre, die in diesem Moment vom Pier ablegte.

Auch Bedingfield drehte kurz den Kopf, bevor er sich ihnen wieder zuwandte. »Das war es dann wohl für den Rest des Monats«, seufzte der Einrichtungsleiter gedehnt, und obwohl er diese Worte in keinerlei Hinsicht besonders betonte, glaubte Liam, darin einen besorgten Unterton wahrzunehmen. Ein Gefühl, das sich sprunghaft auf ihn übertrug.

Denk ans Geld, Liam. Denk an das schöne Geld, tröstete er sich.

Sie entfernten sich gerade weit genug vom Verwaltungsgebäude, sodass sie es in voller Größe betrachten konnten. Bedingfield begann mit einem Räuspern zu erklären:

»Dieses prächtige Gebäude haben Sie ja bereits gesehen. Das Verwaltungsgebäude ist noch ein Relikt aus dem Jahr 1879. Gegründet wurde die ganze Einrichtung von Dr. Joseph Pierce, einem Arzt von damals großem Ansehen, dessen Methoden heutzutage jedoch als barbarisch gelten würden. Unterstützt hat ihn der amerikanische Investor Colonel W. Harling. Sie ließen die gesamte Station im Kolonialstil bauen, auch wenn das für diese Region untypisch ist und der Stil schon damals aus der Mode gekommen war. Eine exzentrische Vorliebe würde ich sagen. Ursprünglich war es ein Sanatorium, doch wurde es in den Folgejahren aufgrund des stetig wachsenden Bedarfs an Nervenheilanstalten zu einer Psychiatrie umgebaut.« Jedes seiner Worte strotzte vor einer Begeisterung, die Liam nur schwer teilen konnte.

Statt sich in den geschichtlichen Details zu verlieren, fiel sein Blick auf einen der wenigen Wachtposten am Tor, der unruhig von einem Fuß auf den anderen trat und sie nicht aus den Augen ließ.

»Ihre Wachleute sind nervös«, stellte Liam fest und bemühte sich nicht zu zeigen, dass es ihm ebenso ging.

»Natürlich sind sie das.« Bedingfield ging einfach weiter, ohne den Wachmann eines Blickes zu würdigen.

»Bedenken Sie, dass einer ihrer Wachkollegen verschwunden ist. Wie würden Sie sich da fühlen?«

Liam musste nicht in sich hineinhorchen, um zu wissen, dass Empathie nicht unbedingt zu seinen Stärken zählte. Also versuchte er erst gar nicht zu ergründen, wie sich diese Leute wohl fühlten. Etwas anderes beschäftigte ihn gerade mehr.

»Sie sagen, wir sollen verdeckt ermitteln und uns als Patienten ausgeben, aber werden Ihre Wachleute es nicht verdächtig finden, wenn Sie uns hier herumführen?«

»Wohl kaum. Alle unsere neuen Patienten der offenen Station dürfen sich frei bewegen und erhalten eine kurze Führung, damit sie sich nicht verirren. Eher selten durch mich persönlich, aber das ist auch schon vorgekommen.« Seine Worte ließen wenig Raum für Widersprüche und Liam entschied sich, es vorerst dabei zu belassen.

Daraufhin folgten sie einer schmalen Allee aus Blutbuchen, deren rötliche Blätter aussahen, als stammten sie nicht von dieser Welt. Dutzende dieser Bäume spannten mit ihren Ästen ein Dach über sie, dicht genug, dass Liam den Himmel nicht mehr sah.

»Das hier ist übrigens die einzige Straße auf der Insel, sie führt einmal quer über die Insel auf die andere Seite. Natürlich gibt es auch zu diesen herrlichen Blutbuchen eine Geschichte, aber deswegen sind Sie ja nicht hier. Fürs Erste hilft es Ihnen wohl am meisten, wenn ich Ihnen erkläre, wie eine Psychiatrie grundsätzlich aufgebaut ist. Oder kennen Sie sich bereits in dem Gebiet aus?« Er sah in zwei verdutzte Gesichter, woraufhin er nahtlos fortfuhr. »Nun ja, woher auch? Hier auf Widow Peak gibt es eine offene, eine geschlossene und eine forensische Station. Über Letztere verfügen die wenigsten Einrichtungen, weshalb wir besonders stolz darauf sind. Grundsätzlich sind die Patienten der offenen Station freiwillig bei uns. Die meisten von ihnen leiden an Depressionen oder verschiedenen Angststörungen. Sie können sich abgesehen von Sperrzonen oder den Bereichen für Mitarbeiter frei auf der Insel bewegen. In der geschlossenen Station hingegen ...«

»Sind die Gummizellen?«, warf Liam kurzerhand ein. Die Art, wie Bedingfield ihn daraufhin belächelte, machte deutlich, wie daneben er lag.

»Ich denke, Ihr Bild einer Psychiatrie ist etwas zu stark vom Bild aus den Medien geprägt, Mr. Hopkins. Nicht jeder Patient einer geschlossenen Abteilung sitzt in einer Gummizelle. Meist verwenden wir solche Spezialräume nur im akuten Bedarfsfall. Wie Sie sich bereits denken können, sind die meisten der Patienten nicht ganz freiwillig in der geschlossenen Abteilung. Einige wenige allerdings schon. Ich weiß, es ist für einen gesunden Menschen schwer nachzuvollziehen, doch es gibt Patienten, die dem akuten Risiko von Suizid ausgesetzt sind, und sich daher aus freien Stücken in diese Form der Isolation begeben. Bei uns stellen sie allerdings eine Minderheit dar. Die meisten anderen leiden an den verschiedensten Krankheitsbildern wie Schizophrenie, Wahnvorstellungen, Verfolgungswahn und dergleichen.« Er machte eine kurze Kunstpause, bevor er mit fahrigen Gesten seine Erklärung fortsetzte. »Sie müssen sich die Bauwerke auf Widow Peak als dreigeteilten Kosmos vorstellen. Es gibt die Station, das Dorf und die alte Festung. Aber alles zu seiner Zeit. Wir befinden uns hier in der sogenannten Station. Sie besteht aus dem Verwaltungsgebäude, den Mitarbeiter-Bungalows, einem Ärztehaus und der geschlossenen Abteilung.« Als sie ein Stück vorangingen, tat sich plötzlich eine Schneise zwischen den Gebäuden auf, durch die Liam die weit entfernte Felsspitze und die darauf thronende Festung entdecken konnte, die er bereits von der Fähre aus gesehen hatte.

Er musste nicht lange darüber nachdenken, was er dort sah und doch hatte Bedingfield seinen starren Blick wohl als Frage gedeutet. »Was Sie dort hinten sehen, ist unsere forensische Station. Sie ist für Straftäter mit psychischen Erkrankungen vorgesehen.«

»Also ein Gefängnis«, warf Sonya ein, die plötzlich wieder zum Leben erwacht war. »Wohl eher nichts für einfache Taschendiebe. Was muss man angestellt haben, um dort zu landen?«

Auf diese Frage schien Bedingfield nicht sofort eine Antwort zu haben. Er räusperte sich, nahm die Brille ab und putzte sie gründlich, bevor ihm endlich die richtigen Worte einfielen.

»Nun, das kommt darauf an. Wir haben die verschiedensten Sorten von Kriminellen dort einsitzen. Mörder, Räuber, Vergewaltiger, Kinderschänder, um nur einige davon zu nennen.«

Sonyas Blick verdüsterte sich. Sie sagte nichts weiter dazu, sondern widmete sich offenbar wieder ihren Gedanken.

Sie hatten die einzelnen Gebäude der Station schnell hinter sich gelassen und folgten der Allee bis zu einem mit Stacheldraht bewehrten Zaun, der sich über die gesamte Breite der Insel von einer Klippe zur nächsten erstreckte. Nur ein Tor aus künstlerisch geformtem Gusseisen bildete den einzigen Durchgang.

Auf Bedingfields Befehl hin öffnete ein Wachmann die gewaltigen Torflügel und Liam kam es beinahe so vor, als würden sie eine andere Welt betreten. Von ihrer erhöhten Position aus überblickten sie eine Ansammlung von Hütten, die sich wie eine Dorfgemeinschaft zwischen dem Wald und den Klippen aneinanderdrängten. Es mussten viele Dutzend sein, vermutlich mehr, als Widow Peak für die Anzahl seiner Patienten benötigte. Ein Tumor aus Dächern, Wänden und schrägen Zäunen, der wie ein Fremdkörper aus der Erde zu wuchern schien. Ebenso wie jedes architektonische Detail im Bereich der Station fein abgestimmt war, so wild und willkürlich wirkte das Dorf.

Es gab keine Straßen, keine einheitliche Beleuchtung oder Bedachung. Jedes Haus schien aus einer anderen Zeit zu stammen und kein einziges stand in einer Linie zum nächsten. Manche waren ebenerdig gebaut, andere mehrstöckig oder gar auf Pfählen errichtet, um dem sumpfigen Boden zu trotzen.

Die einzige Gemeinsamkeit bestand darin, dass die unzähligen Hütten sich alle um einen finsteren Weiher gruppierten, über dem eine Wolke aus Insekten schwebte. Ein Surren lag in der modrig riechenden Luft.

»Ein verblüffender Anblick, nicht wahr?«, hörte Liam plötzlich Bedingfields Stimme so dicht an seinem Ohr, dass er erschrak. »Es gibt so viel über diesen Ort zu erzählen, aber ich versuche, es beim Nötigsten zu belassen. Ab sofort sollten wir übrigens gut aufpassen, was wir sagen. In diesem Bereich dürfen sich die Patienten der offenen Station frei bewegen und die Wände haben Ohren. Wir wollen doch nicht, dass jemand Verdacht schöpft und zweifelt, dass sie Patienten sind.«

Verblüffend, so konnte man es natürlich auch nennen. Beim Anblick der düsteren Patientensiedlung spürte Liam vor allem eine innere Kälte in sich aufsteigen.

»Wie ... also warum ...« Er schaffte es nicht einmal, seine Fragen in die richtige Reihenfolge zu bringen, doch war es auch nicht nötig, damit Bedingfield ihn verstand.

»Sie fragen sich, was diese Form der Unterbringung soll? Da sind Sie nicht der Erste. Unser Konzept ist einzigartig in Europa, wenn nicht sogar auf der ganzen Welt. Es mag umstritten sein, keine Frage, doch wir sind von diesem System überzeugt. Auch wenn Widow Peak nicht gerade einen guten Ruf genießt, können wir trotzdem mit Stolz behaupten, dass unsere Therapieansätze durchaus erfolgreich sind.«

Hinter ihnen schloss sich das Tor und Bedingfield führte sie auf einem gewundenen Pfad hinab zum Dorf.

Ab hier verwandelte sich das Areal in eine sumpfige Landschaft. Der Weg endete und sie folgten stattdessen einem Pfad, der aus im Boden versenkten Holzbohlen bestand.

Liam konnte das Moor nicht nur sehen, sondern auch riechen. Eine eigentümliche Mischung aus faulendem Holz und abgestandenem Wasser. Er rümpfte die Nase und als er zu Sonya blickte, sah er, dass es ihr nicht anders ging. Nur Bedingfield schien sich nicht im Geringsten daran zu stören.

»Widow Peak ist ein Ort voller Geschichten«, setzte er erneut an und schnippte sich eine Mücke vom Hemdkragen. »Dieser Teil der Insel liegt, auch wenn man es nicht mit bloßem Auge sieht, in einer Senke. All das Wasser läuft von den höher gelegenen Lagen ab und bildet diesen Sumpf. Lange bevor Widow Peak als Psychiatrie genutzt wurde und noch Einheimische auf der Insel lebten, wurde das Moor trockengelegt, aber mit dem Wegzug der Menschen kam es wieder zurück. Heute sind wir stolz darauf, dieses Stück Biodiversität bewahren zu können.«

Ein gurgelndes Geräusch erklang, als Liam einen Schritt zu weit nach rechts machte und sein Stiefel im Morast einsank.

Zum Teufel mit der Biodiversität.

»Wirklich reizend, Doktor. Ihre Begeisterungsfähigkeit hätte ich gern. Mich würde ja mehr interessieren, warum Sie das Ganze machen? Ist es nicht einfacher, die Menschen wie in einer gewöhnlichen Psychiatrie unterzubringen?«

Während Liam seine Schuhe am nächstgelegenen Baum abwischte, verfiel Bedingfield in ein trockenes Lachen.

»Einfacher schon. Wir sind aber der Meinung, dass es unseren Patienten bei der Genesung hilft, wenn sie ein selbstbestimmtes und autonomes Leben führen können. Jeder von ihnen lebt in einer dieser Hütten und kann weitestgehend seinem eigenen Tagesablauf folgen. Es gibt Beschäftigungsmöglichkeiten, Kurse und auch einen kleinen Kiosk, bei dem sie sich mit ein paar Kleinigkeiten eindecken können. Natürlich sind sie dabei nicht auf sich allein gestellt. Es gibt tägliche Therapiesitzungen und unser Personal kommt jeden Tag zur Visite bei ihnen vorbei.«

»Ist das nicht riskant?«, warf Sonya ein, die einige Schritte hinter ihnen zurückgefallen war. »Ich meine, wenn Sie den ganzen Verrückten so viele Freiheiten geben, könnte doch viel passieren.«

»Hier gibt es nach meiner Auffassung keine Verrückten«, stellte Bedingfield mit einem Tonfall klar, der keinerlei Widerrede duldete. »Nur Menschen mit geistigen Krankheiten. Das Schlimmste, was hier in der offenen Station für gewöhnlich passiert, ist der Suizid eines Patienten. Die Selbstmordrate liegt in Widow Peak zwar knapp über dem landesweiten Durchschnitt psychiatrischer Anstalten, ist aber nicht alarmierend hoch. Vermutlich haben Sie sich noch nie viel mit diesem Thema beschäftigt, deswegen möchte ich es Ihnen kurz erläutern. In einer konventionellen psychiatrischen Einrichtung wird viel Wert darauf gelegt, den Patienten alle Möglichkeiten zur Selbstverletzung in ihrem direkten Umfeld zu nehmen. Das mag vor Ort gut funktionieren, aber die meisten Patienten bekommen regelmäßig Ausgang, teilweise auch über mehrere Tage hinweg. Und genau in dieser Zeit passieren dann die meisten Suizide. Wir fahren da eine andere Strategie. Unsere Patienten der offenen Station sind, wenn Sie es so wollen, immer auf freiem Fuß. Das Leben in Widow Peak ist sehr kontinuierlich und bietet viel Stabilität für sie. Ich will nicht behaupten, dass unsere Lösung die bessere ist, aber sie funktioniert in dem von uns gesetzten Rahmen.«

Noch während sich Liam fragte, was er davon halten sollte, tauchten vor ihnen die ersten Hütten auf. Wie verlassen lagen sie da, kaum mehr als dunkle leblose Schatten.

Ihr Weg führte sie zwischen den Hütten hindurch, bis zu dem im Zentrum liegenden Weiher. Obwohl Liam keinen der Bewohner entdecken konnte, wurde er das Gefühl nicht los, beobachtet zu werden.

Der Weiher erstreckte sich wie ein im Boden versenktes finsteres Maul, von allen Seiten umgeben von Trauerweiden und anderen Sumpfgewächsen. Insektenscharen tanzten auf seiner Oberfläche und Liams Blick fiel auf eine sonderbare Holzkonstruktion am Uferrand. Sie glich einem halb über dem Wasser schwebenden Lastenkran, an dessen Ende ein Stuhl angebracht war.

»Unser Tauchstuhl«, verkündete Bedingfield, der offenbar seinem Blick gefolgt war.

Diesmal konnte Liam sein Entsetzen nicht mehr länger zurückhalten. So ein Gerät kannte er nur aus dem Fernsehen, besser gesagt aus Dokumentationen über Hexenverfolgungen, die er angesehen hatte, wenn sonst kein Sport lief, auf den es sich zu wetten lohnte.

Er wollte schon tief Luft holen, doch nahm Bedingfield ihm mit seinen folgenden Worten gleich den Wind aus den Segeln.

»Natürlich ist es nur eine funktionslose Nachbildung des historischen Originals, das einmal dort gestanden hat. Mein Vorgänger hielt es für eine gute Idee, auf diese Weise das historische Erbe von Widow Peak zu erhalten. Für meinen Geschmack muss nicht immer alles so transparent offengelegt werden. Widow Peak blickt leider auf eine dunkle Vergangenheit in der Hexenverfolgung zurück, die nicht, wie viele glauben, im Mittelalter stattgefunden hat, sondern ihren Höhepunkt erst viel später, im 17. Jahrhundert, hatte. Hier auf der Insel wurden viele solcher vermeintlichen Hexen hingerichtet. Dafür kamen Scheiterhaufen oder Tauchstühle wie dieser hier zum Einsatz. Die meisten sind aber mit viel simpleren Methoden ermordet worden.« Sein gekrümmter Finger deutete auf die Felsspitze im Osten der Insel. »Das ist die Witwenspitze. Früher namenlos, aber nachdem dort hunderte angebliche Hexen, vorwiegend Witwen, in die Tiefe gestoßen wurden, erhielten der Berg und die Insel ihre Namen.«

Auf seine Worte folgte angespanntes Schweigen. Liam starrte ins trübe Wasser, das sich vor seinen Augen soeben von einem Weiher in ein makabres Grab verwandelt hatte.

Wenn ich wenigstens von hier abhauen könnte, schoss es ihm durch den Kopf. Nein, er konnte nicht wieder weglaufen. Das hatte er schon viel zu oft versucht und wohin hatte ihn das geführt?

Wie lange und vertieft Liam in den Weiher hineingestarrt hatte, bemerkte er erst, als Sonya ihn aufgebracht an der Schulter zerrte.

»Liam! Dreh dich um, schnell!« Die Panik in ihrer Stimme vertrieb schlagartig den Nebel aus seinen Gedanken. Er fuhr herum und erstarrte.

Ohne dass er etwas bemerkt hatte, waren die Patienten aus ihren Hütten hervorgekommen. In einer Wolke aus schneeweißen Gewändern hatten sie sich nur wenige Meter hinten ihnen in einem Halbkreis aufgebaut und ihnen den Weg abgeschnitten.

Liam begegnete ihren glotzenden Blicken, die ihn bis auf die Haut auszogen. Manche von ihnen starrten nur ausdruckslos, andere blinzelten ihn mit schiefem Kopf an. In ihren Augen lag eine Neugier, die ihn in sich zusammensinken ließ.

Eingekeilt zwischen dem Weiher und den Dutzenden Leibern kam es Liam so vor, als würde ihm die Luft zum Atmen ausgehen. Sein Puls begann zu rasen.

Er wich zurück und ertappte sich dabei, wie er hinter Sonya Schutz suchte.

»Was wollen die von uns?«, keuchte Liam und versuchte das Zittern in seiner Stimme zu unterdrücken. Sonya fummelte währenddessen angespannt an ihrem Gürtel herum, an dem bis vor kurzem noch ihre Pistole gesteckt hatte.

»Das weiß man nie so genau«, antwortete Bedingfield. Auch seine Stimme klang nicht so zuversichtlich und sorglos, wie sie es sollte. »Ich glaube, sie sind neugierig, wer da nun zu ihnen stößt. Begrüßen Sie Ihre Mitpatienten.«

Liam dachte nicht im Traum daran, sich diesen Wahnsinnigen zu nähern.

Aus den Reihen der Patienten löste sich plötzlich ein grauhaariger Mann mit weit aufgerissenen wilden Augen. Er hielt mit starrem Blick so direkt auf sie zu, dass Liam einen Schritt zurückmachte und am liebsten in den Weiher gesprungen wäre. Auf den letzten Metern machte der Patient einen Satz nach vorne und packte Liam am Kragen.

»Du bist hier? Du solltest nicht hier sein!«, wütete er und begann ihn zu schütteln. »Du kannst sie nicht täuschen, hörst du? Sie finden dich!«

Liam erschlaffte zwischen den kräftigen Armen. Er kämpfte dagegen an, doch versetzte ihn jedes einzelne Wort wieder in seine Vergangenheit. Er spürte die Kälte, sah die Dunkelheit vor sich. Eine namenlose Ohnmacht streckte ihre Finger nach ihm aus. Er versuchte sich zu wehren, doch gelang es ihm nicht.

»Hör mir zu!«, hallten die Worte in seinen Ohren. »Hast du es denn immer noch nicht verstanden? Sobald sie es herausfinden, bist du tot!«

Das Zerren endete abrupt, als ein wie aus dem Nichts aufgetauchter Wachmann den Grauhaarigen wegzerrte. Die Menge aus Patienten stob auseinander und Liam sah sie in ihren Hütten verschwinden.

Noch bevor er begriff, was gerade passiert war, hakte sich Bedingfield bei ihm ein und zerrte ihn schnell weiter.

»Kommen Sie, hier entlang. Unsere Führung ist für heute beendet.«

6.

Sonya schwirrte immer noch der Kopf. Ihr kam das eben Geschehene vor wie ein Traum, als sie bis zum anderen Ende des Dorfs geeilt waren, um nun zusammen mit Bedingfield vor einer der Hütten zu stehen. Mittlerweile war keiner der Patienten mehr zu sehen und über dem Dorf lag wieder eine geisterhafte Stille.

»Ich hätte Ihnen gern noch mehr gezeigt, aber das muss wohl warten«, erklärte Bedingfield, ohne eine Reaktion bei Liam hervorzurufen. Dieser wirkte immer noch wie weggetreten und war seltsam still. »Die Patienten sind heute unruhig. Es ist besser, wenn wir uns vorerst zurückziehen. Vor sich sehen Sie Ihre Unterkunft für den Rest des Monats. Wir wussten leider nicht, dass Sie zu zweit kommen, deswegen haben wir nur diese eine Hütte vorbereitet, doch sie besitzt ohnehin zwei kleine Schlafzimmer. Ich hoffe, das ist in Ordnung?«

»Wenn es nicht anders geht«, antwortete Sonya und besah sich die mit Holzschindeln verkleidete Hütte.

Auch Liam nickte halbherzig, doch schien er die Worte gar nicht richtig wahrzunehmen.

Auch Bedingfield musste die bedrückende Stimmung spüren, die gerade in der Luft lag, denn er räusperte sich und bemühte sich um ein starres Lächeln.

»Sie werden sich bestimmt schnell einleben. Alles, was Sie benötigen, finden Sie dort drin. Und falls etwas fehlt, sagen Sie mir Bescheid. Das Essen wird Ihnen zugestellt und Ihr Gepäck lasse ich Ihnen gleich bringen. Ich werde Sie nach Möglichkeit jeden Tag aufsuchen, damit Sie mir über Ihre Fortschritte berichten können. Und nicht vergessen ...« Er hob mahnend den Zeigefinger. »Vertrauen Sie niemandem.«

Nach allem, was Sonya bisher gesehen hatte, musste Bedingfield ihr das nicht zweimal sagen. Sie nickte seine Worte stoisch ab und warf einen Blick zu Liam, der sich wie benommen am Gartenzaun abstützte und um Jahre gealtert schien.

»Wenn Sie wollen, begleite ich Sie noch hinein und zeige Ihnen Ihre Unterkunft?«, bot Bedingfield an, doch schüttelte Sonya bereits den Kopf.

»Nicht nötig. Wir kommen klar. Ich wollte ohnehin gerade mit meinem ... Kollegen unter vier Augen sprechen. Geben Sie mir einfach den Schlüssel.«

Ein betretenes Räuspern füllte die Leere zwischen den Sätzen.

»Nun, es gibt keinen Schlüssel. Ebenso wenig wie ein Türschloss«, räumte Bedingfield mit gequältem Gesichtsausdruck ein und warf einen vielsagenden Blick in Richtung Tür.

Sonya blieb die Antwort prompt im Hals stecken, doch sprachen ihre weit aufgerissenen Augen wohl für sich. »Bitte was?« Als sie die Augen zur Tür richtete, bestätigten sich Bedingfields Worte.

»Keine der Hütten hat eines. Das würde die Visite nur unnötig erschweren. Wir werden für Sie ein Türschloss nachrüsten, das verspreche ich. Unser Hausmeister ist nur leider ... Nun Sie wissen es ja. Aber ich werde jemand anderen finden, der das für Sie erledigen kann.«

Trotz seiner vermeintlich beruhigenden Worte ließ Sonya es sich nicht nehmen, die Arme zu verschränken. Auch nur eine einzige Nacht ohne ein Schloss in der Tür zu verbringen, kam ihr vor wie Irrsinn. Vor allem nach der Szene gerade eben. An was für einen Ort war Elina da eigentlich geraten?

Und ist es nicht deine Schuld, dass sie überhaupt hier sein muss? Sie drängte die Gedanken beiseite, nur um Platz für noch mehr Zweifel zu machen. Vielleicht sah Bedingfield ihr den inneren Kampf bereits an, denn er hatte es plötzlich sehr eilig zu gehen.

»Wird Zeit, sich wieder meiner Arbeit zu widmen. Es ist schon fast dunkel und Sie sind bestimmt erschöpft von der Reise. Wir sehen uns morgen.« Bevor er ging, klopfte er Liam noch einmal eindringlich auf die Schulter. »Sie schaffen das schon. Und das mit dem Patienten vorhin tut mir leid. Hören Sie nicht auf den alten Montgomery, er leidet unter Wahnvorstellungen. Bestimmt müssen sich die Patienten erst an Sie gewöhnen, Sie werden sehen.« Mit diesen Worten machte er kehrt und stapfte am Ufer des Weihers davon. Sonya sah ihm noch eine Weile hinterher, bis seine Gestalt in den aufziehenden Nebelschwaden verschwand.

Ihr Blick fiel wieder auf Liam, der mehr wie ein Häufchen Elend im Zaun hing, als dass er sich an diesem festhielt.

»Reiß dich zusammen!«, herrschte sie ihn an und zerrte ihn bis zu den Stufen der Hütte.

»Was kümmert dich mein Wohlbefinden? Hieß es nicht vorhin noch, jeder kümmert sich um sich selbst?« Er riss sich von ihr los und stapfte schweren Schrittes durch die Tür.

»Genau deswegen wollte ich mit dir reden«, rief Sonya ihm hinterher. Die Tür schlug vor ihrer Nase zu.

Männer, stöhnte sie im Geiste und folgte ihm bis in die schmale Küche. Liam hatte wohl schon erwartet, dass sie nicht so leicht lockerlassen würde, denn er drehte sich bereits mit erwartungsvollem Blick zu ihr um.

»Keine Sorge, ich habe dich vorhin klar und deutlich verstanden. Ich kümmere mich um meinen Fall und mache dir möglichst wenig Ärger. Das ist es doch, was du von mir willst, richtig?«

»Ich weiß, dass ich das gesagt habe. Und ja, ich hab's auch so gemeint. Aber die Situation hat sich geändert.«

»Für wen?« Er musterte sie aus schmalen Augen.

Sonya wusste, dass er ihr nicht zuhören würde, solange sie ihm nicht die Wahrheit sagte, also holte sie einmal tief Luft, um die Blockade in ihrem Inneren zu durchbrechen.

»Ich hatte doch angedeutet, dass ich jemanden auf der Insel kenne«, begann sie vage. »Dieser Jemand ist meine Schwester und so wie es aussieht, steht sie auf der Liste unserer verschwundenen Mitarbeiter.«

Sie spürte einen Stich in ihrer Seite. Diese Worte auszusprechen, fühlte sich noch einmal ganz anders an, als sie bloß zu denken.

Auf Liams Gesicht zeichnete sich etwas ab, das man tatsächlich als Überraschung deuten konnte.

»Tatsächlich? Das mit dem gleichen Namen hatte ich für Zufall gehalten. Zugegeben, das habe ich nicht kommen sehen. Tut mir leid für dich, aber willst du mir jetzt sagen, dass wir ab sofort gemeinsame Sache machen?« Er hob seine Augenbrauen, eine Geste, die bei ihm keinerlei Rückschlüsse darauf zuließ, was er gerade wirklich dachte.

»Glaubst du, ich will hier nur rumsitzen und Däumchen drehen, während meine Schwester spurlos verschwunden ist?« Sie bemerkte, dass ihre Stimme immer lauter wurde, konnte sich jedoch nicht bremsen »Ich helfe dir.«

»Wer sagt, dass ich deine Hilfe überhaupt will?«

Diesmal lehnte sich Sonya so weit nach vorne, dass sie die feinen Sprenkel in Liams Augen sehen konnte und sich ihre Nasen beinahe berührten.

»Das nächste Mal, wenn dir ein Patient an die Gurgel geht, wirst du sehr dankbar dafür sein, mich zu haben«, erwiderte sie eindringlich und hinter Liams Stirn begannen die Gedanken sichtbar zu arbeiten. Einige Male warf er seinen Kopf hin und her, als müsste er einen inneren Kampf austragen, doch dann lenkte er ein.

»Vielleicht hast du recht.«

»Du bist wie ein Sack voll Flöhe und manchmal könnte ich dich erwürgen, aber wir sitzen hier zusammen drin und wir kommen auch nur zusammen raus.« Sie reichte ihm die Hand. »Verbündete?«

Für einen Augenblick, der sich anfühlte wie eine Ewigkeit, sah Liam sie nur forschend an. Dann ergriff er ihre Hand. »Einverstanden.« Sein Lächeln wirkte diesmal sogar aufrichtig, doch wer konnte das bei einem Schauspieler wie Liam schon mit Gewissheit sagen?

»Wie ist also der weitere Plan?«, fragte sie voller Tatendrang.

»Das Übliche. Leute befragen, verschiedene Orte aufsuchen ...« Er zählte die einzelnen Punkte an seinen Fingern ab, als plötzlich der dröhnende Knall einer Explosion die Hütte erzittern ließ. Mit einem ohrenbetäubenden Klirren barsten die Fensterscheiben. Liam stürzte zu Boden und ein Regen aus Glasscherben ging auf sie nieder. Sonya dröhnten die Ohren, plötzlich lag sie zwischen den Scherben, alles drehte sich. Ihr Blick fiel auf ihre blutigen Handflächen, bevor sie die ersten Schreie hörte.

7.

Dumpf und verschwommen wirkte die Welt auf Liam, als er sich benommen zurück auf die Beine kämpfte. Seine Knie zitterten und drohten sofort wieder unter ihm nachzugeben.

Er hörte Schreie, doch konnte er nicht sagen, ob sie von nah oder fern kamen. In seinen Ohren klang ein langgezogenes Pfeifgeräusch, das alles übertönte. Jemand schüttelte ihn. Es gelang ihm nur schwer, die Augen offenzuhalten. Er sah Sonya. Staub und Glassplitter klebten ihr im Gesicht. Sie rief ihm etwas zu, doch verstand er kein einziges Wort davon.

Nur langsam kehrten die ersten Gedanken in seinen leeren Kopf zurück. Was war gerade passiert? Eine Explosion? Ein Anschlag? Es gelang ihm nicht, die Eindrücke zu einem Bild zusammenzufügen. In seinem Mund schmeckte er Blut, spürte aber keine Schmerzen.

Noch während er seine Gedanken sortierte, packte ihn Sonya an der Hand. Ihre Finger fühlten sich glitschig an, beinahe klebrig. Als Liam nach unten sah, entdeckte er das Blut.

Wie er aus der Hütte gekommen war, wusste er nicht mehr, nur dass die frische kalte Luft seinen Verstand allmählich aufklaren ließ.

Er blickte sich um. Die Explosion war nicht an ihrem Haus entstanden, sondern irgendwo im näheren Umkreis, dicht genug, damit die Druckwelle ihre Fensterscheiben bersten ließ.

Als sie im Dämmerlicht vor ihrer Hütte standen, sahen sie, wie Panik im Dorf ausbrach. Eine ganze Traube von Patienten lief kopflos und schreiend zwischen den Hütten umher. Einer von ihnen war in den Weiher gestürzt, ein anderer drehte sich nur hilflos im Kreis. Der Rest zerstreute sich wie ein Bienenschwarm bei einem Feuer. Mehrere Wachmänner versuchten vergeblich sie einzufangen.

Überall war plötzlich das Geräusch aufgebrachter Stimmen zu hören, untermalt von dem Heulen einer Sirene, die laut und schrill wie ein Fliegeralarm über die Dächer dröhnte.

Auch bei allen umliegenden Hütten waren die Fensterscheiben zerbrochen. Zwischen den nun im Wind wehenden Gardinen sah Liam verzweifelte und verängstigte Blicke. Irgendwo rief jemand um Hilfe.

Wie angewurzelt blieb er stehen und ließ den Regen aus Eindrücken auf sich niedergehen. Auch Sonya wagte es nicht, sich zu bewegen. Ihr Kopf zuckte hin und her, unentschlossen, wohin sie zuerst schauen sollte. Die Gebäude schienen sonst alle intakt zu sein, wo also war der Knall hergekommen?

Der Geruch von Feuer lag zum Greifen schwer in der Luft. Aus dem angrenzenden Wald sah Liam tiefschwarze Wolken aufsteigen, die der Wind bis ins Dorf trieb.

Er hustete und schirmte seine tränenden Augen mit der Hand ab. Neben ihm schnappte auch Sonya hörbar nach Luft.

»Das kommt von da drüben!« Er folgte ihrem ausgestreckten Finger bis zur nahegelegenen Anhöhe der Steilklippe, wo versengte Bäume umgestürzt auf der Erde lagen.

Noch bevor Liam begriff, was das für sie bedeutete, sah er Sonya bereits darauf zulaufen. Er zögerte nicht lange und beeilte sich, ihr hinterherzukommen.

Sie folgten der Uferlinie des Weihers und bahnten sich ihren Weg durch die durcheinanderlaufenden Patienten. Immer wieder fiel Liam zurück, prallte mit fremden Körpern zusammen oder stolperte über eine der zahllosen Baumwurzeln. Auf halber Strecke hatte er Sonya eingeholt. Der Brandgeruch wurde nun immer stärker, die dunklen Rauchwolken dichter.

Sie ließen das Dorf hinter sich und bogen im Wald auf einen halb zugewachsenen Trampelpfad ein, der so aussah, als könnte er sie auf die Anhöhe führen.

Niedrige Äste peitschten Liam ins Gesicht, doch ließ er sich davon nicht ausbremsen, sondern hob nur schützend einen Arm vor seine Augen. Als er auf die kleine Lichtung stolperte, war es, als würde er gegen eine Wand laufen. Er hielt so plötzlich an, dass Sonya beinahe von hinten auf ihn auflief.

Vor ihnen lag ein Trümmerfeld aus entwurzelten Bäumen und versengten Sträuchern. Im Boden klaffte ein knietiefes Loch von der Breite eines Kleinwagens. Trotz der regenfeuchten Erde züngelten um die Explosionsstelle immer noch kleine Flammen am Boden, die bis zu den Trümmern einer gewaltigen Stahlkonstruktion reichten, von der Liam glaubte, dass sie ein Funkmast gewesen sein musste. Der umgestürzte Mast hatte eine Bresche in die umliegenden Bäume geschlagen und hing nun halb über der Klippe. Ein Knoten aus verrußtem Stahl, der bei jedem Windhauch ächzte, als würde er gleich ins Meer stürzen.

Vom unteren Ende des Trampelpfads hörten sie aufgeregte Stimmen näherkommen. Mit hochrotem verschwitzten Gesicht kämpfte sich Bedingfield in Begleitung eines Wachmanns durch die Büsche. Als er die Ausmaße der Explosion sah, schlug er die Hände über dem Kopf zusammen.

»Das darf nicht wahr sein! Nicht der Funkmast! Nicht unser gottverdammter ...« Er biss sich auf die Lippen und schluckte den Rest seiner Worte hinab. »Sperrt das Gebiet weiträumig ab! Ich will nicht, dass irgendjemand hier hochkommt!« Der Wachmann nickte eifrig, bevor er auf schlitternden Sohlen eilig den Trampelpfad hinablief.

Liam kniete sich hin, während seine Augen durch das Geröll wanderten. Er suchte nach etwas, ohne genau zu wissen, wonach. Es musste doch eine Spur geben, die ihm half zu rekonstruieren, was passiert war.

Er war noch nicht weit gekommen, als ihm etwas ins Auge fiel. Er bückte sich, stampfte eine widerspenstige Flamme in die Asche und streckte seine Finger nach einem handlichen Trümmerstück aus. Kurz bevor er es berührte, hielt er inne. Die Luft um das Metallstück flimmerte vor Hitze und er schob es stattdessen mit der Stiefelspitze unter einem Stein hervor. Er rollte es einige Male unter seiner Sohle, während er den Fund argwöhnisch betrachtete.

»Ich bin kein Experte auf dem Gebiet, aber das hier sieht mir nach dem Bruchstück einer Rohrbombe aus.« Er nickte in Richtung Boden und trat einen Schritt zurück, damit auch die anderen einen Blick darauf werfen konnten. »Wer auch immer dafür verantwortlich ist, hatte sicher einen guten Grund, ausgerechnet hier einen Sprengsatz zu zünden.«

Sein Blick fiel auf Bedingfield, dem die Gewissheit schon ins Gesicht geschrieben stand. Der Klinikleiter schlug die Augen nieder, begleitet von einem zittrigen Seufzen.

»Das hier ist nicht nur irgendein Mast, sondern unsere Verbindung zum Festland. Das Internet, Telefon, Mobilfunkempfang, alles hängt an diesem Ding. Und jetzt …« Er deutete auf die Trümmer. »Jetzt sind wir bis zum Eintreffen der nächsten Fähre von der Außenwelt abgeschnitten.«

Ein knallender Paukenschlag donnerte durch Liams Gedanken.

Du bist gefangen. Eingesperrt. So wie damals. Der Boden unter ihm begann plötzlich zu schwanken. Alles geriet außer Kontrolle, noch bevor es überhaupt angefangen hatte.

»Fuck«, hörte er Sonya hinter sich ausrufen. Zuerst glaubte er, ihr ging es genauso wie ihm, doch dann sah er ihre Augen. Starr und entsetzt gingen diese an ihm vorbei und verloren sich irgendwo in dem Geröll. Als Liam ihrem Blick folgte, schnappte er nach Luft.

Halb begraben unter den Trümmern des Funkmasts lag ein Körper. Die Leiche war übersät von Brandverletzungen, manche davon so schwer, dass das Fleisch hervortrat. Auch bei genauerem Hinsehen konnte Liam nicht erkennen, ob der Tote nackt war, oder das Feuer die Kleidung verbrannt hatte.

Bevor er sich nähern konnte, hatte sich Bedingfield bereits neben dem Körper auf die Knie geworfen.

»Mein Gott! Das ist Alan White! Unser verschwundener Hausmeister«, rief er aufgelöst. Liam hockte sich neben ihn, um die Leiche näher betrachten zu können. In der Luft lag der Geruch nach verbrannter Haut.

Alan White war kaum von dem Foto aus dem Dossier wiederzuerkennen. Ein Gespinst aus Brandwunden übersäte den gesamten Körper. Von den Haaren oder auch seinem Schnurrbart war nicht mehr als ein verschmorter Haufen Asche übriggeblieben. Der Hausmeister lag seitlich zwischen den Trümmerteilen, neben ihm sein abgerissener linker Arm.

Auch Sonya drängte sich näher an den Leichnam, sagte jedoch kein einziges Wort. In ihren Augen lag eine professionelle Distanz, als würde der Anblick von Leichen ihr schon lange nichts mehr ausmachen.

Dieselbe Ruhe wünschte sich Liam auch, konnte aber nicht leugnen, dass sein Herz aufgeregt pochte.

Eine Leiche hatte er bisher nur ein einziges Mal in seinem Leben gesehen und daran wollte er nicht denken. Er schüttelte sich und wischte die Hände an seiner Hose ab, als wären sie plötzlich klebrig und unrein.

Konzentrier dich. Du bist hier und niemand weiß, was einmal war, beschwor er sich selbst und lenkte seinen Fokus zurück auf den Toten.

Nachdem er alles gründlich in Augenschein genommen hatte, wandte er sich an Bedingfield.

»Haben Sie auch nur die leiseste Idee, wer das gewesen sein könnte? Irgendjemand, der Ihnen oder der Klinik schaden will?« Aus großen geröteten Augen sah Bedingfield ihn an.

»Was? Sie glauben, das hier ist Mord?«

»Sie etwa nicht?« Das Entsetzen im Gesicht des Klinikleiters weitete sich auf seinen gesamten Körper aus, der wie unter einer schweren Last in sich zusammensank.

»Ich ... also nein. Für mich sieht das wie ein Unfall aus. Es ist mir ein Rätsel, warum Mister White versuchen sollte, unseren Funkmast zu sabotieren, doch offensichtlich ist ihm seine eigene Bombe dabei um die Ohren geflogen.«

Etwas an dieser These bewegte Liam dazu, seine Augenbraue zu heben.

»Und Sie sind sich sicher, dass er überhaupt weiß, wie man so eine Rohrbombe baut?«

Je länger sie neben der Leiche standen, desto mehr drängte sich ihnen der Geruch von verbranntem Fleisch auf, der Liam zu seiner eigenen Schande an einen verkohlten Braten erinnerte.

»Das ist nicht gerade eine Fähigkeit, mit der Menschen hausieren gehen«, empörte sich Bedingfield. »Ich kann es Ihnen also nicht beantworten. Aber wie sollte es sonst sein?« Liam antwortete nicht, auch wenn er Bedingfields feststehende Meinung nicht teilte.

»Wir sehen uns noch ein wenig um«, beendete Sonya das Gespräch. »Vielleicht lassen sich hier ein paar Spuren finden.« Sie zog Liam so abrupt auf die Beine, dass er kurz um sein Gleichgewicht ringen musste. Ihre plötzliche Eile erweckte bei ihm den Eindruck, dass sie ihn unter vier Augen sprechen wollte.

»Aber beeilen Sie sich. Ich will nicht, dass jemand Sie hier sieht«, ermahnte sie Bedingfield im Vorbeigehen.

»Falls nötig, sind wir sofort weg. Aber eine Frage noch: Was passiert mit der Leiche? Können wir sie untersuchen?«

»Ausgeschlossen. Das übernimmt jemand von unserem Personal, der wird Ihnen dann die nötigen Infos zukommen lassen. Wir haben seit dem Verschwinden von Dr. Alvarez zwar keinen Allgemeinmediziner mehr, aber jetzt, da wir völlig von der Außenwelt abgeschnitten sind, muss es ja irgendjemand machen. Wir bringen die Leiche rüber in unser Ärztehaus. Dort haben wir eine Kühlanlage. Traurig, dass wir so etwas überhaupt benötigen, aber wenn sich Patienten hier in der Vergangenheit das Leben genommen haben, mussten sie bis zur Ankunft der nächsten Fähre ja irgendwo aufbewahrt werden.« Etwas versteifte sich in ihm bei dieser Aussage.

»Wir müssen aber einen Blick auf die Leiche werfen, wenn wir die Vermisstenfälle aufklären wollen.«

»Dann lassen Sie sich etwas einfallen. Wir müssen Ihre Tarnung aufrechterhalten und wie könnte ich Sie dann einfach in unser Ärztehaus hereinspazieren lassen ohne triftigen Grund? Höchstens bei Nacht, aber ...« Sein Gesicht legte sich in nachdenkliche Falten. Ein Räuspern unterbrach Liams Gedanken und er hörte Sonyas Stimme dicht an seinem Ohr.

»Können wir kurz reden?«, flüsterte sie ihm zu. Liam nickte, entschuldigte sich kurz bei Bedingfield und entfernte sich zusammen mit Sonya bis an den Rand der Baumgrenze.

»Was ist los?« Sonya sah sich mit einem verstohlenen Seitenblick um, ehe sie antwortete.

»Hier ist etwas faul. Das kann niemals so passiert sein.«

Liam erwiderte nichts, nur sein fragender Blick forderte Sonya auf, weiterzusprechen.

»Hast du schon mal ein Bombenopfer gesehen? Ich schon. Eine Bombe zerfetzt das Opfer mehr, als dass es wirklich Verbrennungen zufügt. Das kann zwar auch passieren, aber dann sind die Verbrennungen der Haut meist nur auf der zur Explosion gewandten Seite und nicht so großflächig um den ganzen Körper herum. Unser Toter sieht aus wie jemand, der mit Benzin übergossen und angezündet wurde, bevor ihn die Explosion erwischt hat.« Sie warf ihm einen scharfen Blick zu. »Und ja, so was habe ich auch schon mal gesehen.«

Nicht zum ersten Mal fragte sich Liam, was da eigentlich hinter Sonyas Oberfläche steckte. Sie war alles andere als eine gewöhnliche Geldeintreiberin. Die Art, wie sie sich bewegte, wie sie sprach und was sie wusste, passte zu keiner Schublade, in die er sie einordnen wollte.

»Woher weißt du so was?«

»Fachexpertise«, antwortete sie kurz angebunden.

»Aha. Das erklärst du mir später. Und wie sollen wir jetzt an die Leiche rankommen?«

Ein selbstbewusstes Glitzern lag in Sonyas Augen.

»Lass das mal meine Sorge sein.«

8.

Kaum hatte sich die Sonne aus der Wolkendecke befreit, verschwand sie allmählich hinter dem Horizont und ihre letzten Strahlen tauchten die Insel in ein bernsteinfarbenes Licht. Solche Anblicke lösten in Sonya normalerweise tiefe Ruhe aus, doch in Anbetracht der Situation ging der Moment einfach an ihr vorbei. Auf ihrem Weg vom Dorf bis zum Ärztehaus hatte sie die Aufregung der Mitarbeiter bemerkt, die hektisch herumschwirrten wie Bienen in einem brennenden Stock. Noch immer gab es panische Patienten einzufangen und Trümmer wegzuräumen und das aufgebrachte Geschrei würde wohl noch bis in die Nacht andauern.

Sonya hatte sich in der Zwischenzeit in Bedingfields Auftrag von einem Wachmann bis zum Hintereingang des Ärztehauses bringen lassen. Sie konnte keine Klingel sehen, also klopfte sie mehrmals gegen die Tür.

Gegenüber Liam hatte sie ihren Plan nicht lange erklärt, nur dass sie wusste, was zu tun war. Den Rest hatte sie flüchtig mit Bedingfield besprochen, der zähneknirschend seine Erlaubnis gegeben hatte.

Bauchschmerzen bereitete ihr nur der Preis, den sie dafür zahlen musste. Sie tat das alles für Elina, auch wenn es bedeutete, ihren schützenden Deckmantel abzulegen.

Aus dem Inneren hörte sie Schritte näherkommen, langsam, als gäbe es keine Eile. Die Tür öffnete sich und gab den Blick auf einen grimmig dreinblickenden Mann frei, den Sonya zuvor nur auf einem Foto gesehen hatte.

Dr. Joshua Cole, der stellvertretende Leiter der Einrichtung, sah sie über die Ränder seiner Brille auffordernd an. Er war ein großer glatzköpfiger Mann Anfang der Fünfzig, dem der weiße Kittel um den spindeldürren Körper flatterte. Sein spitzes Gesicht war so gründlich rasiert, dass man sich die Frage stellte, ob dort überhaupt ein Bart wuchs. Aus seiner gerunzelten Stirn sprach ein Ausdruck kühler Überheblichkeit, die sich wie eine Mauer zwischen ihnen auftat.

»Wer sind Sie und was wollen Sie?«, verlangte er, ohne Begrüßung zu wissen. Der Wachmann in Sonyas Rücken setzte zu einer Erklärung an, doch kam sie ihm zuvor.

»Ich bin Dr. Sonya Alvarez. Bedingfield schickt mich, er glaubt, Sie könnten Hilfe bei der Untersuchung der Leiche gebrauchen.«

Die zuvor erstaunt gehobenen Augenbrauen von Dr. Cole senkten sich zu einer grimmigen Linie.

»Und wieso glaubt er, dass ich dafür Hilfe benötige?« Sein ausgestreckter Zeigefinger wies auf Sonyas Patientenkleidung. »Zumal von einer Patientin?«

»Weil Ihnen gerade ein Allgemeinmediziner fehlt. Ist es nicht so?« Dr. Cole machte sich keine Mühe zu antworten, während er Sonya zu durchleuchten schien. Die Art, wie seine kalten blauen Augen einfach durch sie hindurchsahen, gab ihr das Gefühl, als könnte er jeden ihrer Gedanken greifbar über ihr schweben sehen. Als Psychologe war er bestimmt exzellent.

»Ich sehe schon, Bedingfield hat mal wieder zu viel geredet. Die Details müssen Sie nicht kümmern, aber es ist richtig, dass unsere Allgemeinmedizinerin gerade ... nicht zur Verfügung steht.« Die letzten Worte wählte er mit besonders viel Bedacht. Eine Weile sagte er nichts mehr, dann meldete er sich wieder mit einem Räuspern zu Wort. »Sie sind also Ärztin? Was ist Ihr Fachgebiet?«

»Ich bin Chirurgin«, antwortete Sonya widerstrebend. Ihre Stimme war dabei kaum mehr als ein Flüstern. Es fühlte sich falsch an, das hier zu sagen. Es war wie ein Eingeständnis ihres Versagens.

»Interessant. Wenn Bedingfield es für nötig hält, kann ich mich wohl kaum dagegen wehren. Besondere Situationen erfordern wohl besondere Maßnahmen. Sie dürfen mir assistieren. Kommen Sie herein, aber putzen Sie sich vorher die Schuhe ab.«

Er trat einen Schritt zur Seite, gerade weit genug, damit Sonya sich hineinzwängen konnte. Sogleich wurde sie vom altbekannten Geruch medizinischen Alkohols eingehüllt. Die Tür fiel hinter ihr ins Schloss. Sie ging durch einen Korridor und stand dann in einem verhältnismäßig kleinen Raum ohne Fenster, dessen Boden und Wände von hellgrauen Fliesen bedeckt waren. Zwei Halogenleuchten warfen ein helles kaltes Licht auf einen Tisch aus blankem Edelstahl. Dort lag bereits die Leiche von Alan White.

Verglichen mit der Situation am Funkmast hatte sie nun ein freies Sichtfeld auf alle Körperstellen des Toten und musste nicht gegen eine störende Geräuschkulisse ankämpfen. Im Raum herrschte eine beinahe meditative Stille, die sie vielleicht sogar hätte genießen können, wäre da nicht Dr. Cole gewesen.

Ihr entging nicht, dass er sie aufmerksam beobachtete, während sie den Toten musterte.

»Faszinierend, der Tod, nicht wahr? Beinahe so faszinierend wie das Leben selbst.« Er umkreiste den Edelstahltisch und blieb unangebracht dicht vor ihr stehen. Dr. Cole überragte sie um Längen und sein dürrer Körper verlieh ihm das Aussehen einer menschgewordenen Heuschrecke. »Wie Sie vermutlich wissen, sollte eine solche Untersuchung nur von einem Pathologen durchgeführt werden, aber Sie kennen ja unsere Situation. Bis die Verbindung zum Festland wiederhergestellt ist, will ich mein Möglichstes tun. Ich muss mich allerdings noch vorbereiten. Das gilt auch für Sie. Dort drüben finden Sie einen Kittel und Handschuhe, aber fassen Sie die Leiche nicht ohne mich an. Ich habe Sie im Blick.«

Er verließ den Raum, aber nicht, ohne sich noch ein letztes Mal nach ihr umzusehen, bevor er schließlich im Nebenzimmer verschwand.

Kaum fühlte sich Sonya nicht mehr von seinen Blicken durchbohrt, fiel ihr das Atmen deutlich leichter. Gewohnheitsmäßig hängte sie sich den Kittel um den Hals und schlüpfte in die Handschuhe, bevor sie dichter an den Leichnam trat.

Alan White lag auf dem Rücken, seine Haut war bis zur Unkenntlichkeit verbrannt und klebte mit den Überresten verkohlter Kleidung zusammen. Die Spuren des Feuers zogen sich nahezu flächendeckend über den gesamten Körper. Knapp unter dem linken Schultergelenk endete der Oberarm in einem zerfetzten Stumpf. Was von dem Arm übriggeblieben war, lag nun fein säuberlich neben dem Leichnam drapiert. Aus der offenen Wunde sickerte mittlerweile nicht mehr der geringste Tropfen Blut. Unzählige kleine Schnitte und Schrammen übersäten den Oberkörper, stellenweise ragten auch noch Splitter der Rohrbombe aus dem Fleisch.

Viele Verletzungen hatte er eindeutig von der Explosion davongetragen, andere Spuren jedoch nicht. Etwas an den Handgelenken zog Sonyas Aufmerksamkeit auf sich. Sie streckte ihre Hand danach aus, als ein unerwartetes Geräusch sie zusammenzucken ließ.

»Finden Sie, wonach Sie suchen?« Dr. Cole stand plötzlich wieder im Raum und Sonya fuhr erschrocken in die Höhe. Sie hatte gar nicht bemerkt, wie er eingetreten war. Ein raubtierhafter Ausdruck lag in seinem Gesicht, als er sich im Näherkommen die Handschuhe überstülpte. »Ich muss schon sagen, Sie haben eine wirklich verblüffende Ähnlichkeit zu unserer Allgemeinmedizinerin Dr. Alvarez. Besonders, wenn Sie nachdenken. Und dann auch noch der gleiche Familienname.« Seine Worte waren so formuliert, als würde er keinesfalls einen Zufall darin vermuten. Am liebsten hätte Sonya ihm die Aussage zurück ins Gesicht geschleudert, doch leugnen würde nichts bringen. Vermutlich wusste Dr. Cole bereits Bescheid oder er konnte es sich schlichtweg zusammenreimen. Auch nur die kleinste Unehrlichkeit aus ihrem Mund wäre das gefundene Fressen für seinen Argwohn und den konnte sie nicht brauchen, wenn sie nur durch ihn an den Leichnam herankam.

Sonya war sich bewusst, dass er keinen Smalltalk führen wollte, sondern vielmehr beabsichtigte, sie mit seinen Fragen zu testen. Es kostete sie unendliche Mühe, gegen ihren inneren Widerstand anzukämpfen, der ihr den Mund zu versperren drohte.

»Ihre Kollegin, Dr. Elina Alvarez ... Sie ist meine Schwester.« In Coles Gesicht war keine erkennbare Überraschung zu sehen. Er nickte bloß und nahm die Brille ab, um sie mit dem Saum seines Kittels zu polieren.

»Die Welt ist klein. Ich nehme an, eben diese Nähe zu Ihrer Schwester ist der Grund, warum Sie zur Behandlung ausgerechnet hier in Widow Peak sind?« Seine Worte waren mehr eine Feststellung als eine Frage. »Was ist der Grund für Ihre Behandlung?«

»Die Diagnose lautet schwere Depression und Angststörung«, antwortete sie in der Hoffnung, den Inhalt ihrer gefälschten Patientenakte korrekt wiedergegeben zu haben.

»Etwas in die Richtung habe ich mir bereits gedacht. Wenn Ihre kognitiven Fähigkeiten davon zu sehr eingeschränkt wären, hätte Bedingfield Sie mir wohl kaum zur Unterstützung geschickt. Wobei ich seine Beweggründe oft genug nicht nachvollziehen kann.« Er schmatzte geringschätzig.

»Tatsächlich? Und wieso?«

»Ich wüsste nicht, was Sie das angeht. Bleiben wir lieber bei dem, wofür wir hier sind.«

Sonya verfolgte jede seiner Bewegungen, jede Geste und jedes Wort. Dr. Cole erweckte einen unangenehm scharfsinnigen Eindruck, was ihr weiteres Vorgehen nicht leichter machte. Sie hatte unzählige Fragen, wusste aber, dass sie keine davon so einfach stellen konnte. Sie musste sich zunächst vorsichtig annähern, ohne Verdacht zu erwecken und sich zu verplappern.

»War der Tote ein Patient?«, fragte Sonya so scheinheilig wie möglich.

»Nein. Unser Hausmeister Mr. White«, sagte Dr. Cole, ohne sie dabei anzusehen.

»Den Knall hat man auf der ganzen Insel gehört. Das war es doch, oder? Eine Explosion.«

Dr. Cole brummte nur ausweichend. Nichts an seiner Reaktion ließ darauf schließen, dass er ihr noch eine Antwort geben würde. So kam sie nicht voran und Sonya entschloss sich dazu, schwerere Geschütze aufzufahren.

»Der Knall ... Das war ein Sprengsatz. Ich weiß es. Mein Vater war Sprengmeister und nichts anderes könnte so ein Geräusch machen.« Eine Lüge und trotzdem verriet ihr Dr. Coles plötzliche Reaktion, dass sie an der richtigen Stelle bohrte. »Aber warum sollte Ihr Hausmeister so was tun? Hat er den Sprengsatz für eine Reparatur gebraucht, oder war er verrückt?«

Sie blickte in ein Gesicht aus Stein.

»Das darf ich Ihnen nicht sagen. Ärztliche Schweigepflicht.«

»Schweigepflicht? Das würde ja bedeuten, Alan White war hier in Behandlung, also auch ein Patient?«

Dr. Cole verschluckte sich und fuhr mit der Hand übers Gesicht, um den überrumpelten Ausdruck darauf zu vertreiben. Sonya sah ihm an, dass er bereits zu viel gesagt hatte, den letzten Satz jedoch nicht unkommentiert stehenlassen konnte.

»Nein. Also in gewisser Hinsicht doch. Mister White ging seinen Aufgaben als Hausmeister nach, nahm in seiner Freizeit aber auch seit kurzem unsere Therapie in Anspruch. Mehr kann und will ich Ihnen dazu nicht sagen.«

Ohne es nach außen dringen zu lassen, spürte Sonya, wie sich ihr Gesicht aufhellte. Das war der erste sinnvolle Ansatzpunkt, der sich ihnen bisher geboten hatte. Sie nahm sich vor, Liam davon zu erzählen und womöglich Bedingfield nach der Therapieakte zu fragen.

Das Trommeln von Dr. Coles Knöcheln riss sie aus ihren Gedanken. Mit einem Wink seiner Hand deutete er zuerst auf sie und dann auf den Leichnam.

»Nun, dann lassen Sie uns keine Zeit verschwenden. Es ist Ihr Fachgebiet, nicht meins, also sehen Sie sich den Körper an und teilen Sie mir Ihren Befund mit.«

Er verschränkte die Arme, während er seine hagere Gestalt an die Wand lehnte und ihr erwartungsvoll zusah.

Zuerst hatte Sonya geglaubt, dass Cole sie nur testen wollte, und ihre Aufgabe lediglich darin bestand zu assistieren, doch je länger er sie unbeweglich anstarrte, desto mehr dämmerte ihr, wie ernst er es meinte. Sie streifte eine Haarlocke aus ihrer Stirn, bevor sie sich tiefer über den Leichnam beugte und alles aussprach, was ihr dabei in den Sinn kam und wie sie es im Studium beim Praktikum in der Pathologie gelernt hatte.

»Hm ... Bei dem Toten hat die Leichenstarre bereits eingesetzt. Die Haut ist beinahe flächendeckend von Brandwunden überzogen, sowohl Brust als auch Rücken sind betroffen. Nur zwischen den Schenkeln, in den Handflächen und seltsamerweise an den Handgelenken ist die Haut weitestgehend intakt.« Sie deutete auf die entsprechenden Stellen. »Der linke Oberarm ist abgetrennt, zeigt eine Vielzahl an Frakturen und ist allem Anschein nach durch die Explosion aus der Schulter gerissen worden. Ob das jedoch die Todesursache ist, kann ich noch nicht beurteilen.« Für einen kurzen Moment hielt sie inne, um Dr. Cole die Möglichkeit auf eine Antwort zu geben, doch presste er nur seine blutleeren Lippen zusammen. »Ansonsten sehe ich keine Abwehrverletzungen in Form von Stich- oder Schnittverletzungen an den Händen, die auf eine Beteiligung eines Dritten hinweisen. Es ist schon auffallend, dass wir in den Handflächen im Gegensatz zum Rest des Körpers keine Wunden infolge der Explosion finden.« Sie umrundete den Tisch und betrachtete eine Weile den verbrannten Schädel des Toten. »Am Kopf sind keine erkennbaren Einwirkungen stumpfer Gewalt zu erkennen, ausschließen können wir das aber nur mit einer Röntgenaufnahme. Am Körper ist die Einschätzung mit all den Wunden der Explosion deutliche schwerer, aber ich sehe auf den ersten Blick keine darüber hinausgehenden Stichverletzungen. Um mögliche inneren Verletzungen beurteilen zu können, müssten wir den Körper öffnen. Es steht also nicht fest, ob das Opfer zum Zeitpunkt der Explosion noch gelebt hat. Ein toxikologischer Befund würde helfen, aber dafür werden wir hier nicht die Möglichkeit haben.« Ihre Aufmerksamkeit richtete sich zurück auf Dr. Cole, der bisher auf keine ihrer Aussagen reagiert hatte. »Für eine vernünftige Einschätzung brauche ich natürlich mehr Zeit, aber das sind meine ersten Eindrücke. Zwei Dinge geben mir besonders zu denken. Erstens: So nah wie der Körper an der Explosion lag, müssten die Verletzung sehr viel schwerer sein und die Brandwunden wären nur dort zu finden gewesen, wo der Körper zur Bombe gedreht war. Zweitens: ...« Sie deutete auf die Striemen an den Handgelenken. Sie wirkten nicht nur blasser, sondern wiesen auch eine leichte Vertiefung auf. »Das hier kann nicht durch die Explosion entstanden sein. Auf den ersten Blick sieht es aus wie Fesselspuren, höchstens einige Stunden oder Tage alt.«

Im Zimmer wurde es so still, dass Sonya den Wind vor der Tür hören konnte. Bedächtig schälte sich Dr. Cole aus seiner Position und bewegte sich unter die Halogenlampe, die einen grotesken Schatten auf sein Gesicht warf. Er beugte sich über die Leiche und sah ihr dann mit starrem Blick in die Augen.

»Sie sagen also, es war kein Unfall?«

»So weit würde ich mich ohne eine genaue Obduktion nicht aus dem Fenster lehnen. Aber klar ist, dass hier vieles nicht zusammenpasst.«

Wie aus dem Nichts begann Dr. Cole zu klatschen. Er lächelte, doch lag darin nichts als Kälte. Ein mulmiges Gefühl breitete sich in Sonya aus.

»Bravo. Sie haben ein scharfes Auge, und genau hier liegt das Problem.« Sein Gesicht verdüsterte sich. »Sie wissen nicht, wie die Dinge auf Widow Peak laufen.

Solche gewagten Theorien bringen unangenehme Fragen mit sich. Fragen, auf die wir noch keine Antworten haben.« Er deutete mit seinem knorrigen Zeigefinger auf die Leiche. »Das hier behandeln wir so lange wie einen Unfall, bis wir zweifelsfrei das Gegenteil bewiesen haben.«

»Aber ...« Sonya blieben die Worte im Hals stecken. Hatte er das gerade wirklich gesagt? Ihre Gedanken begannen sich zu überschlagen.

»Kein aber! Es gibt Dinge, die verstehen Sie nicht und die gehen Sie auch nichts an. Sie sind hier als Patientin und ich empfehle Ihnen wärmstens, sich nicht in interne Angelegenheiten einzumischen.«

Sonya schnappte nach Luft, doch ließ Dr. Cole ihr keine Gelegenheit, etwas zu erwidern. »Sie haben mir vorhin viele Fragen gestellt. Ich schreibe das mal Ihrer Neugierde zu und nicht Ihrem Wunsch, spurlos zu verschwinden. Aber lassen Sie sich gewarnt sein.« Seine Stimme nahm einen unheilvollen Klang an. »In manche Dinge wollen Sie gar nicht reingezogen werden.« Er machte einen Satz in ihre Richtung und drängte so schnell auf sie zu, dass Sonya bis in den Eingangsflur vor ihm zurückwich.

Sie konnte seinen Atem riechen, sah das Glitzern in seinen kalten blauen Augen. Ihr Puls raste.

Als Dr. Cole plötzlich seinen Arm ausstreckte, ballte sie schon die Faust, bemerkte aber, dass er nur nach dem Türknauf griff.

»Besten Dank für Ihre Hilfe. Sie gehen nun besser.«

Die Tür öffnete sich und Sonya konnte es gar nicht erwarten, die beengende Kammer hinter sich zu lassen. Sie stand schon mit einem Bein draußen, als sie hinter sich noch ein Flüstern hörte. »Ich behalte Sie im Auge. Und die Untersuchungsergebnisse teile ich Dr. Bedingfield mit, machen Sie sich keine Mühe.«

9.

Liam saß nachdenklich am Küchentisch in der tristen Hütte, rührte in einer Brühe, die man hier wohl als Kaffee verstand, und blickte zum wiederholten Mal zur Haustür hinüber. Es war schon eine gefühlte Ewigkeit her, dass Sonya aufgebrochen war, um mehr über den Tod des Hausmeisters herauszufinden. In der Zwischenzeit hatte ein offenbar taubstummer Mitarbeiter, der auf keine einzige von Liams Fragen geantwortet hatte, ihre zersplitterten Fenster mit Spanholzplatten verschlossen.

Seitdem saß er hier, nur er, seine Gedanken und die über ihm baumelnde Glühbirne, die alle paar Sekunden flackerte. Sein erster Tag als Patient hätte sicher besser laufen können. Aber es fühlte sich gut an, wieder in eine interessante Rolle geschlüpft zu sein und andere Leute mit ein wenig Illusion und Schauspielkunst an der Nase herumzuführen. Sein Großvater wäre sicher stolz auf ihn gewesen, wenn der herzlose Bastard denn überhaupt solche Gefühle gekannt hätte.

Die ganze Welt ist eine Bühne ... hörte er die Stimme seines Großvaters in seinem Kopf. Beinahe täglich hatte er dieses Shakespeare-Zitat und noch viele weitere über sich ergehen lassen müssen und nun kamen sie wie ein lästiger Schluckauf immer wieder in ihm hoch. Manche Dinge sollten nie enden und für andere kam das Ende gar nicht früh genug.

Liam spielte mit dem Gedanken, ob ein Schuss seines mitgebrachten Whiskys den Kaffee womöglich noch retten konnte, als die Tür zu ihrer Hütte scheppernd aufschwang.

Sonya trottete mit hängenden Schultern durch den Flur. Sie war kaum hereingekommen, da rief Liam bereits auf sie zu.

»Und, wie lief es?«

»Furchtbar.« Der Klang ihrer Stimme machte deutlich, dass sie nicht darüber reden wollte, doch seit wann nahm er darauf schon Rücksicht?

»Warum das?«

»Weil ich mich angestellt habe wie eine Vollidiotin.«

»Hast du nichts an der Leiche gefunden?«

Sie ließ sich neben ihn an den Küchentisch sinken und begann ihre Schläfen zu massieren.

»Doch, das ist es ja. Ich war nur dumm genug, meine ehrliche Meinung abzugeben.«

»Und wie sieht die aus?«, fragte er und erntete dafür einen unheilvollen Blick.

»Ein Unfall war es sicher nicht. Vieles deutet auf Mord hin. Dr. Cole hat die Untersuchung geleitet und er hat mir geraten, mich nicht weiter einzumischen, und ein paar seltsame Andeutungen gemacht.«

Die Glühbirne über ihnen flackerte, als hätte sie nur auf ihr Stichwort gewartet. Wie hatte er auch nur glauben können, dass Sonya mit guten Neuigkeiten zurückkehrte.

»Da fühlt man sich ja gleich richtig sicher ohne Türschloss.« Er blickte mit einem freudlosen Lachen in Richtung Haustür.

»Sollen sie doch kommen. Dann habe ich eine Überraschung für sie.« Sonya stemmte sich wieder in die Höhe und steuerte an ihm vorbei in Richtung ihres Zimmers. Sie verschwand aus Liams Sichtfeld, doch konnte er sie in ihrem Gepäck kramen hören. Was zu Beginn nur ein leises Rascheln war, entwickelte sich zu einem von Flüchen gespickten Wühlen.

»Verdammte Scheiße! Das kann nicht …«, tönte es aus dem Nebenzimmer. Der Koffer wurde mit einem zornigen Knall zugeschlagen. »Du mieser kleiner …« Sie stürmte so plötzlich zurück in den Raum, dass Liam vor Schreck beinahe vom Stuhl fiel. Bevor er etwas dagegen tun konnte, hatte Sonya ihn am Kragen gepackt und hochgezogen.

»Wo ist sie? Wo hast du sie versteckt?«

»Wovon redest du? Sehe ich aus wie ein Dieb?« Ihm dämmerte, dass wohl die meisten Leute, die ihn kannten, diese Frage mit einem entschiedenen »Ja« beantworten würden. »Vergiss es. Ich habe dir nichts geklaut, ehrlich. Ich dachte, wir sind jetzt so was wie Verbündete?«

»Ein schöner Verbündeter bist du. Du hast mich gelinkt. Tu nicht so unschuldig. Wo ist meine Pistole, hm? Vorhin war sie noch im Koffer.«

»Ich habe sie nicht, wirklich. Schau ruhig in meiner Tasche, durchsuch von mir aus die ganze Hütte. Ich war es nicht.« Viel zu spät begriff Liam, was das für sie bedeutete. Fluchend griff er sich an den Kopf. »Du hast dir wirklich deine Knarre stehlen lassen?« Er bemerkte, wie sie in seinen Augen nach der Wahrheit forschte.

»Wenn du sie nicht hast, dann ...« Ein Schatten fiel auf Sonyas Gesicht. Kraftlos ließ sie sich neben ihn auf einen der Stühle sinken. »Das darf nicht wahr sein. Fehlt bei dir auch was?«

Er schüttelte rasch den Kopf. »Alles noch da. Bei mir gibt es nicht viel zu holen und es sieht auch nicht so aus, als wäre jemand dran gewesen. Komisch. Wir haben das Gepäck nur zwei Mal aus den Augen gelassen: Erst, als es hierher getragen wurde und dann bei der Explosion.«

»Wenn das wahr ist ... vielleicht hat mich jemand beobachtet, als ich die Pistole in den Koffer gesteckt habe.«

»Jemand, der sie gut gebrauchen kann«, ergänzte Liam. Er schauderte. »Und das könnte auf jeden zutreffen.« Sonyas Gesichtszüge verhärteten sich und sie blickte verstohlen zum Eingang, als könnte sich dieser jede Sekunde öffnen.

»Solange da kein Schloss in der Tür ist, sollte einer von uns immer wach sein. Kein Risiko. Ich übernehme meinetwegen die erste Schicht. Wie siehst du das?«

»Von mir aus. Sonst mache ich sowieso kein Auge zu. Aber es ist mir noch zu früh zum Schlafen, also kann ich genauso gut hier bei dir sitzenbleiben.« Von ihr kam keine Widerrede. Obwohl Sonya sich nach außen unnahbar gab, hatte er doch das Gefühl, dass sie froh war, jetzt nicht allein zu sein. »Sonst hast du nichts herausgefunden?«, bohrte er nach, während er Sonya dabei zusah, wie sie das Libellentattoo an ihrem Finger knetete.

»Weiß nicht. Dr. Cole hat die Untersuchung geleitet und mich dazu aufgefordert, eine Einschätzung abzugeben. Ich finde, er hat sich ziemlich komisch benommen. Es gab da ein paar Ungereimtheiten, zum Beispiel Fesselspuren, aber er hat nicht wirklich darauf reagiert. Viel interessanter ist aber, dass unser Opfer an Gruppentherapiegesprächen teilgenommen hat. Zur genauen Diagnose weiß ich leider nichts.«

Liam spürte, wie seine Augenbrauen in die Höhe wanderten.

»Ach, wirklich? Ist ja interessant. Davon stand aber nichts in den Dossiers. Es wird ohnehin Zeit, sich ein wenig unters Volk zu mischen. Ich sollte mal mit seinem behandelnden Arzt sprechen und auch mit den anderen Patienten in der Gruppentherapie. Irgendjemand muss etwas wissen.«

»Sicher. Könnte eine Sackgasse sein, aber es ist immerhin eine Spur.«

»Genauso wie die kleine, aber feine Tatsache, dass wir es hier vermutlich mit einem Mord zu tun haben. Und das wissen wir nur dank deiner *Fachexpertise.*« Das letzte Wort betonte er besonders deutlich. »Ich frage mich ja immer noch, wie du eigentlich in Vargas Pläne reinpasst. Mit deinem Doktortitel und dem medizinischen Wissen bist du ganz offensichtlich eine Ärztin, aber die stehen eher selten auf dem Gehaltszettel von irgendwelchen kriminellen Drecksäcken.«

Liam sah, wie Sonya einen Moment lang mit sich rang, ehe sie augenrollend nachgab.

»Ich bin Chirurgin, okay? Und ja, du hast ausnahmsweise mal Recht. Varga ist ein Schwein, aber das ändert nichts.«

»Du willst mir also nicht sagen, warum du für ihn die Geldeintreiberin spielst?«

»Übertreib es nicht. Was willst du von mir?« Theatralischer als nötig sprang Liam von seinem Stuhl auf.

»Du willst, dass ich deine Schwester finde? Dann hilf mir und gib mir einen Grund, dir zu vertrauen. Ich weiß noch nicht einmal, wo du herkommst. Irgendwo aus Südamerika, schätze ich. Vielleicht ist das ja auch der springende Punkt. Ich weiß, dass Varga Flüchtlinge aus Kuba, Kolumbien oder Venezuela hier ins Vereinte Königreich schleust und sie danach erpresst. Wäre ein guter Grund, für ihn zu arbeiten.«

Zu seiner Enttäuschung schüttelte Sonya nur belustigt den Kopf.

»Du bist schlau, Liam. Aber leider nicht so schlau, wie du denkst. Meine Familie kommt tatsächlich aus Venezuela. Ich bin in der Nähe von San Fernando aufgewachsen, habe aber nicht lange da gelebt. Meine Eltern hatten schon eine Weile mit dem Gedanken gespielt, ins Ausland zu gehen, deshalb haben sie uns auch Namen gegeben, von denen sie dachten, man kommt auch woanders damit zurecht. Ich war gerade mal fünf oder sechs Jahre alt, Elina noch ein paar Jahre jünger, da sind meine Eltern hierhergekommen.« Schon die wenigen Worte über ihre Schwester ließen das Lächeln auf ihren Lippen verwelken.

»Waren sie auch Ärzte?«

»Weit daneben.« Ihre Worte gingen beinahe im Scheppern der Spanholzplatten unter, die der Wind fast aus den leeren Fenstern drückte. »Wir hatten in Venezuela einen Hof mit Rindern, aber wegen der einbrechenden Wirtschaft wurde es immer schwerer und meine Eltern dachten sich, sie machen das Gleiche auch hier in Schottland. Sie haben einen alten Bauernhof gekauft, dort bin ich aufgewachsen. Ein richtiges Landei, ich weiß schon. Es war schön, mit den Tieren zu leben. Es fehlt mir irgendwie. Ich wollte eigentlich Tierärztin werden, aber dann ist es anders gekommen. Meine Eltern haben sich mit dem Bauernhof ziemlich übernommen. Nicht wegen der vielen Arbeit, sondern vielmehr wegen den Behörden, den Steuern und den ganzen Auflagen. Es ist eben nicht dasselbe wie in Venezuela und sie sind mittlerweile wieder in die Heimat zurückgekehrt. Vermutlich besser so, sonst wüssten sie, dass das Leben von Elina und mir gehörig den Bach runtergegangen ist.« In ihrem Blick lag Bedauern und zum ersten Mal bekam Liam das Gefühl, einen Blick auf ihr wahres Ich zu erhaschen.

»Ihr habt also keinen Kontakt mehr?«

»Doch. Aber was soll ich ihnen erzählen? Das meiste würde sie nur beunruhigen«, antwortete sie mit einer gewissen Resignation in der Stimme.

Wenigstens redet ihr noch miteinander, dachte sich Liam und spürte sogleich den fauligen Geschmack der Eifersucht auf seiner Zunge. Er beschloss, das Thema schnell dorthin zu lenken, wo er es schon die ganze Zeit hinführen wollte.

»Kein Wunder. Für Enrico Varga Geld einzutreiben, ist sicher nicht der Wunsch aller Eltern für ihre Kinder.«

»Kann man so sagen. Immerhin ist das hier der letzte Job für ihn.«

»Und trotzdem ziehst du es durch? Warum tust du dir das an?« Er begegnete ihrem Blick, der herausfordernd und auf eine reizvolle Weise unergründlich war.

»Vielleicht weil der Preis stimmt. Varga weiß schon warum.«

»Und was für ein Preis ist das?«

Sie zuckte nur unschuldig mit den Schultern, hätte ihm aber genauso gut den Mittelfinger ausstrecken können.

»Genug von mir. Kommen wir lieber zu dir, du scheinheiliger Privatschnüffler. Wer viele Fragen stellt, muss auch viele beantworten. Nicht einmal Varga weiß, wo du eigentlich herkommst. Passiert nicht oft, dass er so wenige Infos hat, es sei denn, man hat gründlich hinter sich aufgeräumt.« Ihre Worte legten sich wie ein Strick um Liams Hals. Es kam ihm vor wie ein Segen, als draußen vor der Tür plötzlich Schritte zu hören waren und er rasch aufspringen konnte. Mit einem Satz stand er im Gang und klemmte einen der Stühle unter die Türklinke. Er hatte sich vorgenommen, noch genau so lange an dieser Konstruktion herumzufummeln, bis das glutheiße Thema zu Asche zerfallen war, doch ließ ein schriller Pfiff ihn herumfahren.

»Glaub bloß nicht, dass du dich damit vor der Antwort drücken kannst«, rief sie ihm zu.

»Du bist ein Bluthund.«

»Dafür bin ich hier.« Sie lächelte und Liam konnte plötzlich nicht anders, als sich davon anstecken zu lassen. In diesem kurzen Lachen lag eine Wärme, die sie sonst immer verbissen versteckte »Das sollte ausreichen«, befand sie mit einem Blick auf den Stuhl unter der Türklinke. »Hinsetzen.« Sie tätschelte den leeren Platz neben sich.

Widerstrebend gab sich Liam geschlagen und kehrte zu ihr an den Tisch zurück. Aus dem Augenwinkel sah er einen leichten Anflug von Schadenfreude in ihrem Gesicht. Lange musste er auf die erste Frage nicht warten.

»Keine weiteren Tricks mehr. Du weißt etwas über mich, jetzt bist du dran. Ich will deine Geschichte hören. Schön langsam, ausführlich und von Anfang an. Wo bist du aufgewachsen? Du siehst aus wie jemand, der seinen Eltern eine Menge Ärger gemacht hat.«

»Wohl eher andersherum. Du wirst es mir nicht glauben, aber ich war ein schüchternes Kind.« Sogar für ihn selbst klang das wie eine Lüge, auch wenn sie es nicht war. Sein früheres Leben fühlte sich so weit weg an, beinahe als wäre alles nur ein Traum.

Liams Zunge wurde urplötzlich schwer. Wem hatte er überhaupt schon davon erzählt? Abgesehen davon, dass es niemanden interessierte. Kurz bildete er sich ein, dass sich die Türklinke gesenkt hätte, und er spannte sich an, doch als er blinzelte, war alles wie vorher.

Nur die Nerven, redete er sich ein und begegnete Sonyas aufforderndem Blick.

»Und weiter?«

»Meine Eltern waren beide Schauspieler und sind ihren mehr oder minder schlechten Rollen hinterhergelaufen«, spuckte er widerwillig aus, begriff aber, dass er sich nicht mehr herauswinden konnte. »Geboren bin ich zwar in Dublin, aber davon habe ich nicht viel mitbekommen. Wir sind ständig umgezogen, öfter, als ich es zählen konnte oder wollte. Ich habe mich erst gar nicht an irgendein Zuhause, eine Nachbarschaft oder an Freunde gewöhnt. Das Bedürfnis nach etwas Festem im Leben stellt man irgendwann einfach ab. Als ich ungefähr acht Jahre alt war, hatten meine Eltern eine finanzielle Krise. Kunst ist eben oft brotlos und die beiden haben kaum noch Rollen bekommen. Wir sind dann nach London gezogen, wo wir im Theater von meinem Großvater gearbeitet und auch gewohnt haben. Meine Eltern sind nie mehr richtig auf die Beine gekommen und wieder selbstständig geworden, also bin ich dort zwischen Bühne, Vorhang und den Besuchern aufgewachsen. Für alle war klar, dass ich auch Schauspieler werden sollte. Also haben sie es mir beigebracht, hauptsächlich mein Großvater. Jeden Tag eine neue Lektion.«

Lektion, konnte man das überhaupt so nennen? Bei diesem letzten Satz überkamen ihn so viel gegensätzliche Gefühle, dass er gar nicht wusste, wo er sie hinstecken sollte. Stolz, Hass, Demütigung, Nervenkitzel, alles vermischte sich zu einem zähen Klumpen in seinem Inneren.

»Und warum bist du dann keiner geworden?«

»Das Leben hatte andere Pläne für mich. Ich hatte mehr Talent als meine Eltern und hätte es gern dazu eingesetzt, ein verdeckter Ermittler bei der Polizei zu werden, aber ich bin nicht der richtige Typ, um bei Behörden zu arbeiten. Zu viele Regeln, zu viele Verbote, du verstehst schon. Aufgegeben habe ich das Schauspielern aber nie. Es liegt mir im Blut. Ohne Theatralik, ohne ein bisschen Magie und Illusion wäre die Welt furchtbar langweilig. Und wie du siehst, muss man auch als Privatermittler manchmal in die ein oder andere Rolle schlüpfen.«

Sonya musterte ihn, als hätte sich ihr Blickwinkel auf ihn soeben ein wenig verändert.

»Du kannst es dir schönreden, aber das hier ist doch etwas ganz anders, oder nicht?«

»Die ganze Welt ist eine Bühne und alle Männer und Frauen bloße Spieler«, antwortete er und befreite damit endlich die zitierten Worte, die schon viel zu lange in seinem Kopf gespuckt hatten. »Wenn ich es mir recht überlege, ist es hier auf Widow Peak nicht viel anders als damals im Theater. Überall nur Verrückte und das Sagen hat immer ein alter weißer Mann.«

»Irgendwann bist du auch mal ein alter weißer Mann«, gab ihm Sonya zu bedenken.

»Wenn ich so weiterlebe, wohl kaum.« Er rang sich ein bitteres Lächeln ab. »Vielleicht, wenn ich Varga sein Geld zurückzahlen kann.«

»Varga soll die Füße stillhalten! Noch haben wir Zeit. Wir kümmern uns jetzt nur um zwei Dinge: um dich und um mich. Wir klären deinen Fall auf, damit du ein alter weißer Mann werden kannst, und wir finden meine Schwester.« Dabei schlug sie mit der flachen Hand auf den Tisch, als hätte sie soeben einen Richtspruch gefällt.

»Schön und gut. Dann statten wir morgen mal Alan Whites Therapiegruppe einen Besuch ab und fühlen ihnen auf den Zahn.«

»Das schaffst du auch allein. Ich habe was anderes vor.«

»Ach, ja?« Liam sah sie mit erhobener Augenbraue an. »Und das wäre?«

»Ich höre mich wegen Elina um. Und dir würde ich empfehlen, bald schlafen zu gehen. Deine Schicht fängt bald an.«

10.

Der Morgen begann klar, aber bitterkalt. Wann immer Sonya ausatmete, konnte sie eine kleine Wolke von ihren Lippen aufsteigen sehen. Sogar einige Stunden nach der Morgendämmerung rieb sie sich noch den Schlaf aus den Augen. Die Nacht hatte sich unerträglich lang angefühlt. Sie hatte Schatten gesehen, wo keine waren, und Stimmen gehört, wo nur der Wind heulte.

Trotz der wenigen Stunden Schlaf, war sie für ihre Verhältnisse recht früh aufgestanden und hatte einige der Patienten gefragt. Die meisten von ihnen hatten sich wie erwartet als nicht sehr gesprächig herausgestellt. Auf die Frage nach Elina, wo sie sich üblicherweise aufgehalten hatte und mit wem sie unterwegs war, zuckten sie nur mit den Schultern und überhäuften sie danach mit wirrem Gefasel. Ein paar wenige jedoch hatten in den Wald gedeutet und verstohlen etwas von einem Priester und einer alten Kapelle gemurmelt. Angeblich soll Elina dort gewohnt haben.

Was hinter dem Gerede steckte, hatte sie noch nicht herausgefunden, doch ein halb versteckter Forstweg wies ihr den Weg dorthin.

Der Wald schwieg, nicht das leiseste Geräusch drang aus den Baumkronen oder dem Unterholz, nur der überall wuchernde Farn raschelte im Wind. Tau tropfte von den herbstlich gefärbten Blättern auf sie herab.

Es roch nach Erde, morschem Holz und Moos. Eine eigentümliche Mischung, die sie wie kaum ein anderer Geruch an ihre Kindheit auf dem Land erinnerte. Wie gern war sie damals zum Spielen in den Wald gegangen. All das lag schon eine Ewigkeit zurück. Normalerweise genoss sie die Natur mit jedem Atemzug, doch etwas war plötzlich anders. Noch nie hatte sie einen so gespenstisch stillen Wald erlebt. Es kam ihr vor, als hätte die Natur bei ihrem Eindringen die Luft angehalten.

Zwischen den Wipfeln tauchte eine Turmspitze auf. Sie schwebte wie ein Wegweiser über dem Blätterdach. In der Ferne konnte sie hören, wie sich die Wellen an der Steilküste brachen.

Sonya folgte weiter dem Forstweg und verlor sich im Dickicht, bis der Weg nur noch ein schmaler Pfad war, der sie bis an den Rand einer Lichtung führte.

Dort, umgeben von dicht gedrängten Bäumen und im diffusen Licht des frühen Morgens, tauchte die Kapelle auf.

Es handelte sich um einen alten zweistöckigen Bau aus verwittertem Stein, der durch einige Anbauten recht verwinkelt schien. Moos wuchs stellenweise an den Mauern und das Holztor zum Altarraum stand offen.

Sonya zweifelte nicht daran, dass sie hier tatsächlich etwas über Elina herausfinden konnte. Ihre Schwester hatte schon immer eine starke Bindung zu ihrem Glauben gehabt und allem, was damit in Verbindung stand. Sie hatte oft gebetet und regelmäßig die Kirche besucht, eben so, wie es ihnen damals in der Heimat beigebracht wurde.

Und du warst auch einmal so, erinnerte sich Sonya. Doch je mehr sie sich in ihrer Jugend für Medizin und Wissenschaft interessiert hatte, desto weniger passte diese rationale Welt voller Zahlen und Fakten zur spirituellen Welt voller Legenden und Geschichten. Elina hingegen hatte sich davon nie beirren lassen. Viel war von ihrer religiösen Erziehung damals nicht geblieben, nur manchmal ertappte sich Sonya dabei, wenn sie ein Stoßgebet in den Himmel schickte, oder eine Kerze für einen geliebten Menschen anzündete.

Das Krächzen eines Raben riss sie aus ihren Gedanken. Wie ferngesteuert war sie bis an die Pforte der Kapelle herangetreten, ohne es überhaupt bemerkt zu haben.

Hinter den Fenstern und im offenstehenden Altarraum konnte sie keine Bewegungen ausmachen. Dieser

Ort wirkte mit seiner stillschweigenden Präsenz beinahe geisterhaft.

Sonya spürte, wie sich ein fester Knoten in ihrer Brust bildete, doch gab sie sich einen Ruck und trat durch das Eingangstor.

Im Inneren der Kapelle dominierte eine für Gotteshäuser ungewohnte Schlichtheit. Wenige Reihen aus Holzbänken führten zu einem Alter aus Granit hin, über dem ein mannshohes Holzkreuz schwebte. Die Wände bestanden aus schmucklosem Stein und abgesehen von zwei Heiligenfiguren an der Stirnseite des Raums gab es nichts, woran das Auge hängenbleiben konnte.

Der Altarraum sah wie verlassen aus, wären da nicht eine Handvoll Kerzen gewesen, die in einer mit Sand gefüllten Schale brannten und offenbar erst vor wenigen Stunden entzündet wurden.

Sonya holte tief Luft und rief: »Hallo?« Der Widerhall ihrer Stimme dröhnte so laut von den nackten Mauern, dass sie erschrak. Sie wartete gespannt, doch nichts geschah. Keine Spur von dem Priester oder sonst irgendwem.

Eine Weile wartete Sonya unentschlossen zwischen den Bänken, dann entdeckte sie eine Tür am Ende des Raums. Sie stand einen Spalt offen.

Was zuerst nur ein Gedankenspiel war, formte sich immer mehr zu einer Idee. Wenn niemand zu ihr kam, musste sie sich eben selbst auf die Suche machen. Ihre

Schritte hallten auf dem Steinboden, als sie bis zur Tür ging und diese ohne Zögern öffnete.

Dahinter lag ein beengendes Treppenhaus, das sowohl in einen Keller als auch in den oberen Stock führte.

Im Keller erwartete Sonya niemanden anzutreffen, also begann sie, die gewundene Treppe ins Obergeschoss hochzusteigen. Oben angekommen zeigte sich ihr ein schmaler Korridor mit jeweils einer Tür an der linken und der rechten Seite. Beide Türen sahen identisch aus bis auf die Tatsache, dass an einer von ihnen ein Talisman in Form einer Libelle hing.

Sofort begann Sonyas Herz schneller zu schlagen. Das konnte kein Zufall sein. Unbewusst rieb sie sich das Tattoo an ihrem Ringfinger.

Dieses Symbol hatte sie schon immer mit ihrer Schwester verbunden. Es war ihre Großmutter gewesen, die an den Lehren der alten indigenen Stämme festgehalten hatte, von denen sie abstammten. Sie hatte an sogenannte Krafttiere geglaubt, tierische Symbole, die wie eine Art Schutzgeist wirkten. Jeder Mensch wurde von einem anderen Tier geschützt. Für ihre Eltern war es nur abergläubischer Blödsinn, doch Sonya erinnerte sich gern daran zurück. An einem Abend, als Sonya etwa fünf Jahre alt gewesen war, hatte ihre Großmutter hinter dem Rücken ihrer Eltern ein Ritual durchgeführt, um ihres und Elinas Krafttier zu finden. Sie hatte ein Lagerfeuer entzündet, sonderbare Gebete gesprochen, Rauch aufgewirbelt und ihnen ein Pulver über den Kopf gestreut, das sie zuvor in einem Mörser zermahlen hatte. Damals hatte sich alles so magisch und mystisch angefühlt und auch jetzt noch überkam Sonya eine wohlige Gänsehaut. Nach diesem Ritual hatte ihre Großmutter die Libelle als ihren Schutzgeist verkündet und zuerst ihr und danach Elina mit Asche eine Zeichnung des Tiers auf den Handrücken gemalt.

Das musste er also sein, Elinas Wohnort auf der Insel. Sonya fragte sich, warum sie ausgerechnet hier und nicht wie die anderen Angestellten in den Bungalows der Station wohnte. Wahrscheinlich wollte ihre streng gläubige Schwester so nah wie möglich an der Kapelle sein und ihrer Starrköpfigkeit war nur wenig entgegenzusetzen.

Während ihr diese Gedanken durch den Kopf gingen, streckte Sonya die Hand nach der Türklinke aus und zog sie nach unten. Zu ihrer Überraschung öffnete sich die Tür problemlos und gab den Blick auf eine kleine Dachkammer frei.

Der Raum lag im Halbdunkeln, nur durch ein trübes Buntglasfenster fiel etwas Licht ins Innere. Viel gab es nicht zu sehen. Auf den wenigen Quadratmetern fanden gerade mal ein schmales Holzbett, eine abgewetzte Kommode und ein kleines Bücherregal Platz. Die Luft war erfüllt von Staub, der sichtbar in der Luft schwebte. Auf einem Stapel Bücher, der neben dem Bett wohl als Nachttisch dienen sollte, entdeckte Sonya einen Bilderrahmen. Sie nahm ihn in die Hand und betrachtete ihn. Das Foto zeigte sie und Elina, wie sie sich lachend in den Armen lagen. Sonya konnte nicht anders, als das Bild wie hypnotisiert anzustarren. Schon der bloße Gedanke an diesen Moment erzeugte ein bittersüßes Gefühl in ihr.

Es war der Scheidepunkt ihres Lebens gewesen. Dieser schmale Grat, an dem für sie noch alles perfekt gewesen war, bis es dann ganz plötzlich in sich zusammenfiel. Kurz darauf war Elina nach Widow Peak geflohen und Sonya hatte begonnen, furchtbare Dinge für Varga zu erledigen. Nichts davon hätte passieren müssen und doch war es so gekommen.

Sonya bemerkte, wie ihre Hand mit dem Bilderrahmen darin zu zittern begann. Sie fragte sich, ob Elina jemals ihren Frieden damit geschlossen hatte oder doch insgeheim wütend auf sie war. Aber hätte sie sonst dieses Bild hier stehen? Sonya wusste, dass sie es an ihrer Stelle gewesen wäre. Sie besaß eben nicht Elinas Gottvertrauen und auch nicht ihre alles verzeihende Gutherzigkeit. Sie selbst war eben nur egoistisch und dumm und ...

Ein Klirren versetzte sie zurück in die Realität und sie sah, dass ihr der Bilderrahmen aus den Fingern geglitten war, und in hunderten Splittern und Scherben auf dem Boden lag.

Sonya wischte sich eine Träne aus dem Augenwinkel, hob den Bilderrahmen auf und schnitt sich an einer

Scherbe, Blut tropfte auf den Boden und sie entledigte sich lautstark der angestauten Luft. Hier war kein Platz für solche Gefühle. Wenn sie Elina tatsächlich etwas Gutes tun wollte, dann musste sie sich zusammennehmen und sie so schnell wie möglich finden.

Einen ersten Ansatzpunkt fand sie vielleicht in ihren persönlichen Habseligkeiten. Ein Gegenstand nach dem anderen wanderte durch Sonyas Hände. Elina besaß so spärlich wenige Sachen, dass es nicht lange dauerte, sich jeden einzelnen anzusehen. Nichts davon erweckte auch nur ansatzweise Sonyas Interesse. Kurz bevor sie schon aufgeben wollte, stolperte sie über einen Notizblock, der nur eine einzige beschriebene Seite enthielt. Die grazil geschwungene Schrift ihrer Schwester fügte sich zu einem Text zusammen, der wohl ein Gebet darstellen sollte:

Lieber Gott, ich erbitte deinen Segen für meine Schwester Sonya. Erhelle ihr den Weg. Trost und Kraft soll sie finden in der Weisheit geschriebener Worte. Möge ihr Magna Fides ein weiser Ratgeber sein.

Mehrere Male las Sonya die merkwürdigen Sätze und ließ dabei ihren Finger unter den Worten entlangfahren. Auf den ersten Blick sah es aus wie ein gewöhnliches Gebet, doch etwas daran störte sie. Es lag weniger an den Worten selbst, sondern mehr an dem, was zwischen den Zeilen lag.

Sonya erkannte die Handschrift, doch würde Elina ihre Gebete niemals aufschreiben, insbesondere nicht in so schwulstiger Sprache. Es klang beinahe so, als wäre der Text dazu bestimmt, ihr Misstrauen zu wecken. Aber wieso? Hatte Elina womöglich schon geahnt, was ihr bevorstand? Aber wie hätte sie damit rechnen können, dass Sonya auf die Insel kam?

Abgesehen davon stellte sich auch die Frage, was hinter dem sonderbaren lateinischen Wort steckte. Gehört hatte sie es zumindest noch nie zuvor, und es war Ewigkeiten her, dass sie die lateinische Sprache für ihr Studium gelernt hatte.

Während Sonya noch über dem Text brütete, hörte sie hinter sich ein ungehaltenes Räuspern. Sie zuckte zusammen, wirbelte herum und prallte dabei gegen das Bücherregal.

In der offenen Tür stand ein Mann in einer schwarzen Kutte. Sein Äußeres glich mehr dem eines alten Generals als dem eines Pastors. Breitschultrig und mit einem kräftigen, leicht nach vorne stehenden Kiefer starrte er sie durchdringend an. Sein rechtes Auge war trüb, doch das übriggebliebene loderte dafür umso intensiver. Seine Haare waren raspelkurz getrimmt.

»Was wollen Sie hier?«, verlangte er mit heiserer Stimme zu wissen. Sonya hatte nicht genug Zeit, über ihre Antwort nachzudenken, und spuckte das Erste aus, was ihr in den Sinn kam.

»Wer will das wissen?«

»Ich bin Pastor Francis. Und Sie sind eine Patientin, die ich noch nie hier gesehen habe.« Er verschränkte die Arme vor der Brust. »Also beantworten Sie meine Frage.«

»Ich … war auf der Suche nach Dr. Alvarez. Ich wollte sie besuchen.« Ungewisse Sekunden vergingen. Sonya hatte ernsthaft darüber nachgedacht, die Wahrheit zu sagen, einfach zu offenbaren, dass sie Elinas Schwester war, doch was hatte die Wahrheit ihr bisher gebracht? Außerdem dachte sie an Bedingfields Worte, niemandem zu trauen.

»Ach ja?« Der bohrende Blick des alten Pastors höhlte sie förmlich aus und Sonya hatte das Gefühl, dass keine noch so gute Lüge sich vor ihm verstecken konnte. Er grunzte verächtlich, trat dann einen Schritt auf sie zu und drängte Sonya in die Ecke der Dachkammer. »Dann muss Ihnen wohl entgangen sein, dass die Frau Doktor schon eine ganze Weile fort ist.«

»Einfach so?«

»Nichts geschieht einfach so. Gott hat einen Plan für jeden von uns, auch wenn wir ihn nicht immer verstehen. Und einen solchen Plan hatte er wohl auch für Dr. Alvarez.«

Je näher der Pastor kam, desto stärker drängte sich ihr sein Geruch auf. Eine Mischung aus Scotch, Weihrauch und Mottenkugeln, die Sonya den Magen umdrehte. Er hatte die Fäuste geballt und als Sonya die rostbraunen Flecken darauf sah, wurde ihr plötzlich kalt.

»Ihre Hände …«, stammelte sie mit einer Stimme, die sie kaum als ihre eigene erkannte.

»Was ist damit?«, knurrte er, ohne den Blick zu senken.

»Ist das Blut?« Sie hielt den Atem an. Lange kam keine Antwort, während der Pastor sie eingehend musterte.

»Stört Sie das?«

Sonya spürte, wie sich ihr Körper versteifte. Die Luft wirkte plötzlich seltsam stickig in der Dachkammer und es kam ihr so vor, als würde ihr der Sauerstoff zum Atmen ausgehen.

Hastig suchte sie den Raum ab, doch es waren immer noch die gleichen Quadratmeter ohne Fluchtmöglichkeit und ohne Hilfe.

»Angst ist das Los der Schwachen«, fügte Pastor Francis hinzu. »Und in Ihrem Fall unbegründet. Im Garten hinter der Kapelle halte ich Hühner und schlachte sie auch selbst. Eine bodenständige und gottgefällige Tätigkeit.« Er verrieb das getrocknete Blut zwischen seinen Fingern.

Die Anspannung löste sich nur langsam aus Sonyas Schultern. Sie schob sich selbst ein Stück zur Seite, weiter in Richtung der Tür.

Pastor Francis machte jedoch nicht den Eindruck, als würde er ihr den Weg frei machen. Seine breite und von fahlen Narben übersäte Hand deutete durch den Raum. »Ich bin kein Mann, dem man Märchen erzählt. Was auch immer Sie suchen, Sie werden es hier nicht finden. Ebenso wenig wie die anderen vor Ihnen.«

»Wer war hier?«, schoss es aus Sonya heraus, die Enge um ihren Hals war plötzlich wie vergessen.

»Das wissen Sie doch. Tun Sie nicht so scheinheilig.« Erst jetzt rückte er von ihr ab und gab den Weg zur Tür wieder frei. »Wenn Sie sonst nichts mehr wollen, bitte ich Sie, zu gehen. Diese Räume sind privat. Wenn Ihnen der Sinn nach Gebet und Andacht steht, dann nutzen Sie den Altarraum.«

Zögerlich huschte Sonya an ihm vorbei, drehte sich draußen auf dem Gang aber noch einmal um.

»Wenn ich schon umsonst gekommen bin, darf ich Ihnen dann wenigstens noch eine letzte Frage stellen?«

Pastor Francis winkte ihr mit einer fahrigen Handbewegung zu, die nahezu alles bedeuten konnte. »Nur wenn es eine Frage ist, auf die ich gewillt bin zu antworten.«

»Was bedeutet Magna Fides?«, sprudelte es aus Sonya heraus. Der Blick des Pastors veränderte sich. Seine bis dahin steinerne Miene wich einem überraschten Gesichtsausdruck, der immer wieder von einem skeptischen Stirnrunzeln durchzogen wurde, ehe er antwortete. »Das ... ist ein Buch aus unserer Kirchenbibliothek. Wie kommen Sie darauf?«

»Es wurde mir empfohlen. Wäre es möglich, einen Blick darauf zu werfen? Danach sind Sie mich auch los.«

Nachdenklich drückte Pastor Francis mit einem Finger auf seiner Unterlippe herum, bis Sonya schon glaubte, dass er sie gleich zerquetschen würde.

»Nun gut. Die Bibliothek steht allen Besuchern der Kapelle offen. Egal, wie ihre Absichten sind.« Er funkelte sie herausfordernd an. »Sie finden das Buch in Regal Nummer drei. Gehen Sie die Treppe in den Keller hinunter, die Tür steht offen. Ich habe Sie im Auge.«

In den Keller ..., wiederholte Sonya in Gedanken. Nicht das, was sie hören wollte, und doch ließ sie sich nicht lange darum bitten. Begleitet von seinem strengen Blick stieg sie die Treppe hinab. Unten angekommen öffnete sie die mit schweren Eisenbändern beschlagene Tür. Sie fand einen Schalter und ein Licht sprang über ihr an und erhellte ein Gewölbe, in dem sich eine Handvoll Bücherregale und Schränke aneinanderdrängten. Hier unten war es noch kälter als draußen, dafür jedoch überraschend trocken.

Sonya stieg die verbleibenden Stufen in das Kellergewölbe hinab und tauchte ein in den stickigen Kosmos der Bibliothek. Schnell fand sie Regal Nummer drei. In den Fächern reihten sich religiöse Bücher von gewöhnlicher Beschaffenheit, aber auch ledergebundene Exemplare mit reich verziertem Umschlag aneinander. Sie ließ ihren Finger über die Buchrücken gleiten und hinterließ dabei eine Spur auf der staubigen Oberfläche. Offenbar kamen nicht viele Mitarbeiter oder Patienten hierher. Wer hätte es ihnen auch verdenken können? Begraben unter Tonnen aus Erde, Beton und Stein fühlte sich der Himmel plötzlich schrecklich weit weg an.

Sonyas Zeigefinger blieb auf einem ausgeblichenen Lederband mit der Aufschrift Magna Fides stehen.

Mit einer Bedächtigkeit, die sie sich selbst kaum zugetraut hätte, zog sie es aus der Reihe ungleicher Bücher heraus. Als sie den Einband aufschlug, sah sie eine vergilbte und in Latein verfasste Titelseite. Sie stöhnte hörbar auf. Ihr Latein war, abgesehen von den Begriffen, die sie für ihre Arbeit als Ärztin brauchte, mindestens genauso eingestaubt wie dieser alte Schinken. Plötzlich zweifelte sie daran, dass Elina ihr damit wirklich ein Zeichen senden wollte. Vielleicht hatte sie sich in das Ganze zu sehr hineingesteigert und redete sich jetzt Dinge ein, die gar nicht da waren. Dafür brauchte es nur ausreichend Einbildungskraft und Frust, und von beidem hatte sie genug.

Seite für Seite zog das Pergament an ihren Augen vorbei, bis plötzlich ein Stück Papier daraus hervorrutschte. Es begrüßte sie die gleiche geschwungene Handschrift wie schon auf Elinas Notiz.

Hastig knüllte Sonya es in ihrer Faust zusammen und sah zur Tür. Erst als sie sich vergewissert hatte, dass vom Pastor oder anderen neugierigen Augen keine Spur war, begann sie zu lesen.

Wenn jemand diese Zeilen liest, bedeutet es, dass mir womöglich etwas passiert ist. Ich schreibe diese Worte in der Hoffnung, dass derjenige, der sie findet, nach mir sucht und dafür sorgt, dass die Wahrheit ans Licht kommt. Mein

Name ist Dr. Elina Alvarez und ich arbeite seit fast einem Jahr auf Widow Peak.

Gestern ist ein Aufstand in der Festung losgebrochen und seitdem herrschen chaotische Zustände. Alle scheinen Angst zu haben, dass sich die Aufstände auch auf das Dorf ausbreiten könnten. Heute bin ich Zeuge geworden, wie einzelne Patienten aus dem Dorf in die geschlossene Psychiatrie gesteckt wurden. Ich denke, um sie zum Schweigen zu bringen. Nicht zum ersten Mal habe ich den Eindruck, dass Menschen beiseitegeschafft werden. Niemandem sonst scheint es aufzufallen und selbst wenn, will niemand etwas dagegen tun. Wir haben die Anweisung bekommen, dass nichts davon die Insel verlassen darf, und es kommt mir so vor, als würde die gesamte Belegschaft versuchen, ihre Geheimnisse und Machenschaften um jeden Preis zu wahren. Ich befürchte, dass hier schon viel zu lange weggesehen wird, egal ob bei angeblichen Suiziden, Unfällen oder anderen seltsamen Ereignissen. Mein Ziel ist es, so viel wie möglich von den Missständen und Machenschaften auf der Insel zu dokumentieren, um es zu veröffentlichen. Bis dahin versuche ich, mehr darüber herauszufinden.

Die Zeilen schwebten wie gesprochene Worte durch Sonyas Kopf. Sie konnte Elinas Stimme hören, sah das Bild ihrer Schwester vor Augen, wie sie trotz der bitteren Lage unerschütterlich versuchte zu lächeln. Es vergingen einige Herzschläge, bis Sonya überhaupt daran dachte, auf den Inhalt ihrer Worte einzugehen. Von was für einem Aufstand redete Elina da? Wer hatte sich hier aufgelehnt und warum? Viel mehr drängte sich aber die Frage auf, warum sie erst jetzt davon erfuhr. Niemand, nicht einmal Bedingfield, hatte auch nur ein Wort darüber verloren.

Sonya spürte, wie sie ein kalter Schauer überkam. Die Nachricht war sogar von Elina unterschrieben worden. Sie folgte den eleganten Kurven ihrer Signatur und blieb an dem darunter notierten Datum hängen. Es passte nicht zu dem, was sie erwartet hatte. Elina war angeblich seit zwei Wochen verschwunden, der zwölfte September lag aber bereits einen ganzen Monat zurück.

»Das würde bedeuten …«, überlegte Sonya, als plötzlich ein schwarzer Schatten neben ihr auftauchte.

So schnell, dass sie kaum reagieren konnte, drängte der Pastor auf sie zu. Sein anklagender Zeigefinger stieß ihr beinahe ins Auge.

»Sie glauben wohl, ich bemerke das nicht, hm?«, schrie er außer sich. »Nach was suchen Sie überhaupt? Was wollen Sie von Elina? Sie gehören zu denen, nicht wahr?«

Sonya stand wie versteinert da, unfähig sich zu bewegen. »Zu wem? Nein, ich gehöre zu niemandem.«

»Lüge! Ich habe lange genug zugesehen. Lange genug nichts unternommen. Sicher ist nur eines, sie werden diese Kapelle nicht mehr verlassen.« Er baute sich vor ihr auf und machte deutlich, dass es ihm ernst war.

Sonyas Muskeln verkrampften sich. Hitze durchflutete ihren Körper. Hektisch sah sie sich um. Sie war gefangen, um sie herum nichts, das ihr helfen konnte. Ihre Gedanken schrien. Sie hatte keine Pistole mehr, keine Waffe, mit der sie sich verteidigen konnte.

Und die brauchst du auch nicht, fiel es ihr siedend heiß ein. Wann hatte sie das zuletzt gekümmert? Wann hatte sie sich diese Frage überhaupt je gestellt, wenn sie auf den Straßen von Edinburgh Vargas Geld kassierte? Zweifel und Angst hatten sie nicht hierhergebracht und Zweifel würden sie auch nicht zurück nach Hause bringen.

Sie breitete die Arme aus und ballte ihre Hände zu Fäusten.

»Aus dem Weg!«, knurrte sie mit zusammengebissenen Zähnen. »Lassen Sie mich vorbei. Ich warne Sie.«

Das Gesicht des Pastors versteinerte. »Der Herr ist mein Hirte, nichts wird mir fehlen«, murmelte er monoton, gleichzeitig drängte er auf sie zu. »Er lässt mich lagern auf grünen Auen und führt mich zum Ruheplatz am Wasser.« Er näherte sich immer weiter und Sonya machte sich bereit zum Angriff. »Er stillt mein Verlangen; er leitet mich auf rechten Pfaden, treu seinem Namen.« Der Pastor endete mit den Worten: »Verzeih mir, Herr.« Dann zog er ein Beil aus seiner Kutte.

Sonya zuckte zusammen und wich vor ihm zurück. Auf der glatten Schneide klebten immer noch Federn und Blut. Auf einmal fand sich Sonya in der hintersten

Ecke des Gewölbes wieder. Wie hypnotisiert folgte sie jeder Bewegung des Beils, das bedrohlich vor ihr durch die Luft schwebte.

»Hier lang!«, forderte der Pastor sie auf. Mit seiner Schuhspitze fegte er den am Boden liegenden Teppich beiseite und brachte eine darunter verborgene Luke zum Vorschein. »Da runter!« Er stieß die Luke auf und gab den Blick in ein tiefdunkles Loch frei.

»Ich gehe da nicht runter«, versuchte Sonya ein Stottern zu unterdrücken, während ihr der kalte Schweiß ausbrach.

»Sie werden.« Der Pastor holte mit dem Beil nach ihr aus und Sonya warf sich zur Seite. Dabei verlor sie den Boden unter den Füßen, fiel und rutschte über den Rand der Öffnung.

Von einer Sekunde auf die andere stürzte sie durch das schwarze Loch. Wenige Meter tiefer prallte sie rücklings auf den Boden. Ein stechender Schmerz fuhr ihr vom Ellenbogen bis ins Rückenmark. Sie keuchte, stöhnte und wälzte sich nach Luft ringend auf der Erde. Eine Wolke aus Staub wirbelte auf und Sonya begann zu husten.

Absolute Dunkelheit umgab sie. Über sich sah sie das Gesicht des Pastors im hellen Schein der Luke auftauchen.

»Sie werden Elina niemals finden. Verrotten Sie da unten!«, hallte seine Stimme zu ihr herab, bevor die Luke mit einem dumpfen Schlag über ihr zufiel.

11.

Was für eine lausige Nacht. Liam konnte sich nicht erinnern, wann er das letzte Mal im nüchternen Zustand so wenig Schlaf abbekommen hatte. Es war eine dieser Nächte gewesen, in denen man sich fragte, ob man überhaupt eingeschlafen war. Eine gefühlte Ewigkeit hatte er sich im Bett gewälzt und versucht die Geräusche auszublenden, die von außerhalb der Hütte kamen. Überall hatte es beängstigend geknackt und geraschelt und nicht nur einmal hatte er verstohlen zu den Sperrholzplatten an seinen Fenstern geschielt. Wann immer ihm die Augen zugefallen waren, hatte er nur wirre und zusammenhanglose Dinge geträumt und war nach wenigen Minuten schweißgebadet aufgeschreckt.

Wie gern würde er wieder im Pub sitzen, sogar Carls spöttische Bemerkungen würde er dankbar über sich ergehen lassen. Aber das Schicksal war nicht so gnädig mit ihm.

Wer viel Geld verprasste, der musste eben auch zusehen, wo es herkam. Manchmal glaubte er fast, dass seine Geldbörse ein Loch haben musste, das er nur noch nicht entdeckt hatte. Am Ende eines jeden verschwenderischen Abends fehlten ihm nicht nur einige Erinnerungen, sondern auch erstaunlich viele Scheine in der Tasche.

Es lag noch gar nicht lange zurück, da hatte Liam sich doch tatsächlich gefragt, wie er eigentlich so geworden war und vor allem wann. Ein erstaunlich selbstreflektierter Gedanke, der ihm gar nicht ähnlich sah. Vielleicht lag es daran, dass er bis zu seinem ersten Nebenjob im Teenageralter nie auch nur eine Münze an Taschengeld gesehen hatte. *Einem jungen Schauspieler ist seine Kunst genug*, hatten seine Eltern immer gesagt, doch der wahre Grund war schlichtweg, dass sie pleite gewesen waren.

Die Erziehung durch seine Eltern war eine willkommene Ausrede für ihn, immerhin musste Liam sich somit nicht selbst die Schuld an seiner verschwenderischen Ader geben. Nichts hatte sich verändert. So war es früher gewesen und so war es auch heute. Kaum hatte er etwas Geld in der Tasche, warf er es heraus, als könnte es ihm sonst verfaulen.

Ein wenig mehr Disziplin würde ihm vermutlich nicht schaden, doch warum sollte er schon heute daran arbeiten, wenn er es auch auf morgen oder übermorgen verschieben konnte?

Schlaftrunken schleppte sich Liam am Ufer des Weihers entlang. Das Dorf sah früh morgens noch wie ausgestorben aus. Nur wenige Patienten kreuzten seinen Weg und keiner davon schien sich für ihn zu interessieren. Jetzt, da auch er die Patientenkluft trug, war er einer von ihnen.

Die Therapieräume lagen auf der anderen Seite des Dorfs, ein kleines Stück abseits der Dorfhütten. Auf dem Weg dorthin fummelte Liam in seiner Manteltasche, wo er die Berührung seiner Pillendose vermisste. Seit er nichts mehr daraus genommen hatte, zitterten zwar seine Finger, doch abgesehen davon überraschte es ihn, wie wenig es ihm fehlte.

Ganz anders ging es ihm da mit dem Spielen. Immer wieder ertappte er sich dabei, wie seine Gedanken abdrifteten. Was, wenn ihm ausgerechnet heute das Kartenglück treu war und er es verpasste? Gottverdammte Insel. Zwischen ihm und dem nächsten Wetteinsatz lagen unzählige Meilen offener See.

Neben ihm gluckste der Weiher und Liam stellte sich vor, es wäre das Geräusch fallender Würfel oder das hypnotisierende Stampfen von Rennpferden. Leider reichte seine Fantasie dazu nicht aus, weshalb er den restlichen Weg leise vor sich hin schimpfte.

Die Therapieräume befanden sich in einem unscheinbaren Bau, der im Gegensatz zu den Häusern im Dorf aussah, als wäre er erst Ende der achtziger Jahre errichtet worden. Mit seiner schmucklosen grauen Fassade bot der kantige Klotz mit dem Flachdach nicht viel, was man lange hätte betrachten können.

Nur zwei einsame Patienten lungerten auf dem Platz vor dem Eingang, eine Frau, die rauchend an der Mauer lehnte, und in einigem Abstand ein dickbäuchiger Mann auf einer Bank. Sie wechselten kein Wort miteinander und glotzten gelangweilt in der Gegend herum.

Liam fuhr sich noch einmal durch die dürftig gekämmten Haare, bevor er mit gewinnendem Lächeln vor der rauchenden Frau zum Stehen kam. »Guten Morgen. Bin ich hier richtig bei der Therapiesitzung für ...« Er dehnte seine letzten Worte, in der Hoffnung, dass seine Gesprächspartnerin den Satz für ihn beenden würde.

»Angststörungen ...«, grollte sie mehr, als dass sie sprach und spuckte in weitem Bogen zwischen die Hecken. »Bist du der Neue?«

Erst jetzt sah sie ihn wirklich an und Liam blickte in zwei tief eingesunkene Augen. Die Frau war klein und vermutlich kaum älter als er selbst, wirkte jedoch unnatürlich faltig und ausgezehrt. Schräg an ihrem Kopf baumelte ein Knäuel zusammengeknoteter Haare. Ihre dünnen und blassen Lippen saugten abermals an der Zigarette.

»Äh, ja. Ich bin noch neu und nicht ganz vertraut mit dem System. Und nach dem ganzen Chaos gestern ...«

Die Patientin winkte ab. Auf ihrem Gesicht lag der leidgeprüfte Ausdruck einer Frau, die so etwas beinahe täglich erlebte.

»Schön für dich. Hast du Feuer?«, fragte sie, schnippte ihren Zigarettenstummel zu Boden und steckte sich eine Neue in den Mund.

Prompt schüttelte Liam den Kopf. »Ihr dürft hier rauchen und Feuerzeuge besitzen?«

Anstelle einer Antwort lachte die Patientin nur heiser. »Ne, aber das sind genau die Sachen, womit die Angestellten hier ihr Geld machen. Du hast wirklich noch keine Ahnung, wie es hier läuft, oder? Man kann fast alles haben, Zigaretten, Feuerzeuge, Medikamente, Drogen ...« Zu seiner Überraschung zog sie jetzt ein eigenes Feuerzeug aus ihrer Hosentasche, womit sie die Zigarette zwischen ihren Lippen ansteckte. »Du brauchst nur Kohle und die dürfen wir ja haben. Die Kontrollen sind hier ziemlich lasch, also bemerkt's keiner und außer den Leitern interessiert es auch niemanden.« Blauer Nebel stieg von ihren Lippen auf und was auch immer sie da rauchte, es stank so erbärmlich wie ein brennender Misthaufen.

Liam versuchte sich den Ekel nicht anmerken zu lassen. Selbst ihm war gerade die Lust vergangen, sich den ein oder anderen Muntermacher zu kaufen. Vielleicht würde er irgendwann noch für ein wenig *Schnee* darauf zurückkommen, doch fürs Erste entschied er, die Unterhaltung wieder zurück auf die Therapiesitzungen zu lenken.

»Okay, gut zu wissen. Aber etwas anderes: Wie läuft so eine Therapiesitzung hier überhaupt ab? Meine Einweisung ist wegen dem Chaos ziemlich dürftig ausgefallen.«

»Wie in anderen Einrichtungen auch. Bei den Gruppentherapiesitzungen gibt es freiwillige Teilnehmer wie mich und es gibt weniger freiwillige Patienten. Ein oder zwei Pfleger bringen sie für gewöhnlich hierher. Arme Schweine.« Sie lachte heiser. »Sonst haben wir mit den Pflegern wenig zu tun, sie bringen uns Essen und das war's auch schon. Jeder schaut auf sich selbst. Ich bin übrigens Natasha.« Sie streckte ihm die Hand entgegen. Aus der Nähe sah Liam, dass ihre Finger von offenen Stellen übersät waren. Widerwillig schüttelte er ihre Hand, sein Lächeln fühlte sich dabei so steif an, als hätte man es ihm in die Mundwinkel getackert.

»Ich bin Liam. Und warum bist du hier, wenn ich fragen darf?« Sie seufzte nur theatralisch, gefolgt von einem Gurgeln, das nahelegte, dass sie gleich wieder auf den Boden spucken wollte.

»Weil es mir von meinem verfluchten Anwalt geraten wurde. Ich hab nen Entzug hinter mir und wenn ich das Sorgerecht behalten will, soll ich jetzt auch noch ne Therapie wegen meinen angeblichen Neurosen machen. Alles Blödsinn.« Kleinlaut fügte sie hinzu: »Ich mach's für meine Tochter. Die soll nicht so ein Arschloch werden wir ihr Vater.«

Liam bemühte sich um einen mitfühlenden Blick. Kaum ging es um sie selbst, entpuppte sich Natasha als überraschend gesprächig.

»Verstehe. Und wie lang bist du schon hier?«

Natasha verrollte ihre Augen, musste aber erst ein wenig nachdenken, bis ihr die Antwort einfiel.

»N‘ bisschen mehr als ein halbes Jahr, glaub ich. Und genau so lang mach ich hier bei den Sitzungen schon mit.«

»Versteh schon. Kennst du die anderen Leute aus der Therapie gut?«

»Manche mehr, manche weniger.«

»Ich habe gehört, seit kurzer Zeit ist sogar einer der Angestellten hier?«, fragte Liam möglichst beiläufig. »Alan White.«

Dumm, Liam, ganz dumm. Viel zu offensichtlich gefragt.

Auch Natasha schien zu diesem Schluss gekommen zu sein, denn ihre Augen verengten sich zu misstrauischen Schlitzen.

»Du meinst den Hausmeister? Ist schon seit Wochen nicht mehr aufgetaucht. Aber was geht dich das an?«

Erst lügen, dann abhauen. So wie immer.

»Ach, das hab ich nur so aufgeschnappt. Habe mich gefragt, ob die Insel die Mitarbeiter verrückt macht, immerhin haben sie den ganzen Tag mit Leuten wie uns zu tun.« Er versuchte sich an einem selbstironischen Grinsen. »Aber egal. Ich ... geh dann mal. Die Sitzung fängt ja sicher gleich an.«

Begleitet von Natashas argwöhnischen Blicken, zog sich Liam bis zum Eingang der Therapieräume zurück, zog an der Tür und stutzte. Sie war verschlossen. Durch die Fenster drang kein Licht.

»Da kannst du ziehen, so viel du willst. Alle Sitzungen wurden wegen der Explosion in andere Räume verlegt. Keine Ahnung warum«, rief ihm Natasha mit unverhohlener Schadenfreude zu. »Ich geh jetzt da hin, komm meinetwegen mit, wenn du so scharf drauf bist. Oder lass es.« In einer erstaunlich geschmeidigen Bewegung machte Natasha kehrt, winkte dem übriggebliebenen Patienten mit einer sonderbar anmutenden Geste zu und verschwand um die Ecke des Gebäudes, ohne sich umzusehen, ob Liam ihr überhaupt folgte.

Liam sah ihr nach und ertappte sich dabei, wie er den Türgriff immer noch festhielt, als wäre er begriffsstutzig.

Verdammt. Er wusste selbst nicht, was er tun sollte, doch nachdem er keine bessere Idee hatte, folgte er ihr schließlich. Bereits hinter der Ecke hatte er Natasha eingeholt, die ohne sichtbare Eile über einen Trampelpfad zwischen dem Gebäude und einer wildwuchernden Hecke stapfte.

Sie befanden sich hier am äußersten Rand des Dorfs. Es war still, die Bäume über ihren Köpfen raschelten und warfen einen bedrohlichen Schatten auf sie. Von hier aus sah Liam nichts anderes als eine Wand und den tiefen Wald. Während Natasha vorausging, würdigte sie ihn keines Blickes. Sie lief einfach weiter, führte ihn um das Gebäude herum und Liam erkannte, dass von hier kein weiterer Weg abzweigte. Viel zu spät entdeckte er die Sackgasse.

Noch bevor er sich umdrehen konnte, bewegte sich etwas hinter ihm. Aus dem Augenwinkel sah er den Mann, der bis eben noch unscheinbar vor den Therapieräumen gesessen hatte. Der Unbekannte holte aus und schlug ihm einen dicken Ast in die Kniekehlen.

Liam gab einen erstickten Schrei von sich, nicht einmal laut genug, um die Vögel aus den Bäumen aufzuschrecken. Er knickte ein und innerhalb eines Wimpernschlags sah er sich auf dem Boden knien. Als er aufsah, hatte sich Natasha bereits zu ihm umgedreht. Sein Herz begann wie wild zu schlagen.

»Schön sitzenbleiben, sonst muss dir mein Kumpel noch eine verpassen. Du stellst ja ganz schön viele Fragen. Bist du n Bulle?«

Sehe ich etwa so aus?, hätte er beinahe geschnaubt, um sich seine Angst nicht anmerken zu lassen, entschied sich aber für eine vorsichtigere Wortwahl. Nachdem er den Schmerz aus seinem pochenden Bein geknetet hatte, schüttelte er eifrig den Kopf.

»Nein, ich schwöre es. Ich ... bin nur hier, um meine Angststörungen behandeln zu lassen.«

»Werden wir sehen.« Auf Natashas Nicken hin beugte sich der Mann von hinten über Liam und steckte seine behaarten Finger nacheinander in jede Tasche an seinem Körper. Außer einem leeren Geldbeutel kam nichts zum Vorschein.

Eine nachdenkliche Falte erschien auf Natashas Stirn. »Hm, siehst nicht aus wie ein Bulle, aber dann erklär mir, warum du so dumme Fragen stellst.«

»Es ist so, er ... schuldet mir Geld«, log Liam, in der Hoffnung auf das richtige Pferd gesetzt zu haben.

Und tatsächlich, ihr Gesicht begann sich plötzlich aufzuhellen. »Ach ja? Das kann ich sogar verstehen. Würde der Ratte ähnlich sehen ...« Sie kratzte sich an der Wange und schnippte einen Hautfetzen von ihren Fingern. Keiner sagte etwas, doch konnte Liam immer noch spüren, wie der schwere Ast über seinem Kopf schwebte.

»War es das? Könnt ihr mich jetzt endlich gehen lassen?«

»Nicht so eilig. Ich hab da ne bessere Idee.« Ein breites Lächeln entblößte Natashas gelb angelaufene Zähne, wobei Liam sich wünschte, er hätte nicht so genau hingesehen. »Du willst sicher ein paar Neuigkeiten über Alan White wissen, stimmts? Wie wär's, wenn ich dir erzähle, was ich von ihm weiß, und sobald du ihn gefunden hast, gibst du mir was von deinen Schuldeneinnahmen ab. Na, wie siehts aus?« Sie zwinkerte ihm unverhohlen zu.

Ihr Angebot kostete Liam mehr als nur einen Moment des Nachdenkens, bis ihm dämmerte, dass er damit genau das bekam, was er wollte.

»Einverstanden.« Mit diesen Worten kämpfte er sich vom Boden hoch, warf dem Mann hinter sich einen finsteren Blick zu und klopfte den Staub von seinen Hosenbeinen. »Also, ich höre?«

Daraufhin spitzte Natasha die Lippen.

»Dieser Alan ist noch gar nicht so lange in der Therapiegruppe, musst du wissen. Er kam zu uns, kurz nachdem sich das ganze Chaos auf der Insel gelegt hat.«

»Welches Chaos?« Natasha stockte und beinahe sah es so aus, als würde sie sich an ihren eigenen Worten verschlucken.

»Das ... Also, ich will lieber nicht darüber reden.«

»Wie schlimm kann es schon sein?« Eine greifbare Stille kehrte ein, ehe Natasha ein Stück näher rückte und verschwörerisch eine Hand über ihren Mund hielt.

»Lass es einfach. Ist nur ’n gut gemeinter Rat. Wer plappert, der landet in der geschlossenen Abteilung, das war bis jetzt immer so.«

»Schon gut, schon gut. Ich frage gar nicht weiter. Ich will nur wissen, warum Alan hier in der Therapie war.«

Obwohl Natasha sichtbar mit sich rang, konnte Liam sehen, dass die Worte unbedingt aus ihrem Mund ausbrechen wollten.

»Unter Verfolgungswahn hat er gelitten«, platzte es aus ihr heraus. »Er hat mir anvertraut, dass er angeblich etwas weiß und deswegen verfolgt wird. Oder es zumindest glaubt. Keine Ahnung, was das gewesen sein soll, er wollte nicht damit rausrücken. Überall hat er Schatten und Gefahren um sich herum gesehen.« Sie lachte wie über einen guten Witz. »Albern, nicht wahr?«

Nicht so albern, wie du vielleicht glaubst, hätte er am liebsten geantwortet. Und jetzt war Alan White tot. Nur ein Zufall? Er wollte nicht so recht daran glauben. Zufälle waren wie abgehalfterte Privatermittler – sie kamen einzeln vor, aber nicht in Rudeln.

Es gab nur eine Möglichkeit, Licht in dieses Dunkel zu bringen. Er musste mit Bedingfield sprechen, jetzt sofort. Zuerst brauchte er Einsicht in die Therapieakte von Alan White, außerdem schuldete Bedingfield ihm noch eine Erklärung für das angebliche Chaos auf der Insel.

»War das alles?« Sie nickte.

»Gut. Dann haue ich jetzt ab.«

»Lass dich nicht abhalten.« Natasha gab dem Mann hinter ihm zu verstehen, dass er Liam vorbeilassen sollte. »Und lass dich am besten nicht umbringen.« In ihren Worten lag eine bittersüße Drohung, von der Liam nicht wusste, wie er sie auffassen sollte. Mit wehendem Mantel und ohne die beiden noch einmal anzusehen, drängte sich Liam an ihnen vorbei und verließ diesen finsteren Winkel, so schnell es seine Schritte zuließen.

12.

Du wirst Elina niemals finden. Die Worte des Pastors hallten wie ein böser Traum in Sonyas Bewusstsein nach. *Verrotte da unten.* War es das, was auch Elina zugestoßen war? Der Fehler, einen scheinbar harmlosen Mann zu unterschätzen?

Sonya kauerte am Boden, scharrte mit den Fersen in der Erde und suchte vergeblich nach einem Lichtstrahl. Die Dunkelheit hatte sich wie ein Leichentuch auf sie herabgesenkt, undurchdringlich und finster. Sie hob ihre Hand, konnte jedoch nicht einmal das Weiß ihrer Fingernägel erkennen.

Immer noch pulsierten ihr der Schock und der Schmerz des Aufpralls in heißen Wellen durch den Körper. Sie wusste nicht, ob sie schreien oder um sich schlagen sollte, ob es Zeit war, nachzudenken oder einfach die Ruhe zu bewahren.

Was war da gerade passiert? Pastor Francis hatte gefragt, ob sie zu *denen* gehörte. Zu wem? Und wieso? Was befürchtete er?

Die Gedanken kreisten Sonya ziellos durch den Kopf, ohne eine sinnvolle Verbindung miteinander zu finden.

Sie streckte ihre Hände in das schwarze Nichts und berührte eine klamme Felswand. Sie musste hier raus. Als sie sich umdrehte, prallte sie gegen eine zweite Wand. Sie drehte sich im Kreis, überall, wo sie hinfasste, stellte sich ihr eine Mauer in den Weg. Plötzlich spürte sie, wie die Felsen von allen Seiten zu drücken schienen. Zu eng, viel zu eng. Sie taumelte von der Wand zurück, das Geräusch ihrer schnellen Atemzüge füllte ihre Ohren, als sie mit dem Hinterkopf an einem niedrigen Balken stieß.

Zum ersten Mal in ihrem Leben bekam Sonya den Hauch einer Idee, wie es sich anfühlen musste, lebendig begraben zu werden. Die Luft fühlte sich plötzlich ungewohnt dünn an, hoffentlich nur Einbildung.

Sie redete sich ein, dass sie hier nicht in einem engen Schacht feststeckte, sie sagte sich, dass sie sich nur lange genug zusammenreißen musste, bis ihr ein rettender Einfall kam, doch keine dieser wohlklingenden Lügen konnte sie beruhigen.

Endlich fanden ihre Finger einen Spalt zwischen den Wänden, mehr ein Riss als ein tatsächlicher Durchgang, gerade breit genug, dass sie sich in der ölschwarzen Dunkelheit hindurchpressen konnte. Es roch nach Moder und Tierkot. Irgendwo hörte sie Wasser tropfen.

Eine unsichtbare Hand drückte Sonya die Kehle zusammen. Hier, im Magen dieses steinernen Wals, verlor sie jedes Gefühl für ihre Umgebung. Sie hätte ebenso gut auf einem Steg über einem Abgrund balancieren können, ohne es zu wissen. Ihre Fantasie, von der sie nicht gedacht hatte, dass sie überhaupt existierte, malte ihr die furchtbarsten Dinge aus.

Auch jetzt wollten sich ihre Augen noch nicht an die Dunkelheit gewöhnen. Sonya versuchte sich erst gar nicht vorzustellen, dass Elina auch hier unten gelandet war. Ihre Schwester wirkte auf Fremde vielleicht mutig, doch was sie antrieb, waren in Wirklichkeit ihre Neugierde und ihr Gerechtigkeitssinn. Nichts davon konnte man in einer engen finsteren Kammer gebrauchen.

In einiger Entfernung raschelte plötzlich etwas und Sonya zuckte zusammen. Sie lauschte, doch das Geräusch wollte sich nicht wiederholen. Es waren keine Schritte gewesen, aber zumindest irgendeine Bewegung.

»Hallo?«, rief sie in die Dunkelheit, ohne zu wissen, was sie sich eigentlich davon versprach. Ohne zu wissen, ob sie überhaupt eine Antwort hören wollte. Ihre Stimme verlor sich im Nichts. Langsam schob sich Sonya dichter an die Geräuschquelle heran. Um sie herum war es still außer dem Scharren ihrer Füße und dem dumpfen Pochen ihres Herzschlags in ihren Ohren.

Spinnweben verfingen sich in ihren Haaren und als Sonya versuchte, sich von den klebrigen Fäden und ihrem krabbelnden Innenleben zu befreien, rutschte ihr etwas aus der Jackentasche. Dann fiel es ihr siedend heiß ein:

Mein Feuerzeug. Natürlich, sie hatte es noch am Morgen eingesteckt und ganz vergessen.

Augenblicklich ließ sie sich auf die Knie fallen und tastete über den Boden. An ihren Fingerspitzen fühlte sie feuchte Erde, Moos und Steine. Wieder raschelte es in ihrer Nähe, doch hörte sie diesmal ein deutliches Fiepen und das Geräusch kleiner krallenbesetzter Pfoten.

Ratten, schoss es ihr durch den Kopf und sie wäre am liebsten wieder aufgesprungen. Etwas berührte sie am Hosenbein und huschte dann schnell fort. Gleich von mehreren Seiten raschelte es um sie herum, sie hörte das Nagen kleiner Zähne und musste sich dazu zwingen, ihre Hände weiter über den Boden gleiten zu lassen. Sie streifte etwas Pelziges, das sich jedoch nicht bewegte.

Irgendwo hier musste das verdammte Feuerzeug doch sein. Ihre Finger irrten immer schneller über den Boden. Plötzlich war Sonya beinahe froh, nichts zu sehen.

Ihre Finger zuckten vor etwas zurück, das sich weich und triefend nass anfühlte. Als sie einen Schritt nach vorne machte, knirschte es unter ihrem Schuh – vermutlich ein kleines Gerippe.

Sonyas Magen krampfte sich zusammen und drückte ihr die Magensäure in Richtung Kehle. Sie kämpfte gegen die aufsteigende Übelkeit an.

Sie konnte sich selbst nicht erklären, woher ihr Ekel vor Ratten kam. Sie hatte schon viel Schlimmeres gesehen und auch getan, und trotzdem spürte sie die Abscheu in sich aufsteigen wie saure Galle.

Ängste sind nicht rational, hatte ihr Vater immer gesagt. *Sie überfallen dich einfach und klopfen nicht an. Sie fragen nicht nach einem Grund und müssen auch nicht erklärt werden.*

Und doch hatte Sonya genau das vor: eine Erklärung zu finden. Eine Ärztin, zumal eine, die früher Tiermedizin studieren wollte, sollte sich weder vor Ratten noch vor ihren kleinen verwesten Körpern ekeln und doch stand sie jetzt hier und spürte, wie bleich sie wurde. Vielleicht hatte diese Angst mit der Rattenplage begonnen, die sie damals auf ihrem Bauernhof befallen hatte. Als wäre es gestern, erinnerte sie sich an das kleine Lamm, das überraschend gestorben war, und als sie es kaum eine Stunde später gefunden hatte, da waren auch schon die Ratten da gewesen.

Obwohl sich alles in ihr dagegen sträubte, ließ Sonya ihre bebenden Finger weiter über den Boden gleiten, als sie plötzlich den Rand ihres Feuerzeugs berührte.

Ein erleichterter Seufzer löste sich aus ihrer Kehle und sie richtete sich hastig wieder auf. Der Schein des Feuerzeugs warf eine kreisrunde Lichtblase, die nicht einmal bis zu ihren Füßen reichte, und doch war Sonya dankbar, dass endlich der undurchdringliche Schleier von ihren Augen genommen wurde. Offenbar befand sie sich in einem schmalen Korridor zwischen zwei Felswänden.

Sonya achtete nicht mehr darauf, was sich am Boden bewegte, sondern schob sich langsam mit dem Licht voran in die Dunkelheit. Vor ihr tauchte eine Tür auf, die statt einer Klinke nur einen altertümlich wirkenden Eisenring zum Ziehen besaß.

Um die Tür zu öffnen, musste sich Sonya mit den Fersen in den Boden stemmen, doch gab das störrische Ding nach einiger Kraftanstrengung quietschend nach. Dahinter verbarg sich eine kleine Kammer, die ganz anders wirkte als der bisherige Teil des Gewölbes.

Hier roch es nicht mehr nach Moder, der Boden war gefegt und frei von Schmutz und tierischen Besuchern. In einer Ecke lag eine Matratze, daneben ein Schemel, der wohl als Beistelltisch gedient hatte und auf dem ein festgeschmolzener Kerzenstummel stand. Sonst nichts.

Die kleine Flamme des Feuerzeugs flackerte, als Sonya sich zu allen Seiten umsah. Hier endete der Weg und mit ihm auch ihre Hoffnung, aus dem Keller zu entkommen.

Plötzlich wurde ihr schwindelig, sie hielt sich an der nächstbesten Wand fest und schloss die Augen. Das alles musste ein Albtraum sein. Nicht einmal ein ganzer Tag war vergangen, seit sie nach Elina suchte und schon saß sie hier in der Falle. Bedingfield hatte mit seinen Warnungen nicht übertrieben. Ihr blieb also nur zu hoffen, dass Liam sie hier herausholen würde und sich dabei nicht so dämlich anstellte wie sie.

Als Sonya die Augen wieder öffnete, wirkte die Kammer um ein Vielfaches kleiner. Sie kniete sich neben den Schemel, zündete die Kerze an und besah sich im spärlichen Licht das Bettzeug.

Hier hatte schon einmal jemand gelegen. Die Laken waren zerwühlt und als Sonya sich näher heranwagte, entdeckte sie auf dem Kopfkissen ein paar lange dunkle Haare. Abgesehen davon deutete nichts darauf hin, wer hier gelegen hatte und was mit dieser Person geschehen war.

Die dunklen Haare auf der Matratze könnten durchaus zu Elina gehören, aber das bewies noch gar nichts. Falls ihre Schwester wirklich hier gewesen war, hatte sie vielleicht Spuren hinterlassen, ob absichtlich oder nicht.

Das Licht flackerte und warf bizarre Schatten an die Wände, als Sonya den Kerzenstummel an sich nahm und damit die Kammer durchsuchte. Inmitten der Dunkelheit wirkte ihr Licht wie ein verlorener Stern am Nachthimmel.

Auf den wenigen Quadratmetern gab es nicht viel zu finden. Weder die Matratze noch der Schemel lieferten irgendeinen brauchbaren Hinweis. Erst ein genauerer Blick auf die Felswände ließ einen Funken Hoffnung entstehen. In der hintersten Ecke hing ein von Motten zerfressener Teppich an der Wand. Als Sonya sich ihm näherte, begann das Kerzenlicht in einem kaum wahrnehmbaren Windhauch zu flackern.

Sie blinzelte mehrere Male, wollte aber nicht so recht glauben, was sie da eben gesehen und gespürt hatte. Wie sollte sich denn der Wind hier unter die Erde verirren?

Wieder spürte sie das sanfte Streicheln einer kühlen Brise an ihren Fingerknöcheln, das umso deutlicher wurde, je dichter sie an die Wand herantrat.

Heißes Wachs tropfte ihr mittlerweile auf die Hand, doch blendete Sonya das Brennen einfach aus. Ihre Finger bewegten sich auf den Teppich zu, packten ihn an einer seiner Quasten und zerrten ihn beiseite.

Dahinter kam ein Tunneleingang zum Vorschein, gerade groß genug, um kriechend hindurchzupassen. Ein schwarzer hungriger Schlund, der noch weiter in die Tiefe führte.

Sonya steckte ihren Kopf hinein. Ein Windzug fuhr ihr durch die Haare und sie glaubte sogar ein kleines Licht am Ende zu erkennen. Von dort drang auch das Geräusch brechender Wellen an ihre Ohren.

Gott steh mir bei.

Sie holte einmal tief Luft, dann kroch sie in den beengenden Tunnel hinein.

13.

Nur wenige Minuten nach seinem fluchtartigen Aufbruch von den Therapieräumen hatte sich Liam bereits die Anhöhe bis zum Grenzzaun der Station emporgekämpft.

Vielleicht lag es an seiner Aufregung oder dem bedauerlichen Zustand seiner Ausdauer, jedenfalls klebte ihm die Patientenkleidung wie ein feuchter Lumpen an der Brust.

Es grenzte schon an bittere Ironie, dass Alan White sich einen Verfolgungswahn eingeredet hatte und jetzt ermordet in der Kühlkammer von Widow Peak lag. Eine gute Erinnerung daran, was es bedeutete, die Gefahren dieser Insel zu unterschätzen.

Soweit seinen neuen Informationen zu glauben war, hatte Alan White irgendetwas herausgefunden. Aber was sollte er wissen, dass es wert wäre, ihn dafür zu ermorden? Immerhin hatte er als Hausmeister mit Sicherheit zu beinahe jedem Bereich der Insel Zutritt. Ob er das vielleicht ausgenutzt hatte?

Solche und noch viele weitere Fragen schwirrten Liam durch den Kopf, während er die letzten Meter bis zum bewachten Tor hinter sich ließ.

Die beiden Wachleute, die auf der anderen Seite des Tors postiert standen, hoben ihre müden Augen, als Liam auffordernd gegen das Gitter klopfte.

»Guten Tag, die Herren«, grüßte er sie mit einer aufgesetzten Freundlichkeit, die ihm so früh am Morgen beinahe zynisch vorkam. »Entschuldigt die Störung, aber ich möchte in die Station.«

Die Wachleute warfen sich einen vielsagenden Blick zu, der mit einem höhnischen Grinsen endete.

»Ich möchte auch vieles«, warf der erste von ihnen ein und fuhr sich dabei mit den Fingerspitzen über die Hutkrempe.

Natürlich nahmen sie ihn nicht ernst, doch musste sich Liam erst noch an dieses Gefühl gewöhnen. Solange er auf der Insel war und die Kleidung eines Patienten trug, hatte keines seiner Worte Gewicht.

»Ich muss in die Station und mit Dr. Bedingfield sprechen. Es ist dringend.« Zunächst rührte sich keiner der beiden Männer. Dann näherte sich einer von ihnen mit begrenztem Enthusiasmus dem Zaun.

»Bedauere, aber ich kann Sie nicht durchlassen«, sagte er mit einem Tonfall, der zwar nicht unhöflich war, aber deutlich machte, dass hier keine Diskussion geduldet wurde. »Wenn Sie etwas brauchen, dann reden Sie mit den Pflegern oder Ihrem Arzt bei der nächsten

Therapiesitzung. Schönen Tag noch.« Er rückte seinen Gürtel mit dem daran baumelnden Schlagstock zurecht als nachdrückliches Zeichen, dass das Gespräch für ihn beendet war.

Liam hatte schon damit gerechnet, nicht ohne Weiteres passieren zu dürfen, gab sich aber nicht so leicht geschlagen.

Er war jetzt ein Patient, eine Rolle, die er mit allen Vorteilen und Nachteilen ausfüllen musste.

Der beste Freund eines guten Schauspielers sind Illusion und Überzeugungskraft, hatte sein Großvater immer gesagt. *Nutze beides klug, sei dir deiner Ausstrahlung bewusst und vergiss nie, was du bei deinem Gegenüber erreichen willst.*

Gern hätte Liam all das geleugnet, aber es stimmte. Die besten Schauspieler waren alle Betrüger. Sie betrogen den Zuschauer um das, was sie wirklich waren, und zeigten ihnen etwas, das überhaupt nicht existierte. Sie erregten Mitleid oder Wut, sie hielten den Betrachter an unsichtbaren Fäden und bewegten ihn dorthin, wo sie ihn haben wollten. Schade nur, dass ihm Schauspielkunst gerade nicht weiterhalf. Alles, was diese Männer überzeugen konnte, waren sinnvolle Argumente und die wollte er ihnen auch liefern.

Bevor der Wachmann sich wieder umdrehen konnte, klopfte Liam noch einmal auffordernd gegen das Tor.

»Sie machen einen Fehler!«, rief er halblaut. »Es geht um die Sicherheit der Anstalt.«

Auf einen Schlag versteifte sich die Haltung des Wachmanns. Mit nur einem Schritt war er so dicht an das Tor herangetreten, dass seine spröden Lippen fast das Gitter berührten. Seine Stimme hatte er zu einem Flüstern gesenkt.

»Und was wäre das? Ich bin ganz Ohr«, verlangte er zu wissen. Ein abschätziger Blick war in seine Augen getreten.

Liam hatte ihn am Haken, auch wenn er noch nicht wusste, welchen Fisch er da gerade angelockt hatte.

»Ich kann nur mit dem Leiter darüber sprechen. Glauben Sie mir, es ist enorm wichtig, dass wir keine Zeit verlieren. Bitte.«

Zur Antwort bekam er ein enttäuschtes Grunzen. Die Wachleute entfernten sich ein Stück und steckten die Köpfe zusammen, doch sprachen sie nicht leise genug, um Liam am Lauschen zu hindern.

»Das behauptet der doch nur. Der weiß gar nichts, das sage ich dir«, murmelte der Erste, während er sich immer wieder zu Liam umsah.

»Und wenn doch? Dann sind wir die Idioten. Dafür halte ich nicht den Kopf hin. Du hast doch gesehen, wie es hier gestern gekracht hat.«

Abwechselnd sahen sie über ihre Schultern zu Liam, der sich alle Mühe gab, so unlesbar wie immer auszusehen.

Nur die letzten Worte flüsterten sich die Wachleute so leise zu, dass Liam sie allenfalls deuten konnte. Dann näherte sich einer der beiden Uniformierten. Ein Schlüssel klimperte.

»Na gut. Wir lassen Sie rein. Mein Kollege wird Sie bis zum Verwaltungsgebäude bringen und auch wieder zurück. Hoffen wir mal für Sie, dass das kein dummer Scherz sein soll, ansonsten grüßt die Arrestzelle. Aber das ist dann Ihr Problem.«

Nahezu lautlos glitt das schwere Tor beiseite. Am liebsten hätte Liam schamlos gelächelt, verkniff sich aber jede sichtbare Gefühlsregung. Eng flankiert von dem zweiten Wachmann wurde er die von Blutbuchen gesäumte Allee hinabgeführt.

Keiner von ihnen sagte auch nur ein einziges Wort, bis sie vor dem Verwaltungsgebäude ankamen.

Auf den Stufen zum Haupteingang stand bereits ein kahlköpfiger Mann, der sie mit grimmigem Blick zu erwarten schien. Begleitet wurde er von zwei Pflegern, die sich einige Meter zurückhielten. Es kostete Liam einen Moment, bis ihm dämmerte, vor wem er da stand.

Dr. Joshua Cole blähte die Nüstern, als hätte er Witterung aufgenommen. Sein hochmütiger Blick erstarrte fast vor greifbarer Kälte. Er rückte die Brille zurecht, bevor er seine Arme wieder demonstrativ verschränkte.

Liam nahm an, dass Dr. Cole und seine Begleiter informiert worden waren und ihn bereits von weitem gesehen hatten. Einen so vor Anspannung geladenen Empfang hatte er allerdings nicht erwartet.

»Halt!«, rief Dr. Cole mit einer Stimme, der man bereits anhörte, dass sie für gewöhnlich zum Kommandieren verwendet wurde. »Was wird das hier?«

»Ein Patient, Dr. Cole«, erklärte der Wachmann hastig. Ein tadelndes Zischen fiel ihm ins Wort.

»Erklären Sie mir nicht, was ich mit eigenen Augen sehen kann. Wieso begleiten Sie ihn hier her?«

»Er sagte, er muss uns auf etwas aufmerksam machen, das die Sicherheit der Einrichtung betrifft.«

»Ach, ist das so?« Dr. Coles Blick senkte sich auf Liam und begann ihn förmlich zu sezieren. »Und er wollte nicht damit herausrücken, worum es geht?«

Dem Uniformierten verrutschte die Mütze, als er eilig den Kopf schüttelte. »Nein. Er wollte Dr. Bedingfield persönlich sprechen.« An seiner verkniffenen Reaktion erkannte Liam deutlich, wie wenig Dr. Cole diese Worte schmeckten.

»In unserer jetzigen Lage und nachdem, was gestern passiert ist, lassen Sie tatsächlich einen Patienten hier herein?« Seine Worte waren weniger eine Frage als vielmehr ein Peitschenhieb, der auf den Wachmann niederging. Nervös trat die Wache von einem Bein auf das andere. »Ich, also …«

»Still. Machen Sie es nicht noch schlimmer. Wir unterhalten uns später. Bis dahin …« Dr. Coles Blick schwenkte nun zu Liam um. »Wollen wir uns mal anhören, was unser ungebetener Gast uns mitzuteilen hat.«

Eine ganze Reihe von Augen richtete sich auf Liam. In gewisser Weise erinnerte es ihn an den Moment, wenn der Vorhang auf der Bühne gelichtet wurde, nur dass das Publikum selten so anklagend und skeptisch dreinschaute.

Er öffnete seinen Mund, zögerte jedoch. Keiner der hier Anwesenden war sein Vertrauen wert. Was sollte er also sagen? So wenig wie möglich, oder am besten überhaupt nichts. Bedingfield hatte zwar angekündigt, täglich mit ihnen Kontakt aufzunehmen, doch wann sollte das genau sein? Wenn er ihn nicht sofort zu sprechen bekam, verlor er womöglich viele Stunden, wenn nicht sogar einen ganzen Tag. Ein gutes Argument, diese Scharade weiter aufrechtzuerhalten.

Seine Hände fanden Zuflucht in seinen Hosentaschen, während er einmal tief und ungeduldig einatmete. Diese Diskussion war wie ein Glücksspiel, vielleicht gefiel sie ihm gerade deswegen so gut. Es gab einen Einsatz und ein Risiko. Leider war er noch nie ein vernünftiger Spieler gewesen, also würde er damit auch heute nicht anfangen. Er legte die Karten auf den Tisch.

»Wie schon gesagt. Ich rede nur mit dem Leiter. Können Sie mich bitte zu ihm bringen?«

»Sicherheitsfragen sind bei mir bestens aufgehoben. Ich bin seine Stellvertretung. Also?« Liam verschränkte nur die Arme, kein weiteres Wort drang über seine Lippen.

»Sie haben mir also nichts zu sagen? Rein gar nichts?«, fragte Dr. Cole mit grollendem Unterton. »Dann werte ich Ihren Versuch, grundlos in die Station einzudringen, als Verstoß gegen die Regeln.«

Verzockt, fuhr es Liam durch den Kopf.

»Regeln? Hören Sie mir denn gar nicht zu? Ich will nur mit Bedingfield sprechen, mehr nicht. Geben Sie mir fünf Minuten und Sie werden sehen, dass die ganze Aufregung hier gar nicht nötig ist. Ich bitte Sie.«

»Was nötig ist und was nicht, entscheide ich immer noch selbst.« Zu seiner Überraschung beugte sich Dr. Cole plötzlich nach vorne, dicht an sein Ohr.

»Soll ich Ihnen etwas verraten?« Er verströmte den scharfen Geruch nach Rasierwasser und Pfeifentabak. Liam konnte hören, wie seine Lippen sich mit einem verächtlichen Schmatzen auseinanderbewegten. »Ich weiß, wer Sie sind.«

Ein knallender Paukenschlag donnerte durch Liams Gedanken. Es waren nur wenige Worte und trotzdem schafften sie es, ihn zu lähmen.

Unmöglich. Er konnte es nicht … oder doch?

Sein Atem beschleunigte sich, kalter Schweiß brach ihm aus. Er wollte etwas antworten, doch sein Mund fühlte sich plötzlich wie ausgetrocknet an. Überdeutlich hörte er Dr. Coles Worte in seinem Ohr. »Willkommen zurück auf Widow Peak.«

Taumelnd wich Liam vor ihm zurück und prallte gegen den Wachmann in seinem Rücken. Seine Augen huschten panisch zu allen Seiten, auf der Suche nach einem Fluchtweg. Er spannte sich an, versuchte mit einem Satz davonzulaufen, doch rissen ihn kräftige Arme zu Boden.

Die Treppenstufen gruben sich in seinen Rücken. Liam schrie, als der Schmerz ihm bis ins Rückgrat fuhr. Er zappelte, während ihm abwechselnd heiß und wieder kalt wurde.

Die Pfleger hielten ihn eisern fest und der Wachmann kniete sich auf seinen Brustkorb. Liam blieb die Luft weg, mit verdrehten Augen blickte er auf und sah Dr. Coles hämischen Blick über sich.

»Akute Fluchtgefahr. Ein oder zwei Nächte in der geschlossenen Abteilung werden Ihnen sicher guttun. Wehren Sie sich nicht. Es ist nur zu Ihrem Besten.«

Das letzte, das er sah, war Dr. Coles frostiges Lächeln, bevor er einen Stich im Arm spürte und kurz darauf alles um ihn herum verschwamm.

14.

Sonya kroch auf ihren Knien und Ellenbogen durch den beengenden Tunnel. Wurzeln hingen ihr ins Gesicht und spitze Steine schrammten ihr über den Rücken. Wann immer sie den Kopf hob, prasselten verklumpte Erdbrocken auf sie herab. Nur noch wenige Meter. Sie roch schon das salzige Meer, spürte eine Brise in ihrem Gesicht, das sich von der daran klebenden Erde bereits ganz verkrustet anfühlte. Ihre Glieder schmerzten, doch wollte sie ihnen nicht zuhören.

Mit einem dankbaren Schrei brach Sonya aus der Höhle hervor, wie ein Säugling, der gerade das Licht der Welt erblickte. Sie überschlug sich, versuchte noch nicht einmal, sich festzuhalten, sondern rutschte einfach aus dem hüfthohen Loch und blieb bäuchlings im hohen Gras liegen.

Erst jetzt spürte sie den Schmerz ihrer zerschundenen Haut, genau wie ihren Sturz durch die Luke, aber vor allem spürte sie eine tiefe und wärmende Dankbarkeit.

Sie konnte nicht lange in der Dunkelheit gewesen sein und hatte doch all das hier vermisst. Die Art, wie das Sonnenlicht bunte Farben auf ihre Netzhaut warf, der Wind in ihren Haaren und das Gefühl eines unendlich weiten Himmels über ihrem Kopf.

Gierig saugte sie die frische Luft in ihre Lunge, von der sie nie gedacht hätte, dass sie sich so weit aufblähen konnte.

Endlich wieder frei. Ein Gefühl, das man erst zu schätzen wusste, wenn man es verloren hatte, und sei es auch nur für einen kurzen Moment gewesen. Sonya hatte noch nicht einmal geschaut, wo sie überhaupt gelandet war, denn es interessierte sie nicht. Die Hauptsache war, dass sie der Enge, der Dunkelheit und diesem Gefängnis entkommen konnte.

Als sich die Staubwolke um sie herum legte, ließ Sonya zum ersten Mal bewusst ihren Blick über die Umgebung schweifen.

Nur wenige Zentimeter hinter ihren ausgestreckten Beinen tat sich eine Felskante auf und dahinter das weite Meer. Sie saß umringt von Dornenbüschen auf einem Felsvorsprung, der ein halbes Dutzend Meter unterhalb der Kapelle aus den Steilklippen ragte. Von hier aus führte kein Pfad zurück nach oben, nur nackte Steinwände stellten sich ihr entgegen.

Nachdem Sonya sich aufgerichtet und den Staub von ihrer Kleidung geklopft hatte, trat sie dichter an die Felskante. Kleine Steine lösten sich unter ihrem Schuh und purzelten in die schwindelerregende Tiefe. Zwar hatte Sonya noch nie Angst vor großer Höhe gehabt, doch als sie tief unter sich die heranrollenden Wellen sah und bis in ihr Fußgelenk die Erschütterung spürte, wann immer sie mit voller Wucht an den Felsen brachen, überkam sie plötzlich das Bedürfnis, einige Schritte zurückzuweichen.

Gerade eben entkommen und bereits war sie wieder gefangen. Sie sah sich genauer um und entdeckte eingekesselt zwischen Felskante und Steilklippe einen steinigen Pfad, der in geschwungenen Serpentinen von der Klippe bis hinab zum Wasser führte, wo sich jetzt bei Ebbe ein schmaler und von Wellen überspülter Kiesstrand zwischen Meer und Felswand aufgetan hatte. Er sah beinahe aus wie ein Steg, der Sonya dazu einlud, dort entlangzugehen. Sicherlich ein Marsch von mehreren Kilometern, doch was blieb ihr für eine Wahl?

Sonya kniff die Augen zusammen und spähte in die von Dunst verhangene Ferne. Dort, am Ende der schmalen Strandlinie, glaubte sie einen Pfad zu erkennen, der die Klippe hinauf bis zum Fuß eines verwitterten Leuchtturms führte. Eine graue und von Möwen umflatterte Betonsäule, die sich in den ebenso grauen Himmel schraubte. Nichts an seinem Erscheinungsbild ließ erkennen, ob er noch genutzt wurde oder schon seit Jahren leer stand.

Sonya fröstelte, nicht weil der Wind hier an den Klippen unablässig blies, vielmehr fühlte es sich an wie eine innere Kälte, die sich langsam in ihr ausbreitete. Etwas Bedrohliches umgab diesen Turm, auch wenn sie nicht wusste, wie sie überhaupt darauf kam. Vermutlich nicht mehr als Einbildung. Ihre Intuition hatte sie schon oft genug im Stich gelassen. Im Moment musste sie sich jedoch nur darauf konzentrieren, dass ein einziger Weg von hier zurück auf die Hochebene der Insel führte.

Jeden anderen Gedanken schüttelte sie ab und wandte sich dem schroffen Pfad zu, der vor ihr in die Tiefe führte. Ein Dornenbusch stellte sich ihr in den Weg, den Sonya mit einem Handstreich zur Seite schob. Die Dornen kratzten sie allenfalls ein wenig, doch was ihr wirklich auffiel, war das goldene Glänzen zwischen den verdorrten Zweigen. Sie sah noch ein zweites Mal hin und erstarrte.

Eine Halskette samt Anhänger hing säuberlich verknotet in den Ästen. Sonya fiel auf die Knie, ihre Hände schnellten darauf zu und wurden, kurz bevor sie den Anhänger berührten, plötzlich ganz langsam. Beinahe zärtlich fuhr sie über den Anhänger und sah dabei zu, wie er sich an der filigranen Kette drehte.

Elina war hier, überkam es sie beim Anblick der goldenen Libelle, wie es sie wohl kein zweites Mal auf dieser Welt gab. Und sie wagte zu bezweifeln, dass die Kette hier rein zufällig hing. Nein, das kleine Schmuckstück war so ordentlich festgebunden, dass es für sie nur einen Grund dafür geben konnte: Elina hatte ihr einen Hinweis legen wollen, die erste Brotkrume auf ihrem Weg. Ihre Schwester hatte offenbar wirklich fest daran geglaubt, dass sie kommen und nach ihr suchen würde. Beim Gedanken daran schrumpfte Sonya vor Scham in sich zusammen. Und wo war sie die ganze Zeit gewesen? Zumindest nicht hier, wie immer beschäftigt mit den eigenen Problemen, eben das egoistische Miststück, für das sie einige Menschen hielten und das sie nie sein wollte.

Die kleine Libelle lag in ihrer vor Schmutz starrenden Handfläche. Sonya erinnerte sich noch gut daran, wie Elina sie bekommen hatte.

Es war ein regnerischer Tag gewesen, wenige Jahre nachdem sie als Kinder nach Schottland gezogen waren. Sie hatten sich bereits daran gewöhnt, dass der Regen hier anders als in Venezuela nicht warm und erfrischend war. Das hatte sie und Elina aber nicht davon abgehalten, nach der Abenddämmerung stundenlang im Regen zu spielen und Glühwürmchen zu suchen. Das kleine Glas, in das sie die Insekten stecken wollten, war leer geblieben. Alles, was sie sich eingefangen hatten, war eine schwere Lungenentzündung. In ihrem ganzen Leben hatte sich Sonya noch nicht so krank gefühlt und Elina ging es nicht anders. Unter Tags quälte sie das Fieber, nachts der Schüttelfrost.

Wie lange sie damals im Bett lagen, wusste sie nicht mehr, doch es fühlte sich wie eine Ewigkeit an. Für Kinder, deren Tage mehr Stunden zählten als die eines Erwachsenen, war es ein seltsames Gefühl gewesen. Einfach dazuliegen und sich kaum bewegen zu können, hatte sich angefühlt wie das Ende ihrer Kindheit. Getragen von ihrer kindlichen Sorglosigkeit, hatte sie keinen Gedanken an den nächsten Tag verschwendet. Eine Eigenschaft, die sie sich nur allzu gern zurückwünschte.

Damals hatten sie und ihre Schwester sich geweigert, einzeln in ihren Betten zu liegen und sich deswegen zu zweit in Sonyas Bett gekuschelt. Sie hatten müde miteinander geflüstert und sich gegenseitig getröstet. Es waren wohl die längsten Gespräche ihres Lebens gewesen, denn selbst als die Lichter ausgingen und ihre Eltern sie zum unzähligsten Mal ermahnten, endlich ruhig zu sein, redeten sie weiter, obwohl ihnen dazu die Kraft fehlte.

Statt sich zu bessern, wurde das Fieber bei Elina und ihr schlimmer und die darauffolgenden Tage waren nicht mehr als ein schleierhafter Nebel in Sonyas Erinnerung geblieben. Ihre Eltern und sogar die Leute im Dorf hatten sich schreckliche Sorgen um sie gemacht. Doch irgendwann verschwand das Fieber plötzlich und auch die Lungenentzündung besserte sich.

Ihr Vater, der zwar ein Herz aus Gold besaß, aber auch eine Zunge schwer wie ein Granitblock, war außer sich vor Erleichterung gewesen. Man hatte es seinem strengen Gesicht nicht angesehen und er sprach auch nicht über seine Gefühle, doch kam er tags darauf mit einer Halskette zu ihnen, an der eine goldene Libelle baumelte. Er schenkte sie ihnen und fortan teilten sie sich die Kette, so wie sie sich auch den Rest ihres Lebens teilten.

Sonya schluckte schwer, als sie das Schmuckstück betrachtete. Sie hatte darauf bestanden, dass Elina die Kette mit sich nach Widow Peak nahm. Für ihre Schwester musste es eine furchtbare Überwindung gewesen sein, die Halskette hier als Zeichen zurückzulassen. Umso stärker war jedoch die Botschaft dahinter.

Ich war hier, schien ihr die Halskette sagen zu wollen. *Folge dem Weg und du wirst mich finden.*

Ein kalter Windstoß wirbelte Sonyas Haare durcheinander und riss sie aus ihren Gedanken. Sie konnte nicht ewig hier herumstehen und nachdenken. Das brachte ihr Elina nicht zurück.

Energisch stemmte sie sich in die Höhe, ihr Blick fiel dabei hinab zur Küste. Der schmale Kiesstrand war nur noch halb so breit wie beim letzten Mal, als sie hingesehen hatte. Die Flut holte sich das Land zurück und Sonya begriff, dass sie sich beeilen musste, wenn sie vor der nächsten Flut bei Tageslicht noch am Leuchtturm ankommen wollte.

Nachdem Sonya sich die Halskette umgehängt hatte, betrat sie den steilen Pfad, der eng an die Felswand geschmiegt in die Tiefe führte. Es war ein schmaler Grat zwischen bröckelndem Fels und Abgrund, gerade breit genug, dass ein Erwachsener darauf gehen konnte, doch lösten sich bei jedem Schritt kleine Steinchen, die über die Felskante rollten und in die schwindelerregende Tiefe stürzten.

Alles hieran fühlte sich falsch an. Der Abgrund neben ihr, das Geröll und die glitschigen Steine, über die sie hier klettern musste. Ganz zu schweigen vom Wind, der nicht immer mit gleicher Stärke blies, sondern heftige Böen nach ihr schickte, als wollte er sie mit aller Macht aus dem Gleichgewicht bringen. Nur ein Fehltritt und sie würde in die Tiefe fallen.

Obwohl diese Gedanken sie vermutlich beunruhigen sollten, ließ sich Sonya nicht aus der Ruhe bringen. Sie hatte ein Ziel vor Augen und mit der Kette an ihrem Hals und der Gewissheit, für was sie stand, spürte sie eine Mischung aus Hoffnung, Mut und Dummheit, die sie unaufhörlich voranpeitschte.

Sonya tastete sich an der klammen Felswand entlang, immer darauf bedacht, die Bruchstücke zu umgehen, die sich aus dem Fels gelöst hatten und wie Stolpersteine ihren Weg säumten. Für Angst war keine Zeit, sie musste Elinas rar gesäten Spuren hinterhergehen.

In einem Anflug von Leichtsinn oder Wahn, den sich Sonya selbst nicht erklären konnte, löste sie ihre Hände von der Felswand und umschloss damit stattdessen den Anhänger an ihrem Hals. Ein seltsames Gefühl von Sicherheit überkam sie. Auf diese Weise balancierte sie die gesamten Serpentinen hinab, bis sie den Kiesstrand unter sich knirschen hören konnte.

Vom schmalen Strand war nicht mehr viel übrig geblieben. Schaumkronen schoben sich mit jeder Welle bis an die Felsen heran, sprudelten, zischten und gurgelten, wenn sie wieder abflossen und sich in kleinen Trichtern im Boden sammelten. Der Geruch von Salzwasser, Fisch und Seetang stieg Sonya in die Nase, als auch schon ein eiskalter Wasserschwall ihre Füße umspülte.

Sie zuckte zusammen, gleichzeitig spürte sie, wie das kühle Wasser durch die Sohlen drang und ihre Socken aufweichte. Um diese Zeit im Oktober war das Meer selten wärmer als zwölf Grad und mit all dem Wind fühlte es sich noch sehr viel kälter an.

Überhaupt stellte sie sich die Frage, wie man solchen Wassermassen freiwillig zu nahe kommen wollte. Egal ob Ozean, See oder Tümpel, nichts würde Sonya ferner liegen, als auch nur einen einzigen Fuß in so eine tückische Suppe hineinzusetzen. Wasser, das mochte sie allenfalls in ihrem Glas, doch wann immer sie so viel auf einem Haufen sah, erkannte sie darin nur eine Falle, die dazu einlud, jämmerlich zu ertrinken.

Ob sie das anders sehen würde, wenn ihre Eltern ihr das Schwimmen beigebracht hätten? Allein der Gedanke, wie kleine Kinder hilflos und mit Schwimmflügeln an den Armen in ein Wasserbecken geworfen wurden, trieb ihr den Schweiß auf die Stirn. Die ganze Menschheit musste verrückt sein, anders konnte sie sich das nicht erklären. Allein die Fahrt mit der Fähre hierher war eine reine Zumutung gewesen. Zu wissen, dass man nur auf einer metallenen Nussschale über einen ganzen Ozean aus unendlich tiefem Wasser trieb, würde ihren Magen jedes Mal aufs Neue rebellieren lassen.

Natürlich war ihr die Angst peinlich, doch sehr viel peinlicher wäre es gewesen, es vor irgendjemandem zuzugeben. Wann immer sie sich überwinden wollte, das Schwimmen in flachem Wasser zu üben, kam sie sich vor wie ein Kind, das zum ersten Mal aufs Fahrrad stieg. Es hatte nie lange gedauert, bis sie die Beherrschung verloren hatte, hauptsächlich deswegen, weil sich niemandem dafür die Schuld in die Schuhe schieben ließ und sie letztendlich vor Wut auf sich selbst immer platzen konnte. Schwimmkurse für Erwachsene gab es zuhauf, aber einen solchen anzunehmen, würde bedeuten, sich selbst eine Schwäche einzugestehen und ihren Stolz runterzuschlucken. Zwei Dinge, zu denen sich Sonya nie hatte durchringen können.

Und jetzt stapfte sie über den immer schmaler werdenden Streifen Land zwischen Meer und Felswand. Mit jeder Welle schwappte ihr das Wasser um die Knöchel, bevor es sich an den Felsen brach. Sie schluckt das saure Gefühl in ihrem Mund herunter. Solange das Wasser nicht weiter stieg, gab es keinen Grund, sich verrückt zu machen. Diese Worte wiederholte sie mehrere Male für sich, doch das Mantra wollte nicht so recht bei ihr ankommen.

Hier unten gab es keinen Felsbrocken, auf den Sonya sich hätte retten können, nur eine steile Felswand, das Meer und einen weiten Weg bis zum nächsten Aufstieg. Als sie sich umdrehte, sah sie, dass sie bereits die Hälfte der Strecke hinter sich gebracht hatte. Weit genug, um nicht mehr umdrehen zu können, doch zu wenig, um endlich hier herauszukommen.

Immer weiter kämpfte sich Sonya an der Küste entlang, während die Wellen unaufhörlich an ihr zerrten. Mittlerweile war von dem Kiesstrand nichts mehr zu sehen, verschluckt von der Gischt, die zwar schäumte wie Champagner, aber roch wie toter Fisch. Das kalte Wasser stand ihr schon bis zu den Kniekehlen und jeder Schritt in den durchnässten Schuhen verlangte mehr Kraft von ihr.

Der Aufstieg hoch zu den Klippen schien zum Greifen nahe, vielleicht noch hundert Meter, wenn überhaupt. Doch für jeden Schritt, den Sonya vorankam, fühlte es sich so an, als würde sie zwei weitere zurückfallen.

Sie ächzte, biss die Zähne zusammen und pflügte sich mit wild rudernden Armen voran. Neben ihr türmte sich das Meer auf. Gefolgt von einem blubbernden Fauchen brach eine tosende Welle gegen die Felsen und warf Sonya von den Beinen.

Nicht den leisesten Ton konnte sie von sich geben, da tauchte sie schon der Länge nach unter Wasser.

Ein dumpfes Rauschen füllte ihre Ohren, Sand und kleine Steinchen fegten ihr durchs Gesicht. Das Salz brannte in ihren Augen. Vor Schreck öffnete sie den Mund, hörte das Gurgeln aus ihrer Kehle und sah ihre Atemluft in kleinen Blasen an sich vorbeiziehen.

Wasser, überall Wasser und sie mittendrin. Sonya blieb die Luft weg, eine lähmende Panik überkam sie. Ihre durchnässte Kleidung zerrte an ihr, als wollte sie, dass sie unter Wasser blieb.

Mit einem Schrei, der vielmehr ein Gurgeln war, tauchte sie wieder auf und spuckte einen Schwall Salzwasser zurück ins Meer. Ihr Mund fühlte sich an wie ausgedorrt, sie japste und versuchte verzweifelt, den Rest des Wassers abzuhusten, um endlich wieder richtig Luft zu bekommen. Immer wieder suchte sie Halt unter ihren Füßen, ruderte mit den Armen und stieß sich vom Boden ab, doch vergebens.

Eine zweite Welle peitschte gegen ihre Hüfte und stieß sie weiter in Richtung der Felswand. Wenn sie sich nicht bald freikämpfte, konnte sie der Naturgewalt nicht länger standhalten. Sie würde an den Felsen zerschmettert oder, noch schlimmer, hinaus ins Meer gezogen werden. Allein der Gedanke daran ließ Sonya das Herz aus der Brust springen.

Während sie sich ihren Weg durch das bereits hüfttiefe Wasser bahnte, ging ihr Atem schnell und unregelmäßig. Der Aufstieg kam immer näher, doch auch die Wellen warfen sich immer unerbittlicher gegen sie. Aus Sonyas entschlossenem Marsch wurde ein unsicheres

Taumeln. Auf jede Welle folgte eine größere, die über sie hinwegbrach und sie unaufhörlich in Richtung der Felsen zwang. Nicht nur einmal verlor sie den Boden unter den Füßen.

Sonya wischte sich das Salzwasser aus den Augen. Es brannte und nasse Schlieren trübten ihren Blick. Als sie wieder aufsah, bemerkte sie eine Gestalt auf dem Felsen neben dem Leuchtturm stehen, kaum mehr als ein Schatten, der jede ihrer Bewegungen beobachtete, doch keine Anstalten machte, ihr zur Hilfe zu kommen. Sie blinzelte und erkannte einen fremden Mann mit langen zotteligen Haaren. Er stand in einen Regenmantel gehüllt am äußeren Rand der Klippe, während sein ausdrucksloser Blick über die Bucht streifte. Nichts an ihm wollte Sonya verraten, wer er war oder was er hier suchte. Der Fremde trug weder die Kleidung der Ärzte noch die der Pfleger oder Wächter. Alles an ihm war so grau und nichtssagend wie der Fels, auf dem er stand.

Erneut brach eine Welle über sie herein, diesmal mit solcher Wucht, dass Sonya von den Beinen gerissen und bis vor die Felswand geschleudert wurde. Nicht einmal schreien konnte sie, da strömte ihr bereits das Wasser in den offenstehenden Mund.

Wieder hustete sie, würgte das verschluckte Salzwasser hervor und spuckte es zurück in die Gischt. Ihr Blick suchte den Fremden auf der Klippe.

Traut niemandem, hatte Bedingfield sie gewarnt, aber was blieb ihr für eine Wahl? Obwohl ihr Verstand den Gedanken nicht zulassen wollte, wusste sie doch ganz genau, dass sie es nicht allein schaffen würde.

Aus einer alten Gewohnheit heraus wollte sie es leugnen, wollte sich selbst davon überzeugen, dass sie alles unter Kontrolle hatte, doch als ihr das Wasser bis zu den Achseln stieg, siegte die in ihr hochkochende Panik, die Angst, die Verzweiflung.

»Hilfe!«, schrie sie aus heiserer Kehle, doch verlor sich Sonyas Stimme irgendwo im Tosen der Brandung. Nichts geschah. Daraufhin warf sie ihre Arme in die Luft, fuchtelte aufgebracht, rang um ihr Gleichgewicht und schrie abermals zu den Felsen hoch. Von dort kam keine Reaktion. Entweder hörte sie der Fremde nicht oder er gab sich größte Mühe, sie zu ignorieren.

Inmitten der sich kräuselnden Wassermassen fühlte sich Sonya wie ein vom Baum gefallenes Blatt, das in einem reißenden Bach gelandet war.

Egal, wie sehr sie zappelte und mit ihren Armen und Beinen strampelte, sie kam kein Stück weiter voran und landete dort, wo auch immer die Strömung sie gerade hintrieb.

Sie wollte noch nicht sterben. Und vor allem nicht so. Das Meer würde sie hinausziehen und so lange mit ihr spielen, bis sie vor Erschöpfung ertrank. Der bloße Gedanke daran reichte, um Sonya wild um sich schlagen zu lassen.

Sonya dachte an Elina, sie dachte an ihre Eltern und sogar an Liam. Jeden einzelnen von ihnen beschwor sie in Gedanken dazu, sie zu retten, doch sie war allein. So allein wie vermutlich noch nie in ihrem Leben zuvor.

Als Sonya die nächste Welle heranrauschen sah, glaubte sie zu sehen, wie der Unbekannte auf dem Felsen zu ihr hinabsah und den Kopf schüttelte. Für die Dauer eines Wimpernschlags trafen sich ihre Blicke, dann schlug die Welle ein.

Das Letzte, was Sonya spürte, war ein Felsbrocken an ihrem Kopf, bevor alles um sie herum in Dunkelheit versank.

15.

Nahezu schwerelos fühlte sich die Leere an, in der Liam schwebte, seit seine Augen sich geschlossen hatten. Ein tiefdunkles Nichts, das keine Gravitation, kein Licht und keinen Schall kannte. Wie lange er in diesem Zustand vor sich hindämmerte, wusste er nicht.

Es dauerte eine Weile, bis die ersten Gedanken durch den bleischweren Nebel in seinem Kopf sickerten. Der Vorhang lichtete sich.

Er erinnerte sich daran, wie ihn die Pfleger und der Wärter auf den Boden gedrückt hatten, gefolgt vom Stich einer Nadel in seinem Arm und der großen Leere darauf. Auch Dr. Coles Worte hatte er nicht vergessen, besonders nicht die geflüsterten.

Ich weiß, wer du bist. Jede einzelne Silbe davon hatte sich mit spitzen Widerhaken in seine Ohren gebohrt, trotzdem fühlte sich dieser Moment plötzlich ungreifbar fern an. Er entglitt ihm wie ein Traum, von dem man wusste, dass er gleich nach dem Aufwachen verblasste.

Liam fühlte nichts, wenn er daran dachte. Alles um ihn herum, selbst jeder noch so kleine Gedanke, war wie mit Watte überzogen, fast schon unwirklich.

Selbst jetzt in seinem Dämmerzustand musste Liam nicht lange darüber nachdenken, was da gerade mit ihm passierte. Nicht nur sein Körper, auch seine Sinne fühlten sich taub an, schwerelos und gleichzeitig bleischwer. Tief in seiner Brust spürte er eine Wärme, die von einer auf die andere Sekunde urplötzlich kalt wurde.

Er kannte dieses Gefühl, immerhin hatte es ihn jahrelang begleitet, und er würde lügen, wenn er behauptete, es sich nicht manchmal zurückgewünscht zu haben. Dieser Rausch, diese unendliche Tiefe, dieser Betrug an sich selbst.

Eben der gute Stoff, leider nur viel zu hoch dosiert. Bis die Wirkung nachließ, konnte es noch dauern. Wie lange, das wussten nur Gott und Dr. Cole allein.

Allmählich kam wieder Leben in seine Glieder, die zwar an ihm hingen, sich aber anfühlten wie geschmolzenes Wachs.

Liams Augenlider kämpften sich ein Stück weit in die Höhe und durch verschwommene Schlieren drang erstmals Licht in das finstere Vakuum seiner Benommenheit. Es schmerzte und Liam musste sich zwingen, nicht sofort wieder den Kopf abzuwenden.

Bastarde. Sie hatten ihn doch tatsächlich betäubt und Gott weiß wohin geschafft. Je tiefer er diesen Gedanken in seinen noch müden Verstand sickern ließ, desto mehr kehrten die verlorengeglaubten Emotionen zurück. Allen voran Wut, die sich selten so wohltuend angefühlt hatte und seine Hände zu Fäusten ballen ließen. Noch fühlte er keine Kraft in seinen Fingern, doch sie würde zurückkehren, sobald das abgestumpfte Gefühl aus ihnen wich.

Es dauerte noch eine ganze Weile, bis Liam auch den Rest seines Körpers wieder spürte. Ähnlich, stellte er sich vor, musste es einer Erbse gehen, wenn sie zuerst schockgefrostet und anschließend in seiner Mikrowelle aufgetaut wurde.

In diesem Zustand hier zu liegen, hielt ihm vor Augen, wie wenig er doch alles unter Kontrolle hatte. Nicht nur seinen Körper, auch sein Leben, diesen Fall und vor allem die Insel mit ihren gottverdammten Menschen darauf. Jedem einzelnen von ihnen – vor allem dem Personal – hätte er jetzt gern den Mittelfinger gezeigt und ausführlich erklärt, wohin sie ihn stecken konnten, doch als er sich auch nur ein kleines Stück bewegen wollte, hielt ihn etwas fest.

Liam konnte gerade weit genug den Kopf heben, um die Fesseln zu erkennen, die ihn an Armen und Beinen fixierten. Es fehlte nicht viel und er hätte geschrien und wild um sich geschlagen, doch wusste er, dass es nichts nützte, und ohnehin fühlte er sich viel zu schwach für jede unnötige Bewegung.

Das hier würde definitiv ein Nachspiel für die Einrichtung haben. Vielleicht konnte er im Nachhinein sogar ein paar bleibende Schäden mimen und noch ein wenig Schmerzensgeld neben seiner Auftragsbezahlung kassieren. Ein verführerischer Gedanke, den sein glücklicherweise sehr flexibles Gewissen sofort absegnete.

Bis es so weit kam, musste aber erst einmal jemand erfahren, was sie ihm da gerade antaten. Sonya spazierte vermutlich gerade unbesorgt im Dorf herum und ahnte überhaupt nicht, wo er steckte. Vielleicht besser so, denn jetzt, da sie quasi Verbündete waren, würde er ihr durchaus zutrauen, etwas Hitziges und Unüberlegtes zu tun. Wenn Dr. Bedingfield erfuhr, was hier mit ihm passierte, dann konnte sich Dr. Cole warm anziehen. Wie der stellvertretende Leiter das erklären wollte, interessierte ihn nicht, Hauptsache, ein paar Köpfe rollten.

Andererseits, wenn Liam daran dachte, was Dr. Cole über ihn herausgefunden hatte, dann war es wohl eher sein Kopf, der bald rollte.

Von all den Gedanken wurde ihm schwindelig. Er durfte die Wirkung der Drogen nicht unterschätzen. Noch immer hatten die Substanzen ihn im Griff und er musste ihren Regeln gehorchen, solange er hier gefangen war.

Und genau das war die Frage, die er sich jetzt stellen sollte. Wo zur Hölle war er hier überhaupt gelandet?

Nach mehreren Versuchen gelang es ihm endlich, den trüben Schleier auf seinen Augen beiseite zu blinzeln. Als er dann seinen Blick nach vorne richtete, sah er einen halbdunklen Raum mit geschlossenen Fensterläden.

Der einzige Lichtschein stammte von einer kleinen Lampe, die gegenüber von ihm auf einer schmucklosen Kommode stand. Ansonsten war der Raum, abgesehen von ein paar anderen Möbelstücken, nahezu leer und ebenso nichtssagend und unpersönlich wie ein Krankenhauszimmer. Das konnte nur bedeuten, dass sie ihn auf die geschlossene Abteilung gebracht hatten.

Erneut rüttelte Liam an seinen Fesseln, doch vergebens. Ohne fremde Hilfe würde er es hier niemals herausschaffen. Er sah sich in dem kleinen Zimmer um, so als ließe sich die Lösung auf sein Problem irgendwo in den schattigen Ecken finden.

Alles, was er ansah, zog eine verschwommene Spur hinter sich her, wenn er den Kopf bewegte. Mal sah er seine Umgebung gestochen scharf und kurz darauf entglitt sie ihm wieder. Ein Rauschen in seinem Kopf zeugte davon, dass die Wirkung der Drogen noch lange nicht nachgelassen hatte. Dagegen anzukämpfen war zwecklos, das wusste Liam. Er ließ sich fallen, driftete ab und verlor sich irgendwo in der Welt zwischen seinen Gedanken und der Realität.

In den Schatten ringsum tauchten Bilder einer Vergangenheit auf, die er längst versucht hatte zu vergessen. Dort, wo eben noch der Raum gewesen war, erschien eine schmale Seitengasse. Liam konnte sie sogar riechen, diese Mischung aus dem süßen Geruch der Bäckerei an der Ecke und dem Gestank der neben ihm stehenden Mülltonnen.

Wie aus dem Nichts trat eine Gestalt aus den Schatten. Großgewachsen, mit aufrechter Haltung, silbergrauen zurückgekämmten Haaren und einem Schnurrbart, dessen Spitzen nach oben gebogen waren.

Liam erstarrte. Am liebsten hätte er sich die Augen gerieben, doch gruben sich die Fesseln nur schmerzhaft in seine Handgelenke.

»Großvater?« Neben dem Mann tauchte plötzlich eine sehr viel kleinere Gestalt auf. Liam erkannte sich selbst, nicht älter als neun Jahre. Dürr war er damals gewesen, mit großen ängstlichen Augen, die immer wieder zu seinem Großvater aufsahen.

Was machen wir hier, Opa?, hörte Liam seine eigene dünne Kinderstimme. Der grauhaarige Mann versetzte dem Jungen mit der Rückhand eine Ohrfeige.

Liam zuckte in seinem Bett zusammen, er spürte den Schlag, spürte die Ringe an der Hand seines Großvaters. »Hör auf! Du Ausgeburt der …«, brüllte Liam in seinem Krankenbett. Speicheltropfen flogen bis an seine Zehenspitzen, doch ließen die Trugbilder sich nicht beirren.

Als sein Großvater zu sprechen begann, blieb Liam jedes weitere Wort im Hals stecken.

Ich habe es dir schon oft genug gesagt! Nenn mich nicht Großvater. Ich bin kein alter zittriger Tattergreis. Für dich bin ich Henry, und du bist heute nicht mein Enkel, sondern mein Schüler, hast du verstanden?

Liam konnte beobachten, wie sich sein jüngeres Ich die Backe rieb und ergeben nickte, während er verstohlen auf seine Schuhe starrte.

Aua. Papa hat gesagt, du darfst das nicht machen, quengelte er kleinlaut, ohne zu seinem Großvater aufzusehen.

Ach ja? Dann muss ich deinen Vater noch einmal daran erinnern, dass er hier nichts zu sagen hat, solange er seine Füße unter meinen Tisch stellt, fuhr sein Großvater fort, während er den beringten Zeigefinger im Schnurrbart einrollte. *Ich habe ihm heute nach den Proben schon gesagt, was für eine Enttäuschung er ist. Von dir will ich eines Tages nicht dasselbe behaupten müssen. So viel Talent in dieser Familie, schade nur, dass es niemand zu nutzen weiß. Willst du auch mal so ein Schnorrer werden wie deine Eltern?*

Der kleine Liam dachte viel zu lange nach und als sich die Brauen seines Großvaters missmutig senkten und seine Hand zuckte, sprudelten die Worte nur so aus Liam heraus.

Nein, natürlich nicht. Ich … Ich will so werden wie du, Großvater. Ähm … Ich meine Henry.

Zitternd sah er auf die erhobene Hand, die sich nur widerwillig senkte.

Eine gute Entscheidung, Junge. Vielleicht bist du es ja wert, in meine Fußstapfen zu treten. Wir werden sehen. Und genau dafür sind wir heute da. Er breitete seine Arme aus. *Für deine erste Lektion.*

In seinen stahlgrauen Augen lag der Ausdruck eines Mannes, der seine Liebe und Empathie nur den wenigen Personen schenkte, auf die er nicht herabsah. Wer es geschafft hatte, hat sich diesen Titel zuvor mit Blut und Schweiß erkämpft oder war auf dem Weg dorthin zerbrochen.

Ihn nach so vielen Jahren wieder zu sehen – auch wenn es nur in seinem Kopf war –, öffnete eine Tür in Liams Inneres, die lieber verschlossen geblieben wäre.

Erneut bäumte sich Liam auf, wurde von den Fesseln aber erbarmungslos zurück ins Bett gedrückt. »Hör ihm nicht zu! Lass dich nicht von ihm kaputtmachen! Er spielt mit dir! Lauf, lauf einfach weg«, sagte er zu sich selbst. Doch seine Worte hätten ebenso gut lautlos sein können.

Sein Großvater kniete sich neben Liams Kindergestalt und packte den Jungen fest an beiden Schultern.

Hör mir jetzt gut zu, sagte er mit einer Stimme, die es nicht duldete, unterbrochen zu werden.

Liam schauderte, während er die Szene wie ein Außenstehender beobachtete. Sein Atem ging flach und geräuschlos.

Also, Junge. Wer ein guter Schauspieler werden will, muss zuerst ein guter Betrüger werden, erklärte sein Großvater im Flüsterton. *Verstehst du das? Wann immer du in eine Rolle schlüpfst, täuschst du dein Publikum. Du musst sie davon überzeugen, dass du die Rolle nicht nur spielst, nein, du musst sie leben! Du musst sie mit so viel Herzblut verkörpern, dass die Zuschauer gar nicht anders können, als zu glauben, dass du wirklich und wahrhaftig diese Rolle bist. Aber bis dahin ist es ein langer Weg. Wir werden uns jetzt ansehen, wie viel du schon gelernt hast. Komm mit.*

Auf einen Schlag verschwanden die Bilder, sie lösten sich auf wie Rauchschwaden im Wind. Verdattert suchte Liam in den dunklen Ecken nach weiteren Trugbildern. Das konnte es noch nicht gewesen sein. So hatte seine erste Lektion nicht geendet. Ein Teil von ihm war froh, von weiteren Erinnerungen verschont zu bleiben, der Rest jedoch wollte mehr sehen, sich endlich der Vergangenheit stellen, ohne die Augen zu verschließen. Wie als Antwort auf seine Frage zeichnete sich die Szene wieder vor seinen Augen ab.

Er sah sich selbst zusammen mit seinem Großvater neben einer Parkbank stehen. Obwohl Liam wusste, dass nichts davon echt war, konnte er das frisch gemähte Gras riechen, einen Hund im Hintergrund bellen hören, spüren, wie sich der Wind in ihre Richtung drehte, sehen, wie in einiger Entfernung Kinder am Spielplatz spielten.

Liam blickte in sein eigenes Gesicht und sah dort nichts anderes als den Wunsch, selbst Kind sein zu dürfen. Doch dafür war keine Zeit, solange die Lektion noch auf ihn wartete. Die erste von vielen, die folgen sollten.

Die beiden saßen nebeneinander auf der Parkbank, sie schwiegen und ein Außenstehender hätte fast zu dem Trugschluss kommen können, hier säße ein liebevoller Großvater mit seinem Enkel.

Ohne den kleinen Knirps neben sich überhaupt anzusehen, begann sein Großvater zu erklären:

Schau dich um. Das hier ist deine Bühne. Und hier wirst du dich auch deiner ersten Lektion stellen. Ich will, dass du fremde Leute ansprichst. Du machst ihnen weis, dass dein Großvater einen Herzinfarkt hat und du dringend Hilfe brauchst. Du sollst ihnen richtig Angst machen und sie davon überzeugen, dass du es ernst meinst. Ich werde hier auf dich und deine Helfer warten. Und alles Weitere ergibt sich. Noch Fragen?

Tausende, daran erinnerte sich Liam noch ganz genau. Und am liebsten hätte er sie alle auf einmal gestellt, doch sein Großvater hatte ihm damals längst beigebracht, was eine rhetorische Frage war, und dass er nicht auf sie antworten sollte, wenn er keinen Ärger bekommen wollte.

Der braune Haarschopf fiel dem kleinen Liam über die Augen, als er nickte. Praktisch, denn so konnte sein Großvater nicht die Tränen sehen, die sich dort sammelten.

Dann los, worauf wartest du?

Worauf er gewartet hatte? Diese Frage stellte sich Liam noch heute. Er hatte darauf gewartet, dass sein Großvater ihn zurückrief, dass er ihn umarmte und zusammen mit ihm auf den Spielplatz zu den anderen Kindern ging. Ein Teil von ihm hatte wirklich geglaubt, dass es sich nur um einen Traum handelte, der sich auflöste, wenn er nur lange genug zögerte. Aber nichts davon geschah.

Liam sah, wie sich der Blick seines Großvaters verhärtete, als der kleine Junge stolpernd loslief.

Er sah sich selbst durch den Park streifen, so lange, bis die Tränen auf seinen Wangen getrocknet waren und er ein bekanntes Gesicht entdeckte.

Eine Frau in einem langen geblümten Kleid kam auf ihn zu, doch war es nicht irgendeine Fremde, sondern seine Lehrerin aus der Schule. In ihr hatte er sein bestmögliches Opfer für die Scharade gefunden, denn Miss Harrison vertraute ihm bereits und es fiel ihm deutlich leichter, sie anstatt einer völlig fremden Person anzusprechen.

Miss Harrison lächelte, während sie von ihrem Kaffeebecher trank, und spuckte ihn beinahe wieder aus, als Liam in sie hineinlief und seine Arme um ihre Beine schlang.

Hilfe! Ich brauche Hilfe!, rief er außer sich zu ihr hoch, mit einer Panik in den Augen, wie Liam sie selbst heute nicht besser spielen konnte. Der Unterschied war nur, dass er damals nicht geschauspielert hatte, nicht im Geringsten. Seine Angst war echt gewesen.

Was, wenn er versagte? Was, wenn er einfach nicht konnte, wozu ihn sein Großvater drängte? Diese Gedanken standen seiner Kindergestalt geradezu greifbar ins Gesicht geschrieben.

Am liebsten hätte sich Liam von seinem Bett losgerissen und sein vergangenes Ich schützend beiseitegenommen, doch konnte er nur zappeln und sich die Handgelenke an den Fesseln aufscheuern.

Als er spürte, wie ihm das warme Blut über seine Fingerknöchel sickerte, erinnerte es ihn daran, wie wenig er doch ausrichten konnte. Nichts, rein gar nichts. Er war ein Gefangener, damals wie heute.

Die Lehrerin hatte sich währenddessen heruntergebeugt, ihr sorgenvoller Blick verriet, dass sie den Köder geschluckt hatte.

Hey, Liam. Was ist denn los mit dir? Du zitterst ja am ganzen Körper, fragte sie mit einer Stimme, die so einfühlsam klang, dass dem kleinen Schauspieler für einen Moment die Worte fehlten.

Damals hatte es ihn noch belastet, Menschen zu belügen. Heutzutage war das beinahe schon eine Gewohnheit geworden.

Drucksend und unter Zuhilfenahme seiner Arme fuchtelte Liam in Richtung der Parkbank, die sich bereits ein gutes Stück außerhalb seiner Sichtweite befand.

Mein Großvater ... sein Herz! Er ist einfach umgefallen. Kommen Sie schnell! Jedem seiner Worte haftete der fade Beigeschmack der Lüge an.

Miss Harrison sog scharf die Luft ein, während sie die Hände vor ihren Mund schlug.

O Gott! Wo ist er denn? Bring mich zu ihm, schnell! Wir müssen sofort Hilfe holen.

Liam beobachtete, wie die zwei nebelhaften Gestalten den Schotterweg zurückliefen. Es dauerte nicht lange, bis sie eine von Bäumen und Hecken gesäumte Weggabelung erreichten, an der sein Großvater auf der Parkbank wartete. Oder vielmehr warten sollte. Denn die Bank war leer.

Wo er bis gerade eben noch gesessen hatte, lag nun eine grauhaarige Stoffpuppe, die ihn höhnisch anzulachen schien.

Liams schmale Kinderwangen färbten sich feuerrot und auf seinem Gesicht lag der Ausdruck eines Menschen, der die Welt nicht mehr verstand. Sein Mund öffnete sich, doch wollte keine Erklärung über seine Lippen kommen. Sie bewegten sich einfach nur.

Nach einem kurzen Blick auf die Puppe drehte sich Miss Harrison mit verschränkten Armen zu ihm um.

Also das hier soll dein Großvater sein, hm? Du findest das also lustig, Liam? Ihr Blick durchbohrte ihn. *Hast du denn überhaupt eine Vorstellung, wie gefährlich es ist, über so was Witze zu machen? Ich habe mir Sorgen gemacht, verdammt nochmal! Und jetzt komme ich mir vor wie ein Dummkopf.*

Ein anderes Wort hätte es nicht besser treffen können, auch Liam hatte sich in diesem Moment so gefühlt. Hilflos zuckte er mit den Schultern und kehrte seine leeren Handflächen in die Höhe, als könnte er damit irgendetwas beweisen.

Aber ... Er war eben noch hier. Ganz ehrlich.

Und obwohl diese Worte nicht einmal gelogen waren, klangen sie doch so. Es fehlte ihnen an jeglicher Überzeugung, und woher sollte diese auch kommen, wenn Liam nicht einmal selbst verstanden hatte, was da soeben passiert war.

Spätestens jetzt hatte sich jegliche Geduld aus Miss Harrisons Gesichtszügen zurückgezogen. Sie holte einmal tief Luft, bevor sie in scharfem Ton entgegnete:

Du lügst schon wieder? Das gibt's ja wohl nicht. Das ist dreist, Liam. Dreist und respektlos. Weißt du, es gibt viele Menschen da draußen, denen passiert so etwas wirklich und wir sollten das sehr ernst nehmen. Ich will ehrlich zu dir sein, ich bin wahnsinnig enttäuscht von dir.

Bei jedem ihrer Worte zuckte die kleine Gestalt zusammen, als würde sie geschlagen werden, und Liam konnte sehen, wie sich Tränen in den schuldbewusst zu Boden gerichteten Augen sammelten. Statt einer Antwort gab er nur ein flüchtiges Schluchzen von sich, während er mit der Schuhspitze den Kiesboden aufwühlte.

»Hör nicht zu! Lass dir nicht einreden, dass du schuld bist«, schrie Liam seine eigene Kindheitserinnerung an und stellte erschrocken fest, dass auch ihm die Tränen herunterliefen.

Es tut mir leid, Miss Harrison, krächzte er, die Hände voller Scham in den Hosentaschen versteckt.

Eine Entschuldigung wird nicht reichen. Diesmal nicht, Liam. Ich wüsste auch gern, was deine Eltern dazu sagen, dass du hier im Park solche gefährlichen Spielchen spielst. Ich denke, ich sollte dringend einmal mit ihnen reden.

Das war der letzte Tag gewesen, an dem er und Miss Harrison gut miteinander ausgekommen waren. Über das restliche Jahr hinweg hatte sie kein Geheimnis daraus gemacht, wie überaus enttäuscht sie von ihm war.

Was eine selbsterfüllende Prophezeiung war, hatte Liam damals noch nicht verstanden, sehr wohl aber, dass jemand, dem man nur Schlechtes unterstellte, irgendwann tatsächlich so wurde, wie man es von ihm erwartete.

Mit hängenden Schultern stand der Junge da, ein kleines Häufchen Elend, das mit sich selbst nichts anzufangen wusste.

Bei diesem Anblick glaubte Liam, innerlich platzen zu müssen. Es war nicht nur die Ungerechtigkeit, vor allem versetzte ihm die Demütigung einen Stich.

Er hatte seinen Großvater gehasst, aber auch innig geliebt. An seiner kalten Schulter war er schon so viele Male zerbrochen und doch hatte er nirgendwo sehnlicher sein wollen. Seine karg portionierte Liebe, ein Lob oder gar ein freundliches Wort aus seinem Mund hatten die Macht gehabt, für ihn die Sonne scheinen zu lassen. Je mehr er für diese falsche Liebe kämpfen musste, desto mehr hatte er sich nach ihr verzehrt.

Es kam Liam beinahe wie in einem anderen Leben vor, so fremd fühlte sich all das für ihn heute an. Geblieben war davon nur noch ein dunkler Schatten. Erinnerungen, die so düster waren, dass sie sich nicht einmal als Halluzination zu ihm wagten.

Genau jetzt hob seine Kindergestalt die geröteten Augen, sah aber nicht zu Miss Harrison empor, sondern ließ sich von einer weiter entfernten Bewegung ablenken. Er sah einen Schatten aus einem der Büsche gleiten. Nicht mehr als ein wehender Mantel und ein weißer Hinterkopf, doch reichte es aus, um seinen Großvater zu erkennen, der sich lautlos davonstahl.

In Liams kindlichem Gesicht zeichnete sich ein Entsetzen ab, das er selbst heute noch spüren konnte. Nacheinander prasselten die verschiedensten Gefühle auf ihn ein. Zuerst Verwirrung, dann Angst, gefolgt von der Gewissheit, dass er soeben reingelegt wurde. Und da hatte er es begriffen. Es war nie nur seine Aufgabe gewesen, ein paar Passanten anzusprechen, nein! Die wahre Lektion bestand in dem, was gerade passiert war. Unvorbereitet von einer Situation getroffen zu werden, improvisieren zu müssen, ohne bei steigendem Druck einzuknicken und seine Rolle zu vernachlässigen. Und genau das hatte er eben getan. Er hatte versagt.

Als hätte er soeben sein Stichwort gehört, drehte sich sein Großvater noch einmal zu ihm um. In seinen tiefdunklen Augen lag nicht nur Enttäuschung, sondern auch das Versprechen, dass viele weitere solcher Prüfungen auf ihn warteten.

Noch nie hatte sich Liam so verraten gefühlt und noch nie so allein wie in diesem Moment.

Dem kleinen Jungen war deutlich anzusehen, dass er das Leben gerade ein stückweit besser verstanden hatte. Er schwamm in einem offenen Ozean und sobald er aufhörte zu paddeln, würde er untergehen, denn niemand scherte sich darum, ihn zu retten. Er konnte sich nur selbst retten. Und dieser Gedanke hatte sich seitdem in sein Hirn gebrannt und jeden einzelnen Tag seines Lebens bestimmt. Rette dich selbst, kümmere dich nur um dich selbst.

Die Halluzinationen verblassten allmählich, dafür drang das Geräusch von Schritten an Liams Ohren. Er bildete sie sich nicht ein, oder glaubte es zumindest.

Eine Tür öffnete sich und plötzlich trat eine hagere Gestalt neben ihm aus den Schatten.

Ein unheilverkündendes Lächeln breitete sich auf Dr. Coles Gesicht aus.

»Ah, Sie sind wach. Wie überaus praktisch.« Er tätschelte eines von Liams fixierten Handgelenken. »Dann wird es jetzt wohl Zeit, dass Sie mir ein paar Fragen beantworten.«

16.

Schwerelos glitt Sonya durch ein traumloses Nichts, das ebenso rauschte wie das Meer selbst.

Sie erinnerte sich an Wasser, sehr viel Wasser. Es hatte sie in hohen Wellen überspült, sie von allen Seiten erdrückt und schließlich hinabgezogen. Hinab in eine Tiefe, der sie hilflos ausgeliefert war.

Weder ihr Mut noch ihr Kampfgeist hatten sie davor bewahren können, in dieses namenlose Nichts zu fallen. Verschluckt von Wellen, die ebenso kalt und klamm waren, wie sie sich das Ende des Lebens immer vorgestellt hatte. Da war kein Licht, nur Dunkelheit, etwas anderes konnte Sonya nicht sehen.

Irgendwo hörte sie Tropfen fallen. Noch mehr Wasser?

Plötzlich fuhr ihr ein scharfer Schmerz durch die Stirnhöhle. Eine winzige Bewegung ihres Nackens verschlimmerte das Gefühl, bis sie schon glaubte, dass sich ein Nagel direkt bis in ihr Hirn bohrte.

Schmerzen, noch nie hatte sich Sonya oder irgendein Mensch von Verstand jemals über Schmerzen gefreut, doch das Pochen zwischen ihren Schläfen gab ihr einen wichtigen Hinweis: Sie lebte noch.

Begleitet von einem Stöhnen, das wie aus einer fremden Kehle klang, kämpfte sie ihre schweren Augenlider in die Höhe.

Aus geweiteten Augen sah sie sich um. Wo auch immer sie gelandet war, irgendjemand musste sie gerettet haben.

Zunächst wusste Sonya nicht, ob sie dankbar oder lieber besorgt sein sollte.

Sie befand sich in einem kreisrunden Raum, der mit alten Möbeln vollgestellt war, die nicht nur schäbig aussahen, sondern auch in keiner Weise zusammenpassten. In der Luft lag der Geruch von Essigreiniger, gepaart mit den schweren Ausdünstungen alter Polstermöbel. Sie rümpfte die Nase, was sofort wieder einen scharfen Stich unter ihrer Schädeldecke zur Folge hatte.

Wo war Liam, wenn man ihn brauchen konnte? Sie erinnerte sich noch genau an seine Pillendose im Pub und so, wie sie sich gerade fühlte, wäre sie sogar bereit, sich eine davon einzuwerfen.

Ein dumpfes Knurren unterbrach ihre Gedanken. Als Sonya den Kopf hob, bemerkte sie plötzlich einen Hund, der sich von einem Sofa an der gegenüberliegenden Seite des Raums herunterrollte. Der zottelige

Mischling glotzte sie aus blutunterlaufenen Augen an, machte aber ansonsten keine Regung und kein Geräusch, das darauf schließen ließ, was er von ihrer Anwesenheit hielt. Gefolgt von einem ausgiebigen Gähnen bleckte er seine triefnasse Zunge und rollte sich wieder zusammen.

Es kostete Sonya keine große Mühe zu erkennen, dass es sich um ein altes Tier handelte, zumal eines, das dringend einen Besuch beim Tierarzt oder zumindest beim Hundefriseur nötig hatte.

Sie wandte ihren Blick ab.

Im Gegensatz zu dem Hund lag sie nicht auf einem Sofa, sondern eingewickelt in eine Vielzahl von Decken auf einer fleckigen Matratze am Boden. Nicht gerade ein Grund, erfreut in die Luft zu springen, aber Sonya hatte schon an übleren Orten geschlafen.

Gefolgt von einem kehligen Murren, das sie sich sonst für Katertage aufsparte, versuchte sie aufzustehen, doch hielt sie ein scharfer Ruck an ihrem Handgelenk fest.

Sonya landete wieder auf ihrem Hintern, gleichzeitig hörte sie das Klimpern von Kettengliedern. Ein kurzer Blick an ihrem Arm hinab ließ sie erstarren.

Ihr Handgelenk steckte in einer Handschelle fest, die wiederum am Heizkörper neben ihr befestigt war.

»Oh, verdammt! Nein!«, entfuhr es ihr, während sie hektisch an den Handschellen rüttelte, als würden sie dadurch plötzlich aufspringen. Natürlich taten sie es nicht.

Sie hörte auf, sich weiter abzumühen, ballte frustriert ihre blanke Faust und schlug damit auf die eisernen Kettenglieder. Der Schmerz fuhr ihr in heißen Wellen bis ins Handgelenk. Sie wusste, dass es nichts nützte, wusste, dass sie nur Krach machte und sich unnötig verletzte, aber wenn sie ihren Frust keinen Raum ließ, erstickte sie daran.

Hinter ihr sprang der Hund vom Sofa und jaulte aufgeregt.

Mehrere Male schlug sie noch gegen das Metall, bis ihre Knöchel aufplatzten und sie außer Atem zurück auf die Matratze sank. Das Blut rauschte ihr in den Ohren und sie blickte auf ihre aufgeplatzten Knöchel, die sich ganz taub anfühlten.

Schritte näherten sich, sie klangen auf der metallenen Treppe wie ein Gewitter, das auf sie zukam.

Kurz darauf wurde die Tür so heftig aufgerissen, dass sie mit einem Knall gegen die rückwärtige Wand prallte. Ein Mann kam hereingestürmt, den Sonya gleich auf den ersten Blick erkannte. Es war der Fremde, der auf den Felsen vor dem Leuchtturm gestanden und sie beobachtet hatte. Aus der Nähe wirkte er ganz anders als zuvor.

Sie sah in ein Gesicht mit hochroten Backen und einer angeschwollenen und von dicken Adern durchzogenen Nase. Zotteliges stellenweise ergrautes Haar fiel ihm in die Stirn und verlieh ihm eine gewisse Ähnlichkeit mit dem Hund auf dem Sofa. Er wirkte so abgewrackt, dass es Sonya nicht gelang, sein Alter abzuschätzen. Selbst auf die Entfernung roch er so stark nach Minze, als wäre er in einen Zahnputzbecher gefallen.

Mit einem wütenden Funkeln in den Augen blieb er vor ihr stehen.

»Hören Sie auf mit dem Lärm. Sie erschrecken den Hund!«, blaffte der Mann mit kratziger Stimme.

»Ich pfeife auf Ihren Hund. Machen Sie mich los, und zwar sofort!« Sonya schnellte in die Höhe, gebremst von den Handschellen, wobei ihr der Stapel aus Decken von den Schultern glitt.

Plötzlich wurde ihr kalt und als Sonya nach unten sah, bemerkte sie nackte Haut und ihren schwarzen Spitzen-BH. Die Hitze schoss ihr in die Wangen und sie raffte schnell wieder eine der Decken in die Höhe. Wie hatte ihr nicht auffallen können, dass sie nicht mehr als ihrer Unterwäsche am Körper trug?

»Wo sind meine Sachen?«, grollte sie, ohne den Mann aus den Augen zu lassen, der sich soeben breitbeinig vor ihr aufbaute.

»Habe ich Ihnen ausgezogen. Die waren komplett durchnässt. Gern geschehen.« Mit dem Finger deutete er auf die fransigen Decken, die sich Sonya gegen den Körper presste. »Kein Grund, schüchtern zu sein. Ich habe das meiste sowieso schon gesehen. Hübsches Fahrgestell haben Sie da.«

Für einen Moment wusste Sonya nicht, ob sie noch mehr erröten oder vor Wut überschäumen sollte.

»Widerling!«, presste sie aus zusammengebissenen Zähnen hervor. »Sie sind der Kerl, der auf den Klippen vor dem Leuchtturm gestanden hat, nicht wahr? Oh ja, Sie haben mir beim Ertrinken zugeschaut. Ich wäre fast ersoffen!«

Der Fremde lachte nur und kratzte sich an seiner fleckigen Backe. »Eben nur fast. Da sehe ich einen großen Unterschied.« Eine seiner schwieligen Hände verschwand hinter seinem Rücken und tauchte im nächsten Moment mit einer Flasche Hustensaft darin wieder auf. »Tja, ich wusste ja nicht, wer Sie sind, und manche haben es auch nicht besser verdient«, antwortete er, wobei er sich mit zittrigen Fingern den Inhalt der Flasche am Mund vorbei in den Kragen schüttete. »Hoppla. Na, sei's drum. Sie können sich bestimmt denken, wer ich bin.« Er rülpste und breitete seine Arme aus. »Das hier ist mein Leuchtturm und ich sein bescheidener Wärter. Lester Greenwood ist mein Name, zumindest seit ich hier lebe. Die Frage ist nur, wer Sie sind?«

Der Blick aus seinen getrübten Augen machte deutlich, dass er eine Antwort erwartete.

»Eine Patientin. Und ich verlange, dass Sie mich sofort hier losmachen.« Das darauf folgende Lachen klang beinahe wie ein Grunzen.

»Das würde Ihnen so passen, hm? Wir werden sehen. Ich lerne meine ungebetenen Gäste gern zuerst kennen.« Lester nahm einen Schemel zur Hand, stellte ihn krachend neben Sonyas Matratze und wuchtete seinen schwerfälligen Körper darauf. Dann faltete er seine Hände und beugte sich näher an sie heran. »Ich fische nicht jeden Tag Leute aus dem Wasser, müssen Sie wissen. In dieses Eck der Insel verirren sich nur selten Patienten. Mich interessiert ja, was Sie hier eigentlich wollten.« Der Geruch von Schnaps und Hustensaft begleitete jedes seiner Worte.

In Sonyas Magen bildete sich ein fester Knoten, der allmählich in Richtung Kehle wanderte. Sie hatte diesem fremden Widerling rein gar nichts zu sagen. Und doch vermittelte sein düsterer Blick, dass sie lieber nicht wortlos bleiben sollte.

»Ich ... habe mich verirrt«, sprach sie die erstbeste Lüge aus, die ihr einfiel. »Ich bin runter zum Strand, und dann kam die Flut.«

Etwas regte sich in Lesters Gesicht, doch konnte Sonya unmöglich sagen, ob er ihr glaubte oder nicht.

»Glückwunsch, das war wohl nicht gerade Ihre beste Idee. Sie schwimmen in etwa so gut wie ein Stein«, spottete er und trank einen so großen Schluck aus seiner Flasche, dass er die Backen blähen musste. »Eine rührende Geschichte, kaufe ich Ihnen aber nicht ab. Zum Strand führen nur zwei Wege. An meinem Leuchtturm sind Sie nicht vorbeigekommen, und Patienten, die sich verlaufen, klettern eher selten die Steilwand hinter der Kapelle herunter. Es sei denn, sie haben einen verdammt guten Grund.«

Sonya wollte ihm schon ins Wort fallen, doch gab er ihr mit einem Zischen zu verstehen, dass sie den Mund halten sollte. »Ich bin ein geduldiger Mann. Das muss man als Leuchtturmwärter auch sein, aber auch meine Geduld ist irgendwann zu Ende.« Wie aus dem Nichts tauchte ein Messer in seiner linken Hand auf. Er führte es in die Höhe, vorbei an Sonyas Gesicht, ehe er damit zwischen seinen verfärbten Zähnen stocherte. »Also? Ich höre.«

Sonya biss sich auf die Lippen. Ihre Augen folgten dem Messer und mehr als nur einmal dachte sie darüber nach, ob ein schneller Kopfstoß ihm das Ding womöglich direkt in den Hals beförderte.

Kurz erschrak sie über ihren eigenen Gedanken. Wann war sie nur so geworden? Wo waren ihre Skrupel geblieben? Lange musste sie nicht darüber nachdenken. Wer einmal den Abzug gedrückt hatte, konnte nie wieder umkehren.

Es war eine unsichtbare Linie und sobald man sie übertrat, gab es keine Grenzen mehr. Wenn erst einmal die Selbstgewissheit, ein guter Mensch zu sein, verloren war, stellte sich eine selbstzerstörerische Gleichgültigkeit ein.

Es gab Tage, an denen sie es beinahe vergessen konnte. Doch das war nur eine Illusion. Sie hatte sich verändert und nichts und niemand war in der Lage, etwas daran zu ändern. Am allerwenigsten sie selbst.

Ein aufforderndes Räuspern ließ sie aus ihren Gedanken fahren. Es wurde Zeit, die Karten auf den Tisch zu legen.

Sie hob das Kinn, stolz und herausfordernd zugleich. »Mein Name ist Sonya Alvarez und ich bin hier, weil ich meine Schwester suche.«

»Alvarez?« Seine Augenbrauen schnellten vor Überraschung in die Höhe und auch Lesters Tonfall, der nun ein Stück weit freundlicher klang, ließ darauf schließen, dass der Name etwas in ihm hervorrief.

»Richtig gehört. Meine Schwester muss hier am Leuchtturm vorbeigekommen sein und Ihnen entgeht offensichtlich nichts.« Sie schnellte so ruckartig nach vorne, dass die Handschellen rasselten und Lester vor Schreck beinahe von seinem Schemel fiel. »Wenn du gottverdammter Schmierlappen ihr irgendwas angetan hast, dann schwöre ich dir, dass ich mir meinen Daumen abnagen werde, um aus diesen Handschellen rauszukommen. Und dann bringe ich dich um und verfüttere dich an deinen verlausten Köter.« Lesters Haltung straffte sich und er sah Sonya entgeistert an. Es dauerte eine Weile, bis er seine Fassung zurückgewonnen hatte. Hastig bekämpfte er den Schreck mit einem Schluck aus seiner Flasche, dann kniete er sich ohne ein weiteres Wort neben Sonya und schloss ihre Handschellen auf. Der Schlüssel wirkte in seinen aufgedunsenen Händen lächerlich klein.

»Ich glaube, wir sollten uns unterhalten«, brummte er unwirsch. Prompt drehte er sich um, gab einen spitzen Pfiff von sich und verließ in Begleitung des zotteligen Hundes den Raum. Eine beiläufige Bewegung seiner Hand machte deutlich, dass Sonya ihm folgen sollte.

Während sie verdutzt ihr befreites Handgelenk rieb, sah sie ihm nach, bis er aus ihrem Sichtfeld verschwand.

Eingehüllt in ihr Deckenkleid richtete sie sich auf, wurde aber sogleich von einem überwältigenden Schwindelgefühl überfallen. Nur ein beherzter Griff an die Wand brachte ihre Welt wieder ins Gleichgewicht.

Nachdem sie die Augen für einen Moment geschlossen und wieder geöffnet hatte, kehrte die Selbstbeherrschung in ihre Glieder zurück und Sonya folgte Lester aus dem Raum. Eine schmale Wendeltreppe aus Metall führte sie in eine behagliche Stube, die wie ein rustikales Wohnzimmer aussah.

Auf dem Boden lagen geknüpfte Teppiche, die Wände waren behangen mit Bildern von alten Segelschiffen. Brennende Kerzen und Windlichter standen überall im Raum verteilt. Eine Teekanne blubberte auf dem Herd vor sich hin. Der Leuchtturmwärter saß mit der Stirn in Falten an einem mit Schiffstauen verzierten Tisch und nagte an seinen Fingernägeln.

Als Sonya sich näherte, schnellte sein Kopf in die Höhe. Mit dem Kinn deutete er auf den Stuhl gegenüber von sich.

Sie nahm Platz, weit genug von ihm entfernt, dass er ihr nicht zu nahe kommen konnte.

»Ich muss mich wohl für meine ruppige Gastfreundschaft entschuldigen. Ist Gewohnheit«, nuschelte er, brachte es dabei aber nicht über sich, ihr in die Augen zu sehen. Er entkorkte seine Flasche und bemerkte offenbar Sonyas verurteilenden Blick. »Das ist nur Wodka.« Kleinlaut fügte er hinzu: »Gemischt mit Hustensaft. Das macht einem ordentlich Dampf unterm Schädel. Und was Besseres bekomme ich hier nicht. Auch einen Schluck?«

Die Flasche gluckste, als er sie ihr unter die Nase hielt und Sonya schob sie mit entschiedener Geste von sich weg. »Nicht nötig. Also, was wissen Sie über meine Schwester?«

Lester Greenwood trat vor ein großes Fenster und hielt die Arme hinter seinem Rücken verschränkt, während sein Blick sich merklich verdüsterte.

»Sie sind also auf der Suche nach ihr, ja?«

»Ihr Name ist Elina. Sie ist Ärztin hier auf der Insel«, ergänzte Sonya seine Worte.

»Ich weiß. Sie ist verschwunden, zusammen mit ein paar anderen. Verschollene haben wir hier oft, aber normalerweise sind das Suizidopfer, die sich von den Klippen stürzen und dann von der Strömung mitgerissen werden. Zumindest behauptet man das. Ich bin mir da nicht so sicher. Sie haben keine Ahnung, was für Gestalten hier auf Widow Peak rumlaufen.«

»Ich bekomme langsam einen Eindruck davon. Aber Sie scheinen mir auch kein Unschuldslamm zu sein.«

Lester wiegte den Kopf einige Male hin und her, bevor er einsichtig nickte.

»Das ist wohl richtig. Viele von uns, die hier arbeiten, brauchen diese Insel. Abgeschottet zu sein, bedeutet, von Ärger fernzubleiben und nicht in alte Gewohnheiten abzudriften. Die Einsamkeit schützt uns vor uns selbst, Sie verstehen?«

Natürlich verstand sie es. Womöglich sogar besser, als ihr lieb war.

»Warum tut Bedingfield nichts gegen den ganzen Abschaum? Ich meine, das muss doch in seinem Interesse liegen.«

»Oh, ganz bestimmt. Aber wie Sie sicher schon bemerkt haben, entgleitet ihm die Kontrolle. Außerdem ist das meiste hiervon auf seinem Mist gewachsen. Man munkelt, dass er mit Absicht zwielichtiges Pack eingestellt hat. Solche Leute sind billiger, abhängiger und wenn man die richtigen Druckpunkte kennt, auch leichter zu kontrollieren. So hat er sich das zumindest ausgemalt. Ich denke, da hat er sich getäuscht. Ihre Schwester war vermutlich eine Ausnahme.«

»Sind Sie ihr also begegnet?« Sonyas Herz machte einen Satz, doch sie wagte es nicht, Lester zu unterbrechen. »Ja. Ihre Schwester kam aus Richtung der Kapelle, genau wie Sie. An dem Tag hatte die Flut längst das kleine Strandstück verschluckt, der Wellengang war stürmisch und sie schwamm bis hierher an den Leuchtturm.«

Vor Anspannung krallte Sonya ihre Fingernägel in die Tischplatte. Am liebsten hätte sie Lesters Kiefer selbst in die Hand genommen, damit er schneller sprach.

»Und weiter?«

»Sie war völlig erschöpft und ist gar nicht mehr auf die Beine gekommen«, erinnerte sich der Leuchtturmwärter. Er starrte irgendwo ins Leere, was entweder daran liegen mochte, dass er in seiner Erinnerung wühlte, oder dass sein Eigengebräu ihm allmählich die Sinne raubte. »Ich habe sie mitgenommen und sie durfte mit demselben Heizkörper Bekanntschaft machen wie Sie. Ich traue den Leuten eben nicht.«

»Wann war das?«

»Wenige Tage nachdem das Chaos hier auf der Insel ausgebrochen ist.«

Schlagartig kam ihr Elinas Notiz in den Sinn.

»Sie sprechen von den Aufständen?«, hakte Sonya ein. Sie konnte spüren, wie ihre Finger vor Aufregung kribbelten.

»Sie sind noch nicht lange hier, oder?«

»Ist das so offensichtlich? Niemand spricht darüber. Ich habe es nur durch Zufall erfahren.«

»Wundert mich nicht«, raunte Lester, während er immer angespannter aus dem Fenster blickte, wo sich dunkle Wolken am Himmel zusammenballten. »Den

Angestellten und Patienten, die es mitbekommen haben, wurde verboten, darüber zu sprechen. Angeblich will die Verwaltung damit verhindern, dass Panik ausbricht. Bah! Ich lasse mir nicht den Mund verbieten.« Er machte ein kehliges Geräusch, als würde er gleich auf den Boden spucken wollen, besann sich dann jedoch eines Besseren.

Seine nach Hustensirup riechenden Worte zogen Sonya in ihren Bann.

»Sie waren also dabei?«, fragte sie und begann unruhig das getrocknete Blut von ihren Knöcheln zu reiben.

Er grinste nur vielsagend. »Mittendrin.« Sein Finger deutete aus dem Fenster. »Sehen Sie die Festung dort drüben an der Witwenspitze? Das ist die forensische Abteilung, da sitzen die Verbrecher drin. Dort hat alles angefangen. Man sagt, eine Panne bei der Wachablösung. Die Insassen konnten die Wachen überwältigen, haben alle Zellen geöffnet und die Kontrolle über die Festung übernommen. Doch das war nur der erste Funke, quasi der Anfang eines Steppenbrands. Bedingfield wollte um jeden Preis vermeiden, Hilfe von außerhalb der Insel zu holen. Es hätte ihn sonst sicher seine Führungsposition gekostet und vielleicht wäre Widow Peak sogar ganz geschlossen worden.«

Seine Worte ließen ein unheilvolles Bild vor Sonyas Augen entstehen. Wenn das stimmte, ergab es eine völlig neue Situation.

»Und was hat Bedingfield unternommen?«

»Na, was wohl? Sie sind mit voller Härte dagegen vorgegangen, Waffen, Schlagstöcke, Elektroschocker. Trotzdem ist es den Wachleuten nicht gelungen, die Festung wieder einzunehmen. Sie hatten aber längst ein sehr viel größeres Problem. Die Nachricht einer Revolte hatte sich rasend schnell ausgebreitet. Man könnte annehmen, dass die Patienten aus dem Dorf nichts mit dem Aufstand zu tun haben wollten, immerhin waren die meisten der Patienten freiwillig dort, aber es kam anders. Viele von ihnen haben sich den Aufständischen angeschlossen.«

Sonya ertappte sich dabei, wie sie den Atem anhielt. »Ach ja? Aber warum haben sie das getan?«

Gefolgt von einem tiefen Seufzer schob Lester die pfeifende Teekanne vom Herd.

»Da fragen Sie den Falschen. Vielleicht hat die Revolte ihnen einen Sinn gegeben, ein Gefühl der Macht und Kontrolle, das eine Lücke in ihrem Leben gefüllt hat. Wer weiß das schon. Wenn ich auf so was die richtigen Antworten hätte, dann wäre ich Psychologe geworden und kein lausig bezahlter Leuchtturmwärter. Jedenfalls hat der ganze Haufen begonnen, die Insel zu verwüsten. Scheiben wurden eingeschlagen, Türen aus ihren Angeln gerissen und Hauswände mit Lebensmitteln und noch viel üblerem Zeug beworfen. Sogar bis in die Station sind sie vorgedrungen und haben die Patienten aus der geschlossenen Abteilung befreit.«

Diesmal schwieg Sonya. Unzählige Fragen geisterten ihr durch den Kopf, doch wagte sie es nicht, auch nur eine davon zu stellen, in der Sorge, Lester könnte aufhören zu reden. Sie hatte beinahe mehr Angst davor, dass er die Wahrheit sagte, als dass er log. Noch während Sonya versuchte, die neuen Informationen zu verarbeiten, beugte sich Lester bereits über eine der flackernden Kerzen, die einen dunklen Schatten auf sein Gesicht warf.

»Bedingfields Leute haben händeringend versucht, die Ordnung wiederherzustellen, aber dafür war es nötig, alle Wachleute zu bündeln. Dumm nur, dass die meisten damit beschäftigt waren, die Festung abzuschirmen.« Er schlug mit der blanken Faust auf den Tisch, sodass die Kerzen umfielen und sich ihr Wachs auf dem Holz verteilte. Vor Schreck sprang Sonya von ihrem Stuhl auf. »In der Verwaltung ist den Leuten ordentlich der Hintern auf Grundeis gegangen und Bedingfield, Cole, oder wer auch immer gerade am Drücker war, hat eine Truppe ziemlich finsterer Sicherheitsleute über Nacht vom Festland einschiffen lassen und die Festung zurückerobert.« Lester war immer lauter geworden, als wäre er soeben beim epischen Ende eines düsteren Märchens angekommen. »Sie werden sich wundern, das ist kaum mehr als einen Monat her. Fast alle Schäden wurden seitdem repariert, aber wenn man genau hinschaut und weiß, wie es vorher aussah, kann man die Spuren kaum übersehen.«

»Und seitdem ist es ruhig?« Sonya forschte in Lesters mittlerweile halb zugefallenen Augen nach einer Reaktion.

»Totenstill. Beinahe schon besorgniserregend«, kam es mit Verzögerung aus ihm heraus. »Auch sonst hat sich 'ne Menge geändert. Die Sicherheitsmaßnahmen für die forensische Abteilung wurden echt absurd in die Höhe geschraubt. Kaum einer darf das Ding noch betreten, zumindest niemand vom alten Personal. Es heißt, Bedingfield hat seine eingeschiffte neue Sicherheitstruppe gleich behalten und dort stationiert. Männer, die sogar in der Festung schlafen sollen. Niemand weiß, wer sie sind, und niemand hat einen von ihnen jemals gesehen. Einmal am Tag bringt jemand eine Warenlieferung mitsamt dem Essen für die Patienten dorthin, stellt es aber nur auf der reparierten Brücke ab und über Nacht holt es dann irgendjemand. Schon seltsam, denn die Festung hat 'ne eigene Küche und hatte sich bis vor den Aufständen selbst versorgt« Er schauderte sichtlich und rieb seine Hände aneinander, als wäre ihm plötzlich kalt. »Ein düsterer Ort. Bei Nacht habe ich während den Aufständen oft Lichtsignale von da gesehen, aber das ist vorbei. Wenn Sie einen Rat von mir wollen, dann machen Sie besser einen Bogen um die Festung.«

Wie gern hätte Sonya ihm da zugestimmt. Nur leider konnte sie das nicht ausschließen.

»Mir ist egal, wohin ich gehe, solange ich meine Schwester finde. Sie war also bei Ihnen und dann?«

»Nass und durchgefroren war sie. Man muss schon verrückt sein, sich so was anzutun. Scheint bei euch wohl in der Familie zu liegen.« Er unterbrach sich, um den Hund einmal kräftig durch das struppige Fell zu streicheln. »Na, jedenfalls hat sie sich hier aufgewärmt und erzählt, dass sie einer Spur folgt. Sie wollte mehr herausfinden über irgendeine Verschwörung auf der Insel. So ganz verstanden habe ich es aber nicht. Sie ist noch bis zum Einbruch der Dunkelheit geblieben und dann losgezogen in Richtung der Festung. Ich habe sie gewarnt, aber sie wollte nicht hören und seitdem ist sie weg.«

Wie auf ein geheimes Zeichen begannen die Kerzen im Raum zu flackern und auch Sonya glaubte, einen kalten Windhauch zu spüren.

»Hat sie gesagt, was sie da wollte?«

»Nicht ein Wort. Rumschnüffeln nehme ich mal an. Ich denke, ich muss nicht erwähnen, wie gefährlich es ist, so was hier auf der Insel zu machen. Sie sollten sich vielleicht an den Gedanken gewöhnen, Ihre Schwester nicht wieder zu sehen.«

Eher friert die Hölle zu, wollte Sonya schon antworten, doch ein plötzliches Dröhnen schnitt ihr die Worte ab.

Bevor sie verstand, was sie da hörte, war Lester schon aufgesprungen und hatte das Fenster aufgerissen. Zusammen mit einer steifen Meeresbrise drang das sonderbare Geräusch zu ihnen herein, diesmal jedoch lauter.

Es klang wie eine blecherne Stimme, die von weit her zu stammen schien – eine Lautsprecherdurchsage.

»Was ist das?«, fragte Sonya, trat neben ihn und schaute aus dem Fenster. Außer der Küste, den Klippen und den dahinterliegenden Baumwipfeln konnte sie dort draußen nichts erkennen.

»Das kommt aus der Station«, belehrte sie Lester, sein Tonfall ließ nichts Gutes erahnen.

Dass es Worte waren, konnte Sonya klar heraushören, aber keines davon erreichte sie.

»Und was könnte das bedeuten?«

Der Leuchtturmwärter drehte sich zu ihr um. Sein Gesicht war zu einer bewegungslosen Maske erstarrt.

»Nichts Gutes. Irgendwas ist gerade passiert.«

17.

»Sie mieser Bastard!«, zischte Liam, was bei Dr. Cole nur ein gelangweiltes Zucken des Mundwinkels zur Folge hatte. »Ich sage Ihnen gar nichts.«

Gut, weiter so, Liam. Lass ihn nicht merken, dass du dir vor Angst fast in die Hose machst.

In einer Seelenruhe, die beinahe schon an Provokation grenzte, umrundete der stellvertretende Leiter sein Bett, bevor er genau dort stehenblieb, wo Liam noch vor kurzem seine Halluzinationen gesehen hatte.

»Nur zu. Ich hatte auch nicht erwartet, dass Sie sofort anfangen zu singen. Betrachten Sie das hier als Therapiegespräch. Ich bin Ihr Arzt und Sie ein Patient, der sich vertrauensvoll an mich wendet.«

Beinahe wäre Liam in höhnisches Gelächter verfallen, doch die in ihm brodelnde Wut verschloss ihm die Kehle.

»Hören Sie auf mit den Spielchen. So was zieht bei mir nicht. Wenn Bedingfield herausfindet, was Sie hier treiben, dann ...«

»Wird gar nichts passieren«, beendete Dr. Cole seinen Satz. »Und er wird es auch nicht herausfinden. Machen Sie sich darum keine Sorgen.«

Zwar hatte Bedingfield ihn bereits vor Dr. Cole gewarnt, doch so viel kriminelle Energie kannte er höchstens von sich selbst.

»Warum bin ich hier?« Seine Worte schwebten einige Momente unangetastet im Raum, bis sich Dr. Cole ihnen gnädigerweise annahm.

»Weil Sie sich als ein potenziell gefährlicher Patient erwiesen haben. Zuerst Ihr eigenmächtiges Eindringen in die Station und danach auch noch dieser Aufruhr vor dem Verwaltungsgebäude. Wir sehen so etwas hier nicht gern. Sie sind ein Risiko für sich selbst und andere. Einige Tage hier auf der geschlossenen Station werden Ihnen sicher guttun.«

»Selten so sehr gelacht«, antwortete Liam mit steinerner Miene. »Was wollen Sie überhaupt von mir?«

Dr. Cole zog einen Stuhl heran, setzte sich geräuschlos hin und legte die Fingerspitzen aneinander. »Sagen Sie es mir. Gibt es irgendwas, das Sie mir mitteilen wollen? Dinge, die Sie verbergen?« Er betrachtete ihn auf eine Weise, die bereits verriet, was er hören wollte.

Liam presste seine Lippen aufeinander. Wenn Dr. Cole wirklich etwas wusste, dann hatte er ein Problem. Womöglich sogar noch mehr als damals, sofern das überhaupt möglich war. Und wenn der Doktor doch nur bluffte? Es blieb ein Hoffnungsschimmer, auch wenn Liam nicht so recht daran glauben wollte.

Der bloße Gedanke daran ließ ihn frösteln. Bis jetzt hatte er noch nicht wahrhaben wollen, welche Konsequenzen das mit sich brachte.

Falls Bedingfield davon über Dr. Cole erfahren hatte, bedeutete es womöglich, dass er seinen wichtigsten Verbündeten auf dieser Insel verloren hatte und ebenso seinen Geldgeber.

Liams Haltung versteifte sich so ruckartig, dass er einige seiner Wirbel knirschen hörte.

Varga würde ihm die Lichter ausknipsen, wenn er ohne das Geld zurückkam.

Dann konnte ihm nur noch Gott helfen. Schade nur, dass er in etwa so gläubig wie bescheiden war. Für ihn gab es keinen Gott, denn die einzigen Heiligen, an die er glaubte, waren bunte Scheine, die in seinen Geldbeutel passten. Geld war sein Gott. Es gab ihm ein Dach über dem Kopf, füllte seinen Bauch und führte ihn auf den richtigen Weg, oder zumindest den, den er für richtig hielt. Für gewöhnlich waren das Pubs, Spielhallen, Amüsierclubs und rauchige Hinterzimmer.

Liam schloss die Augen, zwang sich dazu, ruhig und gleichmäßig zu atmen.

Beruhig dich, redete er sich selbst zu. Noch war nichts verloren. Je länger er seinen Gedanken Zeit zum Reifen gab, desto sicherer war er, dass Cole sein Wissen über ihn nicht preisgegeben hatte, zumindest nicht gegenüber Bedingfield. Es war offensichtlich, dass die beiden sich als Konkurrenten sahen und nur selten Informationen austauschten.

Für Liam bedeutete es womöglich eine zweite Chance, vorausgesetzt, er kam hier jemals wieder heraus.

Ein ungeduldiges Räuspern riss ihn aus seinen Gedanken. Dr. Cole hatte ihn in der Zwischenzeit nicht aus den Augen gelassen.

Als Liam zu ihm aufsah, erkannte er sein eigenes verunsichertes Gesicht, das sich in den Brillengläsern spiegelte.

»Nur Schweigen? Sie wollen mir also nichts mitteilen? Dann muss ich Ihnen wohl auf die Sprünge helfen. Das, was ich vor dem Verwaltungsgebäude zu Ihnen gesagt habe, war mein voller Ernst. Ich weiß, wer Sie sind. Und den Ahnungslosen zu spielen, wird Sie auch nicht retten.«

Liam fühlte, wie seine Eingeweide zusammenschrumpften. Stillschweigend wandte er den Blick ab, in der Hoffnung, dieser Situation irgendwie entkommen zu können. »Sie müssen auch nichts sagen. Dann rede eben ich und erzähle Ihnen, was ich über Sie herausgefunden habe«, hörte er Dr. Coles Stimme erschreckend dicht an seinem Ohr.

Liam zeigte keine Regung, obwohl sein Inneres gerade zu explodieren schien. Er hörte, wie Dr. Coles Finger durch eine Reihe von Seiten blätterte.

»Ihr Name ist Liam Hopkins. Das behaupten Sie zumindest.«

»Das ist ja auch mein Name«, protestierte Liam. Aus Gewohnheit wollte er die Arme verschränken, brachte die gefesselten Hände aber kaum bis an seine Hüfte.

»Seit wann? Schon immer oder erst, seit Sie gestern diese Insel betreten haben?«

Schweigen.

Zwischen Liams Schläfen gähnte plötzlich eine unendliche Leere. Er wusste die Antwort auf diese Frage, er wusste sie ganz genau und trotzdem wagte er es nicht einmal, daran zu denken.

»Was wollen Sie damit andeuten?« Seine Worte, die eher eine scharfe Drohung sein sollten, klangen ungewohnt dünn. Wo war nur seine schützende Großmäuligkeit, wenn er sie einmal gebrauchen konnte?

Ein unangenehmes Schweigen füllte die Pause zwischen den Sätzen. Dr. Cole stand auf, rückte die Brille auf seinem Nasenrücken zurecht und verschwand für einen Moment aus Liams Sichtfeld. Als er zurückkehrte, hielt er ein Foto zwischen den Fingern.

»Kennen Sie diese Person?« Er hielt das Motiv ins Licht und Liam schnappte nach Luft.

Die Aufnahme zeigte einen hageren Mann mit einem ungepflegten Vollbart, der ihm bis auf die Brust reichte. Blass und mit einem von Medikamenten aufgeschwemmten Gesicht starrte die Gestalt in die Kamera.

Es war ein Blick, der ausdruckslos und doch voller Hass war.

Beinahe hätte Liam sich selbst nicht wieder erkannt. Ihm stockte der Atem und als er den Mund öffnete, drang kein Laut daraus hervor.

»Sehen Sie es sich an, na kommen Sie schon.« Dr. Coles Stimme fuhr ihm wie ein Messer ins Ohr. »Das sind Sie, nicht wahr? Etwas mehr als ein Jahr ist das her. Ich weiß, wie stark die menschliche Verdrängung sein kann, aber das hier können Sie nicht leugnen.« Ein knorriger Finger tippte eindringlich auf das Foto. »Sie waren Patient hier, ob Sie es wahrhaben wollen oder nicht.«

Dr. Coles Worte sezierten ihn, jede Silbe hatte einzig und allein den Zweck, sein Inneres nach außen zu stülpen. Und damit hatten sie Erfolg.

»Ich war kein Patient«, stellte Liam den Satz richtig. »Ich war ein Gefangener.«

»Und das haben Sie sich selbst zuzuschreiben. In die forensische Abteilung kommen keine Unschuldigen. Das wissen wir beide.«

Liam nickte innerlich. Er brauchte niemanden, der ihn daran erinnerte, warum er dort gelandet war. Niemanden, der an den alten Wunden leckte, die nie ganz verheilt waren.

Nur ein Blick in die leeren Augen auf dem Foto genügte und er war plötzlich wieder dort in seiner Zelle. Vier Schritte lang und zweieinhalb Schritte breit, gerade groß genug, um einen ganzen Tag darin im Kreis zu laufen und darüber nachdenken zu können, was er falsch gemacht hatte. Und er hatte eine Menge falsch gemacht in seinem Leben, nur war er nie dafür verurteilt worden, sondern ausgerechnet für diese eine Sache, die ihm immer noch Albträume bescherte.

Viele Lügen und sein schauspielerisches Talent hatten damals dafür gesorgt, dass er nicht ins Gefängnis kam, sondern in die forensische Abteilung der Psychiatrie. Leicht war es nicht gewesen, doch hatte er es wie schon andere vor ihm geschafft, die Psychologen zu täuschen und ein entsprechendes Gutachten zu erhalten. Sie waren eben auch nur Menschen und die Psyche ein nur unzureichend beleuchtetes Mysterium, das man nicht wie einen gebrochenen Knochen einfach röntgen konnte.

Damals hatte er es für eine gute Idee gehalten, sich in eine Anstalt einliefern zu lassen, in der Hoffnung, dass das Leben dort leichter wäre als im Knast. Wie sehr er sich doch getäuscht hatte.

Seine Gedanken entführten ihn zurück in die finsteren unerforschten Winkel seiner Erinnerung. Er sah die Festung auf der Witwenspitze thronen, ein Koloss aus Stein, Ziegeln und Hoffnungslosigkeit. An den Tag seiner Einweisung konnte er sich nicht mehr erinnern, kein bisschen. Wahrscheinlich lag es an den Medikamenten oder daran, dass er sich einfach nicht daran erinnern wollte. Die Tage in Gefangenschaft hatten sich unaussprechlich angefühlt, ganz zu schweigen von den nicht enden wollenden Nächten. Besonders im Winter, wenn es kalt und zugig im Gemäuer war, hatte Liam mehrmals darüber nachgedacht, ob er nicht alles beenden sollte. Sofern man überhaupt von Denken sprechen konnte, denn die Medikamente hatten jeden Gedanken zwischen seinen Schläfen zu Wackelpudding werden lassen. Während sie bei echten Patienten die Psychosen linderten, bewirkten sie bei einem gesunden Geist wie seinem genau das Gegenteil. Er hatte begonnen, Dinge zu sehen, hatte Stimmen gehört und sich verfolgt gefühlt. Nur selten blieb ihm eine Wahl, die Medikamente nicht zu nehmen, und vermutlich hätten sie sein Gehirn völlig aufgeweicht, wäre nicht eines Tages die Chance zur Flucht gekommen. Einer Flucht, die er ohne Hilfe nicht geschafft hätte und die anders ausging als erwartet.

Liam schüttelte die Gedanken von sich ab. Eine Gänsehaut überzog seine Arme und als er zu Dr. Cole aufblickte, bemerkte er, dass er immer noch sprach.

»Ihre Rückkehr auf die Insel muss einen guten Grund haben, nehme ich an. Sie hätten mich beinahe getäuscht, ebenso wie jeden anderen hier. Ihre Verwandlung ist wirklich verblüffend. Sie sind kaum wiederzuerkennen. Es war sicher von Vorteil für Sie, dass kaum jemand Ihnen persönlich begegnet ist, zumindest weder ich noch Bedingfield. Es würde mich brennend interessieren, wie Sie damals von hier entkommen sind.

Zugegeben, wir haben Sie für tot gehalten, eben nur ein weiterer tragischer Selbstmörder, der von den Klippen gesprungen und nie mehr aufgetaucht ist.«

Unfähig, etwas darauf zu erwidern, starrte Liam weiterhin das Foto an. Letztendlich hatte Dr. Cole nicht einmal Unrecht. Der Mann, der damals aus Widow Peak zurückkam, war nicht der gleiche wie davor.

»Wann haben Sie es herausgefunden?«

»Erst heute, nachdem wir Sie in Gewahrsam genommen haben. Es erschien mir naheliegend, einen Blick in Ihre Akte zu werfen, und da sind mir seltsame Unregelmäßigkeiten aufgefallen. Irgendwas hat nicht gestimmt und beinahe per Zufall bin ich über Ihre tatsächliche ehemalige Akte gestolpert. Sehr aufschlussreich. Und glauben Sie mir, ich weiß noch einiges mehr über Sie, aber das würde den Rahmen unserer heutigen Sitzung sprengen. Für meine Zwecke sollte das vorerst ausreichen.«

»Und was sind das für Zwecke?«, fragte Liam, bereute die Worte aber schon Sekunden, nachdem sie seine Lippen verlassen hatten. Er wollte die Antwort überhaupt nicht hören.

Dr. Coles Zunge blitzte ähnlich wie bei einer Schlange kurz zwischen den Zähnen hervor. »Ich will, dass Sie mit mir reden.«

Im Klang dieser Worte schwang etwas Unheilvolles mit, eine kaum greifbare Bedrohlichkeit, die bei Liam einen kalten Schauer hervorrief.

»Und was wollen Sie von mir wissen?«

Beinahe wirkte es so, als hätte Dr. Cole nur auf diese Frage gewartet, denn er schnippte mit seinen knochigen Fingern und schnellte aus dem Stuhl.

»Jetzt kommen wir endlich bei den richtigen Themen an. Ich möchte es Ihnen einmal so erklären: Sie haben gerade ein schlechtes Blatt in der Hand und bluffen hilft Ihnen jetzt auch nicht mehr weiter. Was Sie brauchen, ist ein Wunder und ein solches habe ich Ihnen anzubieten, wenn Sie mit mir reden.«

Das dämmrige Licht spiegelte sich auf Dr. Coles Glatze, als er sich näher an Liams Ohr beugte. Seine Lippen öffneten sich mit einem Schmatzen. »Ihr Geheimnis könnte bei mir gewahrt bleiben, denn noch weiß keiner davon. Aber dafür müssen Sie mir verraten, wieso Sie zurückgekommen sind. Hat Bedingfield etwas damit zu tun?«

Diesmal fuhr ein Zucken über Liams Lippen, doch zwang er sie, geschlossen zu bleiben.

»Sie können nicht ewig schweigen. Ich weiß, dass Bedingfield seine Finger im Spiel haben muss, woher hätten Sie sonst die gefälschte Patientenakte bekommen? Alles, was mich interessiert, ist das Warum. Warum hat er Sie auf diese Insel gebracht und was sollen Sie für ihn machen?«, fragte Dr. Cole mit Nachdruck. Liams rechte Hand krallte sich so fest in den Bettpfosten, dass die Knöchel weiß hervortraten.

Ein Teil von ihm fragte sich, was wohl passierte, wenn er Dr. Cole die Wahrheit verriet. Sicherlich nichts Gutes. Er war nicht so dumm zu glauben, dass sich der stellvertretende Leiter tatsächlich an sein Wort halten würde, ganz im Gegenteil. Sobald er auch nur ein Wort zu viel sagte, verlor er jeden Wert und war ihm schutzlos ausgeliefert. Solange er das Geheimnis wahrte, konnte Dr. Cole ihn nicht loswerden.

Er musste also Zeit gewinnen. Immerhin lange genug, bis ihm eine Lösung einfiel oder ihm jemand zu Hilfe kam.

Zum ersten Mal, seit er die Insel betreten hatte, erleichterte ihn der Gedanke, dass er hier nicht allein gestrandet war. Irgendwo trieb sich Sonya herum und ihr würde auffallen, wenn er nicht mehr in die Hütte zurückkehrte.

Womöglich würde sie Bedingfield kontaktieren oder sich selbst auf die Suche machen, Hauptsache, er kam hier heraus.

Beim Gedanken an sie spürte er plötzlich ein ungewohnt warmes Gefühl in sich aufsteigen. Vermutlich nur die Nachwehen seines Drogenrauschs.

»Sie haben Recht. Ich wurde beauftragt, hierherzukommen«, antwortete Liam so vage wie möglich. Er hatte nicht vor, tatsächlich etwas preiszugeben, doch reichte es vielleicht aus, Dr. Coles Neugier weit genug anzustacheln, um ihn unvorsichtig werden zu lassen.

»Bevor ich Ihnen aber irgendwas sage, will ich zuerst selbst etwas wissen.«

Dr. Cole schwieg, gab ihm aber mit einem Nicken zu verstehen, dass er weiterreden sollte. »Wer hat wirklich die Kontrolle in Widow Peak? Sind das Sie? Und warum sperren Sie mich hier in die geschlossene Abteilung und nicht in die forensische, wo ich gemäß meiner wahren Akte hingehöre?«

»Die Festung hat sich verändert. Die forensische Abteilung ist mittlerweile komplett abgeschottet vom Rest der Anstalt. Nur Bedingfield weiß, wer dort gerade einsitzt.«

»Also besitzt er immer noch die Kontrolle über die Anstalt?«

»Kontrolle ist eine Illusion. Besonders hier.« Sein Blick fiel auf die tickende Uhr an der Wand. »Sie können von Glück reden, dass ich jetzt gehen muss. Aber ich komme bald wieder. Und dann sind Sie besser gesprächiger oder ...« den Rest des Satzes ließ er unausgesprochen.

Es kostete Liam wenig Fantasie, sich vorzustellen, was Dr. Cole ihm antun konnte. Wenn er sein Leben nicht ein zweites Mal in sich zusammenbrechen sehen wollte, musste er hier rauskommen, den Fall lösen und so schnell wie möglich das Weite suchen.

»Denken Sie gut darüber nach. Und vergessen Sie nicht: Ich weiß, wer Sie sind. Wer Sie wirklich sind.« Dr. Coles Worte hingen noch eine Weile in der Luft, bedrohlich wie eine Gewitterwolke, die sich jederzeit entladen konnte.

Seine Schritte entfernten sich, das Licht erlosch und eine Tür fiel ins Schloss, ehe eine unbehagliche Stille einkehrte.

18.

Sonya sah den Leuchtturm hinter sich im Dickicht verschwinden und stapfte zwischen dicht gedrängten Bäumen durch den Wald, immer weiter auf das Geräusch der Lautsprecher zu.

Die Sonne war bereits am Horizont verschwunden und das letzte Tageslicht reichte gerade noch aus, dass Sonya die Büsche am Wegesrand erkennen konnte. Mit jedem Schritt wuchsen die Schatten um sie herum und der blecherne Widerhall der Lautsprecherdurchsage wurde lauter.

Nach wenigen Minuten erreichte sie einen breiten Waldweg, der sie vorbei an der Kapelle und in Richtung des Dorfes führte. Als sie an dem alten Gemäuer vorbeikam, schlich sie im Schatten der Büsche und suchte die Fenster nach einer Bewegung ab.

Ob Pastor Francis überhaupt schon bemerkt hatte, dass sie nicht mehr unten in seinem rattenverseuchten Keller saß? Womöglich. Ebenso gut konnte er noch vor der Falltür kauern und sich überlegen, was er mit ihr anstellen sollte.

Etwas an der ganzen Sache machte keinen Sinn für sie. Wenn Elina sich so gut mit dem Pastor verstanden hatte, warum war sie dann in seinem Kellerverlies gelandet? Hatte sich Elina in dem Mann getäuscht oder war sie es, die hier die falschen Schlüsse zog?

Sonya nahm sich vor, der Sache genauer auf den Zahn zu fühlen, aber vorher wollte sie zurück ins Dorf. Nicht nur, um sich die Durchsage anzuhören und Liam nach seinen Erkenntnissen zu fragen, sondern auch, weil sie nach all den Strapazen die Beine hochlegen musste.

Selbst hier, umgeben von all den knorrigen Bäumen, spürte sie noch den schneidenden Wind der Küste. Sie konnte ihre Arme noch so fest um ihren Körper schlingen, es brachte ohnehin nichts. Ihre Kleidung hatte kaum Zeit gehabt zu trocknen und klebte nun klamm an ihrem Körper.

Falls irgendjemand sie gerade beobachtete, sah sie in ihrer Patientenkluft vermutlich aus wie ein fleischgewordener Putzlumpen, der sich seinen Weg durch den Wald bahnte. Der einzig helle Fleck in einem Meer aus Schatten.

Während sie über den von Wurzeln und Pfützen übersäten Weg stolperte, drifteten ihre Gedanken erneut ab.

Sie konnte sich nicht daran erinnern, jemals in ihrem Leben an nur einem einzigen Tag zweimal eingesperrt und auch noch beinahe ertrunken zu sein. Ob es sich gelohnt hatte, blieb für Sonya bis jetzt ebenso unklar wie die noch immer verwaschenen Worte der Lautsprecherdurchsage.

Immerhin hatte sie einiges erfahren, das ihr weder Bedingfield noch sonst irgendwer verraten hatten. Angefangen mit dem Aufstand in Widow Peak, so wie anderen ungewöhnlichen Vorkommnissen, denen Elina nachgehen wollte. Wahrscheinlich war das der Grund, warum sie verschwunden war.

Doch so vieles von dem, was Sonya erfahren hatte, passte nicht zusammen.

Warum hatte der Pastor Elina eingesperrt? Wer waren die Leute gewesen, die Elinas Zimmer durchsucht hatten? Was hatte es mit den Leuchtzeichen aus der Festung auf sich und warum wurden die Essenslieferungen nur bei Nacht abgeholt?

Auf keine dieser Fragen wusste Sonya im Moment eine Antwort, doch wollte sie es nicht dabei belassen. Mit Liams Hilfe konnte sie sicher noch mehr herausfinden, vorausgesetzt, bis dahin würden sie nicht ebenso verschwinden wie bereits viele vor ihnen.

Sie mussten wachsam sein, alle beide, und gut aufeinander aufpassen. Bei diesem Gedanken überkam Sonya ein ungläubiges Lächeln und sie schüttelte den Kopf. Wann hatte sie zuletzt auf irgendwen aufgepasst, außer auf Elina? Es war ein seltsames Gefühl, das sie normalerweise mit tiefer Verbundenheit gleichsetzte, dabei war Liam grob genommen immer noch ein Fremder für sie. Und doch war sie nun auf ihn angewiesen, ebenso wie er auf sie. Auf sich allein gestellt barg Widow Peak zu viele Gefahren und Tücken, egal ob man sich wie als zwielichtigen Privatdetektiv oder wie sie als Geldeintreiberin bezeichnen konnte.

Es war erstaunlich, wie eine Verkettung aus schlechten Entscheidungen aus einer Ärztin eine Handlangerin für Kriminelle gemacht hatte. Lange Zeit hatte Sonya die Schuld dafür bei anderen gesucht, ihr Pech verflucht und sich selbst als das Opfer gesehen, doch irgendwann hatte sie sich eingestanden, dass es nur einen einzigen Schuldigen gab: sie selbst.

Vielleicht war es Liam genauso ergangen. Er machte nicht den Eindruck auf sie, als wäre er bereits sein ganzes Leben lang ein Privatdetektiv. Ihn umgab eine Aura des Ungewissen, wie jemand, der sein Leben wie ein Wurfzelt behandelte, das er ständig neu und an verschiedenen Orten aufschlug.

Aber Liam war mehr als nur ein kleiner Gauner. Ebenso wie das Meer nicht einfach nur blau und ein Berg nicht einfach nur schroff war, zeigte sich auch Liam in den verschiedensten Facetten. Mal scharfsinnig, mal selbstgefällig, mal nachdenklich, mal völlig ahnungslos. Meist egoistisch, doch wenn man am wenigsten damit rechnete, plötzlich hilfsbereit.

Noch war sie nicht aus ihm schlau geworden, doch für den Moment zählte nur, dass sie sich einigermaßen aufeinander verlassen konnten, um ihre Ziele zu erreichen.

Hoffentlich ging es Elina gut. Allein die Ungewissheit, dass es auch anders sein konnte, schnürte Sonya die Kehle zu und sie richtete ihre Gedanken schnell zurück auf den Fall der verschwundenen Mitarbeiter – Liams Ziel.

In Gedanken zuckte Sonya zusammen. Es fühlte sich immer noch seltsam an zu wissen, dass ihr die Aufgabe zufiel, Liam zu erschießen, wenn er mit seinem Auftrag scheiterte. Ob er auch gelegentlich daran denken musste?

Unter ihren Schritten raschelte das Laub und Sonya sah im Dämmerlicht des noch frühen Abends das Dorf näherkommen. Es brannten nur wenige Lichter in der gespenstisch aussehenden Ansammlung schiefer und verwinkelter Hütten, die wie ein Geschwür in der schroffen Senke des Inselplateaus saßen.

Über den Dächern lag ein Nebelschleier, der alles Darunterliegende in einem weißen Nichts verschwinden ließ. Keine Seltenheit auf sumpfigem Land und gleichzeitig ein Sinnbild dafür, wie undurchsichtig und fremd hier alles auf Sonya wirkte.

Als sie sich näherte, nahmen die Worte der Lautsprecherdurchsage allmählich Form an.

Alle Patienten und Mitarbeiter werden hiermit aufgerufen, sich unverzüglich für eine Kundgebung am Versammlungsplatz einzufinden. Therapiegespräche und ande-

re Aktivitäten sind sofort zu unterbrechen. Zuwiderhandlung wird nicht toleriert. Ich wiederhole ...

Bei den blechernen Worten legte sich ein bitterer Geschmack auf Sonyas Zunge. Was auch immer das zu bedeuten hatte – es ließ nichts Gutes erwarten.

Sie hielt weiter auf das Dorf zu, passierte die ersten Hütten und ließ sich von den grauweißen Schwaden verschlucken. Einzelne Laternen baumelten wie Irrlichter im trüben Dickicht des Nebels, ohne dass Sonya sehen konnte, wer sie hielt oder wo sie angebracht waren. Überall um sich herum hörte sie Schritte, Gemurmel und schlagende Türen. Das Raunen unzähliger Stimmen lag in der Luft.

Als Sonya sich umsah, entdeckte sie die anderen Patienten, eine Herde aus weißen Leibchen, die durch den Nebel huschten – wie in einem Horrorfilm. Die Härchen an ihren Unterarmen stellten sich auf.

Aus dem Weiher drangen glucksende Geräusche, als würde sich etwas daraus erheben. Alles Unsinn, wusste Sonya, doch ihre Fantasie gehörte längst nicht mehr ihrer Vernunft. Dicht neben ihr raschelte etwas, ohne dass sich eine Gestalt zu erkennen gab. Irgendjemand oder irgendetwas stand dort im Nebel und starrte sie an.

»Hallo?«, rief sie mit einer Stimme, die nicht ihr zu gehören schien. Sie tappte in Richtung des Schemens und strich mit ihrer ausgestreckten Hand durch den Nebel, als wäre er nur ein Vorhang, den man lichten musste.

Obwohl sie das verhaltene Gemurmel all der Patienten hören konnte, fühlte sich Sonya, als wäre sie ganz allein im Dorf. Nur sie, der Nebel, und wer auch immer sie gerade beobachtete. Sie lief weiter auf die Gestalt zu. Als sie die plötzliche Stille bemerkte, dachte sie, es wäre nur Einbildung, doch fiel ihr auf, dass sie sich von der Gruppe der Patienten entfernt hatte und auch die Lautsprecherdurchsage verstummt war.

In welchem Winkel des Dorfes sie hier gelandet war, wusste Sonya nicht, zu ähnlich sah alles um sie herum aus.

Während sie sich langsam auf den Schatten zubewegte, hörte sie Atemgeräusche, jedoch nicht von dort, sondern genau hinter sich.

Sonya fuhr herum, ihre ausgestreckten Hände tauchten in den Nebel ein und sie spürte noch, wie ihr Fingernagel über ein Stück Haut kratzte. Sie hörte ein Keuchen, dann hastige Schritte, die über den sumpfigen Boden davoneilten.

Bevor Sonya überhaupt begriff, was gerade geschehen war, stand sie wieder allein am Rande des Weihers. Als sie sich umdrehte, war auch der Schatten verschwunden.

Es beginnt schon, dachte sie sich unheilvoll. *Die Insel macht mich paranoid.*

Irgendwo in dieser undurchdringlichen Suppe musste auch Liam sein und sie konnte es gar nicht abwarten, ihn endlich wieder zu sehen, und sei es nur, damit ein zweites Paar Augen ihr den Rücken freihielt.

Da war etwas im Nebel, doch konnte sie nicht sagen, ob es tatsächlich ein Mensch war oder nur ein Hirngespinst.

Sie folgte dem Licht der Laternen und kurz darauf kehrte das Raunen der Patientenmenge zurück. Unruhe lag in der Luft, ebenso greifbar wie der Nebel.

Immer wenn Sonya sich einer Gruppe von Patienten näherte, verfielen sie schlagartig in angespanntes Schweigen. Ein Schweigen, das beinahe schon laut war. Hier wollte niemand beim Sprechen gehört werden, besonders nicht von einem Neuling, dem man nicht trauen konnte. Fast kam es Sonya so vor, als läge eine unausgesprochene Angst in der Luft.

Sie drängte sich zwischen den eng stehenden Leibern hindurch, konnte aber keine Spur von Liam ausmachen. Alles, was sie sah und vor allem spürte, waren misstrauische Blicke, die aber nicht ihr allein galten.

Die ganze Situation erinnerte sie an einen geheimen Zirkel, der sich hier im Sumpf für ein verbotenes Konvent zusammenfand. Doch statt konspirativ miteinander zu reden, spürte Sonya hier nur Angst, Unbehagen und Ratlosigkeit.

Einige Patientengruppen drängten sich nervös zusammen und musterten diejenigen aus scharfen Augen, die nicht mit ihnen im Kreis standen. Andere liefen unruhig zwischen den Leibern hindurch, murmelten unter vorgehaltener Hand mit sich selbst oder kauerten in einer der kaum sichtbaren Ecken.

Für all das musste es einen Grund geben und Sonya wollte sich nicht erst davon überraschen lassen.

Bevor sie sich genauer überlegt hatte, was sie da eigentlich tat, legte sie ihre Hand auf die Schulter einer Patientin.

Die Frau zuckte vor ihr zurück, ehe Sonyas Fingerspitzen sie überhaupt berührt hatten.

»Heda! Was wollen Sie?«, blaffte die Frau. Sie sprach so schnell, dass ihre Zunge bei den Worten mehrfach stolperte.

Von ihrem Aussehen bis hin zu ihrer Ausstrahlung fühlte sich Sonya schlagartig von der Fremden abgestoßen.

Ihr Äußeres sprach von jahrelangem Drogenmissbrauch. Eine untersetzte Frau, die ihre braunen fettigen Haare verworren zusammengeknotet hatte und sich an ein paar frischen Einstichstellen am Unterarm kratzte. Aus ihrem Gesicht sprach ein angriffslustiger Ausdruck, unterstrichen von ihren gesenkten Augenbrauen.

»Nichts für ungut. Ich wollte nur fragen, ob Sie wissen, was das Ganze hier zu bedeuten hat. Ist das schon mal vorgekommen?«

Die Frau schwieg, ihre Augen suchten einen Punkt im Nebel, den sie offenbar nicht fand.

»Nicht so laut!«, zischte sie. »Oder wollen Sie, dass uns jemand hört? Keiner weiß, was hier passiert, aber das heißt nicht, dass uns niemand beim Reden zuhört.«

Eine Warnung stand in den weit aufgerissenen Augen der Frau geschrieben, doch hielt es Sonya nicht davon ab, eine weitere Frage zu stellen.

»Was passiert denn, wenn Sie über verbotene Dinge sprechen?«

Etwas veränderte sich im Gesichtsausdruck der Frau.

»Wenn man den Gerüchten glaubt ...« Sie hielt sich schlagartig den Mund zu. »Hey, bring mich bloß nicht in Versuchung. Es ist besser, wenn Sie jetzt gehen.«

Sie beendete das Gespräch, indem sie Sonya den Rücken zukehrte. In diesem Moment kam Bewegung in die Gruppe. Das Gemurmel wurde lauter und ein Lichtkegel blendete Sonya direkt ins Gesicht.

»Sie da! Allesamt hier entlang«, erhob sich die bellende Stimme eines Wachmanns über die verhaltenen Gespräche. »Folgen Sie der Gruppe. Immer weiter, nicht stehenbleiben.« Er stand inmitten der Menge und dirigierte sie mit einer Taschenlampe in die besagte Richtung.

Eingekeilt zwischen den sich bewegenden Leibern stolperte Sonya weiter, immer im Gleichschritt mit der Prozession aus weißen Gewändern. Sie verließen das Dorf und drängten eine Böschung hinauf, bis sie auf einer beengten Lichtung stehenblieben. Dort stand bereits ein Rednerpult, völlig unberührt lag es inmitten des Mondscheins.

Die einzelnen Laternen, die Sonya noch bis gerade eben durch den Nebel verfolgt hatte, reihten sich nun zu einer Kette auf. Als sie näher herantrat, erkannte sie, dass sich die Wachmänner zu einer Barriere zwischen ihnen und dem Rednerpult aufstellten.

Wie auf ein unsichtbares Zeichen hin verstummten alle Geräusche. Die Patienten wagten es nicht mehr zu murmeln, selbst der Sumpf schien zu schweigen.

Plötzlich hörte Sonya wieder den Wind, der geisterhaft über die Insel rauschte. Nichts regte sich, weder die Patienten noch die Wachleute.

In den Gesichtern las Sonya angespannte Erwartung, aber auch ängstliche Nervosität. Selbst die Mitarbeiter schienen nicht zu wissen, was nun folgen würde. Manche von den Wachen scharrten mit ihren Stiefelspitzen im Boden, andere umklammerten die Schlagstöcke an ihren Gürteln, als wäre es der Blitzableiter für ihr aufgebrachtes Gemüt. Kein Wunder, wenn man bedachte, dass das Ende der Aufstände kaum drei Wochen zurücklag und jedem von ihnen noch der Schrecken in den Knochen steckte.

Und nichts davon, nicht einmal das kleinste Geflüster oder Gerücht darüber, hatte die Insel seither verlassen. Es wurde totgeschwiegen und Sonya fragte sich, wie viele andere Geheimnisse dieses Schicksal teilten.

Vermutlich wäre sie noch länger in diesem Gedanken versunken, hätte nicht eine plötzliche Bewegung ihre Aufmerksamkeit auf sich gezogen. Bereits aus einiger Entfernung sah sie eine Gestalt auf das Rednerpult zugehen. Sie glaubte, Bedingfield zu erkennen, der tief in ein Regencape gehüllt einige Worte mit einem Wachmann wechselte und sich dann vor der Menge in Position brachte.

Er schlug die Kapuze zurück und Sonya stockte der Atem. Es war nicht Bedingfield, sondern Dr. Cole. In einer gespenstischen Ruhe legte er die flachen Hände auf das Pult und räusperte sich.

Kein einziges Wort drang über seine Lippen, während er auf die Versammelten hinabschaute und so lange schwieg, bis jeder einzelne seinen Blick auf ihn gerichtet hatte.

»Meine sehr geehrten Patientinnen und Patienten«, begann er mit einer lauten und klaren Stimme, die kein Mikrofon benötigte. »Ich möchte mich zunächst einmal in aller Form entschuldigen, Sie um diese Zeit hier versammeln zu müssen, doch die Umstände lassen es nicht anders zu.« Auf seine Worte folgte nur betretenes Schweigen, das wie eine schwere Last auf Sonyas Schultern lag. Sie brauchte keinen sechsten Sinn, um zu spüren, dass hier etwas nicht stimmte. Abermals streckte Sonya ihren Kopf in die Höhe, doch auch jetzt noch konnte sie Liam in der Menge nicht ausmachen.

Für den Bruchteil einer Sekunde stellte sie sich die Frage, ob er womöglich abgehauen war, so wie Varga es befürchtet hatte. Doch wie sollte er überhaupt von der Insel kommen und noch dazu ohne seine Bezahlung? Sie verwarf den Gedanken wieder. Aber wo war Liam dann?

»Ich sehe viele Fragen in Ihren Gesichtern und ich werde mein Bestes geben, diese auch zu beantworten«, setzte Dr. Cole seine Rede fort, wobei sein Atem an der kalten Luft zu einer Wolke gefror. »Sie alle haben es verdient, die Wahrheit zu erfahren, und ich möchte Ihnen nichts vorenthalten. Gestern kam es zu einem tragischen Unfall bei unserem Funkmast. Wie Sie sicher bemerkt haben, gibt es seitdem keinen Empfang mehr auf der Insel und es fällt mir schwer, Ihnen mitzuteilen, dass wir bis zur Ankunft der nächsten Fähre vollständig von der Außenwelt abgeschnitten sind.« Ein lautes Raunen ging durch die Menge, das Dr. Cole mit lauter Stimme niederredete. »Aber! Das ist nicht der einzige Preis, den wir zahlen mussten. Einer unserer Mitarbeiter starb bei der Explosion, die sich aus bisher noch ungeklärter Ursache ereignet hat.« Die Worte gingen aalglatt über seine Lippen, und obwohl Sonya ihn haargenau musterte, konnte sie nicht den Hauch einer verdächtigen Reaktion bei ihm erkennen.

Wenn es um schauspielerisches Können ging, hatte Liam womöglich seinen Meister in Dr. Cole gefunden.

Der stellvertretende Leiter wartete, bis die verhaltenen Gespräche verebbten, bevor er seine kräftige Stimme wieder in die Nacht hinausrief.

»Im Namen von mir und allen Angestellten auf Widow Peak möchten wir uns daher in aller Form bei Ihnen für die möglichen Unannehmlichkeiten entschuldigen. Jeder Patient soll sich auf der Insel sicher fühlen, um sich ganz auf die eigene Regeneration konzentrieren zu können.«

Je länger er sprach, desto ungeduldiger wurde Sonya. Sie wurde das Gefühl nicht los, dass Dr. Cole noch lange nicht das gesagt hatte, weshalb er sie wirklich hier versammelt hatte. Er ließ sie bis zum Platzen der Bombe noch warten, ob beabsichtigt oder nicht.

Allmählich kroch Sonya die Kälte in die Knochen und sie ertappte sich dabei, wie sie von einem Bein aufs andere trat. Noch eine Weile lauschte sie den belanglosen Erklärungen von Dr. Coles Ansprache, bis es wie ein Hilfeschrei aus ihr herausbrach.

»Wo ist Dr. Bedingfield?« Ihre Stimme hallte von den trostlosen Bäumen wider und verlor sich als Echo in der Ferne. Ein Rascheln ging durch die Menge, als sich die Zuhörer zu ihr umdrehten. Sonya begegnete unzähligen Blicken, die sie warnend anstarrten und ihr zu verstehen geben wollten, besser den Mund zu halten.

Dr. Coles Augen sahen in der Dunkelheit aus wie zwei schwarze Kugeln, die sich nun auf Sonya richteten.

»Miss Alvarez ...«, raunte er mit einer Stimme, die nicht nach einer Einladung zum Gespräch klang, sondern wie eine unverhohlene Drohung »Sie nehmen mir das Wort vorweg. Ich schätze Ungeduld nicht besonders, Ihre Frage soll aber dennoch beantwortet werden.« Seine Stimme wurde rauer und er krallte sich mit beiden Händen in die Ränder des Rednerpults, als bräuchte er für die folgenden Worte festen Halt.

»Ich habe die traurige Pflicht, Ihnen mitzuteilen ...« Er machte eine spannungsgeladene Pause, die er dazu nutzte, sich mit der Zunge über die Lippen zu fahren. »Dass Charles Bedingfield, der Leiter dieser Einrichtung, für unbestimmte Zeit nicht zur Verfügung steht. Alle Termine und Sitzungen mit ihm werden abgesagt oder verschoben, bis er wieder aufgetaucht ist.«

Sonya schnappte hörbar nach Luft und schlug ihre Hände vor den Mund.

Das darf nicht wahr sein, fuhr es ihr durch den Kopf.

Die Bedeutung dieser wenigen Silben hallte in ihren Gedanken nach.

Sonya brauchte nicht viel Fantasie, um zu wissen, dass sich damit alles änderte. Doch wagte sie es noch nicht, darüber nachzudenken, solange Dr. Cole die Rede noch nicht beendet hatte.

Aus den Reihen der Patienten drang eifriges Gemurmel, das auch nicht endete, als Dr. Cole wieder seine Stimme erhob.

»Ich verstehe Ihre Besorgnis, doch das ist kein Grund zur Beunruhigung. Ich bitte Sie, verhalten Sie sich kooperativ und bleiben Sie ruhig. Wir werden die Umstände klären und garantieren für Ihre Sicherheit und die Fortführung Ihrer Therapie. Solange Mister Bedingfield seinen Pflichten nicht nachgehen kann, werde ich, Dr. Joshua Cole, die Leitung dieser Einrichtung übernehmen.«

Auf einen Schlag blieb Sonya plötzlich die Luft weg. Vor ihren Augen ergab sich nun ein klares Bild. Was hatte Dr. Cole nur angerichtet?

Das anfängliche Gemurmel steigerte sich zu einem lautstarken Durcheinander.

Dr. Cole nahm die Reaktion der Menge völlig emotionslos entgegen. Tief in ihrem Inneren wünschte sich Sonya, ein teuflisches Lächeln auf seinen Lippen zu sehen, oder ein gieriges Funkeln in seinen Augen, einfach irgendetwas, das verriet, was gerade in seinen Gedanken vor sich ging. Doch da war nichts. Nur eine stocksteife Haltung und ein Gesicht, das wie eingefroren auf die Patienten herabblickte.

»Vielen Dank für Ihre Aufmerksamkeit. Bitte kehren Sie nun alle in Ihre Behausungen zurück«, schloss er seine Ansprache und gab den Wachleuten mit einem Nicken zu verstehen, dass der Rest nun ihre Aufgabe war.

Die Wachmänner rückten wie eine Wand auf die Patienten zu und Sonya stolperte vor ihnen zurück. Ihr wollte es einfach nicht gelingen, das soeben Gehörte zu akzeptieren. Diese Änderung brachte sie nicht nur in Gefahr, sondern bedrohte ihren gesamten Plan.

Wer, wenn nicht Bedingfield, konnte ihnen nun den Rücken freihalten?

Jetzt, da er verschwunden war, gab es niemanden mehr auf dieser verdammten Insel, der noch wusste, dass sie zum Ermitteln hier waren. Für jeden anderen waren sie einfach nur Patienten auf Widow Peak.

Ungläubig sah Sonya an sich herab. Sie und Liam waren nun Gefangene der Insel. Niemand würde auf sie hören, niemand ihnen helfen. Sie waren nun der Willkür von Dr. Cole und seinen Leuten schutzlos ausgeliefert.

Ihre Beine gaben beinahe unter ihr nach und lediglich das dichte Gedränge hielt sie davon ab, in sich zusammenzufallen.

Mit den lauten Rufen der Wachleute im Nacken stolperte Sonya durch die Menge. Inmitten des Nebels sah sie plötzlich am anderen Ende der Meute ein bekanntes Gesicht auftauchen – Liam.

Ihr Herz machte einen Satz. Sie bahnte sich einen Weg durch die Körper, trat auf unzählige fremde Füße und bekam schließlich Liams Arm zu greifen. Sie wirbelte ihn herum und sah in ein Paar weit aufgerissene Augen. Der Fremde, der da vor ihr stand, war nicht Liam, auch wenn er ihm bei diesem Nebel zum Verwechseln ähnlichsah.

Schlagartig lösten sich Sonyas Hoffnungen in Luft auf.

»Oh, Entschuldigung. Nur eine Verwechslung«, murmelte sie und bemerkte, dass noch zwei weitere Patienten sie entgeistert ansahen. Eine davon war die zerrupft aussehende Frau von vorhin, der andere ein alter Mann, dem die weißen Haare wie eine Wolke über dem Kopf schwebten.

»Sie suchen bestimmt Liam?«, fragte die Frau mit einem dramatischen Wimpernaufschlag, der nahelegte, dass sie mehr wusste oder zumindest so tat. »Den habe ich gesehen.«

»Ach ja?« Sonya betrachtete sie eingehend und versuchte, den Hinterhalt zu entdecken, der hinter diesen verlockenden Worten lauerte. »Wer sind Sie überhaupt und woher kennen Sie ihn?«

»Ich kann mich nicht erinnern, dass Sie selbst sich vorgestellt haben, aber irgendjemand muss ja beginnen.« Jedes ihrer Worte war gekrönt von einem kurzen Schmatzen »Mein Name ist Natasha. Der Alte hier ist Oscar und unser verschreckter Freund, der aussieht wie Ihr Liam, ist Elias.« Sonya nickte den anderen nacheinander zu, bevor sie ihren Blick wieder auf Natasha richtete.

»Und Sie haben Liam gesehen?«

»Aber sicher doch«, flötete sie glockenhell und schien es offensichtlich zu genießen, dass sie mehr wusste als Sonya. »Er wollte bei uns in die Therapiesitzung, aber ist eilig wieder verschwunden. Ein paar von uns haben ihn dabei gesehen, wie die Wachen ihn durch das Tor ließen und zum Verwaltungsgebäude führten. Und dann …« Sie ließ ihre Zunge schnalzen. »Habe ich aufgeschnappt, dass sie ihn festgenommen und in die geschlossene Anstalt geworfen haben.«

Sonya sog scharf die Luft ein. Plötzlich schien der Boden unter ihr nachzugeben. Jeder Versuch, sich nichts anmerken zu lassen, scheiterte an ihrem entgleisenden Gesicht.

Erst Bedingfield, dann Liam, kam es ihr in den Sinn. *Und als Nächstes ich.*

Eine Weile musste sie völlig ausdruckslos ins Nichts gestarrt haben, denn Natasha wedelte ihr auffordernd mit der Hand vor der Nase herum.

»Ich kann mir schon denken, warum Sie das fragen. Wirklich schade, er war so ein hübsches Kerlchen. Gerade richtig, um sich auf dieser langweiligen Insel ein wenig abzulenken. Das finden Sie doch auch, nicht wahr? Ich habe Ihre Blicke gesehen.«

Unter Sonyas Bestürzung mischte sich jetzt auch noch Scham. Sie fuhr sich eilig mit der Hand übers Gesicht, um ihre geröteten Wangen zu verbergen.

»Wann war das?«, zwang sie sich, mit belegter Stimme zu fragen.

»Na, heute. So gegen Mittag. Nicht wahr?« Dabei sah Natasha zu den anderen, die eifrig nickten.

Zum ersten Mal, seit Sonya in die Gruppe hineingelaufen war, sah der alte Mann, den Natasha als Oscar vorgestellt hatte, sie direkt an. Sein verträumter Blick klarte auf und er strahlte sie so herzlich an, dass Sonya mit einem Blick über ihre Schulter sicherstellen musste, ob er überhaupt sie meinte.

Mit einem zittrigen Finger deutete Oscar auf Sonyas Halskette und nuschelte: »Elina!«

Sofort wurde Sonya hellhörig.

»Sie kennen die Halskette?«, bohrte sie nach und tippte auf den Anhänger mit der goldenen Libelle.

»Aber ja. Das ist doch deine. Du bist es doch, nicht wahr, Elina?« Er kniff die faltigen Augen zusammen und wankte auf sie zu. »Ewig hab ich dich nicht mehr gesehen. Komm mich doch mal wieder besuchen. Ich habe sogar noch etwas von dem Zitronenkuchen, den du so magst.«

Natasha trat hastig zwischen sie und hakte sich bei Oscar ein.

»Ignorieren Sie das! Er redet nur mal wieder wirr. So sind sie, die Dementen. Komm mit, Oscar. Ich bringe dich in deine Hütte, du alter Schwachkopf.«

Bevor Sonya etwas erwidern konnte, hatten die beiden ihr bereits den Rücken gekehrt und trotteten durch den Nebel zurück ins Dorf.

Wie verloren stand Sonya da und wusste nicht, wohin mit sich. Bedingfield war verschwunden, Liam eingesperrt und sie wusste nicht, was sie als Nächstes tun sollte.

Wut und Hilflosigkeit mischten sich in ihrem Inneren zu einem toxischen Gemisch, das sie Dr. Cole am liebsten vor die Füße spucken wollte.

Noch ein letztes Mal drehte sie sich in Richtung des Rednerpults. Dort stand Dr. Cole noch ebenso reglos wie zuvor und auch wenn es vermutlich nur Einbildung war, glaubte sie, dass seine Augen ihr folgten.

19.

Stundenlang hatte Liam an seinen Fesseln gerüttelt und an die Zimmerdecke gestarrt, in der festen Gewissheit, dass er hier vor Langeweile sterben würde.

Dr. Cole war auch nach einer gefühlten Ewigkeit nicht zurückgekehrt und erst, als es draußen bereits Nacht sein musste, war Liam in einen unruhigen Dämmerschlaf gesunken.

Ihn verfolgte ein Traum, in dem er wie ein Vogel über Widow Peak kreiste. Kalt und schroff sah die Insel inmitten des unendlichen Ozeans aus. Aus der Luft entdeckte er den gesprengten Funkmast, das Dorf und die auf der Witwenspitze thronende Festung. Er breitete seine Arme wie Schwingen aus und landete nahe dem Weiher vor einer der Hütten. Durch das Fenster konnte er Sonya sehen, die sich in diesem Moment zu ihm umdrehte. In ihrer von Blut überströmten Hand hielt sie ein noch schlagendes Herz. Ihre Lippen öffneten sich und sie sagte: »Wach auf!«

Liam schreckte aus dem Schlaf. Das Hemd klebte ihm schweißnass an der Brust. Diese letzten Worte hatten nicht geklungen wie ein Teil seines Traums, sondern mehr, als hätte sie jemand direkt in sein Ohr geflüstert. Auch war es nicht Sonyas Stimme gewesen. Zwar ebenfalls weiblich, aber kalt und zugleich ausdruckslos. Ganz anders als Sonyas eher melodiöser Tonfall.

Hastig streckte Liam, soweit es ihm möglich war, den Kopf in die Höhe. Keines der Lichter im Raum brannte mehr und alles, was Liam zu sehen glaubte, stammte vermutlich aus seiner Erinnerung.

Ob jemand im Raum gewesen war?

Egal, für ihn zählte nur die bittere Tatsache, dass er immer noch wie ein am Kreuz Verurteilter hier festhing und darauf wartete, bis Dr. Cole zurückkehrte und ihn mit der Speerspitze seiner lästigen Fragen durchbohrte.

Ein kleiner Teil von Liam hatte gehofft, dass Sonya ihn irgendwie hier herausschaffte, doch vermutlich hatte er ihr damit zu viel zugetraut. Stattdessen kümmerte sie sich wohl zuerst darum, ihre Schwester zu finden, und ein zweigesichtiger Schuft, wie er einer war, stand in der Priorität natürlich viel weiter hinten.

Das war zumindest die Erklärung, die er sich wünschte, denn ebenso gut war es möglich, dass auch Sonya bereits irgendwo hier auf der geschlossenen Station schmorte.

Prächtig. Alles läuft wie am Schnürchen, dachte sich Liam, wobei er eine Haarsträhne aus seiner Stirn pustete. Wenn er hier wirklich draufgehen sollte, dann konnte er nur hoffen, dass Dr. Cole zumindest den Anstand besaß, ihn mit einer schönen Überdosis auf den letzten Trip seines Lebens zu schicken.

Zur Hölle mit Widow Peak, zur Hölle mit den Verschwundenen und ganz besonders zur Hölle mit Varga und Dr. Cole. Seinen verfrühten Abgang würde er nutzen, um den beiden ein warmes Plätzchen in Satans Fegefeuer freizuhalten.

Doch so sehr Liam auch versuchte, seine Hoffnung mit seinem Galgenhumor zu retten, spürte er doch eine lähmende Kälte von sich Besitz ergreifen. In der Stille seines dunklen Gefängniszimmers lagen noch so viele offene Fragen, die wohl für immer unbeantwortet blieben. Er musste der bitteren Wahrheit ins Gesicht sehen, dass sich seit dem Einschlafen nichts verändert hatte. Oder doch?

Seine Augen weiteten sich, als er etwas sah, das eigentlich nur Einbildung sein konnte. Die Tür stand einen Spalt offen und ein hauchdünner Lichtstrahl reichte bis an seine Bettkante.

Obwohl Liam wusste, dass es keinen Zweck hatte, streckte er seine Finger danach aus. Der Lichtfaden sah aus wie die glühende Saite einer Harfe und als Liam ihn beinahe schon berührte, fiel ihm die lederne Handfessel in den Schoß.

Verdattert starrte er auf sein nacktes Handgelenk und als er den anderen Arm ebenfalls zu sich zog, löste sich auch dort die Fessel.

Zum ersten Mal in seinem Leben fehlten selbst ihm die Worte. Mit zittrigen Fingern rieb er sich durch die Augen, nur um ganz sicherzugehen, dass er nicht mehr träumte.

Frei? Einfach so?

Seine Mundwinkel hoben sich zu einem Lächeln, das nicht wusste, ob es glücklich oder verstört sein sollte und beinahe schlagartig wieder in sich zusammenfiel. Wenn er eine Sache im Laufe seines Lebens gelernt hatte, dann nur, dass es nichts geschenkt gab.

Mit einem Satz sprang er aus dem Krankenbett, blieb aber sofort wie angewurzelt stehen. Wer hatte ihn befreit? Und warum? War die Stimme also keine bloße Einbildung gewesen?

Um ihn herum gähnte immer noch undurchdringliche Dunkelheit, genug, um sich mühelos in jeder beliebigen Ecke verbergen zu können.

»Hallo?«, flüsterte Liam in die Schatten hinein. »Ist da wer?«

Er lauschte, hörte außer seinem eigenen Herzschlag aber kein anderes Geräusch. Auf leisen Sohlen näherte er sich der Tür. Seine Finger bewegten sich auf die Klinke zu, zuckten im letzten Moment jedoch zurück.

Was, wenn das eine Falle war? Sorgfältig gelegt von Dr. Cole höchstpersönlich. Wollte er ihn vielleicht zur

Flucht anstiften? Wer weiß, welche Sonderbefugnisse es gab, einen flüchtigen und möglicherweise sogar gefährlichen Patienten einzufangen. Sie brauchten nur glaubhaft zu vermitteln, dass er jemanden angreifen wollte, und schon hatten sie alle Mittel zur Hand, ihn loszuwerden – auf die Festung zu verbannen.

Ein kalter Schauer überkam ihn. Er schluckte seine aufsteigende Magensäure hinab und atmete noch einmal tief durch, bevor sich seine Hand um den Türgriff schloss. Die Tür glitt auf, ohne ein Geräusch von sich zu geben. Aus dem dünnen Lichtstrahl wurde ein fahler Schein, der zuerst über Liams Füße kroch und ihn dann vollständig einhüllte.

Was Liam zuerst für die Beleuchtung auf dem Gang gehalten hatte, war in Wirklichkeit nicht mehr als der schwache Schein der Notausgangschilder, die in regelmäßigen Abständen an der Decke montiert waren. Immerhin reichte diese kümmerliche Lichtquelle, um zumindest den Flur und die eigene Hand vor Augen erkennen zu können.

Auf den ersten Blick befand sich niemand auf dem Gang und trotzdem wurde Liam das Gefühl nicht los, beobachtet zu werden. In der Luft lag eine Anspannung, die er zwar spüren, aber nicht in Worte fassen konnte. Irgendwo in seiner Nähe hörte er ein Geräusch wie von Atemzügen, doch da war niemand zu sehen.

Nur zögerlich wagte Liam die ersten Schritte aus dem Zimmer heraus. Zuerst sah er nach links, dann nach rechts und wieder in umgekehrte Richtung. Er wusste nicht, wohin er laufen sollte, geschweige denn, wie er aus der Station entkommen konnte.

Du bist schon einmal aus der Gefangenschaft entkommen. Einer sehr viel schlimmeren, rief er sich in Erinnerung. Doch die damalige Situation war eine ganz andere gewesen und ohne Hilfe hätte er es ohnehin nie geschafft.

Er wollte gerade die Tür schließen, als in der dahinterliegenden Dunkelheit plötzlich jemand blinzelte. Aus dem schmalen Spalt zwischen Tür und Mauer begann sich eine Gestalt herauszuwinden.

Liam machte einen Satz nach hinten, prallte gegen die Wand und hätte beinahe laut geschrien. Die Gestalt schnellte auf ihn zu und er spürte, wie sich eine Hand auf seinen Mund presste.

»Ruhig bleiben. Keinen Mucks!«, befahl eine weibliche Stimme, die Liam nicht nur aus seinem Traum wiedererkannte, sondern schon vorher irgendwann einmal gehört hatte.

Aus den Schatten drang eine Frau mit gelockten feuerroten Haaren. Er erkannte sie als Bedingfields Sekretärin Amanda, die ihn auch schon am ersten Tag in Widow Peak empfangen hatte. Wenn man denn überhaupt von so etwas wie einem Empfang sprechen konnte.

Sie presste ihre Hand fest und ohne Rücksicht auf seinen Mund, so lange, bis er absolut stillhielt.

Selbst im dämmrigen Schein der Notbeleuchtung erkannte Liam, wie verblüffend schön Amanda war, schön wie ein glitzernder Komet, ehe er feuerspeiend einschlug und alles um sich herum zerstörte.

»Mitkommen«, befahl sie ihm mit einem Blick aus ihren kalten Augen. Sie hatte sich bereits halb von ihm abgewandt, als Liam sie an der Schulter festhielt.

»Halt. Was wird das hier? Hast du mich ...«

»Keine Zeit für Fragen«, unterbrach sie ihn mit einer Stimme, die keine Widerrede duldete. Für einen Moment sah Liam sie nur verdutzt an, dann schüttelte er die lähmende Benommenheit von sich ab.

»Nichts da. Ich lasse mich doch nicht irgendwohin führen, ohne zu wissen, was hier gespielt wird. Ich bleibe so lange stehen, bis ...« So recht wusste er selbst nicht, worauf er damit hinauswollte.

»Fein.« Amanda zuckte mit den Schultern. In ihrem ausdruckslosen Gesicht zeigte sich nicht die geringste Regung. »Dann verreckst du eben.« Ihre schonungslose Gleichgültigkeit traf Liam wie ein Schlag ins Gesicht.

Einige Male öffnete und schloss er den Mund, ohne dass eine sinnvolle Antwort über seine Lippen kommen wollte.

Diesmal gab Amanda ihm deutlich ungeduldiger mit einer Handbewegung zu verstehen, dass er ihr einfach folgen sollte, während sie sich umdrehte und ihr geschmeidiger Körper im Zwielicht versank.

Gruselig, etwas anderes wollte Liam dazu nicht einfallen. Obwohl er keinen besseren Ausweg sah, sträubte sich alles in ihm dagegen, dieser Fremden blind irgendwohin zu folgen. Am Ende führte sie ihn nur auf seine Schlachtbank und er trottete ihr bis dahin auch noch hinterher wie ein dummes Schaf.

In seinem Inneren entbrannte ein Kampf, den keine der beiden Seiten für sich entscheiden konnte. Erst als Amandas schmale Gestalt schon fast im Dämmerlicht verschwunden war, tappte er ihr widerwillig hinterher.

Sie verließen den Korridor, begleitet vom kaum hörbaren Widerhall ihrer Schritte. Am Ende des Gangs betraten sie ein Treppenhaus und stiegen von dort zwei Stockwerke hinab bis ins Erdgeschoss.

Vor jeder Tür hielt Amanda zuerst inne und presste lauschend ihr Ohr dagegen, bevor sie in den nächsten Raum vordrangen.

Auf ihrem Weg durch das Erdgeschoss kamen sie an zahllosen Türen vorbei. Sie alle lagen stumm und verlassen da.

Je stiller es um sie herum wurde, desto deutlicher hörte Liam die Zeichen und Geräusche seines eigenen Körpers. Das Blubbern in seinem Magen, die unregelmäßigen Herzschläge in seiner Brust und ein Rascheln, wann immer seine Bartstoppel am Kragen wetzten.

Sie blieben vor einer Tür stehen, die Amanda zuerst aufschloss und hinter ihnen gleich wieder verriegelte.

Der schmale Verbindungstunnel, den sie daraufhin erreichten, führte sie direkt bis in den Empfangsbereich des Verwaltungsgebäudes.

Um diese Zeit lag das Foyer in Dunkelheit getaucht und Liam gelang es nur mit Mühe, den Ort wiederzuerkennen. Es blieb ihm nicht viel Zeit, sich umzusehen, denn Amanda steuerte bereits zielsicher auf eine Tür neben dem Empfang zu. Wieder klimperte ein Schlüssel, bevor sie Liam zu sich heranwinkte.

»Was ist da drin?«, wollte er wissen, ganz gleich, ob sie ihm die Wahrheit sagte oder ihn anlog.

»Das Archiv. Rein da.« Sie stieß ihn unsanft durch die Tür und drückte selbige leise hinter ihnen ins Schloss.

Sie befanden sich in einer überschaubaren Kammer, die zur Gänze mit Lastenregalen vollgestopft war. In den Fächern reihten sich staubige Aktenordner und Kartons aneinander, die aussahen, als wären sie seit unzähligen Jahren nicht mehr geöffnet worden. In der Luft lag der typische Geruch von Papier und Druckerschwärze. Es gab keine Fenster.

Das Licht sprang über ihren Köpfen an und Liam hörte, wie Amanda die Tür verriegelte.

Als er zu ihr herumfuhr, stand sie bereits dicht hinter ihm. Etwas hatte sich in ihrem Blick verändert, seit sie eingetreten waren. Sie beäugte ihn wie ein Rabe einen Regenwurm und Liam wurde das Gefühl nicht los, dass gleich etwas Unschönes passieren würde.

»Wenn es unbedingt sein muss, dann stell jetzt deine Fragen«, antwortete sie unbeeindruckt. »Aber beeil dich.«

Auf ihre Worte folgte zunächst nur Liams überraschtes Räuspern, mit dem er versuchte, sich etwas Zeit zu verschaffen.

»Du hast mich befreit, richtig?«

»Ja.«

»Und auch aufgeweckt?«

»Ja.«

Liam sammelte sich kurz, konnte seine Worte aber nicht lange genug überdenken, bevor es aus ihm herausplatzte.

»Danke, aber wieso? Was willst du von mir?«

Amandas einzige Antwort bestand darin, dass sie sich an die Schläfe tippte, als müsse Liam nur scharf genug nachdenken, um die Lösung selbst zu erraten.

»Ist das nicht klar?«, sagte sie dann schließlich. »Ich fand es seltsam, dass Bedingfield euch in sein Büro lässt, also habe ich an der Tür gelauscht.«

»Dann weißt du also, dass ...«

»Nein!«, fiel sie ihm gleich ins Wort. »Ich weiß gar nichts. Ich habe nur mitbekommen, dass du irgendwie für ihn arbeitest. Mir ist scheißegal, welche Art von Spitzel oder Schnüffler du bist, solange du irgendwas dazu beitragen kannst, Bedingfield zurückzuholen. Er ist nämlich verschwunden.«

Und wieder fühlten sich ihre Worte an wie ein Schlag ins Gesicht. Eine schallende Ohrfeige, die ihn schlagartig verstummen ließ. Wenn das tatsächlich stimmte, brachte es seinen gesamten Auftrag in Gefahr.

Ohne es beabsichtigt zu haben, entfuhr Liam ein ungläubiges Prusten, von dem er selbst nicht wusste, woher es kam.

»Du glaubst, er lebt noch? Ich hoffe, du hast recht. Sonst sind wir beide geliefert. Hast du irgendeine Idee, wo er stecken könnte?«

»Nicht die leiseste Ahnung«, entgegnete Amanda, während sie eine ihrer roten Locken um ihren Zeigefinger wickelte. »Ich muss mich um mich selbst kümmern. Wenn Dr. Cole hier auf Dauer das Kommando übernimmt, gibt es für mich nichts mehr zu holen.« Ihre Antwort hätte genauso gut aus seinem Mund stammen können.

Es beunruhigte ihn für einen Moment, dass diese Soziopathin genau so dachte wie er, wollte diesen Gedanken aber nicht weiter vertiefen.

»Verstehe. Wenn ich dir helfen soll, dann brauche ich aber auch deine Hilfe.«

Ihre Haltung versteifte sich. »Und wie sieht die aus?«

»Wir sind ja schon am richtigen Fleck.« Dabei breitete Liam seine Arme in der kleinen Kammer aus. »Ich brauche die Patientenakte von Alan White, dem Hausmeister. Und wenn möglich auch ein paar Antworten.«

Ohne irgendein Zeichen der Zustimmung von sich zu geben, setzte sich Amanda in Bewegung. Ihr ausgestreckter Zeigefinger zog eine Spur über die verstaubten Kisten, ehe sie bei einer von ihnen stehenblieb. Sie öffnete den Deckel, zog nach kurzer Suche eine Akte heraus und schleuderte sie Liam achtlos entgegen.

»Das macht uns noch lange nicht zu Freunden«, stellte Amanda klar und funkelte ihn aus warnenden Augen an.

»Schon verstanden.« Nach einem kurzen Blick in die Akte sah Liam wieder zu ihr auf.

»Eine Sache muss ich noch wissen. Was für ein Typ war dieser Alan White? Hatte er Feinde hier?«

»Mit Sicherheit nicht nur einen«, zischte sie, wobei ihre Stimme in ein grollendes Fauchen überging. »Er war eine miese Drecksau.«

Mit einer derart hitzigen Antwort hatte Liam nicht gerechnet, versuchte sich seine Überraschung aber nicht anmerken zu lassen. »Verstehe, er war also nicht der Beliebteste hier. Und was hat er angestellt, um das zu verdienen?«

»Ganz einfach«, schnaubte Amanda. »Er war die Sorte Mensch, die einfach nicht die Klappe halten konnte. Ein richtiger Moralapostel und wahrscheinlich der einzige Kerl, der nicht kapiert hat, wie die Dinge auf Widow Peak eben laufen.«

»Das heißt?«

»Ein Neuling wie du weiß so was nicht. Die meisten der Angestellten hier gehen ihren eigenen Geschäften nach und niemand kommt zu Schaden, solange keiner auf die dumme Idee kommt, sich einzumischen. Nur Alan White hat gern mal den Finger in die Wunde gelegt. Es hat ihm nicht gepasst, was manche von uns hier unter der Hand verkaufen oder welche Sachen auf die Insel geschmuggelt wurden beziehungsweise von ihr herunter. Alan hat manchmal sogar damit gedroht, den ein oder anderen von uns zu melden. Soll er in der Hölle schmoren!« Ihre Finger formten sich wie ein Hackebeil, das bei jedem ihrer Worte in ihre Handfläche schlug. In Amandas bisher so ausdruckslosen Augen loderte nun ein ungezügelter Hass.

Liam dachte darüber nach, ob er seine Gedanken für sich behalten sollte, konnte aber nicht widerstehen.

»Hast du etwas mit seinem Tod zu tun?«

»Schon möglich.« Plötzlich lächelte sie auf eine makabre Weise. »Oder auch nicht. Wer weiß das schon. Verdient hat er es jedenfalls.«

Es wurde kurz still und Liam prägte sich diese Worte gut ein. Mehr würde sie dazu ohnehin nicht preisgeben, also schwenkte er das Thema in eine andere Richtung.

»Euer Hausmeister, hatte er auch Ärger mit Dr. Cole?«

Die roten Locken wackelten, als Amanda den Kopf schüttelte. »Nicht, dass ich wüsste. Der Doktor ist ja selbst so ein fanatischer Paragraphenreiter. Würde mich nicht wundern, wenn sie sich sogar verstanden hätten.«

Liam stutzte. Jetzt machte das alles noch viel weniger Sinn für ihn. Irgendeinen Zusammenhang musste es geben, auch wenn er ihn im Augenblick noch nicht sehen konnte.

»Wenn ich Bedingfield zurückbringen soll, dann führt kein Weg an Dr. Cole vorbei«, gab er Amanda mit Nachdruck zu verstehen. »Irgendeine Idee, wie ich mehr über ihn herausfinden kann?«

»Eine Ahnung schon«, antwortete sie, ohne lange darüber nachdenken zu müssen. »Auf mich wirkt es so, als würde Dr. Cole irgendwas planen, zumindest verschwindet er immer gegen Vormittag von der Station. Es weiß nur niemand, wohin er dann geht.«

Ihre Worte machten Liam nachdenklich. Vielleicht steckte ja nichts dahinter, falls aber doch, wäre das ein erster Ansatzpunkt für seine weiteren Ermittlungen.

Eine Weile schwieg er grüblerisch in sich hinein, bis ihm auffiel, wie eingehend Amanda ihn musterte.

»Ich mag dich«, sagte sie plötzlich, ohne dass der Inhalt ihrer Worte sich auch nur irgendwie in ihrer gefühllosen Stimme widerspiegelte.

»Ach, ja?« Sie nickte.

»Wir sollten uns mal treffen. Wenn du verstehst, was ich meine?« Um ihre Worte zu unterstreichen, fuhr Amanda mit einem ihrer langen roten Fingernägel über Liams Brust. »Ich mag es gern grob und schnell.

Ich will danach keine Komplimente hören und auch keine Entschuldigungen. Und es wird nicht gekuschelt. Bring Kerzen mit, ein Seil und irgendeinen Lumpen, den ich dir in den Mund stopfen kann.«

Liam wich vor ihr zurück, bis er den kalten Stahl der Lastenregale in seinem Rücken spürte. Er sah sich schon an ihr Bett gefesselt, nur um anschließend in einem flachen Grab irgendwo auf Widow Peak zu landen.

Ihm wurde gleichzeitig heiß und kalt, als er vergeblich versuchte, sein Unbehagen zu verbergen.

»Ich denke, es wird Zeit, dass ich ins Dorf zurückgehe.«

Eine kaum merkliche Enttäuschung zuckte in Amandas Gesicht.

»Ohne das hier?« Sie streckte ihren Arm aus und ließ einen Schlüssel in Liams geöffnete Hand fallen.

»Falsche Entscheidungen rächen sich hier schnell. Schau dich auf deinem Rückweg immer gut um.« Ihr Blick verdüsterte sich. »Man weiß hier nie, wer hinter einem steht.«

20.

Nachdenklich saß Sonya über den Esstisch ihrer Hütte gebeugt, ganz allein im Schein der über ihr baumelnden Glühbirne. Seit einer gefühlten Ewigkeit trommelte sie mit den Fingern auf dem Holz herum und brachte es einfach nicht fertig, ihre Gedanken zu sortieren.

Sie hatte schon einiges herausfinden können, doch die Hinweise lagen in ihrer Hand wie lose Fäden, die einzeln völlig bedeutungslos waren, solange man aus ihnen kein Seil knüpfte.

Selbst die kurze Unterhaltung mit den Patienten gab ihr zu denken. Der alte senile Mann ... Wie war sein Name doch gleich gewesen? Oscar! Er hatte nicht nur Elinas Halskette wiedererkannt, sondern auch gesagt, dass sie ihn mal wieder besuchen sollte. Es klang beinahe so, als wäre Elina schon öfter bei ihm gewesen.

Sonya ertappte sich dabei, wie sie abermals seufzte. Sie fühlte sich plötzlich unendlich müde und doch hatte sie fast schon Angst davor, sich hinzulegen. Es wäre reine Zeitverschwendung und genau diese eh schon begrenzte Zeit lief ihr gerade davon.

Ihr Blick fiel auf die Haustür, die sie auch heute Nacht wieder mit einem Stuhl unter der Klinke blockiert hatte. Nachdem Dr. Cole nun der Herr von Widow Peak war, musste sie sich wohl daran gewöhnen.

Wenn wenigstens die Pistole noch da wäre, dachte sich Sonya, während das Trommeln ihrer Finger ihr allmählich selbst auf die Nerven ging.

Wenn sie Elina finden und Widow Peak lebendig verlassen wollte, brauchte sie dringend Liams Unterstützung. Zwar wusste sie, wo man ihn gefangen hielt, aber nicht, wie sie es schaffen sollte, dort ungesehen reinzukommen.

Sie war eben keine Geheimagentin und hatte im Einbrechen oder Herumschleichen ebenso wenig Talent wie beim Schwimmen. Nein, ihr lagen eher die groben Dinge, und doch wollte sie sich nicht damit abfinden, Liam einfach seinem Schicksal zu überlassen.

Sie schnellte in die Höhe und lief einige Runden im Kreis, aber auch das half ihr nicht beim Denken.

Sie musste verrückt sein, überhaupt so viel über Liam nachzudenken. An ihrer Stelle würde er vermutlich einen Teufel tun, sie da rauszuholen, sondern wäre längst über alle Berge. Oder tat sie ihm da Unrecht?

Während sie ruhelos auf und abging, prallte sie mit dem Knie gegen einen der massiven Stühle. Ein dumpfer Schmerz fuhr ihr durchs Bein und mit einem Mal brach der gesamte angestaute Frust aus Sonya heraus.

Ein wütender Schrei hallte von den Wänden, sie tobte, packte den Stuhl und schleuderte ihn mit solcher Wucht gegen die Wand, dass er zersplitterte.

Es hatte nur noch diesen einen kleinen Schubs gebraucht, um das verkrustete Sediment in ihrem Inneren aufzusprengen und all ihren Frust zu entfesseln.

Außer Atem blieb Sonya zwischen den Splittern stehen. Sie fasste sich an die Stirn, verfluchte ihr gottverdammtes Temperament und sank dann wieder am Tisch zusammen.

Auf den Sturm folgte die Ruhe. Außerhalb der Hütte war es ruhig geworden, auch die letzten Patienten hatten sich in die vermeintliche Sicherheit ihrer vier Wände zurückgezogen und es kehrte eine Stille ein, die sich zäh und klebrig anfühlte.

Die beklemmende Ruhe schien Sonya zu erdrücken, als ein plötzliches Geräusch sie zusammenfahren ließ. Es hatte geklungen wie ein zugeschlagenes Fenster und es war hier aus der Hütte gekommen.

Innerhalb eines Wimpernschlags stand Sonya auf den Beinen. Ihre rechte Hand schnellte instinktiv an ihren Hosenbund, wo bis gestern noch eine Pistole gesteckt hatte und ihre Finger nun ins Leere griffen.

Aus dem Nebenraum drang ein lautes Knarren, als würde jemand den Dielenboden betreten.

Angriff, Flucht oder Starre, eine andere Reaktion besaß der Mensch nicht auf eine Bedrohung und Sonya hatte ihr Mittel bereits gewählt.

Sie fiel auf die Knie, packte sich eines der abgebrochenen Stuhlbeine und schwang es wie eine Keule über ihrem Kopf. Es war nur ein lächerlich dünnes Stück Holz, kaum genug, um jemanden damit ernsthaft zu verletzen.

Als sich das Geräusch wiederholte, schob sich Sonya in Richtung der Tür. Das Licht der nackten Glühbirne kam ihr plötzlich um ein Vielfaches dunkler vor und der Abstand zwischen ihr und dem Geräusch umso kleiner.

Sie hörte jemanden atmen, dann senkte sich die Türklinke. Vor ihr weitete sich der finstere Spalt in den Nebenraum. Eine Hand kam daraus hervor, dann ein Bein und Sonya stürzte mit einem wilden Schrei darauf zu.

Ihr Holzknüppel prallte wirkungslos gegen den Türrahmen, doch bekam sie in der Dunkelheit ein Stück Stoff zu fassen, das sie zu sich ins Licht zerrte.

Mit weit aufgerissenen Augen stand plötzlich Liam vor ihr.

Schon ein flüchtiger Blick auf ihn ließ erkennen, wie lausig er aussah. Liam hatte zerzauste Haare, in denen noch eine ganze Handvoll Blätter festhing. Schlamm klebte ihm vom Kragen bis zum Knie an seiner Kleidung, als wäre er durch den Dreck gekrochen. Und vermutlich hatte er das auch getan, denn an seinem Gesicht und auch den Händen zeigten sich noch Schrammen, die Steine und Äste dort hinterlassen haben mussten.

Mit einem dumpfen Knall fiel Sonya das Stuhlbein aus der Hand.

»Liam! O mein Gott, ich hab dich so ...« Sie fiel ihm in die Arme, erinnerte sich aber daran, dass sie zu ihrem eigenen Wohl nicht aus ihrer Rolle der unnahbaren harten Geldeintreiberin fallen sollte. Und so schluckte sie ihre letzten Worte einfach hinab. »Ich meine ... Was machst du hier? Ich dachte, sie hätten dich geschnappt?«

Ein triumphierendes Lächeln ließ wieder den Liam erkennen, den sie kannte.

»Auch schön, dich wieder zu sehen. Da ist man mal ein paar Stunden weg und du zerlegst uns schon das Mobiliar.« Er deutete mit dem Kinn auf den zertrümmerten Stuhl. »Aber mal Spaß beiseite, ich bin froh, da lebend rausgekommen zu sein. Und du warst mir da keine besonders große Hilfe.«

»Ich?« Sonya konnte den Stich ihres schlechten Gewissens spüren, den Liams Worte verursachten, wollte ihm gegenüber aber nichts davon zeigen. »Ich hatte selbst einen furchtbaren Tag, nur zu deiner Information. Ich bin erst in einen Keller gesperrt worden, dann fast ertrunken und schon war ich wieder an eine Heizung gekettet. Du kannst mir also glauben, es blieb nicht viel Zeit, mir einen Plan zu überlegen.«

Auf ihre Worte hin machte Liam große Augen.

»Entschuldigung angenommen. Ich weiß ja, dass du mich nicht im Stich gelassen hättest.« Mit spitzer Stimme fügte er hinzu: »Zumindest nicht, solange wir nicht deine Schwester gefunden haben. Aber Schwamm drüber.« Er tätschelte Sonya versöhnlich auf die Schulter und fiel wie ein Sack Steine neben ihr auf einen der übrigen Stühle. Dabei gab er ein tiefes erleichtertes Grollen von sich, wie es Sonya nur von ihrem Vater kannte, wenn er nach Stunden der Feldarbeit zurück ins Haus gekommen war.

Während sich Liam all die Blätter aus den Haaren zupfte, sah er Sonya an.

»Anscheinend haben sie dir genauso übel mitgespielt wie mir. Hast du was herausgefunden?«

»Wenn nicht sogar übler. Ich war zuerst bei der Kapelle, weil Elina oft dort gesehen wurde. Tatsächlich hat sie da gewohnt, und Pater Francis hat irgendwas von Leuten erzählt, die in Elinas Sachen gewühlt haben. Dann hat er mich aus unerfindlichen Gründen in sein rattenverseuchtes Kellerverlies gesperrt. Es heißt, er und Elina haben sich gut verstanden, aber ich habe Spuren gefunden, dass sie ebenfalls da unten eingesperrt war.« Sie kratzte sich am Kopf. »Aber damit war mein wundervoller Tag noch nicht am Ende. Ich konnte fliehen, aber wäre bei der Flut fast ertrunken. Dann hat mich der Leuchtturmwärter quasi gerettet und erst mal festgekettet. Von ihm weiß ich, dass es Aufstände in Widow Peak gab.«

»Davon hab ich auch gehört«, pflichtete ihr Liam bei. »Aber ich weiß ehrlicherweise nicht viel darüber.«

»Die Einzelheiten erzähle ich dir später. Das war aber noch nicht alles. Ich habe erfahren, was bei der Festung vor sich geht. Jeden Tag bringt jemand die Mahlzeiten dorthin, stellt sie aber nur vor dem Tor ab, und über Nacht wird es abgeholt. Da stimmt doch irgendwas nicht.«

»Nein, das ist nicht normal.«, sagte Liam mit einer Stimme, die beinahe so klang, als würde er aus Erfahrung sprechen. Dabei stützte er das Kinn auf die Hände und gab den Blick auf seine Arme frei.

»Du bist verletzt?«, fragte Sonya.

Liam sah an seiner triefnassen und von Schlamm bedeckten Gestalt hinab.

»Außer meinem gekränkten Stolz? Ich glaube nicht.«

»Und was ist das da?« Sonya deutete auf die blutigen Kratzer an seinen Unterarmen, die sich wie ein Gespinst von den Handgelenken bis zu den Ellenbogen ausbreiteten. »Lass mich das mal anschauen.« Doch bevor sie sich ihm nähern konnte, winkte Liam bereits ab.

»Danke, Frau Doktor, aber ist nicht nötig.«

»Ob es nötig ist oder nicht, bestimmt immer noch der Arzt. Und deine verdreckten Kratzer gehören gereinigt. Also her mit dem Arm!« Ohne auch nur ein einziges Wort der Widerrede streckte Liam die Arme aus.

Für eine vernünftige Behandlung fehlten ihr Handschuhe und medizinischer Alkohol. Stattdessen nahm sie sich ein mit Leitungswasser befeuchtetes Tuch und den Flachmann voll Schnaps, den Lester ihr vor ihrem Aufbruch vom Leuchtturm zugeschoben hatte. Nicht unbedingt professionell, doch sie würde das Beste daraus machen, so wie immer.

Während Sonya mit behutsamen Wischbewegungen die schmutzigen Verkrustungen von Liams Unterarmen entfernte, ertappte sie ihn dabei, wie er sie unter seinen gesenkten Augenlidern verträumt ansah.

»Was?«

»Nichts.« Er schüttelte den Gesichtsausdruck so rasch ab, dass Sonya sich nicht einmal sicher war, ihn überhaupt gesehen zu haben. »Ich bin nur am Nachdenken, wie das Ganze hier zusammenpasst. Ich meine ... unsere Hinweise.«

Einen Moment lang hielt Sonya in ihrer Arbeit inne.

»Erzähl mir lieber, was dir eigentlich passiert ist und was du herausgefunden hast.«

Gefolgt von einem langen und etwas zu theatralischen Luftholen hatte Liam sich so weit gesammelt, dass er anfangen konnte zu erzählen.

»Heute Morgen bei dieser Therapiesitzung habe ich nachgefragt, warum unser Hausmeister Alan White überhaupt da war. Angeblich Verfolgungswahn. Er hat sich eingebildet, dass ihm jemand an den Kragen will, weil er irgendwas herausgefunden hat. Ganz so falsch lag er damit anscheinend nicht. Aber um mehr darüber zu erfahren, musste ich an seine Therapieakte rankommen.«

»Und deshalb hast du dich unter irgendeinem Vorwand zu Bedingfield bringen lassen, um ihn darum zu bitten?«, schlussfolgerte Sonya. »Dann weißt du wahrscheinlich noch gar nicht, dass er spurlos verschwunden ist.«

Liam schnippte mit dem Finger. »Doch, das weiß ich mittlerweile auch. Schönes Schlamassel. Aber bevor ich das überhaupt ahnen konnte, bin ich blöderweise vorher Dr. Cole begegnet und der ...« Er stockte, und während er konzentriert nachdachte, begann eine Ader sichtbar an seiner Schläfe zu pochen.

Sonya kannte diesen Blick und wusste, dass Liam etwas vor ihr zurückhielt. Nach der kurzen Unterbrechung räusperte er sich und sprach weiter, als wäre nichts gewesen.

»Warum sie mich eingesperrt haben, tja, das kann ich höchstens raten. Ich glaube, Dr. Cole hat geahnt, dass ich irgendwie mit Bedingfield unter einer Decke stecke, und wollte mich deshalb in die Mangel nehmen.«

»Und hat er das?«

Liam begann, sich unruhig auf seinem Stuhl zu regen.

»Keine Panik, er hat von mir nichts über unseren Auftrag erfahren.«

»Muss schlimm mit dir gewesen sein, wenn er dich danach freigelassen hat.«

Frustriert, dass Liam ihr etwas vorenthielt, schrubbte Sonya ein festgeklebtes Stück Dreck von seiner Haut und Liam zuckte zusammen.

»Ich wünschte, es wäre so gewesen«, antwortete er kleinlaut. »Stattdessen musste ich erneut Bekanntschaft mit Bedingfields unheimlicher Sekretärin machen.«

Sonya sah ihn mit schräg gelegtem Kopf an und bedeutete mit einem fragenden Kopfschütteln, dass er das erklären sollte.

»Na, du weißt schon, die vom Empfang. Hat nicht mehr alle Tassen im Schrank, das ist sicher. Aber ich sollte mich nicht beschweren, immerhin hat sie mich befreit.«

»Aus purer Nettigkeit?«, sprudelte es aus Sonya heraus und ihr fiel auf, wie ungewollt bissig ihre Worte klangen.

»Nettigkeit sucht man hier vergeblich, aber das weißt du ja selbst. Nein, sie hatte eine Ahnung, dass ich für Bedingfield arbeite, und will, dass wir ihn finden. Sie hat außerdem ein paar interessante Infos von sich gegeben. Zum Beispiel, dass Dr. Cole immer um die gleiche Uhrzeit von der Station verschwindet. Und was noch viel besser ist ...«

Er machte eine spannungsgeladene Pause, wobei er eine Hand unter seiner Kleidung verschwinden ließ und im nächsten Moment schwungvoll eine Akte auf den Tisch knallte.

»Tada! Ich präsentiere, die Therapieakte von Alan White. Frisch aus dem Archiv.« Obwohl sich Sonya vorgenommen hatte, seinen eitlen Selbstinszenierungen keine große Beachtung mehr zu schenken, musste sie doch anerkennend pfeifen.

»Und, was steht drin?«, fragte sie mit Fingerzeig auf die Akte.

»Ich habe sie nur überflogen.« Er schlug das zusammengeheftete Blätterwerk auf und deutete auf einige Stellen im Text. »Unser Opfer hat mit seinem Psychologen über die Aufstände in Widow Peak gesprochen. Die Berichte geben uns einen ganz guten zeitlichen Überblick. Demnach sind die Aufstände am 10. September ausgebrochen und wurden zwei Wochen später, am 24. September, endgültig niedergeschlagen. Das war vor gerade einmal drei Wochen. Und genau an diesem Tag hat sich unser Hausmeister in Therapie begeben.« Er schnalzte vielsagend mit der Zunge. »Am spannendsten ist aber der Grund, den er für seine Therapie genannt hat.«

Liam stöhnte plötzlich auf und Sonya bemerkte, dass sie wie selbstverständlich den Alkohol über seine Wunden getröpfelt hatte.

»Autsch. Der Fusel riecht ja erbärmlich. Egal, zurück zum Thema. Hier in der Akte ist ein Zitat von Alan White vermerkt. Hör zu.« Er räusperte sich, bevor er mit ruhiger und unheilvoller Stimme zu lesen begann.

Seit den Aufständen ist alles anders. Die Tage sind kürzer und die Nächte länger. Ich kann nicht mehr schlafen, ich kann nichts mehr essen. Mein Kopf fühlt sich so leer an und plötzlich ist er wieder zum Bersten voll. Die Tage sind grau und alles in mir ist wie betäubt. Ich wünsche mir, ich wäre nicht dort reingegangen. All die Toten, ich habe sie gesehen. Ich habe ihre leeren Augen gesehen und ihre Blicke verfolgen mich in meinen Träumen. Seitdem höre ich Schritte, egal wo ich bin, und es fühlt sich an, als würde mich jemand verfolgen und beobachten.

Die Worte schwebten eine Weile unangetastet in der Luft, ehe Sonya das Schweigen brach.

»Klingt übel. Sind bei den Aufständen denn so viele Leute umgekommen?«

Liam schüttelte bereits den Kopf, noch bevor sie den Satz ganz ausgesprochen hatte. »Soweit ich weiß nicht. Und bisher wird auch niemand von den Patienten vermisst. Er muss also andere Tote meinen. Leider hat er kein Sterbenswort darüber verloren, wo er war und was das für Leichen gewesen sein sollen.«

Über ihnen flackerte das Licht der Glühbirne, wie es in dieser Nacht bereits öfter geschehen war, doch beachtete Sonya es kaum.

»Wenn das wahr ist, hat Widow Peak im wahrsten Sinne des Wortes tatsächlich ein paar Leichen im Keller. Aber leider bringt uns das gerade nicht viel weiter.«

»Was schlägst du vor?« Ein unüberhörbarer Enthusiasmus schwang in Liams Stimme mit.

Sonya warf einen letzten Blick auf das Ergebnis ihrer Wundversorgung, dann stemmte sie sich in die Höhe und wartete, bis Liam ihr direkt in die Augen sah.

»Ich will Elinas Spur weiter folgen. Du kannst mitkommen oder auch nicht. Zuletzt ist sie in Richtung der Festung gegangen und wollte dort irgendwas finden.«

Liams Gesicht legte sich in nachdenkliche Falten. »Dann sollten wir uns da auch mal umsehen. Reinkommen werden wir sicher nicht, aber hattest du nicht erwähnt, dass die Mahlzeiten immer vor dem Tor abgestellt und dann über Nacht geholt werden? Passiert das jede Nacht?«

»Ja, schätze schon. Wieso?«

Ein verschlagenes Lächeln breitete sich in Liams Gesicht aus und Sonya verstand.

»Heute noch? Bist du denn fit genug?« Zur Antwort stand er auf, umkreiste den Tisch und stellte sich an ihre Seite.

»Ich würde alles tun, um endlich von hier wegzukommen. Also, worauf warten wir?«

21.

»Ekelhaft«, stöhnte Liam und zog sich nun schon zum dritten Mal an diesem Abend eine zertretene Nacktschnecke von der Schuhsohle.

Im Schutz der Dunkelheit hatten sie sich aus dem Dorf gestohlen und waren in Richtung der Festung aufgebrochen. Mittlerweile bereute er ihre Entscheidung, nicht die befestigte Straße dorthin genommen zu haben, sondern den unauffälligeren Waldweg, der sie in immer weiteren Schleifen durch die finstere und von beängstigenden Geräuschen erfüllte Einöde führte. Um nicht zu viel bedrohliche Stille aufkommen zu lassen, hatten sie sich in der Zwischenzeit zu allen Geschehnissen des vergangenen Tages ausgetauscht.

Auf ihrem Weg waren sie auch an der Kapelle und am Leuchtturm vorbeigekommen, die beide dunkel und wie verlassen dagelegen hatten.

Seitdem tappten sie durch die Dunkelheit und selbst das Licht von Sonyas Taschenlampe konnte sie nicht davor bewahren, immer wieder zu stolpern.

Aus den Büschen und Bäumen bleckten Liam die hässlichsten Grimassen entgegen und er fragte sich, ob nur er so ein Feigling war, oder es Sonya klammheimlich genauso ging. Zumindest ließ sie sich davon nichts anmerken, andererseits hatte er schon längst verstanden, dass ihre harte Fassade nur ein unscheinbarer Teil von ihr war.

Um nichts in der Welt hätte Liam je gewettet, noch einmal in die Nähe der Festung zu gehen, und tatsächlich wurden seine Füße mit jedem zurückgelegten Meter schwerer.

Was hatte er sich dabei gedacht? Er hätte jetzt ebenso gut in der Hütte liegen und schlafen können, während er im Traum die Schafe zählte. Stattdessen stapfte er durch ein finsteres Nichts, zu dem Ort hin, den er nie wieder sehen wollte, niemals. Bedingfield hatte ihn als moralisch flexibel bezeichnet und ihm dämmerte allmählich, wie gut diese Bezeichnung wirklich zu ihm passte.

Grundsätze waren da, um gebrochen zu werden, solange der Einsatz stimmte. So hatte er es schon immer gehandhabt und zum Dank verfolgte ihn sein zweifelhafter Ruf wie eine pechschwarze Wolke, die nicht verschwinden wollte, egal wie oft er sein Leben auch umkrempelte. Vielleicht deshalb, weil er sich im Kern niemals änderte und immer wieder auf die gleichen faulen Tricks zurückgriff.

Doch es war der falsche Moment, um über Prinzipien nachzudenken. Für gewöhnlich war es immer der falsche Moment dafür, doch solange er knöcheltief im Morast steckte, glaubte er diese Ausrede sogar selbst.

Er war bereits einige Meter hinter Sonya zurückgefallen, die sich stoisch, aber zielsicher durch das Gestrüpp bewegte. Im Gegensatz zu ihr stakste er ungelenk herum, verlor das Gleichgewicht, während er nach Insekten schlug, oder tappte blind in irgendwelche Schlammlöcher. Selten hatte er den Unterschied zwischen Stadt- und Landkindern so deutlich bemerkt wie in diesem Moment.

Falls er hier jemals lebend rauskam, würden ihm ein paar Ausflüge in die Natur sicher guttun. Kaum hatte er diesen Gedanken gefasst, traf ihn ein zurückschnellender Ast mitten ins Gesicht.

Während Sonya schadenfreudig in sich hineinlachte, spuckte Liam etwas aus, von dem er hoffte, dass es nur ein Blatt war, und nahm alle seine guten Vorsätze augenblicklich zurück.

Die Natur war scheiße und das würde sie auch bleiben. Abgesehen von der schönen Kulisse versaute man sich nur die Schuhe, und Spieltische und Bartresen suchte man im Wald vergeblich. Zur Hölle mit allen Naturburschen, er würde keiner mehr werden. Vielleicht in einem anderen Leben, aber bis dahin zog er es vor, so viel staubige Stadtluft wie möglich einzuatmen.

Es dauerte nicht mehr lange, bis sich das Dickicht lichtete und sie den Rand einer mondbeschienenen Steilklippe erreichten. Im fahlen Mondlicht brandeten die Wellen an die Felsen und ihr Rauschen lag in der Luft wie ein nahendes Gewitter.

Liam spürte endlich frischen Wind in den Haaren und mit ihm auch die emporgewirbelte Gischt, die sich kalt und salzig auf jedem Zentimeter seiner Haut niederschlug.

Inmitten der Dunkelheit zeichneten sich die Umrisse einer Brücke ab, die sich über ein steil abfallendes Tal hinweg bis zur Witwenspitze spannte. Dort lag das Eingangstor zur Festung, und obwohl kein einziges Licht brannte und sie kaum zu sehen war, hätte Liam jede einzelne Zinne mit seinem Finger nachzeichnen können. Er trat näher, bis an den äußersten Rand der Klippe.

Als er den finsteren Koloss aus Ziegeln und Stein betrachtete, fühlte er sich wie eine Fliege, die hoch zum tiefschwarzen Maul einer Kröte blickte. Er hatte geglaubt, bereit zu sein, bereit, ihr wieder gegenüberzustehen, doch das Blubbern in seinem Magen lehrte ihn das Gegenteil.

Erst als er gegen Sonya prallte, bemerkte er, dass er einige Schritte zurückgewichen war. Plötzlich lag ihre Hand auf seiner Schulter und er konnte ihren fragenden Blick nicht länger ignorieren.

»Alles in Ordnung? Du siehst gar nicht gut aus.«

Obwohl ihm das Herz bis zum Hals schlug, erinnerte sich Liam daran, was sein Großvater ihm einmal beigebracht hatte: *Man muss nicht mutig sein, man muss nur die anderen glauben lassen, es wäre so.*

»Schon okay, war einfach ein harter Tag«, nuschelte er, während eine unsichtbare Kraft seinen Magen nach außen stülpte.

»Wie du meinst«, antwortete sie mit einer Stimme, die verriet, dass sie ihm kein Wort glaubte. »Vorsichtig jetzt.« Sie deutete in die Dunkelheit und als Liam ihrer Bewegung mit den Augen folgte, entdeckte er einen grauen Schemen am Fuß der Brücke. Was auf den ersten Blick wie ein quadratischer Felsen ausgesehen hatte, entpuppte sich als ein hüfthoher Transportbehälter. »Sieht aus, als wären wir noch rechtzeitig gekommen.« Gleichzeitig schob sie ihn ein Stück darauf zu. Ihre Botschaft dahinter machte sie mit einem Nicken in Richtung der Kiste deutlich.

Schau mal da rein, sagten ihre Bewegungen, ohne dass auch nur ein einziges Wort ihre Lippen verließ.

Während Sonya sich raschelnd in den nahen Büschen auf die Lauer legte, schob sich Liam widerwillig auf die Transportbox zu.

Dicht am Boden entlang schlich er bis zum Fuß der Brücke, hockte sich neben die Box und spürte, wie sein aufgestütztes Knie schmatzend im Morast einsank. Er rümpfte die Nase und öffnete die Transportbox. Im Inneren lagen sorgfältig aufeinandergestapelt sechzehn mit gekochten Nudeln gefüllte Packungen. Keine davon geöffnet oder anderweitig verändert. Für die Patienten, von denen Liam wusste, dass es stets um die fünfzehn bis zwanzig gewesen waren, mochte das ausreichen, doch falls es auch für die Wachen gedacht war, kam es ihm deutlich zu wenig vor.

Während er noch darüber nachdachte, was das bedeuten konnte, spürte er plötzlich eine kalte Hand nach seiner Schulter greifen.

Er schnellte herum und da hatte Sonya ihm bereits eine Hand auf den Mund gepresst und ihn in den nächsten Busch gezogen. Sie lagen zwischen den Sträuchern auf dem Boden, als Liam mit geweiteten Augen sah, wie gegenüber von ihnen eine finstere Gestalt aus dem Unterholz kroch.

Was auch immer sich da in der Dunkelheit regte, es sah aus wie ein Mensch, bewegte sich aber wie ein Tier.

Die Gestalt näherte sich auf allen vieren, erhob sich dann zu einer gebückten Haltung und schwankte die letzten Meter auf die Transportbox zu, ohne sie in ihrem Versteck zu bemerken.

Sonya reckte den Hals. »Erkennst du irgendwas?«, flüsterte sie so leise wie möglich, und doch reichte es aus, dass die Gestalt zusammenzuckte und suchend den Kopf in die Höhe warf.

Schlagartig hielt sich Sonya den Mund zu, als könnte sie die Worte damit wieder einfangen. Einige angespannte Sekunden vergingen, bevor die Gestalt ihren Kopf wieder senkte. Auch Liam versuchte, nun einen Blick auf das sonderbare Etwas zu erhaschen. Es wühlte und schnüffelte in der Box wie ein Tier, doch egal wie angestrengt Liam die Augen zusammenkniff, er sah nur einen schwarzen Schemen auf der Erde knien. Er konnte nicht einmal sagen, ob es ein Mann oder eine Frau war.

Über die grunzenden Geräusche hinweg war ein Rascheln zu hören, als die Gestalt eine der Packungen herausnahm. Dann sprang sie so plötzlich auf, als hätte sie etwas gewittert, und stürzte zurück in Richtung des Dickichts.

Als sie beinahe schon verschwunden war, brach Sonya aus den Büschen hervor.

»Hinterher!«, rief sie und zerrte Liam so hektisch mit sich, dass er die Nähte seines Ärmels reißen hörte.

Die Gestalt war bereits zwischen den Bäumen verschwunden, als seine Schritte über den von Pfützen übersäten Boden peitschten. Das Wasser spritzte Liam bis zu den Knien hoch, als er dem Schein von Sonyas Taschenlampe hinterherlief.

Ihm wurde schlecht, nicht nur weil der Lichtkegel so hektisch auf und ab hüpfte, sondern vor allem wegen des ekelerregenden Gestanks, der plötzlich in der Luft lag. Eine Mischung aus Schweiß, Exkrementen und etwas, das ihn an verrottendes Fleisch erinnerte.

Liam würgte, wollte aber nicht allein zurückbleiben, und so stolperte er weiter und brach krachend durch die Barriere aus Zweigen und Blättern. Beinahe verlor er das Gleichgewicht, konnte sich im letzten Moment aber an Sonyas Schulter festhalten.

»Wo ist er?«, zischte sie schwer atmend und ließ den Lichtkegel durch die Finsternis huschen.

Der Wald hieß sie mit niedrig hängenden Ästen und einem schwarzen Maul voll tückisch aus dem Boden ragender Felsbrocken willkommen. Selbst bei Tag musste es eine Zumutung sein, dieses Areal zu durchqueren, doch bei Nacht glich es einem verschlungenen Labyrinth, das jeden zu verschlucken drohte, der dumm genug war, sich hineinzuwagen.

Im Lichtstrahl von Sonyas Taschenlampe tauchte plötzlich eine gebeugte Gestalt auf, und obwohl Liam sie nur von der Seite sah, verkrampfte sich das Herz in seiner Brust. Unmöglich konnte ein Mensch so aussehen. Er wollte schreien, doch verschluckte er sich nur und sah hilfesuchend zu Sonya.

Auch ihr Blick wirkte wie versteinert. Aus weit aufgerissenen Augen und mit offenem Mund starrte sie die Gestalt an, die nur einen Wimpernschlag später in den Büschen verschwand.

Was auch immer sie da gesehen hatten, glich einer täuschend echten Horrormaske. Tief eingesunkene Augen in einem deformierten Kopf, der vom Scheitel bis zum Kinn mit getrocknetem Blut verklebt war.

Am liebsten hätte Liam es auf seine Fantasie oder die Nachwehen der Betäubungsmittel geschoben, doch auch Sonya hatte es gesehen.

Er wollte nicht weitergehen, ganz im Gegenteil, alles in ihm schrie danach, wegzulaufen und sich in ihrer Hütte einzusperren, doch ein winziger und offenbar lebensmüder Teil von ihm zwang ihn weiterzugehen.

Auch Sonya hatte sich aus ihrer Lähmung befreit und stapfte neben ihm her durch die Dunkelheit, die sie mit ihrem mickrigen Lichtstrahl kaum ankratzten.

Keiner von ihnen sagte ein Wort und es war auch nicht nötig, denn nur ein flüchtiger Blick in Sonyas grimmiges Gesicht bewies Liam, dass ihre Entschlossenheit noch lange nicht erschöpft war.

Dort, wo bis eben noch die furchtbare Gestalt gestanden hatte, waren nun deutliche Fußabdrücke in der Erde zu erkennen.

Es überraschte Liam, dass sie überhaupt so menschlich aussahen, beinahe schon harmlos, und sie passten nicht zu der Fratze, die ihnen entgegengeblickt hatte.

Er hielt den Atem an, als er mit beiden Händen in die Büsche eintauchte, in denen die grauenvolle Gestalt eben noch verschwunden war.

Auf der anderen Seite der Sträucher erwartete ihn ein Dickicht aus Bäumen, die so alt und knorrig aussahen, als wären sie tausende Jahre alt. Krumm und mit Moos bewachsen stellten sich die stummen Riesen in ihren Weg und schienen zeigen zu wollen, dass sie hier nicht willkommen waren.

Von der Gestalt war nichts mehr zu sehen, dafür umso deutlicher eine Bresche aus abgeknickten Ästen.

Was auch immer die Gestalt hier in den Wäldern trieb, sie musste sich auskennen, ansonsten könnte sie sich unmöglich so schnell durch das unwegsame Gelände bewegen. Von dieser Sicherheit konnte Liam nur träumen.

Hinter jedem Baum oder Felsen glaubte er, einen Schatten zu sehen, und jedes noch so kleine Rascheln ließ ihn herumfahren.

Sie waren noch nicht weit gekommen, als sich im trüben Licht ihrer Taschenlampe die Umrisse einer Ruine abzeichneten. Ziegel und grobe Steinquader türmten sich in halb verfallenen Mauern aufeinander oder lagen verstreut auf dem Boden herum.

Von den einst mehreren Gebäuden war abgesehen von ihrem Grundriss nur ein Skelett aus vereinzelten Säulen und Wänden übriggeblieben.

Kaum näherten sie sich den überwucherten Überresten, glaubte Liam das Geräusch schwerer Atemzüge zu hören. Ein Keuchen, das irgendwo aus dem Nichts kam, jedoch ganz nahe schien.

Etwas raschelte, dann hörte Liam den Schrei. Gellend und laut hallte das Echo von den Wipfeln und eine Schar aufgeschreckter Vögel flatterte davon. Es war Sonya, die da geschrien hatte, und plötzlich verschwand das Licht ihrer Lampe.

Liam fuhr herum, sah aber nichts als Schwärze.

»Sonya?«, rief er gegen die Mauer aus Dunkelheit, doch bekam er keine Antwort. Wieder raschelte etwas und Liam machte einen Satz zur Seite.

Seine Gedanken überschlugen sich. Er konnte nicht begreifen, was gerade passierte, doch er spürte, dass er nicht allein in der Dunkelheit war. Etwas regte sich dort, es atmete und keuchte. Plötzlich wurde ihm kalt und er begriff, dass er auf sich allein gestellt war.

Er tappte durch die Dunkelheit, mit nichts außer seinen Ohren zur Hilfe. Panik stieg in ihm auf, sie strömte ihm in heißen Wellen durch die Adern und brachte seinen Kopf zum Glühen.

Er wollte davonlaufen, alles hinter sich zurücklassen, so wie er es gewohnt war. Doch dann musste er an Sonya denken. Ihr seltenes, aber dafür umso schöneres Lächeln, ihr unerschütterlicher Stolz und Mut.

Sie wäre nicht der erste und auch nicht der letzte Mensch, den er im Stich lassen würde, doch etwas hielt ihn davon ab. Er konnte es einfach nicht und erkannte sich selbst für einen Moment nicht wieder. Nur eines stand fest: Er hatte nicht vor, diesen Wald ohne Sonya zu verlassen.

Obwohl er sich selbst dafür verfluchte, blieb Liam stehen. Seine Finger tasteten über das feuchte Moos auf den Baumstämmen und durch dornengespickte Büsche. Noch immer hörte er das Schnaufen und wusste, dass die Gestalt ganz nah sein musste. Irgendwo dort in der Dunkelheit saß sie, beobachtete ihn und wetzte womöglich ein Messer. Worauf wartete sie noch? Er hielt den Atem an, wich zurück und spürte, wie der Boden unter ihm nachgab.

Im letzten Moment schaffte er es noch, sich an einem Zweig festzuhalten, verlor aber das Gleichgewicht und stürzte zu Boden. Er landete erstaunlich weich in einem Haufen aus Blättern und aufgeschütteter Erde. Wie er da lag, berührten seine Hände den Rand einer Grube.

Er wagte es kaum, das Gesicht vom unheimlichen Schnaufen abzuwenden, robbte sich aber ein Stück voran und schielte in das knapp zwei Meter breite und ebenso tiefe Loch. Dort, zwischen Wurzeln und Erde, lag Sonya am Boden der Grube.

Sie rührte sich nicht und gab auch sonst kein Lebenszeichen von sich. Unter ihrem Körper war schwach der Schein ihrer Taschenlampe zu erahnen, gerade genug, dass Liam sie überhaupt in der Dunkelheit erkennen konnte.

Das unheimliche Keuchen kam währenddessen nicht näher, entfernte sich aber auch nicht. Es blieb irgendwo inmitten der Ruine stehen und Liam ahnte, dass zwei blutunterlaufene Augen ihn beobachteten.

Bei dem Gedanken zog sich seine Kehle zusammen, selbst das Schlucken fiel ihm schwer und doch wusste er keinen anderen Ausweg, als zu Sonya in die Grube zu klettern.

Gegen jede Vernunft und alles, wofür er selbst jemals gestanden hatte, kroch er über den Rand aus aufgeschütteter Erde.

Er betete dafür, dass die Gestalt nicht näherkam, keinen Deckel auf das Loch legte oder einen Felsen auf sie rollte. Jetzt, da er am Boden der Grube angekommen war, fielen ihm tausende Möglichkeiten ein, was hier mit ihnen passieren konnte.

Ihm brach der kalte Schweiß aus, als er mit der rechten Hand Sonyas Wange tätschelte und immer wieder nach oben spähte.

»Sonya? Hörst du mich?« Seine Stimme war kaum mehr als ein geflüstertes Hauchen. Keine Reaktion folgte. Irgendwo knirschte etwas ganz in der Nähe der Grube und Liam rüttelte diesmal fest an Sonyas Schulter.

»Wach auf! Komm schon, wach auf!« Zuerst flatterten nur ihre Augenlider, dann weiteten sie sich plötzlich vor Schreck. Sonya wich vor ihm zurück und drängte sich gegen die Wand der Grube. Ihr Gesicht war mit Erde beschmiert, kleine Steine klebten ihr noch an den Wangen oder hatten sich in ihre Haut gebohrt. Aus weit aufgerissenen Augen starrte sie Liam an, ihre Fäuste waren geballt.

»Ruhig! Ich bin's.« Er hob beschwichtigend die Hände, doch wollte der Schock nur langsam aus Sonyas Gliedern weichen. Sie seufzte, fasste sich an den Kopf und ließ dann ihre angespannten Schultern fallen.

»Ich ... bin gestürzt. Und dann war alles weg.« Ein Ausdruck tiefer Verwirrung war ihr ins Gesicht geschrieben und gern hätte Liam ihr die nötige Zeit gegeben, sich zu sammeln, doch diese Zeit fehlte ihnen.

Statt einer Antwort zog er sie auf die Beine und hob die Taschenlampe vom Boden auf. »Komm. Schnell raus hier, bevor ...«

Plötzlich krümmte sich eine Hand über den Rand der Grube und Liam schlug so hastig mit der Taschenlampe zu, dass er sich für einen kurzen Moment selbst damit blendete. Das Metall traf krachend auf die Fingerknöchel und ein erstickter Schrei hallte durch die Nacht.

Liam nutzte den Moment und zog sich an der gegenüberliegenden Seite der Grube empor. Kurz darauf kroch auch Sonya an die Oberfläche, ihr Gesicht war immer noch bleich, zeigte aber wieder den kämpferischen Gesichtsausdruck, den er von ihr kannte.

»Pass auf, die Gestalt könnte ...«, weiter kam er nicht, als Sonya ihm bereits die Taschenlampe aus der Hand zog und ihren Schein dorthin richtete, wo eben noch die Hand gewesen war.

Im blendenden Licht sahen sie, dass die Gestalt bis zu den Ruinen gekrochen und dort zwischen den Trümmerstücken zusammengebrochen war.

Sie wechselten einen ratlosen Blick miteinander, bevor sie sich dem Körper vorsichtig näherten.

»Gott im Himmel!«, stöhnte Liam, als er die Gestalt aus der Nähe sah. Es handelte sich um einen Mann mittleren Alters, dessen Gesicht hinter einem verfilzten Busch aus zotteligen Haaren verschwand. Die ehemals blonden Locken waren so verdreckt, dass man ihre ursprüngliche Farbe allenfalls erahnen konnte.

Nahezu jedes Stück sichtbare Haut war mit Schlamm und verkrustetem Blut bedeckt, wodurch sie beinahe schwarz aussah.

Am deutlichsten fiel jedoch ins Auge, was mit dem Kopf geschehen war. Vom Scheitel bis zur Augenbraue zog sich eine lange klaffende Wunde, die so tief war, dass man sie eher schon als Kerbe bezeichnen musste. An ihren Rändern hingen noch vereinzelte Hautfetzen, die eine graubraune Farbe zeigten. Selbst im dämmrigen Licht und als medizinischer Laie konnte Liam sehen, wie verheerend die Infektion bereits in dem offenen Fleisch wütete.

Liam schnappte nach Luft und wünschte sich kurz darauf, er hätte es nicht getan. Der Mann stank erbärmlich nach Fäkalien und verrottetem Fleisch, und Liam fragt sich, ob der Geruch aus seinem Mund oder von seinem Kopf stammte.

Solange er noch um Fassung rang, hatte sich Sonya bereits neben den Mann hingekniet. Sie betrachtete ihn, ohne Liam an ihren Gedanken teilhaben zu lassen. Auch er konnte seinen Blick nicht von der Gestalt abwenden.

Völlig entkräftet lag der Fremde da, sein Brustkorb hob und senkte sich, während sein Atem immer flacher wurde. Und da erkannte Liam ihn plötzlich.

»Das ist Oliver Preston«, entfuhr es ihm aufgeregt. Von dem verschwundenen Wachmann war nur ein ausgezehrtes Wrack übriggeblieben, das nicht mehr viel mit den Bildern aus dem Dossier gemeinsam hatte.

Als er seinen Namen hörte, blickte Preston kurz auf, bevor sich seine glasigen Augen wieder vor Erschöpfung senkten.

Sonya hatte sich in der Zwischenzeit bereits daran gemacht, ihn zu untersuchen, und mit jeder verstreichenden Sekunde verdüsterte sich der Ausdruck in ihrem Gesicht zunehmend.

»Kannst du was für ihn tun?«, fragte Liam und kam sich bei diesen Worten ungewohnt nutzlos vor.

Eingeleitet von einem langen Seufzen schüttelte Sonya den Kopf. »Es ist ein Wunder, dass er überhaupt noch lebt, geschweige denn sich auf den Beinen halten konnte. Selbst wenn wir ihn sofort ins beste Krankenhaus der ganzen Region bringen, hat er kaum noch eine Chance.« Ihr Zeigefinger mit dem abgebrochenen Fingernagel schwebte über der Kopfwunde. »Die Infektion ist zu weit fortgeschritten und eine Blutvergiftung hat er auch.«

Liam musste schlucken. Je länger er in die klaffende und von Eiter verklebte Wunde starrte, desto mehr stieg ihm der Magen in Richtung Kehle.

»Was machen wir jetzt mit ihm?«

»Wir stellen ihm Fragen, solange er noch bei Bewusstsein ist«, entgegnete Sonya. »Und so viel kann ich dir sagen, ein Unfall war es nicht. Ich habe so was Ähnliches schon mal gesehen. Die Wunde muss von einem scharfen, aber auch schweren Gegenstand stammen, könnte ein Beil gewesen sein. Vermutlich hat Preston auch eine Schädelfraktur, aber das lässt sich ohne Geräte nicht mit Sicherheit sagen.«

Der Wachmann stöhnte auf, als Sonya ihn vorsichtig am Arm berührte.

»Nicht! Nicht ... anfassen.« Seine Stimme war kaum mehr als ein Flüstern.

»Wir wollen Ihnen nur helfen.«

»Nicht ... helfen«, ächzte er und es machte den Anschein, als ob ihn jedes einzelne Wort unendliche Kraft kostete. Sein rechtes Auge begann unkontrolliert zu zucken und Speichel lief ihm am Mundwinkel herab. Sonya sah ihn weiterhin wie gebannt an.

»Mr. Preston, wer hat Ihnen das angetan?«

»Maskierter ...« stöhnte er quälend langsam, wobei er sich unter Schmerzen am Boden krümmte.

Wäre auch zu schön gewesen, dachte sich Liam, während ihm schon die nächste Frage auf der Zunge lag.

»Sagen Sie ... Wie lange sind Sie schon hier draußen?«

Der Wachmann antwortet nicht, sondern verrollte nur hechelnd die Augen.

Aus dem Augenwinkel bemerkte Liam, wie Sonya tadelnd zu ihm aufschaute.

»Als ob er uns das sagen könnte. Bestimmt weiß er nicht einmal, was für ein Tag heute ist. Lass mich das machen.« Sie räusperte sich und sprach danach mit einer weichen einfühlsamen Stimme, die Liam ihr überhaupt nicht zugetraut hätte.

»Mister Preston, hören Sie mich? Wir werden Ihnen helfen, so gut wir können, aber dafür ist es wichtig, dass

Sie mit uns reden. Also, haben Sie hier in der Nähe eine Frau namens Dr. Elina Alvarez gesehen? Sie ist meine Schwester und ich muss sie finden. Kennen Sie die Frau?«

Ein Zucken fuhr durch das schlaffe Gesicht.

»Elina ...« Er sprach den Namen beinahe liebevoll aus. »Gesehen ... hier.« Ein schleimiger Husten beutelte ihn und zähe Speichelfäden ergossen sich über seine Brust.

Liam konnte nicht anders, als die Nase zu rümpfen, doch Sonya blieb ruhig neben dem Mann sitzen.

»Wo? Wo haben Sie Elina gesehen und was hat sie hier gemacht?«

»Rein ... in die Festung.« Auf seine Worte folgte ein langes Röcheln, das so klang, als wäre es sein letzter Atemzug.

Zusammen mit den Worten machte sich eine namenlose Kälte in Liams Knochen breit. Wer um alles in der Welt wollte schon freiwillig in die Festung gehen? Ihre undurchdringlichen Mauern bescherten ihm noch heute Albträume. Doch die eigentliche Frage war: Was hatte Elina dort drin verloren? War ihr Wille, die Wahrheit herauszufinden, tatsächlich so stark gewesen oder hatte sie an diesem Punkt schon längst keine andere Wahl mehr gehabt?

Was auch immer die Antwort sein mochte, sie hatte eine fatale Entscheidung getroffen und Liam überkam ein tiefes Bedauern. Wer einmal in der Festung gewesen war, kam nicht mehr als der gleiche Mensch zurück. Sonya konnte es nicht wissen, aber er schon. Er wusste es ganz genau.

Sie schwiegen gemeinsam und Liam konnte sehen, wie es hinter Sonyas Stirn arbeitete.

»Was wollte sie in der Festung?«, fragte sie mit vor Aufregung zitternder Stimme. Es folgte keine Antwort. Im Takt der schweren Atemzüge sank Preston immer tiefer in sich zusammen.

Diesmal war es Liam, der die nächste Frage stellte.

»Wie ist sie da reingekommen? Mister Preston? Hören Sie mich?« Wieder folgte nur das heisere Geräusch seiner Atemzüge und als sie schon mit keiner Antwort mehr rechneten, quälte sich ein kaum verständlicher Satz über seine Lippen.

»Oscar. Der Alte ... er ... weiß es.«

»Oscar Holm?«, entfuhr es Liam, was ihm einen fragenden Blick von Sonya einbrachte. »Ein ehemaliger Mörder, der angeblich zahm geworden ist wie ein Lämmchen. Es heißt, er ist der einzige Mann, der es jemals ohne Hilfe geschafft hat, aus der Festung zu entkommen. Niemand weiß, wie er das angestellt hat. Seitdem er seine Strafe abgesessen hat, lebt er im Dorf.«

Die Überraschung in Sonyas Gesicht vertiefte sich umso mehr, wobei sie fragend eine ihrer Augenbrauen hob.

Hastig biss sich Liam auf die Zunge. Er hatte sich viel zu weit vorgewagt. Höchste Zeit, wieder den Rückwärtsgang einzulegen.

»Habe ich aufgeschnappt.« Auch diesmal betrachtete ihn Sonya auf diese ganz besondere Weise, die nahelegte, dass sie schon längst etwas witterte. Der Moment verstrich, ohne dass einer von ihnen etwas darauf sagte.

Als sie sich wieder zu Oliver Preston umdrehten, lag er reglos auf dem Boden. Seine halb geöffneten Augen glotzten leblos ins Nichts.

22.

Im Takt der dumpfen Spatenstiche füllte sich die Grube allmählich mit Erde und Oliver Prestons Körper verschwand vor ihren Augen im Waldboden.

Es war eine mühselige Arbeit und Sonya rann der Schweiß übers Gesicht. Zwar hatte Liam ihr angeboten, sich mit ihr abzuwechseln, doch sie brauchte die Anstrengung, um ihre Gedanken zu sortieren.

In der Ruine hatten sie Oliver Prestons letzten Besitz gefunden. Eine Reisetasche voll schmutziger Wäsche, ein Schlafsack und eine Schaufel. Nichts von Wert oder Nutzen, geschweige denn etwas, das sie in den Ermittlungen weiterbrachte. Insgeheim hatte Sonya darauf gehofft, eine verborgene Nachricht zu finden, oder vielleicht ein weiteres Libellensymbol von Elina, doch da hatte sie sich wohl zu große Hoffnungen gemacht.

Oliver Preston war allein und einsam gestorben, ohne etwas zurückzulassen. Immerhin konnten sie daraus ableiten, dass er hastig und ohne viel Vorbereitungszeit fliehen musste und dass sein Verfolger ihn zwar beinahe umgebracht, danach aber nicht mehr gefunden hatte.

Zusammen mit seinen sterblichen Überresten nahm der Wachmann nun auch sein Geheimnis mit ins Grab. Nicht zum ersten Mal fragte sich Sonya, wo der Zusammenhang zwischen Alan White, Oliver Preston und Elina bestand. Alle drei verschwunden und doch zeichnete sich noch nicht ab, warum. Sie hatten etwas gewusst oder in Erfahrung gebracht, etwas, das es wert war, sie zu töten. Aber warum ausgerechnet diese drei? War es Zufall oder gab es da eine Verbindung, die sich ihnen noch nicht erschlossen hatte?

Ein letzter Schwung Erde landete auf dem frischen Grab, bevor Sonya die Schaufel ins Gras fallen ließ und ihr Werk betrachtete.

Ihr wollte nicht aus dem Kopf gehen, wie gequält der Wachmann im Moment seines Todes ausgesehen hatte. Zwar hatte sie dem Tod schon öfter ins Gesicht sehen müssen, als ihr lieb war, doch auch eine Ärztin schmerzte es noch, wenn sie einen Patienten verlor, selbst wenn man nichts mehr für ihn tun konnte.

Der kreisrunde Schein der Taschenlampe sah inmitten der verschlingenden Dunkelheit aus wie das Scheinwerferlicht auf einer Bühne und es zeigte eindrucksvoll, was einem passieren konnte, wenn man die Regeln von Widow Peak nicht beachtete. Man endete verscharrt in einem Loch, gerade tief genug, damit die Tiere einen nicht erreichten.

»Da liegt es, unser zweites Mordopfer.«

»Und der zweite von drei Vermissten«, ergänzte Liam. Er warf Sonya ein schwaches Lächeln zu und sie wusste nicht, ob er damit sich selbst oder sie trösten wollte. Und wie gern hätte sie diesen Trost jetzt genossen, doch sie konnte es nicht. Irgendetwas sperrte sich in ihr dagegen, wie immer, wenn sie etwas so dicht an sie heranließ, dass es sie verletzen konnte.

»Aber es wird keine weiteren geben«, sprudelte es mit einer Leidenschaft aus Sonya heraus, als könnte sie allein mit der Kraft ihrer Worte jedes zukünftige Unheil abwenden. Natürlich hatte sie auch schon darüber nachgedacht, dass Elina womöglich längst etwas Ähnliches zugestoßen war, doch sie wollte diesem Verdacht keinen Raum geben, in der Angst, er könnte sie sonst verschlingen.

Plötzlich stand Liam dicht neben ihr und sie fragte sich, ob er ihr die innere Unruhe wohl angesehen hatte.

»Noch ein letztes Gebet für unseren Toten?«, fragte er mit Blick auf das Grab.

»Gebete sind was für Leute, die an das Gute im Menschen glauben. Ich passe.«

»Amen.«

Eine Weile war nur das Geräusch ihres Atems zu hören, bis Liam sich mit nachdenklicher Miene gegen den nächstbesten Baum lehnte.

»Wir haben unsere Pflicht getan. Irgendwie müssen wir jetzt weitermachen. Also, was haben wir hier herausgefunden?« Seine Frage zerrte Sonya aus ihren Tagträumen und diesmal war sie sogar dankbar dafür.

»An der Erkenntnis hat sich nicht viel geändert. Es gibt einfach zu viele Geheimnisse auf der verdammten Insel und ich bekomme langsam das Gefühl, dass sie uns überrollen. Die Zeit läuft uns davon.«

»Leider. Also sollten wir nochmal tief durchatmen und uns auf das Wesentliche konzentrieren.«

Obwohl seine Aussage nicht wörtlich gemeint war, folgte Sonya seinem Vorschlag und nahm einen tiefen Atemzug. Die Luft war kalt und roch würzig nach gefallenem Laub und feuchtem Moos.

»Lass mich nachdenken. Unser Opfer hat sich an den Vorräten bedient, die vor der Festung abgestellt waren. Sah nicht so aus, als hätte er das zum ersten Mal gemacht. Offenbar ist es aber noch niemandem aufgefallen, dass immer eine Ration fehlt.«

»Oder es ist ihnen aufgefallen und deshalb hatte Preston ein Loch in seinem Schädel«, entgegnete Liam, wobei er die letzten Worte mit einer hackenden Geste seiner Hand untermalte.

»Schon möglich. Er hat sich da draußen versteckt, so viel ist sicher. Ich denke mal, die Grube geht ebenfalls auf seine Rechnung und er hat sie ausgehoben, bevor er so schwer verletzt wurde. Wir sollten vorsichtig sein, wer weiß, wie viele Fallen er noch aufgestellt hat.«

»Genützt hat es ihm offensichtlich nichts«, stellte Liam fest und warf der Grabstelle einen entschuldigenden Blick zu. »Und wir wissen immer noch nicht, vor wem er sich überhaupt versteckt hat und warum. Klar, Dr. Cole hat irgendwas damit zu tun, aber das ist mir noch zu dünn. Irgendwie hängt alles mit der Festung zusammen. Ich weiß nicht, was da vor sich geht, aber wir müssen unbedingt mehr herausfinden.«

Der Auftrag, der vermeintlich simpel begonnen hatte, lag nun wie ein scheinbar unlösbarer Knoten vor ihnen. Sie hatten schon das ein oder andere Ende des Fadens aufgehoben, doch wie sie miteinander verstrickt waren und wohin sie führten, das wusste gerade nur der Mörder.

»Aber nicht mehr heute. Mir tun schon die Knochen weh und ich lege mich nicht nochmal auf die Lauer vor der Festung. Das muss bis morgen warten. Immerhin stehen wir nicht mehr am Anfang«, pflichtete Sonya ihm bei, ohne es direkt auszusprechen. »Wir haben auch noch zwei andere heiße Spuren: Dr. Coles geheimen Treffpunkt, auch wenn wir noch nicht genau wissen, wo das ist, und diesen Oscar, der uns hoffentlich sagen kann, wie wir in die Festung reinkommen. Ich mache mir da aber keine großen Hoffnungen.«

»Hat das einen Grund?«

»Ich mache nichts ohne Grund. Heute während Dr. Coles Rede bin ich mit ein paar Patienten ins Gespräch gekommen. Einer davon müsste dieser Oscar gewesen sein. Er war senil und völlig neben der Spur, aber er konnte sich immerhin an Elinas Namen erinnern.«

Im schwachen Mondlicht glaubte Sonya, mehr als nur Skepsis in Liams Gesicht gesehen zu haben. Da war auch noch etwas anderes, das sie nicht deuten konnte. Beinahe sah es aus wie Erleichterung, doch was sollte ihn daran erleichtern, dass dieser Oscar nicht mehr richtig bei Verstand war?

»Klingt nicht nach dem Jackpot«, sagte er schließlich und der Gesichtsausdruck war wie weggefegt. »Anschauen sollten wir uns das Ganze trotzdem. Bevor wir morgen Mittag unserem lieben Dr. Cole zu seinem geheimen Treffpunkt folgen, haben wir noch genug Zeit, dem alten Oscar einen Besuch abzustatten.«

Sie nickten sich gegenseitig zu. Für Sonya war somit alles gesagt, doch als sie sich zum Gehen wandte, stellte Liam sich mit einer beiläufigen Bewegung in ihren Weg.

»Was ich dich schon die ganze Zeit fragen wollte: Wenn das hier vorbei ist und du deine Schwester gefunden hast, was wirst du danach machen?«

Zuerst dachte Sonya darüber nach, ob sie überhaupt auf die Frage antworten sollte, gab sich dann jedoch einen Ruck.

»Ich fange ein neues Leben an. Oder besser gesagt – ich hole mir mein altes wieder zurück. Das hier ist mein letzter Job für Varga. So war die Abmachung.«

Liams Mundwinkel zuckten, doch konnte er nichts gegen das hämische Grinsen ausrichten, das sich soeben in seinem Gesicht ausbreitete. »Und du glaubst ihm das?«

Sonya konnte spüren, wie ihre Ohren heiß wurden. Sie horchte in sich hinein, wusste aber nicht, ob es an der Wut in ihrem Bauch lag oder der Scham darüber, dass sie wie ein naives Kind geklungen hatte.

»Varga ist ein riesiges Arschloch, aber bisher hat er immer zu seinem Wort gestanden.«

»Hoffentlich hast du Recht.« Als Liam sich ihr zudrehte, wusste sie schon, was er gleich fragen würde.

»Warum arbeitest du überhaupt für ihn? Ich meine, du bist Ärztin oder warst es zumindest mal.«

»Ich bin es auch jetzt noch«, fauchte sie und verfluchte sich dafür, nicht einfach die Klappe halten zu können. Ihr Innerstes sträubte sich dagegen, noch mehr zu sagen, und doch konnte sie seine Worte nicht unbeantwortet stehenlassen. »Meine Zulassung ist noch gültig, auch wenn ich gerade nicht praktiziere. Aber was geht dich das an? Erinnere mich ruhig daran, wie man sein Leben vermasselt. Da spricht sicher der Richtige.«

Liam sah sie mit einem leidgeprüften Blick an, kurz schien er gekränkt zu sein, ließ aber nicht locker, bis sie ihm direkt in die Augen sah.

»Jetzt mal im Ernst. Warum, Sonya? Wenn wir jetzt schon zu zweit durch die Hölle gehen, dann will ich wenigstens wissen, warum du mir eine Pistole an den Kopf drücken musst, falls wir scheitern.«

Schlagartig erhöhte sich Sonyas Puls. Sie sollte gehen, ihn einfach mit seinen dämlichen Fragen neben dem Grab stehen lassen, doch ihre Füße bewegten sich kein Stück.

»Hör auf. Das ist weder eine Geschichte, die ich erzählen will, noch eine, die sich zum Anhören lohnt.«

»Unsinn!«, fiel ihr Liam ins Wort. »Das hat man auch schon von einigen der heute größten Theaterstücke behauptet. Also, ich höre?«

»Das hier ...«, Sonya machte eine ausschweifende Geste und richtete ihre Hände schließlich auf sich selbst, »ist aber keine Bühne! Das ist mein Leben und ich habe es gehörig versaut.«

Liams Stimme wurde auf einmal sehr ruhig und leise. »Davon kann ich dir ein Lied singen. Wenn ich Vargas Geld in den kommenden Wochen nicht auftreibe, kann ich mich gleich neben Oliver Preston in dieses Loch hier legen.« Seine Worte berührten einen wunden Punkt in Sonyas Innerem, von dem sie nicht geglaubt hatte, dass er dort lag.

»Hör mal. Ich will dich nicht erschießen, Liam. Aber wenn es wirklich so weit kommt, werde ich es tun müssen.«

Er nickte ernst. In seinem Gesichtsausdruck lag keine Trauer, auch kein Vorwurf, sondern nur eine innige Bitte. »Ich weiß. Und deshalb habe ich es verdient zu wissen, warum.«

Eine Weile rang Sonya noch mit sich selbst, doch fühlte es sich längst an, als wäre ihr die Entscheidung aus den Händen genommen worden. Sie verschränkte die Arme, seufzte und durchbrach ein Schweigen, das sie nie vorgehabt hatte zu brechen.

»Ich war ein Mädchen vom Land mit einem großen Traum. Ich wollte Ärztin werden, aber wie es so mit großen Träumen ist, braucht man eben Geld dafür«, erklärte sie mit leiser und schwergängiger Stimme. Die Worte trauten sich noch nicht so recht aus ihr heraus und sie musste jedes davon erzwingen. »Damals habe ich in einem Stripclub gearbeitet.«

Liams Augenbrauen wanderten neugierig in die Höhe, während er sie von oben bis unten musterte, und Sonya hätte ihn am liebsten geohrfeigt.

»Nicht so, wie du glaubst, du Schwein. Hinter der Bar. Und in solchen Schuppen lernt man über die Jahre auch einige Gestalten aus dem Milieu kennen, unter anderem den Besitzer des Ladens, Enrico Varga.« Sie machte eine Pause, um zu sehen, ob Liam ihr noch folgen konnte. Er sagte nichts, wedelte aber auffordernd mit seiner Hand.

»Wie es weitergeht, kannst du dir ja denken. Er wusste, was ich studiere und dass mir das Geld hinten und vorne nicht reicht, und hat mir angeboten, mir ein bisschen was dazu zu verdienen.«

»Und was musstest du dafür tun?«, fragte Liam sogleich nach.

»Das waren harmlose Sachen, zumindest wenn man es nicht hinterfragt hat. Varga hat mir immer wieder Leute vorbeigeschickt, die ich behandeln sollte. Nichts

Aufregendes, meistens Platzwunden, ausgekugelte Schultern oder Schnittwunden. Eben Dinge, die in einem Krankenhaus unnötige Fragen nach sich ziehen. Ich hatte kein schlechtes Gewissen, immerhin habe ich Menschen geholfen, so zweifelhaft sie auch waren. Das Extrageld hat mir gut durchs Studium geholfen und nachdem alles so reibungslos über die Bühne ging, habe ich auch nach dem Studium weitergemacht, während ich in der Klinik als vollwertige Ärztin gearbeitet habe.« Bei jedem Wort, das ihren Mund verließ, fühlte sich Sonya ein Stück kleiner. »Ich war ein gieriges Miststück.«

Liam sog scharf die Luft ein. Er legte eine Hand auf ihre Schulter und Sonya ließ ihn gewähren.

»Sei nicht so hart zu dir selbst. Ich hätte es an deiner Stelle nicht anders gemacht.« Sie schenkte ihm ein bitteres Lächeln.

»Tja, du bist ja auch ein gieriger Mistkerl. Aber das ist noch längst nicht der wahre Grund, also hör zu. Jahre später wurde mir die Sache zu heiß und ich wollte aussteigen, aber Varga sah das anders. Er hat mich unter Druck gesetzt, weiter für ihn zu arbeiten. Wäre das alles ans Licht gekommen, hätte es mich die Zulassung gekostet. Und dann habe ich einen großen Fehler gemacht.« Ihr Blick driftete ab, als sie die Vergangenheit bildlich vor Augen sah. »Ich war aufgebracht und verzweifelt und wusste nicht wohin mit meinen Gefühlen. Ich musste mit jemandem darüber sprechen und habe Elina eingeweiht.« Kaum hatte sie das gesagt, biss sie sich auf die Lippe. Es schmerzte und der Geschmack von Blut sickerte ihr in den Mund. Wie sehr sie sich immer noch dafür hasste.

»Und dann?« Liams Stimme klang, als würde sie aus einem anderen Raum zu ihr dringen.

»Dann hat meine Schwester das gemacht, was sie für richtig hielt. Sie wollte ihn für seine krummen Geschäfte bei der Polizei hinhängen, natürlich ohne zu erwähnen, dass ich für Varga gearbeitet habe. Ich wusste nichts davon. Sie wollte mir einen Gefallen tun, hatte aber keine Ahnung, was sie damit anrichtet. Es kam, wie es kommen musste.« Sie unterbrach sich selbst, um die angestaute Luft aus ihren Lungen entweichen zu lassen.

In der Zwischenzeit hatte Liam es nicht gewagt, etwas zu erwidern. Schweigend stand er da und saugte jedes ihrer Worte auf.

»Wenig später kam der Mordanschlag. Sie haben versucht, Elina in ihrem Haus umzubringen, und ich danke allen Göttern dafür, dass ich gerade bei ihr war.«

»Was hast du getan?«, entfuhr es Liam, der es nicht einmal wagte zu blinzeln.

»Es ging alles so schnell. Vielleicht war es sogar Absicht, dass sie Elina vor meinen Augen töten wollten. Als Abschreckung, du verstehst? Aber es kam anders. Der Killer wollte mich zur Seite drängen, er hat mich gar nicht ernst genommen. Und dann ...« Sie formte mit ihren Fingern eine Pistole und richtete sie auf

Liam. »Dann habe ich meine Waffe gezogen und ihm ins Gesicht geschossen.«

Ihre Worte schwebten unheilvoll in der Luft. Liam verschluckte sich, unterdrückte den Hustenreiz jedoch mit aller Kraft.

»Und auch wenn du bestimmt was anderes gedacht hast, das war der erste und bisher auch einzige Mensch, den ich auf dem Gewissen habe. Ich bereue es, aber ich weiß auch nicht, was ich sonst hätte tun sollen. Das war eine riesige Sauerei. Blut an den Wänden, Blut in meinem Gesicht. Elina hat geschrien wie am Spieß. Ich weiß noch, ich stand völlig neben mir. Ich habe sie getröstet und bin dann wie eine Wahnsinnige losgelaufen.«

»Und wohin?«, fragte Liam, doch sein Ton verriet, dass er die Lösung eigentlich schon wusste.

»Ich bin in Vargas Büro gestürmt, immer noch voll mit Blut. Keiner hat mich aufgehalten, sie kannten mich ja. Dann habe ich ihn angebrüllt und ihm meine Pistole unter die Nase gehalten. Oh ja, ich habe ihm eine Heidenangst eingejagt. Und mir selbst auch. Wer auch immer da zu ihm ins Büro gestürmt ist, das war nicht ich. Es war fleischgewordenes Adrenalin, Angst und Hass. Wenn ich abgedrückt hätte, wäre ich von seinen Leuten zerrissen worden und Elina auch. Zur Polizei zu gehen, war genauso undenkbar, sonst wäre meine ganze Arbeit für Varga aufgeflogen und ich hätte meine Zulassung als Ärztin verloren. Ich wusste, es gibt keinen Ausweg mehr, ich war in der Falle. Um unseren

Hals aus der Schlinge zu ziehen und die Situation nicht noch weiter eskalieren zu lassen, habe ich Varga einen Vorschlag gemacht.« Die folgenden Worte sprach sie aus wie eine Niederlage. Und nichts anderes war es für sie. »Ich habe ihm gegeben, was er wollte, und angeboten, wieder für ihn zu arbeiten. Im Austausch gegen Elinas Sicherheit. Er hat zugestimmt und trotzdem war nichts wie vorher.«

Ein einzelner Regentropfen fiel ihr ins Gesicht und sickerte in einer kalten Spur an ihr herab.

»Elina ist nach Widow Peak gegangen, um Abstand von der ganzen Sache zu gewinnen, und ich musste ab sofort Dinge für Varga tun, die er früher nie von mir verlangt hat. Plötzlich wollte er Medikamente haben und hat Leichen angeschleppt, die ich entweder zerstückeln oder in Säure auflösen sollte.« Ihr versagte beinahe die Stimme. »Ich habe all das getan und spätestens seit ich seinen Killer erschossen habe, wusste er, dass noch viel mehr in mir steckt und hat mich als seine Allzweckwaffe für die Drecksarbeit benutzt. Dafür hat er eigentlich viel bessere Leute, Leute, denen es nichts ausmacht. Aber mir macht es etwas aus und ich denke, er genießt es, mich damit zu erniedrigen.«

Sie verbeugte sich und musste dabei selbst lachen, es war ein verbittertes Lachen ohne jede Freude. »Und das ist die Geschichte, wie aus einer Ärztin eine Geldeintreiberin wurde. Ich hoffe, du bist jetzt glücklich. Ich bin es nämlich nicht.«

Liam starrte sie ausdruckslos an. Er brachte es kaum fertig, einen Laut aus seiner Kehle zu bringen und benötigte mehrere Anläufe, bis es ihm schließlich gelang.

»Erinnere mich bitte daran, dass ich mich niemals mit dir anlege«, murmelte er kleinlaut.

Während Sonya noch darüber nachdachte, wie sie das peinliche Schweigen überbrücken sollte, hörte sie ein Rascheln im Wald. Es war nicht die Sorte Rascheln, wie man es von Tieren kannte. Sondern ein ganz anderer Laut.

Schritte näherten sich.

23.

Während Liam noch damit beschäftigt war, Sonyas Worte zu verdauen, hörte er einen knackenden Laut aus dem Wald dringen. Was er zunächst für den Wind oder ein Tier gehalten hatte, entpuppte sich plötzlich als das Geräusch von Schritten. Jemand näherte sich, nicht schnell, aber eindeutig zielgerichtet.

Ein kalter Schauer lief ihm über den Rücken. Irgendwo im Dickicht bewegte sich jemand und er hatte sie schon fast erreicht. Zum Weglaufen war es zu spät, genauso wie zum Löschen des Lichts.

In diesem Moment teilten sich die Äste und eine vernarbte Hand schoss daraus hervor. Liam wich ihr aus und prallte mit dem Fremden zusammen, der plötzlich aus dem Gebüsch hervorbrach. Sie stürzten beide zu Boden und blieben in einem Knäuel aus Armen und Beinen vor Sonyas Füßen liegen.

»Hol euch der Teufel!«, zeterte eine Stimme, die Liam noch nie zuvor gehört hatte. Er saß rittlings auf einem Mann in einer schwarzen Kutte und begriff, dass es sich bei ihm um Pater Francis handeln musste.

»So sieht man sich wieder«, meldete sich Sonya mit verschränkten Armen zu Wort. Ihre Stimme hatte einen schneidenden Ton angenommen, der wenig Spielraum für unüberlegte Antworten ließ. »Was wollen Sie hier?«

»Das könnte ich Sie auch fragen«, erwiderte Pater Francis mit vor Wut zitternder Stimme. Er versuchte, sich unter Liam herauszuwinden, und obwohl er ihm körperlich überlegen war, wollte es ihm nicht gelingen. »Ihr schleicht hier in der Dunkelheit herum wie Diebe. Als ihr am Kloster vorbeigekommen seid, habe ich euer Licht im Wald gesehen und ...« Er spähte zwischen Sonyas Beinen hindurch und schnappte hörbar nach Luft. »Ihr unheiligen Bastarde! Was habt ihr getan?« Er deutete auf das frisch geschaufelte Grab.

»Nichts«, erwiderte Sonya rasch und zog die Hacken zusammen.

»Wen habt ihr umgebracht?«, schleuderte Pater Francis ihr seine nächste Frage ins Gesicht. »Und jetzt runter von mir!« Sein Körper bäumte sich mit erstaunlicher Kraft auf und Liam taumelte zur Seite, konnte seinen Sturz jedoch am nächsten Baum abfangen.

Als er sich hastig umdrehte, begegnete er dem vor Abscheu triefenden Blick des Paters.

»Und Sie ...« Sein Kopf fuhr so schnell zu Sonya herum, dass einige Wirbel knackten. »Habe ich zuletzt in meinem Keller gesehen. Wo Sie auch hingehören. Wie sind Sie da rausgekommen?«

Sonya machte einen Schritt auf ihn zu und blickte ihm herausfordernd in die Augen. »Genauso wie meine Schwester auch.«

Liam schluckte. Es lag eine Elektrizität in der Luft, die sich jede Sekunde zu entladen drohte. Vorsorglich machte er sich einige Schritte davon und hob die Schaufel vom Boden auf.

»Ihre Schwester?«, hauchte Pater Francis. Sein Gesicht wurde bleich und die bis eben noch zornig gerunzelte Stirn lichtete sich vor Überraschung. »Elina Alvarez ist Ihre Schwester?«

Statt einer Antwort sah Liam, wie Sonya ihn herbeiwinkte.

»Liam, gib mir die Schaufel. Ich will wissen, warum er Elina das angetan hat, und zur Not prügle ich die Antwort aus ihm heraus.« Noch bevor Liam reagieren konnte, hatte Sonya ihm bereits die Schaufel abgenommen. Was in seiner eigenen Hand wie ein harmloses Werkzeug aussah, wirkte unter Sonyas Kontrolle wie eine brutale Waffe.

»Ihr Narren!«, blaffte Pater Francis mit geballter Faust. »Ihr seht nur, was ihr sehen wollt. Genau so, wie ich mich in dir getäuscht habe, Sonya. Ich hätte Elina niemals etwas angetan. Kaum einen Monat nachdem sie auf der Insel angekommen ist, wollte sie nicht mehr in den Angestelltenbungalows wohnen. Sie hat Bedingfield um Erlaubnis gebeten, zu mir in die Kapelle zu ziehen mit der Ausrede, sie will näher bei Gott sein, aber in Wirklichkeit waren ihr die Kollegen und ihre Geschäfte nicht geheuer. Sie war eine Freundin für mich.«

»Lüge!«, fiel ihm Sonya ins Wort, während sie ihre Hände eng um den Stiel der Schaufel schlang. »Darauf soll ich reinfallen? Ich habe gesehen, was da unten im Klosterkeller ist. Ich habe Elinas Spuren da unten gefunden.« Sie holte zum Schlag aus, doch sprang Liam dazwischen. Er sah das Schaufelblatt auf sich niederfahren und bereitete sich auf den lähmenden Treffer vor. Doch er kam nicht. Als er seine fest zusammengepressten Augen wieder öffnete, schwebte die Schaufel nur eine Handbreit über seinem Kopf.

»Tu es nicht«, beschwor er Sonya, kaum dass er seine Stimme wiedergefunden hatte. »Lass ihn reden. Ich will wissen ...«

»Geh mir aus dem Weg, sonst muss ich euch beide niederschlagen.« Er ist ein Lügner, siehst du das denn nicht, Liam? Ausgerechnet du?« Ihre Antwort sprühte vor Verzweiflung, Angst und Abscheu. Die überbrodelnde Wut in ihrem hochroten Gesicht und dem aufgeregten Blick war kaum zu übersehen.

Er stockte. Was, wenn sie tatsächlich Recht hatte? Er stand nun mit dem Rücken zum Pater und konnte seinen heißen Atem im Nacken spüren. Wenn sich gleich zwei narbige Hände um seinen Hals schlossen, dann ...

»Der Herr ist mein Zeuge, ich sage die Wahrheit«, hörte er die donnernde Stimme des Paters hinter sich.

Allmählich begann die Entschlossenheit in Sonyas Gesicht zu bröckeln, doch ließ sie kein Stück von ihm ab. »Und warum haben Sie Elina dann gefangen gehalten?«

»Gefangen?«, wiederholte Pater Francis mit ungläubigem Tonfall. »Wer redet denn von gefangen? Ich habe sie versteckt. Ich wollte sie schützen.«

Sonya prustete ungläubig und ließ keinen Zweifel daran, wie viel sie von dieser Erklärung hielt, doch senkte sie immerhin die Schaufel. Ihre Haltung entspannte sich kaum merklich und auch Liam konnte spüren, wie der Druck aus seinen angespannten Muskeln wich.

Gemeinsam beäugten sie den Pater aus skeptischen Augen.

»Nur schützen, hm? So wie Sie auch Sonya bei ihrem heutigen Besuch schützen wollten?«, hakte Liam spitzfindig nach. Auf seine Frage folgte ein drohendes Brummen, das ihn daran erinnerte, mit seinen Worten vorsichtiger zu sein.

»Sie hat im Kloster geschnüffelt, woher sollte ich wissen, was sie vorhatte? Ich dachte, sie gehört zu denen. Obwohl, vielleicht lag ich damit ja gar nicht falsch.« Er deutete mit seinem Kinn in Richtung des Grabs, woraufhin Liam nur vehement den Kopf schüttelte.

»Nein, nein, nein. Bevor Sie was Falsches denken, wir haben niemanden umgebracht. Wir suchen einfach nur Elina Alvarez ... und einen Mörder. Da drüben liegt sein letztes Opfer, Oliver Preston. Wir konnten nichts mehr für ihn tun, außer ihm die letzte Ehre zu erweisen.«

»Ich weiß nicht, ob ich euch das glauben soll.« Pater Francis' Blick richtete sich abschätzig auf Sonya. »Elina hat immer nur Gutes von ihrer Schwester erzählt und ich konnte ihr bedingungsloses Vertrauen heraushören, aber wer sagt mir, dass Sie das auch einlösen?« Kaum hatte er das gesagt, stand Sonya auch schon Auge in Auge mit ihm.

»Sehen Sie mir einfach ins Gesicht und sagen Sie mir, dass Ihnen diese Ähnlichkeit nicht auffällt. Und wenn Ihnen das nicht reicht, erkennen Sie vielleicht wenigstens unseren gemeinsamen Glücksbringer.« Sie zog sich die Libellenhalskette vom Kopf und hielt sie neben das Tattoo an ihrem Finger. Die Motive sahen exakt gleich aus.

Pater Francis sah sie eine Weile prüfend aus seinen durchdringenden Augen an und schien letztendlich zu der Erkenntnis zu kommen, dass man sich eine solche Geschichte kaum ausdenken konnte.

»Wenn das stimmt ...«, brummte er mit einer Stimme, rau wie ein Sargnagel, »dann sollt ihr meinetwegen wissen, was ich weiß.« Gefolgt von einem dumpfen Laut landete die Schaufel im Gras und Sonya trat, so dicht sie es wagte, an den Pater heran.

»Sie haben von *denen* gesprochen. Wen meinen Sie damit?«

Sein Gesicht verzog sich zu einer leidgeprüften Grimasse voller Falten und Untiefen, in denen sich die Schatten sammelten.

»Elina hat mir erzählt, dass sie an irgendeiner Sache dran ist. Mehr wollte sie nicht verraten. Nur dass ihr jemand auf den Fersen ist. Ich habe sie unten im Keller versteckt und eines Nachts wurde ihr Zimmer aufgebrochen und durchwühlt.«

»Es waren mehrere Täter?« Francis grunzte, was einer Zustimmung gleichkam. »Und konnten Sie sehen, wer es war?«

»Ja.« Seine Zunge glitt zwischen den Zähnen hervor und befeuchtete die blau angelaufenen Lippen. »Einen davon. Es war eine Frau. Aus ihren roten Locken hat der Teufel geschaut.«

»Amanda! Die Sekretärin«, entfuhr es Liam so schnell, dass er selbst erschrak. Pater Francis nickte wissend. »Und der andere?«

»Habe ich nicht gesehen. Aber ich weiß, dass jemand aus der Station dahinterstecken muss. Sie haben eine Chipkarte verloren. Solche haben nur die Ärzte.« Liam und Sonya warfen sich einen Blick zu und wussten, dass sie gerade an das Gleiche dachten. *Dr. Cole*

Allmählich nahmen die Hinweise eine Kontur an, auch wenn Liam noch nicht genau erkennen konnte, was sich dahinter verbarg.

»Chipkarte, sagen Sie? Wir haben da schon jemanden in Verdacht. Sie kennen ja sicher Dr. Cole. Es heißt, er verschwindet jeden Tag gegen Vormittag von der Station, und niemand weiß, wohin. Haben Sie eine Ahnung?«

»Schon möglich«, antwortete Francis achselzuckend. »Ich habe ihn um die Zeit schon öfter gesehen, wie er zur leerstehenden Mühle in der Nähe des Dorfs geht. Das ist aber auch schon alles, was ich weiß.« Er wandte sich ab und machte den Eindruck, einfach gehen zu wollen, drehte sich dann aber noch einmal flüchtig um. Sein Blick ging an Liam vorbei und bohrte sich durch Sonya.

»Glück für Sie, dass Ihr Freund Sie zurückgehalten hat.« Dabei zog er wieder das blutige Beil aus seiner Kutte, das sie schon einmal gesehen hatte. »Gott hilft denen, die sich selbst helfen.« Er wandte ihnen den Rücken zu und verschwand kurz darauf wieder im finsteren Dickicht.

24.

»Echt kalt heute«, ächzte Sonya und versuchte dabei, möglichst viel von ihrer Atemwärme mit den Händen einzufangen.

Es war viel zu früh am Morgen, besonders wenn man bedachte, dass ihnen die letzte Nacht noch in den Knochen steckte. Sonya hatte miserabel geschlafen, immer wieder heimgesucht von düsteren Albträumen. Und von was hätte sie auch sonst träumen sollen nach einem Tag wie dem gestrigen?

Sie hatte gehofft, dass sich die Erinnerungen an die letzte Nacht einfach lautlos in irgendeiner dunklen Ecke ihres Bewusstseins verkriechen würden, doch kaum lag sie in ihrem Bett, kam alles wieder hervor wie Maden aus einem Leichnam.

Da waren Momentaufnahmen von finsteren Kellern, undurchdringlichen Wäldern und sprudelnden Fluten. Überallhin verfolgte sie das Geräusch fiepender Ratten und das Scharren ihrer kleinen Krallen. Auch das Beil aus Pater Francis‘ Kutte war ihr mehrfach erschienen und selbst im Traum stellte sie sich noch die Frage, ob Prestons Schädel damit eingeschlagen wurde.

Es war ihr einfach nicht gelungen, endlich Ruhe zu finden und dieses Gefühl hatte sich bis jetzt nicht gebessert.

Auf einen bescheidenen Start in den Morgen war ein ebenso bescheidenes Frühstück gefolgt, das sie auf einem Tablett vor ihrer Tür gefunden hatten. Jeweils zwei Scheiben labbriger Toast mit einer Packung Butter und Marmelade nebst einem unverpackten Teebeutel. Nur ihr Hunger war mächtiger gewesen als die Sorge, vergiftet zu werden, doch bis jetzt standen sie noch auf den Beinen. Die erste gute Nachricht des Tages!

»Ist das die Hütte?«, fragte Liam, und sein Tonfall sprach genau das aus, was Sonya gerade dachte.

Es hatte nicht lange gedauert, um herauszufinden, wo sie Oscar Holm finden konnten. Den Mann, dem als Einziger jemals gelungen war, allein aus der Festung auszubrechen und der angeblich auch Elina dabei geholfen hatte, hineinzukommen.

Seine Hütte ließ von diesem Ruhm wenig erahnen. Es war ein schäbiges Holzhaus, das dem Aussehen nach zu urteilen eines der ältesten im Dorf sein musste. Die Farbe blätterte bereits großflächig von der Fassade ab und selbst mit genug Fantasie fiel es Sonya schwer, den ursprünglichen Farbton zu erraten. Vor der Tür und auch rund um das Haus lagen eine Handvoll zersplitterte Dachziegel auf dem Boden. Die Fenster waren so schmutzig, dass man von außen unmöglich hindurchschauen konnte, es sei denn, man wischte die Schicht aus Dreck beiseite.

»Idyllisch hier«, scherzte Liam halblaut.

Dicht neben einer der schiefen Außenwände ragte ein gewaltiger und ebenso schiefer Baum empor, der mit dem Haus verwachsen zu sein schien. Wenn man auch nur eines von beidem wegnahm, brach der andere Teil sicher innerhalb weniger Tage zusammen.

»Sieht verlassen aus«, stellte Sonya fest, ihr Blick wanderte das Dach hinauf bis zum Kamin, aus dem trotz der Kälte nicht die kleinste Rauchwolke stieg. »Lass uns mal nachsehen.«

Sie setzte sich in Bewegung, querfeldein über eine von Raureif überzogene Wiese. Die kleinen im Morgenlicht glänzenden Kristalle knirschten unter ihrer Schuhsohle. Sie blieb vor der Tür stehen, blies noch einmal ihren gefrierenden Atem in die Luft und klopfte dann gegen das Holz.

Lange Zeit geschah nichts. Weder Schritte noch irgendein anderes Geräusch ließen darauf schließen, dass sich jemand in der Hütte befand. Dann flog ohne ein Zeichen der Vorwarnung plötzlich die Tür auf.

Im Türrahmen stand ein gebeugter alter Mann, den Sonya augenblicklich wiedererkannte. Es war dieselbe vergeistigte Gestalt, der sie am Vorabend begegnet war.

Oscar Holm war ein kleiner Mann mit schneeweißen Haaren und einem dünnen Oberlippenbart inmitten seines kreisrunden Gesichts. Über den Rand seiner Brille hinweg sah er sie fragend an.

»Wer ist da?« Er kniff seine wässrig blauen Augen so eng zusammen, dass kaum mehr als ein dunkler Strich blieb. »Sagen Sie bitte etwas, meinen alten Augen zuliebe.«

Nachdem Liam keine Anstalten machte, etwas zu erwidern, nahm sich Sonya dieser Aufgabe an.

»Guten Morgen«, begann sie, eingeleitet von einem unsicheren Räuspern. »Wir sind uns gestern schon begegnet, erinnern Sie sich? Sie sind Oscar Holm, nicht wahr? Dürfen wir Sie kurz sprechen?«

Oscar sah sie mit einem Gesichtsausdruck an, der nahelegte, dass er ihr nicht einmal zugehört hatte. Er kaute geistesabwesend auf seiner Unterlippe herum, während er sie eingehend musterte. Knapp unter Sonyas Hals schien er etwas entdeckt zu haben, denn plötzlich kam Leben in sein müdes Gesicht.

Als Sonya seinem Blick folgte, entdeckte sie ihre Libellenhalskette, die ihr im Ausschnitt baumelte.

»Elina!«, rief Oscar plötzlich und warf die Hände in einer fahrigen Bewegung über seinen Kopf. »Ach, du bist es. Na, das ist ja eine Überraschung.«

Sonya holte bereits Luft, um ihm zu widersprechen, doch kniff Liam ihr plötzlich in die Seite. Was er damit sagen wollte, war klar.

Halt die Klappe und spiel mit.

Währenddessen winkte Oscar sie bereits mit einem seligen Lächeln auf den Lippen herein. »Komm, da draußen holst du dir nur einen Schnupfen, Liebes. Ah, und du hast noch jemanden mitgebracht. Ist das dein Freund?«

Die Frage ließ Sonya erröten, gleichzeitig hoffte sie inständig, dass Liam es nicht bemerkte. Sie schüttelte bloß den Kopf.

»Nicht? Schade, ihr wärt ein hübsches Paar.« Oscar nickte Liam zwar kurz zu, fragte aber nicht nach seinem Namen und beachtete ihn auch sonst nicht weiter. Sie betraten die halbdunkle Stube und hinter ihnen fiel die Tür krachend ins Schloss.

Sonya konnte sich nicht erinnern, jemals in ihrem Leben ein solches Chaos gesehen zu haben. Überall türmten sich Bücher und Stapel mit bekritzeltem Papier. Die Regale quollen über vor Skizzen und kleinen Modellen verschiedenster Schmuckstücke aus Holz oder Ton. Es sah aus wie die Bastelwerkstatt eines verrückten Tüftlers, der zu lange am Kleber geschnüffelt hatte.

»Ihr kommt gerade recht. Ich habe sogar den Zitronenkuchen hier, den du so magst, Elina«, schwatzte er munter und deutete zum Esstisch, wo ein Teller mit einem halb zerdrückten Kuchen darauf stand. Jetzt wusste sie auch, woher der seltsam süßliche Geruch kam, der beinahe schon klebrig in der Luft hing.

Wieder einmal bemühte sich Sonya um ein freundliches Lächeln. Tatsächlich hatte Elina Zitronenkuchen geliebt, ganz im Gegensatz zu ihr.

Doch selbst wenn sie gewollt hätte, wäre es ihr nicht gelungen, sich an Oscar vorbei zum Tisch zu drängen, so vollgestopft war der Raum. Die niedrige Decke und die überquellenden Regale zu beiden Seiten gaben Sonya das Gefühl, erdrückt zu werden, und nur ein kurzer Blick zu Liam sagte ihr, dass er sich genauso fühlte.

Davon schien Oscar nichts mitzubekommen, denn er klatschte aufgeregt in seine kleinen Hände.

»Schön, dass du wieder hier bist, Liebes. Wir haben uns ja schon ewig nicht mehr gesehen. Die Leute im Dorf reden ja so viel schamlosen Unsinn. Sie haben gesagt, du wärst verschwunden. Schlimm so was, oder? Warum behauptet man denn solche Sachen, wenn es nicht stimmt?« Er schimpfte in sich hinein und schien gar keine Antwort darauf zu erwarten. »Ich muss das nicht verstehen, aber ich bin auch alt. Zum Glück ist an dem Unfug nichts dran und es geht dir gut. Ich habe Pater Francis gebeten, eine Kerze für dich anzuzünden und einen Segen für dich zu sprechen. Hast du es gespürt?«

Das Einzige, was Sonya gerade spürte, war Oscars erwartungsvoller Blick. Bevor er weiter fragen konnte, nickte sie einfach und wünschte sich, wenigstens halb so überzeugend lügen zu können wie Liam. Als sie dem alten Mann in seine feinfühligen blauen Augen blickte, fiel es ihr schwer zu glauben, dass Oscar Holm ein

Mörder gewesen war, den sein Weg in die forensische Abteilung der Psychiatrie geführt hatte.

»Schön zu hören. Und was führt dich heute zu mir?«, fragte er mit einem Lächeln seiner etwas zu groß geratenen dritten Zähne. »Nur ein Besuch oder ist deine Halskette wieder kaputt?« Ohne jede Hemmung streckte er die Finger aus und nahm den Talisman an Sonyas Halskette prüfend in die Hand. Sie erstarrte, wusste aber nicht einmal, warum.

»Nein, ich wollte Sie nur besuchen. Was auch immer Sie mir in den letzten Wochen alles erzählt haben, ich muss es noch einmal hören.«

»Ach, ja? Die Geschichten kennst du doch alle schon.«

»Aber sie waren spannend. Darf ich sie nochmal hören?« Ein Ausdruck überraschter Freude hellte Oscars Gesicht auf.

»Natürlich. Ich bin doch immer froh, wenn du mich besuchst und ich was zu erzählen habe. Komm, setzen wir uns an den Kamin.«

Sie bahnten sich ihren Weg bis zu einer offenen Feuerstelle, in der nur noch kalte Asche lag und ließen sich in zwei ausladende Ledersessel fallen. Für Liam blieb kein Stuhl mehr übrig, doch pragmatisch, wie er eben war, setzte er sich einfach auf den nächstbesten Bücherstapel.

Oscar lächelte versonnen, während er seine Hände gegen die imaginäre Glut hielt.

»Schön warm und kuschelig, nicht wahr?«

»Ähm, ja. Denke schon«, erwiderte Sonya mit einem peinlich berührten Lächeln. Es fühlte sich falsch an, ausgerechnet die erste freundliche Person auf Widow Peak so hinters Licht zu führen. Vielleicht passten sie und Liam ja besser hierher, als sie zunächst geglaubt hatten. Für moralische Bedenken war es ohnehin schon zu spät, also gab es keinen Grund mehr, sich zurückzuhalten. »Ich war das letzte Mal hier vor ...«, sie machte bewusst eine Denkpause, in der Hoffnung, dass Oscar den Satz ergänzen würde.

Tatsächlich kratzte er sich nachdenklich an seiner Stirn, doch half es offenbar nicht dabei, seine Erinnerung zurückzuholen. »Oh, das weiß ich leider auch nicht mehr. Die Tage und Wochen sind wie Sand, der mir durch die Hände rinnt. Ich weiß nur, dass ich deine Kette für dich repariert habe. War schön, endlich mal wieder an so was arbeiten zu dürfen. Mir fehlt mein Beruf als Kunstschmied, auch wenn mir die Arthritis langsam zu schaffen macht.«

Aus dem Augenwinkel sah Sonya, wie Liam ein paar goldene Ringe aus einem der Regale unauffällig in seiner Manteltasche verschwinden ließ. Daraufhin trat sie ihm auf die Fußspitze und sah zu, wie er den Mund zu einem stummen Schrei aufriss.

Nicht ohne eine gewisse Genugtuung sah sie wieder zurück zu Oscar, der davon nichts mitbekommen hatte und seine Hände geduldig vor der Brust gefaltet hielt.

»Tut mir leid zu hören. Und beim letzten Mal habe ich dann die Kette hier abgeholt?«

»Genau. Da saßen wir auch hier am Kamin. Hast du das schon wieder vergessen? Ach, sag nichts. Du warst bestimmt sehr im Stress, da vergisst man auch mal etwas. Keine Sorge, die Erinnerungen kommen irgendwann wieder zurück und bis dahin helfe ich dir, so gut ich kann.«

»Danke«, hauchte Sonya und ihr schlechtes Gewissen ballte sich wie eine Faust in ihrer Magengrube. »Und worüber haben wir geredet?«

Oscar schmatzte bedächtig, während er nachdenklich seine Unterlippe knetete.

»Also beim letzten Mal hast du mir die Bedeutung deiner schönen Halskette erklärt und von deiner Schwester geredet. Eure Freundschaft, das ist wirklich etwas Besonderes. Sie muss ein ganz außergewöhnlicher Mensch sein. Ich weiß, du vermisst sie, aber ihr seht euch bestimmt bald wieder. Du meintest, sie lässt dich niemals im Stich.«

»Niemals«, stimmte ihm Sonya mit grimmiger Entschlossenheit zu. Ihre Kehle verschloss sich und ein feuchter Glanz trat ihr in die Augen. Sie wollte sich von Oscar abwenden, doch dann hätte Liam sie so gesehen.

Es vergingen einige Augenblicke, bis Sonya sich wieder so weit gefasst hatte, dass sie weitersprechen konnte.

»War das alles, weswegen ich zu Ihnen gekommen bin? Sonst war da nichts?«

»Du meinst unser kleines Geheimnis?« Oscar zwinkerte ihr auffällig zu, was ihm dem breiten Grinsen nach zu urteilen einen ungeheuren Spaß machte.

»Genau das meine ich. Tut mir echt leid, dass ich so viel nachfragen muss, aber wegen den ganzen Medikamenten bin ich zurzeit ein bisschen durch den Wind. Was war das für ein Geheimnis?«

»Du wolltest doch in die Festung eindringen, um nach irgendwas zu suchen«, erinnerte er sich, nachdem er ein Holzscheit in den Kamin geworfen hatte und eine Wolke aus kalter Asche daraus emporstob. »Was genau hast du nicht gesagt, aber es interessiert mich auch nicht. Ich habe lange genug da drin gesessen, um zu wissen, dass es da nichts zu sehen gibt.«

Wenn Sie sich da mal nicht täuschen, hätte Sonya am liebsten geantwortet. Irgendetwas würde sie mit Sicherheit in der Festung finden, selbst wenn es nur Elinas letzte Spur war. Niemand hatte sie gesehen, seitdem sie dort hineingegangen war, und ihr drängte sich allmählich der Verdacht auf, dass Elina die Festung auch nicht mehr verlassen hatte. Was auch immer dort drin passiert war, es trennte sie nicht mehr viel davon, es herauszufinden.

Diesmal war es Liam, der ihr mit der nächsten Frage zuvorkam.

»Und wie sollte sie da reinkommen?«

»Na, so wie ich damals auch ausgebrochen bin«, antwortete Oscar, als wäre es eine Selbstverständlichkeit.

»Dafür brauchte es nur ein wenig Fantasie. Damals war es mir gelungen, unbemerkt den Abdruck eines Schlüssels anzufertigen und daraus habe ich ein leidlich gutes Duplikat gemacht. Du hast es noch, oder?«

Sonya schüttelte den Kopf, woraufhin Oscar lange und gequält seufzte.

»Wo haben die jungen Leute nur ihren Kopf? Warst du wenigstens dort?« Es folgte noch ein Kopfschütteln. »Na, du kannst von Glück reden, dass ich noch einen zweiten habe. Warte, ich hole ihn dir.« Mit diesen Worten stand er auf und eilte auf zittrigen Beinen zielsicher durch das Chaos in seiner Hütte. Kurz darauf kehrte er mit einem altertümlich aussehenden Bronzeschlüssel zurück, den er Sonya feierlich in die Hand fallen ließ. »Das ist mein letztes Exemplar, quasi die Kopie meiner Kopie. Pass gut auf das kleine Schmuckstück auf.«

Eine gewisse Ehrfurcht überkam Sonya, während sie das unscheinbare Stück Metall durch ihre Finger gleiten ließ.

»Danke. Das ist ... mehr, als ich erwartet hatte. Und für welche Tür ist der Schlüssel? Haupteingang?«

Oscar lachte prustend, als hätte er soeben einen guten Witz gehört »Oh nein, da kommt keiner rein oder raus. Du musst schon ein Stück tiefer nach unten in die Schlucht am Fuß der Festung. Dort findest du eine Tür zum Kellergewölbe.«

Seinen Worten haftete etwas Unheilvolles an, vielleicht bildete es sich Sonya aber auch nur ein. Nachdem sie den Schlüssel weggesteckt hatte, klopfte es plötzlich an der Tür. Alle Augen huschten nervös zum Eingang.

»Erwarten Sie Besuch?«, fragte Liam, der innerhalb eines Wimpernschlags auf den Beinen stand. Doch Oscar schüttelte nur müde den Kopf. »Hier kommt nie jemand vorbei.«

Das Klopfen wiederholte sich, diesmal lauter und fordernder. Zunächst sah es so aus, als würde sich Oscar nicht von seinem imaginären Kaminfeuer wegbewegen, doch dann gab er schließlich nach und schlurfte zum Eingang.

Als er die Tür öffnete, stand dort Bedingfields Sekretärin Amanda und hinter ihr halb verdeckt ein weiterer Mann.

»Ja, bitte?«, fragte Oscar mit brüchiger Stimme.

»Wir sind nicht wegen Ihnen hier«, antwortete sie ohne jede Begrüßung. »Wie ich gehört habe, ist Sonya Alvarez gerade bei Ihnen?«

Augenblicklich drängte sich Sonya an Oscar vorbei und verschränkte die Arme.

»Wer will das wissen?«

Ein undefinierbares Glitzern lag in den Augen der Sekretärin. »Ich habe Ihnen Besuch mitgebracht.« Sie rückte zur Seite und machte Platz für den zwielichtigen kleinen Mann hinter ihr.

»Varga?«, entfuhr es Sonya so hastig, dass sie sich beinahe an ihren eigenen Worten verschluckte.

»Hallo, Sonya. Ich bin leider nicht zum Spaß hier. Ich muss dich sprechen.« Er warf Liam einen finsteren Blick zu. »Allein.«

25.

»Ja, natürlich, werft mich ruhig raus«, murrte Liam zu sich selbst, während er einen Stein vom Ufer aufhob und über den Weiher warf. Der Kiesel sprang kein einziges Mal über die Oberfläche, sondern ging mit einem dumpfen Geräusch sofort im dunklen Wasser unter.

Wie frustrierend! Sonya sprach gerade mit Varga und für ihn gab es keinen Platz in dieser Unterhaltung. Stattdessen lungerte er hier vor Oscars Hütte herum und wartete.

Ihm drängte sich die gleiche Frage auf, die ihm schon bei Vargas Anblick durch den Kopf gegangen war: Was zur Hölle hatte er hier zu suchen? Und was konnte so wichtig sein, dass Varga hierherkam, um es Sonya persönlich zu sagen?

Sicher keine guten Neuigkeiten, besonders nicht für ihn. Vargas Erscheinen konnte alles bedeuten, am wahrscheinlichsten jedoch, dass sie ihn loswerden wollten. Vielleicht sprach da nur seine Angst, doch bei solchen Angelegenheiten hatte er sich noch nie getäuscht.

Er kannte Varga mittlerweile gut genug und es fiel ihm nicht schwer, sich in die Gedankenwelt eines Gauners hineinzuversetzen. Es gab kaum etwas Eindimensionaleres, denn alles drehte sich dort sehr berechenbar um Geld und Macht.

Da war auch Varga keine Ausnahme, doch sein überraschender Besuch konnte unmöglich etwas mit den neuesten Ereignissen auf der Insel zu tun haben. Immerhin waren sie völlig abgeschottet, seit der Funkmast gesprengt wurde.

Und trotzdem musste es etwas mit ihrem Auftrag zu tun haben, sonst hätte Varga einfach auf ihre Rückkehr gewartet. Viel Spielraum blieb da nicht mehr und als es Liam allmählich dämmerte, zogen sich ihm die Eingeweide zusammen.

Hatte Varga in seiner Vergangenheit herumgestochert und womöglich etwas gefunden? Unmöglich, er war doch so vorsichtig gewesen. Aber was, wenn doch?

Plötzlich fühlte sich Liam sonderbar nackt und schutzlos. Er sah sich rasch zu allen Seiten um, konnte aber keine Menschenseele entdecken. Das Gefühl, beobachtet zu werden, ließ jedoch nicht von ihm ab.

Falls sein Geheimnis tatsächlich gelüftet wurde, blieb ihm nichts anderes übrig, als zu flüchten. Aber wie flüchtete man von einer Insel, weit draußen im eiskalten Meer?

Die Frage konnte er sich selbst beantworten, immerhin hatte er es schon einmal geschafft, doch ohne seine Hilfe von damals sah er keine Chance für einen zweiten Versuch.

Trotzdem hatte er nicht vor aufzugeben. Sein Kartenblatt war zugegebenermaßen schlecht, aber er hatte schon aussichtslosere Partien gewonnen.

Und schon leichtere verloren, hörte er eine spöttische Stimme aus seinem Inneren, die er aber wie gewohnt ignorierte.

Er hatte einen Plan und der sah vor, erst mal Bedingfield zu finden, dann diesen verdammten Fall zu lösen und letztendlich einen Haufen Geld einzustreichen, um sich seine Freiheit zu erkaufen. Schon bald würde er wieder im nächsten Pub trinken und sich am Abend im Stripclub Glitter um die Ohren werfen lassen.

Der vernünftige und somit kaum von ihm beachtete Teil seiner Selbst wusste, dass dieser krampfhafte Optimismus nur ein Bewältigungsreflex war, und trotzdem konnte er spüren, wie sich eine entspannende Wärme in ihm ausbreitete.

Ohne es zu wissen, hatte er sich in ein makabres Glücksspiel hineinziehen lassen. Normalerweise gab es kaum ein prickelnderes Gefühl, als den vollen Einsatz auf den Tisch zu werfen, doch diesmal spielte er nicht um Geld, sondern um sein Leben. Und wenn er schon hoch pokerte, dann sollte es sich immerhin lohnen. Er hatte es satt, davonzulaufen, hinter sich aufzuwischen und weiterzuziehen. Es musste sich etwas ändern oder es war womöglich sein letztes Spiel.

Gerade als er darüber nachdachte, was er mit der übrigen Zeit anstellen sollte, sah er eine Bewegung auf der anderen Seite des Weihers. Jemand ging an der Uferböschung entlang, gekleidet in einen weißen Kittel, der zwischen den dicht stehenden Moorweiden hindurchblitzte. Die Bewegungen waren bedächtig, jeder Schritt unnatürlich vorsichtig, wie es nur jemand tat, der nicht gesehen werden wollte. Liam kannte diesen Gang nur zu gut.

Kurz darauf war die Gestalt zwischen den Hütten verschwunden, doch die wenigen Augenblicke hatten Liam gereicht, um ein Gesicht zu erkennen.

Dr. Cole! Aber was hatte er hier im Dorf verloren?

Liam sah auf die Uhr und erstarrte. Die Zeit musste an ihm vorbeigerast sein, denn die Zeiger standen bereits auf kurz nach elf und das konnte nur bedeuten, dass Dr. Cole sich zu seinem geheimen Treffpunkt aufmachte.

Ein kurzer Blick in die Richtung, in der er verschwunden war, ließ keinen Zweifel daran. Der Doktor bewegte sich nach Norden, also dorthin, wo laut Pater Francis die alte Mühle lag. Es passte zu gut zusammen, um reiner Zufall zu sein.

Ein warmes und von Energie erfülltes Kribbeln breitete sich von seiner Brust bis in die Zehenspitzen aus.

Er drehte sich zu Oscars Hütte um, dann wieder Richtung Norden und zurück. Unmöglich konnte er darauf warten, bis Sonya endlich ihre Teestunde mit

Varga beendet hatte. Hier bot sich gerade eine Möglichkeit, die ihn regelrecht anschrie, genutzt zu werden.

Kaum hatte er seine Entscheidung getroffen, setzten sich seine Beine schon in Bewegung.

Auf seinem Weg durch das Dorf begegnete Liam vereinzelten Patienten, die ihn allerdings kaum beachteten. Es lag wieder eine greifbare Stille und Beklommenheit über dem Ort, die befürchten ließen, dass jeden Moment etwas Unvorhersehbares passieren konnte.

Es dauerte nicht lange, bis Liam die letzten Hütten hinter sich zurückgelassen hatte. Er folgte der sumpfigen Heidelandschaft intuitiv bis an die Stelle, an der der Wald bis ans Dorf gekrochen kam und mit seinen krummen Ästen wie ein unheimlicher Besucher an den Hauswänden kratzte.

Einen flüchtigen Moment lang sah er sich um. Irgendwo hier musste Dr. Cole entlanggegangen sein, auch wenn keine Spuren darauf hindeuteten, dass ein Pfad in den Wald führte.

Liam hielt Ausschau nach gebrochenen Ästen, Abdrücken im Gebüsch oder Fußspuren, wurde aber nicht fündig.

Was machte er sich überhaupt vor? Er konnte die Natur in etwa so gut lesen wie einen hebräischen Bibeltext. Es würde ausreichen müssen, dass er in etwa wusste, wo die Mühle zu finden war und er Dr. Cole genug Vorsprung gab, um nicht von ihm entdeckt zu werden.

Schon bei seinem ersten Schritt ins Unterholz ergriff ein beklemmendes Gefühl Besitz von ihm. Allein im Wald, nur er und Dr. Cole.

Er schluckte, fragte sich aber gar nicht erst, woher der bittere Geschmack auf seiner Zunge kam.

Immer weiter bahnte er sich einen Weg zwischen den eng stehenden Baumstämmen hindurch, vorbei an moosbedeckten Felsen und totem Holz. An einigen Ästen hingen vereinzelt noch herbstlich gefärbte Blätter, doch die meisten lagen nackt und klamm in kleinen Haufen auf der Erde. Überall um ihn herum tropfte und gluckste es. Bei jedem Windhauch rieselte Wasser in seinen Nacken, auf seine Stirn oder die Haare. Eine unfreiwillige Taufe, die nichts als Kälte zurückließ.

Begleitet vom Knacken der Äste drang er immer tiefer ins Gehölz vor, bis er in einiger Entfernung etwas zwischen den Bäumen auftauchen sah.

Die Mühle musste uralt sein, weitaus älter als jedes Gebäude, das er abgesehen von der Festung jemals auf Widow Peak gesehen hatte. Ihr Äußeres bestand aus grob gehauenen Steinplatten, die sich in unregelmäßiger Anordnung zu einem kaminartigen Bau aufrichteten. Die Eckpfeiler bestanden aus verwitterten Holzbalken, von denen jeder aussah, als würde nur noch der daran haftende pechschwarze Lack sie zusammenhalten. Selbst von den Flügeln der Mühle war nur noch ein einziger übrig geblieben.

Liam hielt nach einem Fenster Ausschau, durch das er spähen konnte, doch die wenigen noch vorhandenen waren mit Spanholzplatten verrammelt.

Von seiner Position aus ließ sich kaum etwas erkennen, also blieb ihm nichts anderes übrig, als sich dem bedrohlichen Bau zu nähern.

Noch hatte er keine Spur von Dr. Cole entdeckt und er fragte sich, ob der Doktor die Mühle überhaupt betreten hatte.

Als Liam sich vorsichtig näherte, ließ er sich in eine Senke hinabgleiten, die aussah, als wäre sie einmal ein Tümpel gewesen, und beobachtete die Umgebung.

Zunächst bewegte sich nichts. Der Sumpf lag wie verlassen da. Für Liam nichts als ein toter Ort und doch war die modrig riechende Luft erfüllt von unheimlichen Tierlauten. In den Tümpeln gluckste es, immer wieder raschelte etwas im Laub oder den Bäumen. Dicht neben Liams Ohr surrten Insekten, die in zuckenden Wolken aus dem Sumpf stiegen.

Wenigstens kein Nebel, dachte er sich, auch wenn er diesem Gedanken nur wenig Trost abgewinnen konnte.

Wie lange er so in der schlammigen Senke kauerte und die Mühle beobachtete, wusste er nicht. Vermutlich nur wenige Minuten, doch fühlte es sich an wie eine Ewigkeit, bis sich in einiger Entfernung etwas zwischen den Sträuchern regte und Dr. Cole aus ihnen hervortrat. Irgendwo auf seinem Weg musste er abgebogen sein, oder er hatte womöglich gewartet und nach möglichen Verfolgern Ausschau gehalten.

In seiner steifen, beinahe schon mechanischen Art stapfte er bis in den Schatten der Mühle, erweckte aber nicht den Eindruck, sie betreten zu wollen. Stattdessen fuhr er herum, und Liam verkrampfte sich in seinem Versteck.

Als Dr. Coles Blick in seine Richtung wanderte, hielt Liam den Atem an. In der Grube war er zwischen Farn und Wurzeln zwar gut getarnt, aber nicht unübersehbar. Vor allem jedoch ein leichtes Ziel.

Ihre Blicke streiften sich und für die Dauer eines Wimpernschlags glaubte Liam, das Blau in Dr. Coles Augen sehen zu können.

Welche Gedanken dem Doktor gerade durch den Kopf gingen, hielt er hinter seiner hohen Stirn verborgen. Ohne sichtbare Reaktion wandte er sich ab und verschwand durch eine brüchige Tür im Inneren der Mühle.

Liam ließ erleichtert die Schultern sinken und befreite sich aus der torfig stinkenden Senke. In geduckter Haltung bahnte er sich seinen Weg durchs Unterholz, bis er nur noch einen Steinwurf von der Mühle entfernt war.

Aus der Nähe wirkte sie noch größer und ihre verfallene finstere Präsenz nahm etwas Bedrückendes an. Viel mehr als das beschäftigte Liam jedoch der Gedanke, was er als Nächstes tun sollte. Er war hierhergekommen, um Dr. Cole zu beobachten, doch boten die Wände nicht die kleinste Lücke, durch die man hätte spähen können.

Sofern er also nicht einfach durch die Tür spazieren wollte, blieb ihm wenig Besseres übrig, als an der Tür oder einem der verrammelten Fenster zu lauschen.

Möglichst leise kniete sich Liam unter das nächstgelegene Fenstersims und lauschte. Er konnte den Sumpf hören, das Knarren der Mühle und sogar seinen eigenen Herzschlag, doch von Dr. Coles Stimme blieb nur ein leises kaum verständliches Brummen. Nicht einmal einzelne Wortfetzen wollten an sein Ohr dringen, egal wie dicht er es gegen die Spanholzplatte presste.

Schnell musste er sich eingestehen, dass er hier nichts erreichen konnte. Wenn er irgendetwas hören oder sehen wollte, musste er sich etwas anderes überlegen.

Liam blinzelte hoch ins Licht der tiefstehenden Sonne, die durch die knorrigen Äste fiel, und sah zur Mühle auf.

An den Balken und Brettern konnte er womöglich hochklettern, um von weiter oben durch ein Loch im Dach einen Blick ins Innere zu erhaschen, aber was, wenn er abstürzte oder die Geräusche ihn verrieten?

Er ließ seine Hände über die raue Bretterwand gleiten, doch bevor er ihre Stabilität auf die Probe stellen konnte, sackte sein linkes Bein im Boden ein.

Beinahe hätte Liam das Gleichgewicht verloren, schaffte es aber einigermaßen ungelenk auf den Füßen zu bleiben. Als er an sich herabsah, bemerkte er, dass sein Bein in einem Erdloch steckte.

Es war ein alter und erstaunlich breiter Dachsbau, zumindest hielt er es für einen.

Welches Tier oder welcher Mensch dieses Loch auch immer gegraben hatte, musste sich einen Weg unter der Mühle hindurch gebahnt haben.

Was für Liam zuerst wie eine lästige Stolperfalle ausgesehen hatte, gewann immer mehr an Freundlichkeit, je länger er es betrachtete. Warum in die Höhe klettern, wenn er vielleicht auch einfach dicht am Boden entlangkriechen konnte? Breit genug schien das Loch zu sein und es blieb ihm nur noch zu hoffen, dass es auch ins Innere der Mühle führte.

Einige Male wechselte sein Blick zwischen dem Loch und seiner eigenen Gestalt. In Löcher zu kriechen, war nicht unbedingt seine Stärke. Warum war Sonya nicht da, wenn er sie brauchte? Und warum dachte er überhaupt so oft an sie? Vielleicht, weil ihn seit der ersten Sekunde ihrer Begegnung etwas störte. Vielleicht, weil sie mehr Mann war als er selbst und dabei auch noch verdammt gut aussehen konnte. Wie auch immer.

Er schüttelte den Gedanken ab, bevor er sich zu sehr darin verlor.

Den Dreck aus diesem Tunnel würde er vermutlich nie wieder aus seinem schönen Mantel rausbekommen, andererseits was hatte das schon für einen Stellenwert, wenn ihm bald nicht einmal das nackte Leben blieb?

Wie schon so oft seit seiner Ankunft auf der Insel schluckte Liam seine Eitelkeit hinunter und bückte sich zum Loch hin.

Er blickte in einen tiefdunklen Schlund, aus dem nicht das leiseste Geräusch drang, und hoffte darauf, dass seine Bewohner weder lebendig noch verrottend im Inneren lagen.

»Guter Gott, schenk mir Kraft oder leck mich am Arsch«, stöhnte er leise und drückte sich in den schmalen Tunnel.

Im Inneren roch es nach Erde, verrottendem Laub und Tierhaar. Kaum hatte er sich der Länge nach hineingezwängt, verstopfte er wie ein Korken das Tageslicht in seinem Rücken.

Mehrere Kriechbewegungen später fiel ihm das Atmen deutlich schwerer und ihm dämmerte, dass er sich nicht den kleinsten Gedanken darum gemacht hatte, ob er rückwärts überhaupt wieder herausfand.

Bevor ihm die Panik in den Kopf stieg, wühlte er sich einfach weiter voran, bis er die ersten Bodendielen der Mühle entdeckte. Es waren schwere Holzbohlen, weniger Bretter als vielmehr dicke Holzbalken. Zwischen jedem von ihnen lag ein fingerbreiter Abstand, der es ihm erlaubte, ins Innere der Mühle zu spähen.

Es war ein großer und hoher Raum, der bis an die Wände mit mottenzerfressen Säcken, Töpfen und Seilen gefüllt war. Abgesehen davon bildete ein einzelner Tisch sowie zwei in die Jahre gekommene Stühle das einzige Mobiliar. In einer Ecke spendete eine uralte Karbidlampe einen bronzenen Lichtschein.

Liam verharrte still in seinem Versteck, während trockene Erde von den Bodendielen auf ihn herabrieselte. Er sah Dr. Cole, wie er kerzengerade zwischen den Stühlen stand und gerade einen Notizblock wegsteckte.

Gegenüber von ihm saß ein beleibter Mann, der versonnen an einem Flachmann nippte. Sein hochrotes Gesicht sah aus, als hätte es sich allein heute Morgen mehr Schnäpse einverleibt als Liam in den letzten zwei Wochen. Seine Erscheinung ähnelte der Beschreibung, die Sonya ihm vom Leuchtturmwärter gegeben hatte.

Beide schwiegen und auch Liam wagte, kein Geräusch von sich zu geben.

Schließlich nahm Dr. Cole einen tiefen Atemzug, als bräuchte er zusätzlichen Sauerstoff, um ein leidiges Thema anzusprechen. »Also, Lester ...«, begann er mit leidgeprüfter Stimme und stützte sich mit den flachen Händen am Tisch ab. »Was gibt es zu berichten? Hat Bedingfield irgendwas gesagt?«

Liam horchte auf und presste sich noch dichter gegen die Holzbalken.

»Nein, kein bisschen«, grunzte Lester, während er sich an der behaarten Brust kratzte. »Falls Sie meine

Meinung hören wollen: Wenn ich am Grund einer Schlucht in einer schmutzigen Holzhütte angekettet wäre, wäre ich auch nicht sehr gesprächig.«

Seine Worte schienen bei Dr. Cole nicht gut anzukommen, denn das Gesicht des Doktors verfinsterte sich schlagartig. »Es fragt Sie aber niemand nach Ihrer Meinung. Gibt es sonst noch was?«

»Er beklagt sich viel, aber immerhin rührt er sein Essen an.«

Dr. Cole schnaubte. »Und selbst wenn nicht, wäre es mir egal. Er ist fett genug. Macht er Ärger?«

Lester schüttelte den Kopf. »Abgesehen von seinem Mundwerk ist er zahm wie ein Lämmchen.«

Obwohl seine Worte nicht viel Anlass zum Nachdenken gaben, verfiel Dr. Cole in angespanntes Schweigen, während er mit gerunzelter Stirn und einem unverständlichen Murmeln auf den Lippen durch den Raum wanderte.

Wann immer er über Liams Versteck schlurfte, knarrte das Holz beängstigend und eine Wolke aus Staub und Erde rieselte ins Erdloch hinab.

In der schmalen Senke zwischen Mühle und Erdboden schwebten bereits so viele Partikel in der Luft, dass es Liam schwerfiel, ruhig zu atmen.

Seine Nase kitzelte und sein Rachen flehte ihn an, husten zu dürfen, doch unterdrückte er beides mit einer Verzweiflung, die ihm das Blut in den Kopf steigen ließ.

Endlich beendete Dr. Cole seine Wanderung und blieb wieder genau dort stehen, wo er damit begonnen hatte. »Zahm wie ein Lamm sagen Sie?«, fragte er mit erhobener Augenbraue. »Das fällt mir schwer zu glauben, aber sorgen Sie dafür, dass es auch so bleibt.«

Lester grinste schief. »Solange Sie mich weiter bezahlen und mir Scotch und Codein zukommen lassen, haben wir einen Handel. Eine Sache wäre da aber noch.« Er räusperte sich, was in einem schleimigen Hustenanfall gipfelte. Er rang nach Luft, ehe er sich wieder mit tränenden Augen zu Wort meldete. »Sie sind mir immer noch eine Erklärung schuldig. Sie meinen, es geht mich nichts an, aber allmählich will ich schon wissen, warum Bedingfield eigentlich da unten in der Schlucht sitzt.«

Dr. Coles Haltung versteifte sich, als hätte man ihn mit einem Seil in die Länge gezogen. Daraufhin hob er mahnend den Zeigefinger. »Ich bin Ihnen keine Erklärung schuldig. Seien Sie froh, dass Sie überhaupt hier auf der Insel sein dürfen, nachdem, was Sie am Festland angestellt haben.« Ihre funkensprühenden Blicke trafen sich, ohne dass einer der beiden sich die Blöße gab zu blinzeln. »Und wenn die Zeit erst einmal gekommen ist, werden Sie froh sein, dass Sie sich für meine Seite entschieden haben.«

Lester schluckte und Liam konnte deutlich sehen, wie wenig ihm diese Worte schmeckten, doch gab er keine Widerrede von sich.

»Von mir aus. Und was machen wir mit Bedingfield, sobald wir haben, was wir wollen? Ich bringe keine Menschen mehr um, nur dass Sie es wissen.«

Dr. Cole schnaubte und winkte mit seiner knochigen Hand ab.

»Wenn wir erst einmal die Wahrheit aus ihm herausgequetscht haben, ist das nicht mehr unser Problem.«

Lester grunzte, was wohl eine Art der Zustimmung sein sollte. »Wenn Sie das sagen.« Er kämpfte sich von seinem Stuhl auf und wankte breitbeinig bis zur Tür. Dort drehte er sich noch ein letztes Mal um. »Dann bis morgen zur gleichen Zeit. Ich hoffe, Sie wissen, was Sie da tun.«

26.

Sonya schloss die Tür hinter sich und drehte den Schlüssel um.

Sie und Varga hatten sich in die Gartenlaube hinter Oscars Hütte zurückgezogen, um dort in Ruhe miteinander reden zu können. Es war kaum mehr als eine nach Blumenerde und morschem Holz riechende Kammer voll unnützem Plunder. Durch ein winziges verstaubtes Fenster drang ein Hauch von Tageslicht herein, kaum groß genug, um ihre Zehenspitzen zu erreichen.

Auch jetzt hatte sie nicht die leiseste Ahnung, was er von ihr wollte und was überhaupt so wichtig sein sollte, dass er nicht auf ihre Rückkehr warten konnte.

Varga hatte sich in der Zwischenzeit auf einem Holzblock neben der Fensterbank niedergelassen und betrachtete mit gespieltem Interesse ein schartiges Messer, das zwischen dem Gerümpel lag.

»Also, was willst du?«, unterbrach Sonya das zähe Schweigen. Erst jetzt sah Varga zu ihr auf und durchbohrte sie mit einem Blick, der nichts Gutes erahnen ließ.

»Was soll ich schon wollen? Vielleicht bin ich ja nur hier, um meine Investition im Auge zu behalten.«

»Das bist du nicht und das wissen wir beide.«

»Ein schlaues Mädchen bist du.« Er legte das Messer beiseite und deutete auf einen klapprigen Campingstuhl neben sich. »Willst du nicht Platz nehmen?«

»Nein«, antwortete Sonya, während sie in gebührendem Abstand von ihm stehenblieb. »Sag mir erst, wie du überhaupt hierhergekommen bist. Ungebetene Gäste fallen schnell auf und normalerweise lässt man sie nicht mal von Bord gehen.«

Ein niederträchtiges Lächeln breitete sich auf Vargas Gesicht aus. »Das hat mir die hübsche Sekretärin auch gesagt. Zum Glück ist ihr Pflichtgefühl bei angemessener Bezahlung sehr flexibel. Sie gibt mir zwanzig Minuten, bis ich wieder verschwinden soll. Also lass uns keine Zeit verschwenden.« Er begradigte seine Haltung und sah Sonya nun direkt in die Augen. »Ich habe da ein gewisses Problem mit dir, Sonya.«

»Und das wäre?«

»Du ignorierst mich. Und das ist ein Fehler, den man kein zweites Mal macht. Ich habe versucht, dich zu erreichen, aber ohne Erfolg.«

»Dann weißt du noch nicht, dass es einen Zwischenfall gab. Unser einziger Funkmast ist ausgefallen, deswegen gibt es kein Telefon, Internet oder Mobilfunknetz.« Sie überlegte kurz, ob sie ihm noch mehr sagen sollte, hielt es aber für das Beste, vorerst darüber zu schweigen.

»Hm, klingt nicht wie deine üblichen Ausreden. Ich bin geneigt, dir das zu glauben. Gut für dich. Dann sag mir wenigstens, ob in den letzten Tagen etwas Nennenswertes passiert ist. Kommst du mit Liam zurecht?«

»Du kannst es dir denken. Er ist eben, wie er ist. Ein Maulheld, ein Aufschneider und kleiner Ganove.«

»Also ein riesiger Idiot.«

»Nein, das auch wieder nicht. Irgendwie ist er auch ganz unterhaltsam und unkompliziert. Manchmal treibt er mich in den Wahnsinn, aber ich wüsste nicht, was ich ohne ihn auf der gottverdammten Insel anstellen sollte. Ich würde sagen, wir kommen miteinander zurecht.« Sie ertappte sich dabei, wie sie lächeln musste. Vermutlich eine Spur zu herzlich. Sofort nahm ihr Gesicht wieder die üblichen harten Züge an.

Varga erwiderte nichts, doch konnte sie sehen, wie es hinter seiner Stirn arbeitete.

»Solange er keinen Ärger macht«, raunte er trocken und rieb sich die Goldringe an den Fingern. »Mir ist egal, ob ihr euch versteht oder nicht, solange du weißt, was am Ende zu tun ist. Du solltest dir gut überlegen, wem du deine Sympathie schenkst. Es ist ein gefährliches Spiel, das du da spielst.« Seinen Worten haftete ein beißender Unterton an, der deutlich machte, was er davon hielt.

Bis hierher hatte Sonya ihn noch einigermaßen verstanden, doch jetzt riss der Faden. Sie wurde das Gefühl nicht los, dass sie völlig falsch eingeschätzt hatte, weshalb Varga zu ihr gekommen war.

»Was meinst du damit? Kannst du mal aufhören, in Rätseln zu sprechen?«

»Dein Gefühl hat dich nicht getäuscht. Ich bin nicht nur hier, um dir über die Schulter zu schauen, nein. Sagen wir, ich habe etwas ziemlich Ungemütliches herausgefunden, das du wissen solltest. Und weil du es sowieso nur aus meinem eigenen Mund glauben wirst, sogar persönlich.« Mit der Hand tätschelte er den freien Campingstuhl neben sich. »Setz dich.« Diesmal waren seine Worte keine Bitte, sondern ein scharfer Befehl.

Mit einer Körperhaltung, die zu sagen versuchte, dass sie sich auch ohne seinen Befehl hingesetzt hätte, nahm Sonya Platz.

Obwohl Varga die Zeit davonlief, machte er nicht den Eindruck, sich beeilen zu wollen. Im Gegenteil wirkte es auf sie eher so, als würde er den Moment voll auskosten. Er faltete die Hände ineinander, seufzte einmal ausgiebig und begann wieder von vorne.

Sonya spürte, wie sich ein zorniger Druck in ihrem Brustkorb aufbaute, der sich jeden Moment zu entladen drohte.

Erst als ihre geballten Fäuste ein Knirschen aus den Stuhllehnen quetschten, spitzte Varga seine Lippen zu einem spöttischen Satz.

»Wenn du das erst einmal gehört hast, verdankst du mir wahrscheinlich dein Leben. So viel will ich schon mal sagen. Hast du deine Pistole bei dir?«

Die Frage traf Sonya völlig unvorbereitet. »Immer«, log sie, drehte sich aber so hin, dass Varga nicht dorthin sehen konnte, wo die Waffe normalerweise steckte. »Warum?«

»Weil das auch so bleiben sollte. Kann sein, dass ich mich ein bisschen verschätzt habe, was das Risiko für dich angeht.«

»Ein wenig? Du bist gut. Die ganze Insel ist eine Schlangengrube, die nur darauf wartet, einen aufzufressen.«

Doch so passend Sonya ihre eigenen Worte auch fand, es schien, als könnte Varga damit umso weniger anfangen.

»Was faselst du da?«, unterbrach er sie, noch bevor sie richtig ausholen konnte. »Ich rede von Liam.« Obwohl seine Worte überhaupt nichts Lustiges an sich hatten, glaubte Sonya, auf einen seiner geschmacklosen Witze gestoßen zu sein, die er immer dann verwendete, wenn er eigentlich zum Punkt kommen sollte.

»Welchem Liam? Doch nicht etwa von dem, der sich fast vor seinem eigenen Spiegelbild erschreckt?« Sonya konnte nicht anders, als zu lachen. »Er ist vielleicht eine Gefahr für meine Nerven, aber ansonsten …«

Als sie bemerkte, dass sich Vargas ernster Blick nicht veränderte, gefror ihr das Lächeln auf den Lippen. »Was ist los?«

»Hör zu«, sagte er, dabei legte er seinen beringten Zeigefinger auf die Lippen, um sicherzugehen, dass Sonya es nicht wagte, ihn zu unterbrechen. »Ich denke, der gute Liam, ist ein Schwindler und Betrüger. Wenn das überhaupt sein richtiger Name ist. Er hat uns was vorgespielt.«

Sonya spürte, wie ihr sämtliche Farbe aus dem Gesicht wich. Ihr Mund öffnete sich, doch wollte kein Ton daraus hervordringen. Mit einem Nicken gab sie Varga zu verstehen, dass er weiterreden sollte.

»Wo fange ich am besten an? Ah, ich weiß schon. Du erinnerst dich, dass wir kaum etwas über ihn wissen und er vor einigen Wochen wie aus dem Nichts aufgetaucht ist? Tja, wir haben mittlerweile einen Informanten gefunden, der mehr wusste.« Er nahm sich wieder das schartige Messer zur Hand und ließ es in einer beiläufig wirkenden Bewegung durch die Luft gleiten. »Dein unscheinbarer Liam ist nicht so harmlos, wie er uns glauben lassen will. Er ist …« Varga machte eine ruckartige Bewegung mit der Hand und rammte das Messer in einen Sack Blumenerde. »Ein gottverdammter Psycho. Und damit fängt die Geschichte gerade erst an. Du solltest nämlich wissen, dass es durchaus nicht sein erster Besuch auf Widow Peak ist.«

»Nicht?«, hakte Sonya nach und kam sich bei dieser Frage merkwürdig dumm vor. Wie hatte sie die Zeichen nur übersehen können? Es war ihr von Anfang an seltsam vorgekommen, dass Liam sich so mühelos auf der Insel zurechtfand, doch hatte sie das nur seiner schnellen Auffassungsgabe zugeschrieben.

Während sie noch über die Worte nachdachte, schüttelte Varga bereits den Kopf.

»Mehr als das. Er war mal ein Patient hier, besser gesagt ein Gefangener auf der forensischen Station.«

»Warte!« Sonya schnappte nach Luft. »Das kann nicht sein. Da kommen doch nur ...«

»Verbrecher hin?«, ergänzte Varga ihren Satz »Ganz genau und das ist er auch. Ein geistig gestörter verurteilter Mörder.« Seine Worte verloren sich in der nach Mottenkugeln riechenden Luft. »Wenn du es genau wissen willst, er hat seinen eigenen Großvater umgebracht. Ganz wüste Geschichte. Er hat ihm den Bauch aufgeschnitten und ihn mit seinem eigenen Darm stranguliert. Stell dir das mal vor.«

Sonya kämpfte gegen die Übelkeit an, die plötzlich in ihr aufstieg. Nicht wegen Vargas farbenfroher Beschreibung, sondern weil seine Behauptung sie wie einen Faustschlag in den Magen traf. Unvorbereitet und mit voller Härte!

Natürlich konnte Varga sehen, wie sehr ihr das zu schaffen machte, es hatte auch keinen Zweck mehr, es zu leugnen. Und genau das schien ihn anzuspornen, mit dornenbesetzter Zunge weiterzusprechen.

»Oh, warte. Das Beste kommt ja noch. Irgendwie muss er aus der Gefangenschaft entkommen sein und hat sich dann eine schöne neue Identität zugelegt. Du fragst dich, woher ich das weiß? Du fragst dich, wie ich so sicher sein kann, dass er nicht der echte Liam Hopkins ist?« Er lachte bitter, als wäre er dabei die Pointe eines düsteren Witzes zu erzählen. »Ganz einfach. Weil meine Leute gestern beim Versuch dich oder ihn zu erreichen, den echten Privatermittler namens Liam Hopkins gefunden haben. Er ist tot. Jemand hat ihm jeden Knochen im Körper zertrümmert und ihn verscharrt.«

Seine übrigen Worte kamen bei Sonya nicht mehr an. Plötzlich war sie weit weg, hörte ihr eigenes Blut in den Ohren rauschen, und Vargas Stimme war nur noch ein leises Hintergrundgeräusch, das klang, als würde es aus einem anderen Raum dringen.

Ihre Gedanken erschlafften, plötzlich fühlte sie sich unendlich müde. Zu müde zum Blinzeln, zu müde, um eine Antwort zu geben. Und doch hörte sie sich einen einzigen Satz sagen:

»Das heißt für uns?«

»Das heißt, dass wir uns nicht mehr an den Deal halten. Aber das muss Liam ja nicht bemerken. Er ist ein untergetauchter Verbrecher, niemand kann ihm helfen und niemand wird ihn vermissen. Du sorgst dafür, dass er uns die Bezahlung in die Hände spielt, und dann wirst du ihn erschießen.«

Sonya nickte kraftlos, ohne ihn dabei anzusehen.

Kurz darauf polterte ein ungeduldiges Klopfen an der Tür, das deutlich machte, dass Vargas Besuchszeit abgelaufen war.

27.

»Und du bist dir sicher, dass wir genau da runtermüssen?«, fragte Sonya, wobei ihr Blick kaum die Schlucht zu ihren Füßen streifte. Stattdessen musterte sie Liam durchdringend, wie sie es bereits tat, seit er sie nach seinem Ausflug zur Mühle wieder abgeholt hatte.

Irgendetwas hatte sich an ihr verändert und er konnte sich bereits denken, wer daran schuld war. Doch ganz gleich, welchen Floh ihr Varga auch ins Ohr gesetzt hatte, Sonya wollte nichts über ihr geheimes Gespräch preisgeben.

Dabei hatte sich Liam so angestrengt, irgendetwas aus ihr herauszukitzeln. Zuerst mit Charme, dann mit Humor, doch Sonya ließ sich nicht erweichen.

Wenn er mit ihr sprach, reagierte sie ausweichend, sagte nur das Nötigste und sah ihn auf eine sonderbare Weise an. Gelegentlich ertappte er sie sogar dabei, wie sie ihn aus dem Augenwinkel beobachtete.

Was, wenn Varga etwas über ihn herausgefunden hatte und es jetzt auch Sonya wusste? Ein furchtbarer

Gedanke. Er würde noch früh genug herausfinden, was es mit ihrem sonderbaren Benehmen auf sich hatte, und bis dahin gab es Wichtigeres zu tun.

Immerhin hatte sie sich wie erwartet über die guten Neuigkeiten gefreut, dass Bedingfield offenbar noch lebte und sie sogar einen Hinweis auf sein Gefängnis besaßen.

Sie standen vor der großen Brücke, die hinüber zur Festung auf der Witwenspitze führte. Zu ihren Füßen fiel eine steile Klippe bis in eine Schlucht hinab, die von oben betrachtet beinahe wie ein tiefer Burggraben aussah. Die Schlucht bestand aus zwei sich gegenüberliegenden Kalksteinwänden von ungefähr fünfzehn Metern Tiefe, durchzogen von einem Gespinst aus Rissen und Höhlungen.

»Ich bin mir sicher«, erwiderte Liam mit halb abgewandtem Gesicht. »Sie haben gesagt, dass Bedingfield in einer Schlucht festgehalten wird, und das hier ist die einzige Schlucht auf der ganzen Insel.«

Daraufhin sah Sonya ihn nachdenklich an, ersparte ihm aber die Frage, woher er das überhaupt wusste. Und dafür war er dankbar.

»Wenn Bedingfield da unten festgehalten wird, muss es doch wohl auch einen anderen Weg da runter geben.«

»Ganz sicher sogar. Nur zu blöd, dass keiner von uns ihn kennt. Also her mit dem Seil.« Seine Erklärung schien auch Sonya einzuleuchten, denn sie nickte zustimmend und zog sich die von Oscar ausgeliehene Seilrolle von der Schulter.

Liam sah ihr dabei zu, wie sie das Seil an der Brücke festband, mehrere Male prüfend daran zog und dann das Ende in die Tiefe warf.

Das Seil spannte sich, doch ob es auch wirklich den Boden erreichte, konnte Liam nicht erkennen, denn der vom Meer kommende Dunst schwappte wie eine trübe Suppe durch die Schlucht.

Gemeinsam standen er und Sonya am äußersten Rand der Felskante und ihre Körpersprache hätte jedem heimlichen Beobachter klar zu verstehen gegeben, dass keiner von ihnen darauf brannte, dieses alte Hanfseil hinabzuklettern.

Es sah zwar stabil aus, aber der Eindruck konnte ebenso täuschen, und – außerdem – was wusste er schon über Seile oder darüber, was ihn dort unten erwartete?

Gerade als er Sonya dazu bewegen wollte vorauszuklettern, legte sie ihm eine Hand auf die Schulter und schob ihn auffordernd in Richtung des Seils.

Wo ist Lady's first, wenn man es mal brauchen kann?, fragte sich Liam, setzte sich dann jedoch widerstrebend in Bewegung.

Obwohl sie das Seil nur von Oscars Hütte bis hierhergeschleppt hatten, fühlte es sich bereits kalt und klamm in seinen Händen an.

Liam erinnerte sich bildhaft daran, wie er im Sportunterricht immer hilflos am Seil gehangen hatte, und hoffte, dass ihm das Alter ein wenig mehr Geschick verliehen hatte.

»Du kannst das, Liam«, versuchte er sich in Gedanken Mut zu machen, sprach es jedoch versehentlich aus. Um dem peinlichen Moment zu entkommen, nahm er rasch das Seil in beide Hände und stieg seine ersten Schritte an der steilen Felswand hinab.

Die mit Moos, Farn und Heidekraut bewachsenen Felsen gaben ihm zwar Halt, doch minderten sie nicht das Brennen in seinen Oberarmen. Liam war nicht darauf gefasst gewesen, wie anstrengend es sein konnte, sich an einem Seil hinabzuhangeln. Etwas mehr Sport in letzter Zeit hätte ihm sicher nicht geschadet und vermutlich auch weniger von seinen durchzechten Nächten.

Er war kurz davor, sich zu schwören, etwas daran zu ändern, aber wie sollte er sich selbst ernst nehmen, wenn er wusste, dass ohnehin nichts davon eine Chance hatte, zu geschehen.

Als sich kurz nach ihm auch noch Sonya an das Seil hing, schwankte es umso mehr. Liam hätte gar nicht so viel frühstücken können, wie er gerade kotzen wollte, und doch hangelte er sich immer weiter in die Tiefe. Er musste völlig wahnsinnig sein, sein Leben einem so alten Seil anzuvertrauen.

Sie durchdrangen den dunstigen Schleier, der wie ein Deckel auf der Schlucht lag, bevor sie das Ende des Seils erreichten. Es baumelte nur wenige Meter über dem Boden, was es Liam leichter machte, sich einfach fallen zu lassen.

Er landete in einem Haufen aus Gestrüpp, der unter seinem Gewicht knirschend in sich zusammenfiel. Hier unten in der Schlucht war nichts von Nebel oder Dunst zu erkennen. Ihr Blick reichte durch das überwucherte Areal, so weit, wie man in einem Kessel aus Felsen eben sehen konnte.

Neben ihm landete auch Sonya auf den Füßen, verschwendete aber keine Zeit damit, sich lange umzusehen. Sie bahnte sich ihren Weg durch das Gestrüpp und hinterließ dabei eine dankbare Schneise, der Liam folgen konnte, bis sie zu einer von Unkraut überwucherten Wiese gelangten.

Der Boden schmatzte triefend feucht bei jedem Schritt, entweder weil sich das Regenwasser von den gegenüberliegenden Felswänden in der Schlucht sammelte oder weil irgendeine unterirdische Quelle diesen unerfreulichen Fleck auf der Insel unterspülte. Die genauen Gründe waren Liam auch egal, solange der Sumpf ihn nicht auffraß. Seine Schuhe jemals wieder verwenden zu können, hatte er schon lange abgeschrieben.

Sonya schien damit sehr viel weniger Probleme zu haben, zumindest ließ sie sich wie gewohnt nichts davon anmerken. Sie stapfte voran, während ihr der Morast bis hoch zu den Knöcheln hinaufkroch. Immer wieder hielt sie an, um nach irgendeiner Art von Hütte Ausschau zu halten, wurde jedoch genau so wenig fündig wie Liam. Vermutlich lag Bedingfields Gefängnis irgendwo hinter den Bäumen versteckt, die selbst hier im Tal wuchsen, wenn auch nicht ganz so zahlreich wie oben auf dem Plateau.

Sie hielten sich dicht an der beinahe schwarzen Felswand zur Witwenspitze, als Sonya plötzlich stocksteif stehenblieb.

Sie gab keinen Laut von sich und blinzelte nicht einmal, als Liam in sie hineinstolperte, doch ihre weit aufgerissenen Augen sagten ihm alles, was er wissen musste.

Sein Blick glitt an ihr vorbei zu Boden, wo er einen halbnackten Leichnam im Gras liegen sah. Obwohl er sich mittlerweile an den Anblick von Toten gewöhnt haben sollte, spürte er ein kaltes Grauen in sich aufsteigen.

Dieser Leichnam hatte nichts mit denen gemeinsam, die er schon auf der Insel oder jemals zuvor gesehen hatte. Es war ein auf dem Bauch liegender Mann, mehr konnte und wollte Liam nicht schlussfolgern, denn er musste sich abwenden und schaffte es nicht mehr rechtzeitig, das würgende Geräusch aus seiner Kehle zu unterdrücken.

Die Leiche zeigte bereits deutliche Verwesungsspuren und stank so erbärmlich, dass Liam es sogar auf der Zunge schmecken konnte.

Um die Übelkeit zu verscheuchen, massierte sich Liam den Kehlkopf, was so albern aussehen musste, dass er damit sofort wieder aufhörte. Als er sich danach erneut dem Leichnam zuwandte, drohte es ihn abermals zu übermannen, doch schaffte er es erfolgreich, dagegen anzukämpfen.

Sonya hatte sich in der Zwischenzeit neben den Leichnam gekniet, den sie mit schräggelegtem Kopf musterte.

»Keiner unserer drei Vermissten«, stellte sie mit einer so kühlen und beherrschten Stimme fest, wie sie nur einer Ärztin gehören konnte.

»Wie auch?«, entgegnete Liam mit gerümpfter Nase. »Es fehlt uns nur noch Elina. Und von einem weiteren verschwundenen Mann war nie die Rede. Seltsam. Vermisst den denn keiner?«

»Würde dich denn jemand vermissen, wenn du hier liegst?« Sonyas Worte trafen ihn völlig unvorbereitet und Liam geriet aus dem Gleichgewicht. Sie starrte ihn mit stechendem Blick an. Diesmal wollte Liam keine rettende Antwort einfallen und selbst sein schauspielerisches Talent konnte nicht verhindern, dass ihm das Gesicht entgleiste.

Nein, mich würde niemand vermissen. Er sprach die Worte nicht aus, konnte jedoch sehen, wie Sonya sie an seinem Gesicht ablas. Ihr Gesichtsausdruck veränderte sich und sah beinahe so aus, als würden ihr die unüberlegten Worte leidtun.

»Ich ... Ach, vergiss es. Schau dir lieber mal das hier an.« Ihr ausgestreckter Finger schwebte über dem

Leichnam. »Sieht aus, als wäre es ein Patient, zumindest trägt er die gleiche hässliche Hose wie wir.«

»Das sehe ich auch«, antwortete er, dankbar für den raschen Themenwechsel. »Kannst du sonst noch irgendwas anderes erkennen? Du bist immerhin Ärztin.«

»Aber keine Pathologin. Und wenn ich das hier sehe, weiß ich auch wieder, warum.« Ihre Worte wurden untermalt von dem Geräusch zahlloser Fliegen, die den Leichnam in einer zuckenden Wolke umschwirrten.

»Ganz deiner Meinung. Aber siehst du irgendwas besonders Auffälliges?«

Liam wusste, dass er sie nicht lange überreden brauchte, denn wenn eine Sache stärker war als Sonyas Abneigung gegen irgendetwas, dann konnte es nur ihre Neugierde sein. Begleitet von einer ganzen Reihe halblauter Verwünschungen nahm sie den Toten noch einmal genauer in Augenschein. Was sie dabei entdeckte, schien ihr nicht zu gefallen.

»Ich bin zwar keine Spezialistin auf dem Gebiet, aber ich würde schätzen, dass er hier seit ungefähr zwei Wochen liegt.«

»Vielleicht ein Opfer der Aufstände?«, warf Liam ein, bemerkte aber schon beim Aussprechen, dass es zeitlich nicht zusammenpasste.

»Glaube ich nicht. Wir wissen ja mittlerweile, dass die Aufstände Mitte September ausgebrochen sind, und zwei Wochen später war der Spuk vorbei. Jetzt haben wir es Mitte Oktober. So lange liegt der hier noch nicht.«

»Was also dann?«

»Schwer zu sagen bei der Menge an Verletzungen. Die Anzahl seiner Frakturen ist erschreckend. Das geht von den Füßen bis zu den Armen hoch. Das meiste sehe ich aber an den Beinen und am Becken, alles völlig zertrümmert. Das erkennt man besonders hier.« Sonya deutete auf eine freiliegende Stelle am Oberschenkel, wo sich vermutlich die ersten Tiere zu schaffen gemacht hatten. »Wenn ich die Brüche zählen müsste, wäre ich wahrscheinlich bis morgen nicht fertig.«

Liam hatte nicht vorgehabt den Leichnam noch einmal anzusehen, doch war er so leichtsinnig, es doch zu tun. Es wäre eine Lüge zu behaupten, ihn würde das Schicksal dieses Fremden auch nur annähernd jucken, doch beim Anblick dieses zerschmetterten Körpers kamen Erinnerungen hoch, die er geschworen hatte, für immer zu begraben.

Ich wollte das nicht, hätte er beinahe laut ausgesprochen. Stattdessen fragte er: »Und wie holt man sich bitte so viele Brüche?«

»Zum Beispiel bei einem Sturz aus großer Höhe.« Sie blickten gleichzeitig auf und sahen hoch oben auf den Felsen die Festungsmauer über sich thronen.

»Ach du Scheiße«, sprach Sonya genau das aus, was sich Liam gerade dachte. Wer auch immer von dort oben sprang, hatte nicht vor zu flüchten, wusste Liam. Es gab nicht den Hauch einer Chance, einen Fall aus so großer Höhe zu überleben, bevor die Felsen einen zerschmetterten.

Vielleicht ging auch dieses Opfer auf Dr. Coles Konto oder der Patient war einfach freiwillig gesprungen, um dem Teufelskreis seines Lebens zu entgehen.

Manchmal gar keine so schlechte Idee, dachte sich Liam. Bevor seine düsteren Gedanken ihn auffressen konnten, setzte er wieder ein unbekümmertes Lächeln auf, das er sich diesmal aber nicht einmal selbst glaubte.

»Lass uns weitergehen, mir schlafen schon die Füße ein.« Er tippte Sonya gegen die Schulter und nachdem sie nicht reagierte, noch einmal fester. »Komm. Hier können wir sowieso nichts mehr ausrichten. Lass uns weiter nach Bedingfield suchen. Wenn hier irgendwo eine Hütte ist, kann sie nicht mehr weit sein.«

Den Rest des Weges legten sie zurück, ohne auch nur ein einziges Wort miteinander zu sprechen.

Es lag eine bedrückende Schwere in der Luft, als würde sich der bleifarbene Himmel auf ihre Köpfe niedersenken.

Egal wie weit sie sich von der Leiche entfernten, Liam wurde das Gefühl nicht los, dass ihn der Gestank und das Surren der Fliegen weiterverfolgten. Es surrte in seinen Gedanken, es surrte in seinen Ohren, aber hauptsächlich surrte es in seinem Kopf. Allmählich begann er, sich Sorgen zu machen, dass dieser Ort ihn veränderte. Mal wieder!

Sie gingen weiter, vorbei an Tümpeln, lichten Wäldern und sonderbar aussehenden Gesteinsformationen, bis sie auf einen ausgetretenen Pfad stießen, der kaum mehr war als eine Spur aus plattgetretenem Gras.

Und da war sie. Im Schatten der aufragenden Burg stand eine zwischen den Felsen verborgene Hütte. Aus dem gemauerten Kamin drang Rauch.

28.

Sonya kam sich seltsam dabei vor, wie sie und Liam hinter einem Felsen kauerten und die Hütte beobachteten. Dieser unförmige Haufen aus windschiefen Brettern lag wie verlassen da, doch der Rauch aus dem Kamin sagte etwas anderes.

Ein Blick durch die Fenster hätte ihnen sicher Gewissheit verschafft, doch die daran festgenagelten Bretter sperrten alle neugierigen Augen aus. Mal wieder!

»Wir können hier noch rumsitzen, bis wir festwachsen, aber das nützt uns auch nichts«, schnaubte Sonya mit wachsender Ungeduld. »Komm, schauen wir uns das aus der Nähe an.«

Offenbar hatte Liam sich das Gleiche gedacht, denn innerhalb eines Wimpernschlags stand er schon auf den Beinen, um sich zusammen mit ihr in geduckter Haltung näher an die Hütte heranzuwagen.

Es stellte sich als unerwartet schwierig heraus, sich der Hütte lautlos zu nähern. Bei jedem Schritt schmatzte der sumpfige Boden unter Sonyas Schuhsohlen und die knackenden Zweige und matschigen Blätter verrieten sie mit ihrem Rascheln.

Sonya sah die Tür zur Hütte jeden Moment aufschwingen und eine düstere Gestalt daraus hervorkommen, doch nichts davon geschah.

Auf halbwegs leisen Sohlen näherten sie sich, bis sie die wurmstichige Außenwand der Hütte erreicht hatten. Zwischen den Brettern taten sich Spalten auf, von denen manche halb so dick wie ein Finger waren.

Als Sonya plötzlich Liams Hand auf der Schulter spürte, durchfuhr sie ein kalter Schauer.

Fass mich bloß nicht an. Wer auch immer du bist.

»Kannst du da drin was erkennen?«, flüsterte er mit einer Stimme, die kaum mehr als ein Hauchen war. Er hatte das Gesicht gegen die Bretter gepresst und Sonya tat es ihm gleich.

Obwohl die Ritzen breit genug waren, um hindurchzuspähen, gab es nichts, was sie dort erkennen konnte. Ihr kam es vor, als würde sie gegen eine schwarze Wand starren, die nur vom schwachen Glimmen der Kaminkohlen durchbrochen wurde. Falls sich also wirklich jemand im Inneren aufhielt, musste er es in absoluter Dunkelheit tun.

»Wir gehen da jetzt rein«, beschloss sie, ohne ihre Worte unnötig lange zu überdenken. Sie begegnete Liams Augen, schaffte es aber nicht, den Blickkontakt aufrechtzuhalten. Sie konnte nicht glauben, oder besser gesagt wollte nicht glauben, was Varga ihr erzählt hatte.

In Liams zwar verschlagenem, aber dennoch herzlichem Blick lag nicht die Kälte eines Mannes, der seinem Großvater die Därme herausriss und einem Privatermittler alle Knochen brach. Oder täuschte sie sich da? Sie hatte sich im Laufe der Zeit schon in so vielen Menschen getäuscht und musste zugeben, dass Menschenkenntnis nicht unbedingt zu ihren Stärken zählte. Große Zweifel hatte sie an Vargas Geschichte nicht, es passte einfach alles zu perfekt zusammen und wie sollte er sonst auf so eine Geschichte kommen? Ein Grund mehr, Liam im Blick zu behalten. »Du gehst voraus«, fügte sie hinzu.

Liam runzelte zwar die Stirn, schien ansonsten aber keine Einwände zu erheben. Bestimmt fragte er sich, warum er vorausgehen sollte, aber Sonya konnte ihm schlecht sagen, dass sie ihn lieber vor sich statt in ihrem Rücken haben wollte.

In geduckter Haltung schob sich Liam an der Wand entlang auf die Tür zu. Auf dem Weg dorthin fummelte er etwas aus seiner Jacke, das für Sonya wie ein selbstgebauter Dietrich aussah.

In diesem Moment fragte sich Sonya, ob sie erstaunt darüber sein sollte, dass er so etwas besaß oder ob es ihm nicht absolut ähnlichsah.

Als Liam vor der Tür in die Hocke ging, schob er das Werkzeug wieder in die Tasche, stattdessen streckte er die Finger aus und hielt grinsend ein unverschlossenes Vorhängeschloss in die Höhe.

Sonya stutzte. Sie wünschte sich, sie könnte seinen Enthusiasmus teilen, doch wann immer eine Sache so trügerisch glatt lief, gab es irgendwo einen Haken. Und genau diesen Haken suchte sie, als ihr Blick über die umliegenden Büsche streifte.

Dort war niemand zu sehen, doch was hieß das schon? Es wäre die perfekte Falle.

Von ihren Bedenken schien Liam nichts zu spüren, denn während sie noch darüber nachdachte, glitt seine Hand bereits zum Türgriff.

Die Tür knarrte ohrenbetäubend in ihren Angeln, während sie zur Seite aufschwang. Aus dem pechschwarzen Inneren überschwemmte sie ein von Kohle und Schweiß durchtränkter Schwall stickiger Luft.

Bevor Sonya reagieren konnte, packte Liam sie an der Hand und zerrte sie mit sich.

Im schwachen Lichtschein der offenen Tür zeigte sich die Trostlosigkeit dieser Gefängniszelle. Der Boden der Hütte bestand lediglich aus festgetretener Erde, bedeckt mit ein wenig Stroh. Neben der offenen Feuerstelle lag eine Matratze nebst einem stinkenden Eimer, in den Sonya lieber nicht hineinsehen wollte.

Ihr Blick fiel auf eine im Boden verankerte Eisenstange und folgte ihr bis zu einer Kette und den daran befestigten Handschellen. Es fehlten die darin gefangenen Hände und auch sonst war keine Menschenseele in der Hütte anzutreffen.

Das Adrenalin rauschte noch für mehrere Herzschläge durch Sonyas Adern, wurde jedoch rasch abgelöst von einem bitteren Gefühl der Ratlosigkeit.

»Das gibts doch nicht!«, zeterte Liam außer sich und versetzte dem Eimer einen solchen Tritt, dass der gesamte Inhalt gegen die Wand spritzte. »Ich fass es nicht! Wir sind zu spät.« Er schlug die Hände über dem Kopf zusammen und begann ruhelos durch den Raum zu marschieren. Vermutlich sah er sich zurück in Edinburgh bereits vor Sonyas geladener Pistole knien.

Wie gut, dass er nicht wusste, was am Ende dieses Abenteuers auf ihn wartete, ganz gleich, ob sie Erfolg hatten oder nicht. Es schmeckte Sonya zwar nicht, doch Vargas Befehl war nun mal leider Gesetz für sie, und je früher sie sich damit abfand, desto leichter würde es ihr fallen. Zumindest redete sie sich das ein. Wenn sie am Ende in Liams Augen sehen musste, während sie die Waffe auf ihn richtete, was würde sie dann tun?

Am liebsten weglaufen, dachte sich Sonya. Aber dafür war es längst zu spät! Nicht jetzt, vor ihrem letzten Job für Varga! Sie hätte schon viel früher einfach untertauchen können, vielleicht zurück nach Venezuela, aber was wäre dann aus Elina geworden? Wäre sie mitgekommen? Und falls ja, was wäre das für ein Leben gewesen, in der ständigen Angst, irgendwann gefunden zu werden? Nein, es war nicht ihre Art davonzulaufen. Früher nicht und ebenso wenig heute. Sie musste es zu Ende bringen.

Wieder einmal schluckte Sonya den Gedanken herunter. Sie musste darauf noch keine Antwort haben – immerhin jetzt noch nicht.

Auch Sonya konnte sich nicht mehr gegen ein enttäuschtes Stöhnen wehren, erlaubte sich aber, nicht so zu verzweifeln wie Liam.

»Beruhig dich.« Sie wollte ihm schon eine Hand auf die Schulter legen, erinnerte sich aber wieder daran, was sie mittlerweile über ihn wusste. »Lange kann es noch nicht her sein, dass er weg ist.« Ihre Handfläche glitt über die Matratze. »Sie ist noch ganz feucht und schwitzig. Außerdem brennt die Glut im Kamin. Wenn wir uns beeilen, dann …«

Beinahe gleichzeitig bemerkten sie die Schleifspur am Boden. Sie führte von der Matratze bis zur Tür hinaus, und Sonya fragte sich, wie sie etwas so Offensichtliches übersehen konnten. Plötzlich war jede Vorsicht wie weggefegt, als sie mit eiligen Schritten aus der Hütte herausstürzten.

Die Spur führte sie weiter von Bedingfields Gefängnis fort, eine steile Rampe aus purem Gestein hinauf bis an den Felsen unterhalb der Festung. Dort endete die Schleifspur abrupt vor einer grob geziegelten Mauer, an deren Spitze das obere Ende einer Tür herauslugte.

Sonya betrachtete die Steine, die überhaupt nicht zur Farbe der Festungsmauern passte, und begriff, dass die Tür zu dem Keller führen musste, von dem Oscar gesprochen hatte.

»Zugemauert?« Sie betastete die Steine, als müsste es irgendwo einen geheimen Schalter geben, damit sich die Mauer vor ihr öffnete.

»Da kannst du lange suchen«, hörte sie Liams Stimme in ihrem Rücken. »Sie müssen auf einem anderen Weg in die Festung gekommen sein. Und ich kann mir schon denken, auf welchem.« Zu Sonyas Überraschung teilte Liam mit den Händen einen dornigen Busch zu ihrer Rechten und legte einen bis eben noch unsichtbaren Fußabdruck zwischen den Sträuchern frei. In beängstigender Zielstrebigkeit bahnte sich Liam einen Weg durch die Sträucher, bis er neben einem fauligen Baumstumpf in die Hocke ging und ein Tarnnetz vom Boden aufhob. Darunter kam eine Luke zum Vorschein.

Sonya schnappte nach Luft, und erst als sie einen Windzug am Gaumen spürte, bemerkte sie, wie lange sie mit offenem Mund dagestanden hatte. Es wurde allerhöchste Zeit, nachzuhaken. Sie blinzelte die Überraschung aus ihrem Gesicht fort und schloss zu Liam auf.

»Und das weißt du jetzt woher?«

»Das kann ich dir nicht erklären. Und ich will es auch nicht. Wenn wir Elina finden wollen und mein Hals auf diesen zwei Schultern bleiben soll, dann ist das der einzige Weg.«

Sonya schluckte ihre Antwort herunter, denn sie wusste, dass jedes unüberlegte Wort nur unnötiges Öl ins Feuer schüttete. Sie würde ihre Antworten schon noch bekommen, ob es ihm gefiel oder nicht.

Als ihr Blick durch die Luke in den darunter liegenden Schacht fiel, sah sie eine kaum drei Meter tiefe Höhle, zu der eine Leiter hinabführte. Das Geräusch von tropfendem Wasser war zu hören und Stalaktiten hingen von der niedrigen Decke.

»Was sind das für Katakomben? Sollen wir da wirklich runter?«

»Du kannst mir vertrauen.« Liam nickte ihr zu und Sonya stieg eine glühende Hitze in den Kopf. Er log, so wie er es immer tat, und sie glaubte, nun endlich den Wolf unter seinem Schafspelz zu erkennen.

Ehe sie sich erklären konnte, was sie da tat, lag ihre Hand bereits in seinem Rücken und sie stieß Liam durch die Luke. Er stürzte so schnell hinab, dass er nicht einmal einen Schrei ausstoßen konnte, bevor er auf dem Boden aufschlug.

Eine Wolke aus Staub und Sand wirbelte auf, bevor Sonya an der Leiter hinabrutschte und neben Liam stehenblieb.

Er lag auf dem Rücken und keuchte, um wieder Luft in seine zusammengestauchte Lunge zu bekommen. Beinahe hätte er ihr leidgetan, wenn sie nicht wüsste, was für ein Monster in ihm steckte.

Sie baute sich über ihm auf und drückte ihm ihre Schuhsohle auf die Brust.

»Vertrauen soll ich dir, hm? Ich will jetzt die Wahrheit wissen. Die ganze Wahrheit und versuch bloß nicht, mich zu verarschen. Wer bist du und was spielst du hier für ein Spiel? Varga hat mir alles erzählt.« Sie holte tief Luft, um Liam all ihre Anschuldigungen ins Gesicht zu schleudern »Du warst vor nicht allzu langer Zeit Patient auf Widow Peak, hier in der forensischen Abteilung. Du hast deinen Großvater auf dem Gewissen und du bist nicht der echte Liam Hopkins. Nein, dem echten Liam Hopkins hast du alle Knochen im Leib gebrochen, nicht wahr?«

Es dauerte eine Weile, bis Liam wieder zu Atem kam. Der Schock stand ihm noch ins Gesicht geschrieben und er hatte Mühe, überhaupt seine Lippen zu öffnen.

»Du ... du hast mich ...«

»Dich gestoßen? Ja, habe ich. Also, willst du mir etwas sagen?«

Liam begann, sich unruhig am Boden zu winden. »Und was tust du, wenn ich den Mund halte?«

»Dann lässt du mir keine andere Wahl, als dich umzubringen und allein nach Elina zu suchen. Ich sage Varga, dass du mir keine andere Wahl gelassen hast.« Ihre Stimme klang wie Eis, passend zu dem Nebel, der hier in der kalten Höhle aus ihrem Mund stieg.

»Du würdest nicht ...« Er verstummte, als Sonya einen großen Steinbrocken emporhob und krachend neben seinem Kopf auf dem Boden zerschellen ließ.

Sie bluffte nur, doch in Liams angststarren Augen sah sie, dass es gewirkt hatte.

»Halt!«, rief er mit zitternder Stimme, die Arme schützend in die Höhe gestreckt. »Mach keinen Unsinn. Ich ... Ich rede ja. Aber was willst du bitte von mir hören? Hat Varga dir nicht schon alles gesagt?«

»Ich will, dass du mir in die Augen schaust und mir sagst, ob es stimmt.« Liam zögerte, so als würde er versuchen, die Falle hinter ihren Worten zu erkennen. Etwas veränderte sich in seinem Blick, ohne dass Sonya sagen konnte, was es war.

»Du meinst, ob ich ein Verbrecher bin? Das willst du also wissen?« Sie nickte. Es wurde still in der Höhle. Tropfendes Wasser und das Geräusch ihres eigenen Atems hallte von den Wänden. »Ja, das bin ich. Zufrieden?« Auf seine Worte folgte ein verstörendes Lächeln, in dem jedoch nicht der Hauch von Freude lag. »Aber nicht so, wie du wahrscheinlich denkst.« Sonya spürte einen Stich in ihrer Seite, vielleicht weil sie gehofft hatte, dass Liam all ihre Sorgen mit wenigen Worten zerstreuen würde, doch das tat er nicht. Er hatte natürlich keine Ahnung, was sie dachte. Das wusste sie gerade nicht einmal selbst so genau. Eine verwirrende Mischung aus Enttäuschung darüber, wer er wirklich war, und Angst davor, einen Menschen zu verlieren, den sie niemals in ihr Herz hätte schließen sollen.

»Dann sag mir, wie es wirklich ist.«

»Und das würdest du mir glauben?«

Diese Frage hatte sie sich auch selbst schon gestellt und bisher keine Antwort darauf gefunden.

»Sehen wir dann«, antwortete sie. »Erst will ich hören, was du zu sagen hast. Sei ehrlich. Das ganze Gerede von deiner Kindheit und dem Aufwachsen im Theater, das war auch alles gelogen, stimmts?« Sie verfluchte sich für den Klang ihrer eigenen Stimme, denn sie verriet, wie sehr sie diese Tatsache verletzte. Zu ihrer Überraschung schüttelte Liam den Kopf.

»Nein, das stimmt alles. Unsere Gespräche ... Das waren die wenigen Momente, in denen ich mal ich selbst sein konnte.«

»Und wer oder was bist du?« Wieder wurde es still. Diesmal rang Liam sichtlich mit den Worten, doch bevor er es sich anders überlegen und sie wieder hinabschlucken konnte, drückte Sonya ihre Fußsohle kräftiger auf seine Brust.

»Na gut. Ich bin kein Privatermittler. Ich bin ein Hochstapler.« Er sprach diese Worte ohne Scham aus, frei und geradeheraus. »Ja, das bin ich. Ein Betrüger, ein Scharlatan, aber vor allem ein Schauspieler, denn als so einer wurde ich geboren.«

Ein Donnerschlag erklang in Sonyas Gedanken. Sie schluckte, doch das Entsetzen kroch ihr so schnell die Kehle hinauf, dass es sich nicht mehr aufhalten ließ. Sie wusste, dass er Geheimnisse besaß, sie wusste, dass er viel log, und doch traf sie diese Wahrheit mit voller Wucht.

Plötzlich wusste sie gar nichts mehr und alles, was gegen die Leere zu helfen schien, war, weiterzureden.

»Die ganze Welt ist eine Bühne ... Hast du das nicht irgendwann mal gesagt?« Sonya lachte verbittert in sich hinein und schüttelte den Kopf. »Ich kann nicht glauben, dass wir alle auf dich reingefallen sind.«

»Da seid ihr nicht die Ersten.« Er deutete ein zaghaftes Lächeln an, das Sonya nicht zu deuten wusste. Es wirkte auf sie ungewohnt nachdenklich.

»Ach, nein? Und wen hast du sonst noch so an der Nase herumgeführt?«

»Jeden, der mir profitabel genug erschien. Es ist mein Lebensunterhalt, verstehst du? Es ist das Einzige, was ich wirklich gut kann.« Die Worte gingen ihm leicht von den Lippen, als hätte er sie sich selbst schon oft vor dem Spiegel gesagt. »Für das nötige Kleingeld bin ich in jede Rolle geschlüpft, die sich angeboten hat. Ich war schon Kunstsachverständiger, Bräutigam oder ein aus dem Nichts aufgetauchter verschollener Enkel. Es braucht nur die richtige Geschichte und ebenso viel Geschick, dann öffnen sich die Herzen und auch die Geldbeutel. Verurteile mich ruhig. Ich weiß selbst, wie mies das ist.«

Zu gern hätte Sonya das getan, doch eine Moralpredigt aus dem Mund einer Frau, die sich zu einer Geldeintreiberin hatte machen lassen, wäre so scheinheilig wie Schnaps im Weihwasser. Sie verzichtete und stellte stattdessen ihre nächste Frage.

»Und so bist du in die Rolle eines Privatermittlers eingestiegen? Was hast du dir davon versprochen?«

»Ausnahmsweise ging es nicht um Geld«, ächzte Liam, während er sich auf dem felsigen Boden krümmte. »Ich wollte einfach einer Menge Ärger aus dem Weg gehen. Ich musste untertauchen.«

»Weil du Patient in Widow Peak warst und irgendwie von dort abhauen konntest. So ist es doch?« Er nickte schwermütig »Verstehe. Deswegen auch die neue Identität. Du bist quasi auf der Flucht.«

»Man hält mich für tot, ertrunken bei der Flucht. Meine Patientenkleidung habe ich am Felsstrand gelassen, so als wäre sie angeschwemmt worden.«

»Mir egal, wie du den Ausbruch geschafft hast«, unterbrach Sonya seine Erklärung. »Sag mir lieber, was du angestellt hast, um in die forensische Abteilung zu kommen. Ich weiß es zwar, aber ich will es aus deinem eigenen Mund hören.«

Plötzlich verstummte Liam, als hätte er sich die Zunge verschluckt. Seine Augen huschten unruhig umher, auf der Suche nach der richtigen Antwort.

»Nichts«, stöhnte er widerwillig. »Ich bin unschuldig.«

Es hätte nicht viel gefehlt und Sonya hätte schallend angefangen zu lachen.

»Verkauf mich nicht für blöd. Es gibt keine Unschuldigen auf einer forensischen Station. Du hast deinen Großvater auf dem Gewissen. Gib es doch wenigstens zu.«

Liam bäumte sich so plötzlich auf, dass Sonya zur Seite kippte und neben ihm auf dem harten Steinboden landete. Sie spannte sich an, machte sich bereit dafür, dass er sich gleich auf sie stürzte, doch blieb er einfach liegen.

»Er war ein mieser Dreckskerl«, schimpfte er, kaum eine Armlänge von Sonya entfernt. »Und ein Teil von mir glaubt sogar, dass er es verdient hat. Aber ein ebenso großer Teil von mir hat ihn auch geliebt, ganz gleich, was für ein Tyrann er war. Ich weiß nicht, wer ihm das angetan hat, aber ich habe ihm kein Haar gekrümmt. Nur leider haben alle Indizien in meine Richtung gezeigt. Genug für eine Verurteilung.«

Obwohl Sonya genug Zeit besaß, wieder aufzustehen, blieb sie dicht neben Liam sitzen. Sie konnte die Emotion in seinen Augen sehen, eine Emotion, die nicht einmal er ihr hätte vorspielen können. Oder doch?

»Angenommen, ich glaube dir das«, sagte sie mit einer Stimme, die nur noch ein Flüstern war. »Warum bist du dann in eine Psychiatrie und nicht ins Gefängnis gekommen?«

»Weil ich es so wollte und weil ich eben gut schauspielern kann. Nennen wir es die größte Fehleinschätzung meines Lebens. Ich dachte, eine Haftzeit in der Psychiatrie wäre erträglicher als im Gefängnis. Also habe ich den Psychologen eine schwere Störung vorgespielt. Ich hatte mich gut informiert und wusste, worauf ich achten muss. Offenbar hat es gereicht. Dumm, wie ich war, hatte ich gehofft, dass ich nach ein paar Jahren als Genesener wieder auf freien Fuß komme, aber Widow

Peak hat sich als ein Albtraum ohne Ausweg herausgestellt, schlimmer, als ein Gefängnis es je sein könnte.«

Ihre Blicke begegneten sich und keiner von ihnen wagte es zu blinzeln.

»Irgendeinen Ausweg musst du ja wohl gefunden haben.«

»Nicht ich. Ich hatte Hilfe von jemandem, der für Geld alles tut.«

»Und der wäre?« Wieder zögerte Liam, doch dann schien ihm klar zu werden, dass es nichts mehr zu verheimlichen gab.

»Der echte Liam Hopkins«, antwortete er. »Ein Bekannter hat ihn mir früher mal empfohlen als beste Adresse für alles Unmoralische, und das, obwohl ihn bisher kaum jemand zu Gesicht bekommen hat. Ich musste einen Wächter bestechen, um ihm eine versiegelte Nachricht zu übermitteln. Hopkins sollte alles bekommen, was ich besitze, und dafür ist er bei Nacht mit einem kleinen Boot zur Insel gekommen und hat mich durch diesen geheimen Tunnel hier aus der Festung geschmuggelt.«

»Und vor lauter Dank hast du ihm die Identität gestohlen und alle Knochen gebrochen?«

»Nein«, bellte er noch im selben Moment. »Das war ein Unfall. Wir waren schon auf dem Rückweg nach Edinburgh und der starke Seegang hat uns auf die Küste zugetrieben. Zwischen den Felsen ist unser Boot wie eine Nussschale zersplittert und Mister Hopkins gleich mit. Mir ist zum Glück kaum etwas passiert. Es war ein blöder Unfall, aber ich habe die Gunst der Stunde genutzt und weil er sowieso tot war, mir seine Identität und seine unbeantworteten Aufträge unter den Nagel gerissen. Das alles hat nur geklappt, weil Hopkins wie ein Geist war. Keine sozialen Kontakte und selbst seine Auftraggeber haben ihn in der Regel nicht zu Gesicht bekommen. Du musst mir glauben, ich habe vermutlich schon viele Leben ruiniert, aber noch keins beendet.«

Ganz im Gegensatz zu ihr. Alles, was er sagte, machte irgendwie Sinn, doch es bedeutete auch, dass Sonya überhaupt nicht wusste, vor welchem Menschen sie da gerade saß.

»Und wer bist du dann?«, kam es endlich aus ihr heraus.

»Ein Niemand. Wie es der Zufall wollte, hatten Mr. Hopkins und ich den gleichen Vornamen. Ich gebe zu, das hat die Eingewöhnung etwas leichter gemacht. Mein echter Name ist ... Ach, ist auch egal. Zumindest nicht Hopkins, und ich bin auch kein Mörder.«

Fassungslosigkeit, aber auch Erleichterung überkam sie. Niemand konnte ihr die Garantie geben, dass er nicht wieder log, doch sie wollte ihm eine letzte Chance geben. Etwas hatte sich in ihnen verändert. Die Barrikade aus schützendem Eis war geschmolzen, und sie glaubte, endlich den wahren Liam dahinter zu erkennen.

In diesem Moment wurde Sonya klar, dass der einzige Mörder in dieser Höhle gerade in ihren eigenen Stiefeln steckte.

Jetzt da sie wusste, dass Liam nicht das furchtbare Monster war, das Varga von ihm gezeichnet hatte, durchströmte sie so viel warme Erleichterung, dass es ihr in der Brust kribbelte. Vielleicht hätte Liam sogar verdient, das zu wissen, doch es war nie ihre Stärke gewesen, sich so weit zu öffnen und verletzbar zu zeigen. Nein, sie versteckte sich lieber wie ein Feigling hinter einer Maske aus Selbstbeherrschung.

Mehr denn je wollte sie Liam in den Arm nehmen und ihm zeigen, wie leid es ihr tat. Er ahnte wahrscheinlich nicht einmal, wie sehr sie ihn während der intensiven Zeit auf der Insel ins Herz geschlossen hatte und wie viel Angst ihr der Gedanke gemacht hatte, dass Vargas Anschuldigungen stimmten. Geschweige denn die furchtbare Gewissheit, dass sie ihn noch erschießen musste.

Doch etwas hinderte sie daran. Allem voran die Befürchtung, dass so viele widersprüchliche Gefühle ihr das Hirn aufgeweicht hatten.

Der Moment verflog, ohne dass sie ihn nutzte.

»Ach, verdammt«, zischte sie schließlich halblaut, raufte sich die Haare und sank neben ihm zu Boden. »Ich weiß nicht, ob ich dir glauben soll oder ob ich dir je ganz vertrauen kann ... aber ich versuche es mal. Dass ich dich hier runtergestoßen habe, tut mir leid.«

»Schon gut.« Er legte seine gänzlich mit Staub bedeckte Hand auf ihre und begann sie zu tätscheln. »Keine Entschuldigung nötig. Irgendwie hab ich's auch verdient. Und glaub mir, ich wurde schon viel übler angepackt. Nennen wir es Berufsrisiko.« Er lächelte matt, und Sonya konnte nicht anders, als sich davon anstecken zu lassen. Ihr fiel ein Stein vom Herzen, jetzt da sie Liam wieder in einem anderen Licht sehen konnte. Eine Freude, die nur davon getrübt wurde, was sie noch in Vargas Namen mit ihm anstellen musste.

»Hast du dich eigentlich verletzt?« Ihr war klar, wie dämlich diese Frage ausgerechnet aus ihrem Mund klingen musste.

»Ich? Nein, glaube nicht. Frag mich später nochmal.« Er stand auf und ging probeweise einige Schritte im Kreis. Zuerst hinkte er noch, doch seine Bewegungen wurden rasch immer fließender.

»Was zur Hölle ist nur los mit dir?«, entfuhr es Sonya. »Du müsstest wütend auf mich sein. Du solltest mich anschreien oder so was.«

»Sollte ich wahrscheinlich. Aber das gibt mir nichts. Glaub mir, wenn man erst mal so vielen Leuten übel mitgespielt hat wie ich, dann nimmt man es keinem mehr übel, wenn man selbst mal aufs Kreuz gelegt wird. Wenn überhaupt, sollte ich sauer auf Varga sein und das bin ich ja sowieso. Also lass uns das einfach vergessen und einen Strich drunter machen. Ich schaffe es hier nicht ohne dich und du nicht ohne mich. Ab jetzt spielen wir mit offenen Karten und schubsen uns nicht mehr in tiefe Schächte. Einverstanden?« Er streckte seine Hand aus und Sonya zog sich daran hoch.

Seltsam, dachte sich Sonya. Kaum hatten sie reinen Tisch miteinander gemacht, stapften sie wieder nebeneinander her, als wäre nichts gewesen. Eine Mörderin und ein Betrüger, die akzeptiert hatten, dass sie den anderen brauchten, aber ihn nicht ändern konnten.

Sie waren noch nicht weit gekommen, als Liam auch schon unvermittelt stehenblieb.

»Bist du bereit?«

»Bereit wofür?« Sie folgte seiner ausgestreckten Hand, die in eine felsige Nische deutete, aus der eine Leiter in die Höhe führte.

»Bereit, um endlich in die Festung einzudringen.«

29.

Liam klopfte das Herz immer noch bis zum Hals, als er die letzten Sprossen der Leiter erklomm.

War er tatsächlich so verrückt gewesen, Sonya alle schmutzigen Details seiner Vergangenheit zu erzählen? Er musste den Verstand verloren haben. Ganz sicher hatte ihm der Sturz ordentlich die Gehirnwindungen durcheinandergebracht, anders konnte er es sich nicht erklären. Ein guter Magier sollte nie seine Geheimnisse verraten, doch so, wie es aussah, hatte es sich für ihn nun ausgezaubert.

Es gab keinen Menschen auf dieser Welt, dem er sich jemals so geöffnet hatte. Und doch konnte er nicht leugnen, wie befreiend es sich anfühlte und wie viel leichter ihm nun das Atmen fiel. Zumindest bis er die obersten Sprossen der Leiter erreichte, wo ihm ein faulig süßer Gestank in die Nase stieg.

»Was stinkt denn hier so widerlich?«, hörte er Sonya unter sich nach Luft schnappen. »Sag bloß, wir müssen gleich durch die Abflussrohre kriechen?«

Gott bewahre. Dieses letzte bisschen Würde hatte er sich noch beibehalten können, wenn ihm sonst schon nichts anderes geblieben war.

»Hör auf zu spinnen. Ich weiß selbst nicht, was da so stinkt. Das hier ist nur ein alter und kaum bekannter Versorgungstunnel, durch den mich Hopkins damals rausgeschafft hat.«

Er stemmte sich an den letzten Sprossen in die Höhe, wo er eine rostige Metallplatte entdeckte, die sich kaum von den Felswänden abhob. So gut es ihm inmitten des engen Schachts gelang, warf er sich gegen die Platte. Sie klemmte genauso fest dort drin, wie sie es schon damals getan hatte. Und genau wie damals half weder Ziehen noch Drücken. Bereits nach wenigen Versuchen glühte ihm die Schulter, bis sich das störrische Metall endlich ein kleines Stück bewegte.

Lose Steine und Sand rieselten ihm auf die Schuhe und von dort auf Sonyas Kopf. Wenn es eine andere Situation gewesen wäre, hätte er damit wohl weitergemacht, um sie einzustauben wie einen Schlossgeist, doch selbst ihm war gerade nicht nach Unsinn zumute. Je weiter sich die Platte aus der Wand löste, desto beißender wurde der Gestank.

»Ekelhaft. War das schon immer so?«, fragte Sonya mit einer Stimme, die erahnen ließ, dass sie sich gerade die Nase zuhielt.

»Nein. Wir sollten eigentlich gleich in der Küche rauskommen.«

»Muss eine nette Küche sein.«

Noch ein letztes Mal warf sich Liam gegen das Hindernis, bis sich die Metallplatte scheppernd aus ihrer Halterung löste. Dahinter lag ein quadratisches Loch, gerade bereit genug, dass ein Mensch hindurchpasste.

Liam kroch hinein, schlug sich dabei den Kopf am Felsen an und versuchte, das pulsierende Brennen unter seiner Haut zu ignorieren. Er lag nun der Länge nach in einem Schacht aus Edelstahl, so eng, dass er nur mit den Armen vorankriechen konnte. Es war nur ein kurzes Stück, bis er mit der Hand eine Klappe erreichte, sie aufstieß und in den dahinterliegenden Raum purzelte.

So musste es sich anfühlen, geboren zu werden. Zuerst Dunkelheit und Enge und dann flutschte man in ein völlig anderes Leben, auf das niemand einen vorbereitet hatte.

Liam fand sich auf dem gefliesten Boden wieder, neben ihm die geöffneten Flügeltüren des Küchenschranks, der ihn soeben ausgespuckt hatte. Dort, wo eigentlich Töpfe, Pfannen und anderer Kram verstaut werden sollte, rutschte nun auch Sonya hervor.

Eigentlich kannte Liam das alles schon und hatte mit keinen großen Überraschungen gerechnet, doch was er hier sah, verschlug ihm den Atem.

Der Gestank drang plötzlich so mächtig auf ihn ein, dass ihm Tränen in die Augen stiegen. Es war eine Mischung aus Fäulnis und Fäkalien, die ihn sofort aufstoßen ließ. Er musste beide Hände fest gegen den Mund pressen, um sich nicht auf den Küchenboden zu erbrechen.

Auch Sonya, die bisher den üblen Geruch scheinbar stoisch ertragen hatte, stöhnte hörbar auf. »Gott, was ist das?« Ihre Stimme drang nur noch gedämpft durch ihre erhobenen Hände.

»Ein Schlachtfeld«, keuchte Liam, während er sich aus fassungslosen Augen umsah.

Was war hier nur passiert? Die Küche sah aus, als hätte ein wütender Mob sie verwüstet. Der Boden war übersät mit Dreck, bestehend aus zertretenen Lebensmitteln und Hausschmutz, vermischt mit unzähligen Splittern, die entweder vom Geschirr oder dem Mobiliar stammten. Irgendjemand musste hier furchtbar gewütet haben.

Egal wie lange Liam den Kopf drehte, er konnte dem Anblick der Zerstörung nicht entfliehen. Er sah zertrümmerte Körbe und Kisten, zerschlagene Regale und Schränke. Alles war bis in seine Einzelteile zerlegt worden, die wild verteilt in der Küche lagen, als wäre ein Sturm hindurchgefegt.

Selbst die an der Wand angebrachten Keramikfliesen waren zum Teil abgeplatzt, wie Liam es nur von Kriegsschauplätzen in den Nachrichten kannte.

Von der einst schlichten, aber funktionalen Küche war nur noch der vernarbte und zahnlose Schatten seiner selbst geblieben.

Für einen kurzen Moment vergaß Liam, warum er überhaupt hier war, während er mit offenstehendem Mund durch das Chaos stapfte. Glasscherben knirschten unter seinen Sohlen und er glaubte, dass Sonya ihn gerade irgendetwas gefragt hatte, doch nahm er ihre Worte nur beiläufig wahr.

Er wusste nicht, was ihn mehr schockierte: Die Verwüstung – oder viel schlimmer – die Gewissheit, dass er all das miterlebt hätte, wenn er nicht damals geflohen wäre.

Abermals ließ er seinen Blick schweifen, suchte in den Trümmern nach einer Antwort, ohne sie zu finden. Dieser Ort schwieg, ebenso wie es ein Friedhof tat. Was auch immer hier so schrecklich stank, schien nicht aus der Küche zu stammen, sondern von irgendwo anders aus der Festung.

Als er Sonyas Hand auf seiner Schulter spürte, schreckte er aus seinen düsteren Gedanken hoch.

»Alles in Ordnung?«, fragte sie ihn und er glaubte, in ihrem Blick tatsächlich so etwas wie Sorge zu erkennen. Wie gern hätte Liam glauben wollen, dass er diese Form der Zuneigung verdient hatte. Doch er setzte wie gewohnt nur ein unbekümmertes Lächeln auf, auch wenn seine Mundwinkel sich dagegen sträubten.

»Schon gut. Ich bin nur ein bisschen ... erschlagen. Ich meine, schau dir das mal an.« Seine Hand zeigte wie zum Beweis in einem weiten Bogen durch den Raum.

»Kaum zu glauben«, stimmte Sonya ihm zu. Auch wenn sie sich Mühe gab, ihre Fassung nicht zu verlieren, konnte er ihr doch ansehen, wie sehr sie dieser Anblick beunruhigte. »Meinst du, das stammt noch von den Aufständen?«

»Schon möglich.«

»Aber das würde ja bedeuten, dass seitdem niemand mehr hier gewesen ist.«

Und genau das war der Punkt, den auch Liam nicht glauben konnte.

»Stimmt. Doch es würde erklären, warum das Essen für die Insassen nicht mehr aus der Küche kommt, sondern vor der Festung abgelegt wird.«

Es war ein schwacher Versuch, die Dinge in Verbindung zu bringen, das wusste Liam selbst. Und nur ein kurzer Blick zu Sonya verriet ihm, dass sie nicht besonders überzeugt war.

»Aber das macht doch auch keinen Sinn. Wer würde so ein Schlachtfeld hier einfach unangetastet stehenlassen?«

Gute Frage, hätte Liam am liebsten gesagt, doch war er bereits wieder in Gedanken versunken. Allmählich kam es ihm so vor, als wäre all das nur ein makabres Spiel, und doch musste sich irgendwo ein Sinn verstecken. Je länger er sich in diesem Raum aufhielt, desto mehr Details dieses zerstörerischen Wahnsinns fielen ihm ins Auge.

Von der einzigen Eingangstür waren nur noch Splitter übrig geblieben, die an den leeren Angeln hingen. Es wirkte beinahe so, als wären die Eindringlinge auf der Suche nach etwas gewesen. Alle Schränke und Fächer, soweit sie noch intakt waren, standen offen. Besteck, Töpfe und Pfannen lagen entweder noch in den Schubladen oder gleich daneben auf dem Boden, doch von den Messern fehlte jede Spur. Doch das war nicht das Einzige, was fehlte.

Und da fiel es ihm auf. Kaum hatte er es begriffen, konnte er es nicht mehr übersehen. Nicht der kleinste Rest Essen war übrig geblieben. Nicht einmal ihre verfaulten Überreste oder die winzigsten Krümel. Einfach gar nichts.

Wenn Hunger die Gestalt eines Raumes annehmen könnte, dachte sich Liam, dann würde er so aussehen wie hier.

Während Sonya an einigen der Bruchstücke zupfte, bückte sich Liam zu einer von der Wand gefallenen Uhr. Ihre Zeiger waren wie in einer Totenstarre zum Zeitpunkt ihres Endes gefangen.

»Hast du was gefunden?«, fragte Sonya, die plötzlich über seiner Schulter aufgetaucht war.

»Denke schon.« Er reichte die Uhr nach oben weiter, damit auch sie einen Blick darauf werfen konnte. Die Uhr zeigte nicht nur eine Uhrzeit, sondern zu seiner Überraschung auch ein Datum.

»Fünfundzwanzigster September? Aber das ist doch knapp zwei Wochen, nachdem die Aufstände ausgebrochen sind? Ich dachte, zu dem Zeitpunkt war alles wieder unter Kontrolle?«

»Dachte ich auch.« Liam stützte sich vom Boden ab, der sich sonderbar klebrig anfühlte. Als er einen genaueren Blick auf die vor Dreck starrenden Fliesen warf, erstarrte er mitten in der Bewegung.

»Sicher, dass alles in Ordnung ist?«, fragte ihn Sonya noch ein weiteres Mal. »Du siehst aus, als hättest du einen Geist gesehen.« Sie folgte seinem Blick, ehe er antwortete:

»Ich glaube, das habe ich auch.« Mit dem Finger deutete er auf eine bräunlich verschmierte Spur. »Das sieht aus wie Blut.«

Sonya folgte seinem Wink und kniete sich neben ihn. Es kostete sie nur einen kurzen Blick, ehe sie ein Nicken andeutete. »Oh ja, du hast Recht. Sogar eine ganze Menge davon. Wer so viel Blut verliert, ist innerhalb kürzester Zeit tot. Bedeutet, hier ist jemand ausgeblutet.«

Statt einer Antwort vertiefte sich ihr Schweigen. Liam wusste nicht, was er darauf erwidern sollte, und offensichtlich waren auch Sonya die Worte ausgegangen.

Als sie sich wieder aufrichteten und durch den Raum in Richtung Tür gingen, entdeckten sie noch weitere solcher Blutspuren, die sie jedoch nicht näher untersuchten.

»Wir verschwenden hier nur unsere Zeit. Lass uns weitergehen«, brach Sonya schließlich das Schweigen und Liam war dankbar dafür.

Sie verließen die Küche und folgten dem von massiven Steinquadern getragenen Korridor, der sie tiefer in die beängstigend stillen Eingeweide der Festung führte. Keine der Lampen brannte, nur durch ein paar vergitterte Luken drang spärliches Tageslicht ins Innere.

Außer dem dumpfen Widerhall ihrer eigenen Schritte war nicht das leiseste Geräusch zu hören.

Liam kannte dieses Schweigen nicht, ganz im Gegenteil. Sonst waren die Gänge und Hallen stets erfüllt gewesen von einem durchgängigen Schwall aus Schritten, Stimmen oder Schreien.

»Irgendwo gibt es hier doch bestimmt Wachen, oder?«, flüsterte Sonya dicht neben seinem Ohr.

»Sei froh, wenn wir niemandem begegnen.« Seine Worte hörten sich an wie ein Wunsch, doch war Liam sich nicht sicher, ob er das wirklich wollte. Diese Leere machte ihm mehr Angst, als es jeder Mensch könnte. Ihm blieb nur zu hoffen, dass seine Fassade aus gut einstudierter Gefasstheit standhielt, denn in seinem Inneren spielte er bereits mit dem Gedanken, einfach wegzulaufen.

Sie hielten sich dicht an den Wänden und erreichten kurz darauf eine Abzweigung, an der Liam nach rechts deutete.

Mit jedem Schritt begann sein Herz schneller zu schlagen, denn er wusste genau, wohin er Sonya gerade führte. Es war der einzige Weg, der nicht in einer Sackgasse endete und somit der einzige Weg, den Bedingfields Entführer hätte einschlagen können. Gleichzeitig war es der Ort, den Liam in diesem Höllenloch am meisten verabscheute.

Dort, wo sie eine Gittertür am Betreten hindern sollte, sah Liam nur einen sperrangelweit offenstehenden Durchgang. Dahinter weitete sich der Korridor zu einer zweistöckigen Halle, die so viele Türen zählte wie ein Honigstock Waben.

Hier in der Halle konnte er auch ohne die Hilfe seiner Taschenlampe sehen, denn dünne Fäden von Tageslicht sickerten durch die vergitterten Dachfenster herein.

Ein Klirren hallte durch den weiten Raum, als Liam die Taschenlampe aus den schwitzigen Fingern glitt.

Sonya brauchte länger, bis sie sah, was ihn so erschreckt hatte, riss dann jedoch ungläubig die Augen auf.

»Die Zellen!«, rief sie mit ausgestrecktem Finger.

»Sie sind offen«, vervollständigte Liam ihren Satz. Die Worte tröpfelten ohnmächtig über seine Lippen.

Alle Zellen zu beiden Seiten der zwei Geschosse gähnten sie aus weit aufgerissenen Mäulern an. Im Saal türmten sich zahllose aus den Zellen geworfene Matratzen, zersplitterte Stühle lagen herum und neben dem

Treppenaufgang häuften sich die verkohlten Überreste eines Feuers.

»Das heißt, die Gefangenen ...« Er schluckte. »Müssen hier noch irgendwo sein.« Plötzlich fühlte er, wie fremde Blicke ihn von allen Seiten durchbohrten. Er fuhr herum, doch seine Augen glitten ins Leere.

Liam begann zu schwitzen, sein Atem drang in kurzen Stößen aus seiner Kehle, und obwohl er versuchte, dagegen anzukämpfen, hatte er längst begriffen, dass er die Kontrolle über seine Nerven verloren hatte.

Vielleicht weil er als Einziger ahnte, was da in der Dunkelheit auf sie lauerte. Er wusste, welche Gestalten in den Zellen saßen, und er wusste, wozu sie im Stande waren. Wahnsinnige, Mörder, Vergewaltiger und Sadisten. Jeden Tag und jede Nacht hatte er mit ihnen verbracht, ihr Geschrei und wirres Gefasel durch die Mauern gehört und gebetet, dass es endlich aufhörte.

Eine glühende Hitze breitete sich zwischen seinen Schläfen aus und trotzdem zitterte er am ganzen Körper.

Plötzlich gruben sich Sonyas Finger in den Stoff an seiner Schulter und zerrten ihn in den Schatten.

»Reiß dich zusammen, Liam«, zischte sie, doch auch ihre Stimme klang ungewohnt nervös. »Ich brauche dich hier und jetzt, hörst du? Verlier bitte nicht die Nerven. Hast du eine Idee, wo die Gefangenen stecken könnten?«

Einfach überall, hätte er fast gesagt, schüttelte aber nur den Kopf.

»Toll. Wir müssen aber trotzdem weitergehen.«

»Weiter?« Beinahe hätte Liam diese Worte vor Entsetzen herausgeschrien. »Hast du den Verstand verloren? Nichts wie weg hier, solange …« Sonyas eindringlicher Blick brachte ihn zum Schweigen.

»Nichts da. Wir können nicht abhauen, solange wir nicht Bedingfield oder Elina gefunden haben.« Ihre Worte klangen wie Honig, aber schmeckten wie Gift.

Liam wusste nicht, was ihm mehr Angst machen sollte: Eingesperrt zu sein, mit einer Horde von Wahnsinnigen oder dieses kalte Flackern in Sonyas Augen, von dem er nicht wusste, ob es ihre Angst war oder nur ein Zeichen davon, dass sie gleich etwas Unüberlegtes anstellen würde.

Er starrte auf seine Schuhe hinab und bemerkte, dass er in einer Schleifspur aus getrocknetem Blut stand.

Allmächtiger, steh mir bei.

Die Zweifel krochen ihm wie eine Handvoll Würmer durch die Gedärme, doch bevor sie ihn vollends auffressen konnten, zwang sich Liam zu einem widerstrebenden Kopfnicken. Offenbar hatte Sonya bereits damit gerechnet, denn sie wirkte weniger überrascht als er selbst.

Nachdem er die Taschenlampe wieder aufgehoben hatte, folgte Liam ihr dicht auf den Fersen durch die verwüstete Halle bis zu deren Ausgang.

Sie waren gerade erst in den finsteren Korridor eingetaucht, als sie an einer hohen zweiflügeligen Tür vorbeikamen, von der Liam wusste, dass sie zur Festungskapelle gehörte.

Keiner von ihnen schenkte ihr große Beachtung, doch als sie daran vorbeigingen, hörten sie dahinter plötzlich ein Geräusch. Es wiederholte sich noch ein weiteres Mal und verstummte dann so schlagartig, wie es gekommen war – ein Husten.

Sie sahen sich gegenseitig an, und obwohl Liam mit seinem darauffolgenden Nicken etwas ganz anderes meinte, glitt Sonyas Hand zur Tür. Das Holz bewegte sich keinen Millimeter.

»Abgeschlossen«, stellte Sonya fest, ohne dabei ein wirkliches Geräusch zu machen. Daraufhin fasste Liam in die Seitentasche seines Mantels, aus dem er Oscars nachgemachten Schlüssel hervorholte.

»Das ist ein Generalschlüssel. Nur das Haupttor und die Zellen haben eigene Schlüssel«, flüsterte er, während das unscheinbare Stück Bronze zwischen seinen Fingern glänzte. »Alle anderen sind gleich.« Während er sich noch für seinen Einfall verfluchte, steckte er den Schlüssel ins Loch und drehte ihn.

Ein Klicken war zu hören.

30.

Das Geräusch des Schlüssels lag noch greifbar in der Luft, als Sonya beide Hände gegen die Türflügel stemmte. Das laute Knarren der Scharniere fuhr ihr wie ein scharfes Messer unter die Haut und erstickte ihren jämmerlichen Versuch, unbemerkt hineinzuschlüpfen.

Vor ihnen tat sich ein weitläufiger Raum auf, der ebenso aussah, wie man sich eine Kapelle vorstellte. Zwei Reihen dunkler Holzbänke säumten den schmalen Durchgang zum Altar, einem massiven Steinquader ohne jeglichen Schmuck. An den Wänden standen hohe Kerzenleuchter, in denen zu Sonyas Überraschung einzelne Flämmchen tanzten, die im Windzug der aufschlagenden Tür allesamt verloschen.

Auf einen Schlag wurde es finster in der Kapelle, doch der kurze Augenblick hatte Sonya gereicht, um zu sehen, dass dieser Raum von der allgemeinen Verwüstung verschont geblieben war.

Der Lichtstrahl aus Liams Taschenlampe durchbrach die Finsternis und tastete sich durch die zähflüssige Dunkelheit. Im trüben Schein tanzte lediglich der Staub, doch war niemand sonst zu erkennen.

Ein Mantel aus Stille legte sich über den Raum, doch war es keine gewöhnliche Stille. Sonya kannte dieses Schweigen, obwohl sie nicht wusste, wie sie es beschreiben oder an was sie es festmachen sollte. Es kam ihr so vor, als hätte der gesamte Raum die Luft angehalten, kaum dass sie eingetreten waren.

Sie gingen tiefer in die Kapelle hinein, begleitet vom Widerhall ihrer Schritte. Hier gab es keine Verstecke, keine Möglichkeit, ihren Augen zu entkommen, es sei denn …

Ihr Lichtstrahl richtete sich auf den Altar.

Schluss mit dem Versteckspiel. Mit energischen Schritten näherte sich Sonya dem Steinquader, dicht gefolgt von Liam.

Je näher sie heranrückten, desto schmaler wurde der dahinterliegende Schatten, bis er nur noch ein dünnes Band war, aus dem plötzlich ein schmutziges Gesicht hervorschoss.

Sonya holte zum Schlag aus, erstarrte aber mitten in der Bewegung.

»Elina?« Ihre Stimme war plötzlich nur noch ein heiseres Krächzen. Kein Zweifel, es war ihre Schwester, die da vor ihr kniete und mit erhobenen Händen versuchte, sich vor dem grellen Licht zu schützen.

»Sonya?« Ihre großen Rehaugen, die schon immer die unschuldigsten in ihrer ganzen Familie gewesen waren, sahen müde aus, gezeichnet von dunklen Ringen. Ihr schwarzes Haar floss in einer verfilzten Welle an ihren Schultern herab, die dünn und knochig aussahen wie bei einem kleinen Mädchen.

Innerhalb eines Wimpernschlags schlang Sonya ihre Arme um sie und presste die zerbrechliche Gestalt gegen ihren Körper. Sie wollte lachen, weinen, schreien vor Freude, doch all ihre Gefühle blockierten sich gegenseitig, sodass sie einfach nur wortlos in Elinas Ohr atmete, während sie sich in den Armen lagen.

Sie hielten sich fest, umschlungen wie zwei miteinander verwachsene Bäume, die ohneeinander nicht mehr aufrecht stehen konnten.

Irgendwo in Sonyas tiefstem Inneren brach gerade ein Damm und sie konnte sich nicht länger zurückhalten.

Sie schloss die Augen, während ihr die Tränen an den Wangen hinabliefen, und für einen flüchtigen Moment vergaß sie sogar, an was für einem furchtbaren Ort sie sich hier befanden. Hauptsache, Elina war bei ihr, so lebendig und gesund, wie sie es kaum noch für möglich gehalten hatte.

In den letzten Tagen hatte Sonya genau von diesem Moment geträumt, doch wann immer sie und ihre Schwester sich zu nahekamen, war der Traum verblasst.

Elina stöhnte auf, als Sonya sie noch einmal fester an sich drückte, in der Angst, sie könnte ebenso plötzlich verschwinden, wie es der Traum immer getan hatte.

Eine Weile verharrten sie in dieser Position, bis sie sich vorsichtig voneinander lösten und Sonya sich zum ersten Mal die Zeit nahm, Elina vernünftig in Augenschein zu nehmen.

Ihre Schwester war erschreckend dünn, mit eingefallenen Gesichtszügen und schmutziger Haut. Ihre Kleidung starrte vor Dreck und ließ durch zahllose Löcher die darunterliegende Haut durchblitzen.

»Geht es dir gut?«, fragte Sonya, während sie hektisch an ihr herumzupfte. »Bist du verletzt? Soll ich dich untersuchen, ich …« Sie hielt mitten im Satz inne, als Elina ihr beschwichtigend einen Finger auf die Lippen legte.

»Es geht schon. Ich … lebe.« Etwas Besseres schien ihr nicht einzufallen. Ihr schwaches Lächeln sollte offenbar Sonyas Sorge abmindern, doch sprachen daraus nur die unvorstellbaren Dinge, die Elina in den letzten Wochen gesehen haben musste. »Du bist hier.« Elina wischte sich eine Träne aus dem Augenwinkel und streckte ihre von Schmutz bedeckte Hand aus, um damit über Sonyas Wange zu streicheln. Ihre Finger fühlten sich eiskalt an. »Ich wusste, dass du irgendwann stutzig wirst, wenn du nichts mehr von mir hörst, und dann kommst, um nach mir zu suchen.«

»Ich würde dich nie im Stich lassen. Niemals«, antwortete Sonya mit erstickter Stimme. Was hätte sie dafür gegeben, diesen Moment noch ewig zu genießen, doch sie wusste, dass hier weder der Ort noch die Zeit dafür war.

Sie nahm Elinas Gesicht in beide Hände und sah ihre Schwester eindringlich an. »Wir bringen dich hier raus.«

Elinas Blick driftete zu Liam ab. »Wer ist das?« Ein unübersehbares Misstrauen sprach aus ihren zusammengekniffenen Augen.

»Ein Freund. Sein Name ist Liam. Du kannst offen reden.«

»Ach ja? Ich ... weiß gar nicht, wo ich anfangen soll. Es war alles so furchtbar.« Sie schüttelte den Kopf, als könnte sie damit die finsteren Bilder wieder vertreiben.

»Lass dir Zeit.«

»Aber nicht zu viel«, flüsterte Liam so leise, dass nur Sonya es hören konnte. »Sonst verlieren wir noch Bedingfields Spur.« Sonya brachte ihn mit einem wütenden Blick zum Schweigen, ehe sie sich wieder Elina zuwandte.

»Alles wird gut. Ich bin jetzt bei dir, hörst du? Erzähl mir einfach, was hier passiert ist.«

Elina machte ein gequältes Gesicht, wobei sie Sonyas Hand fest in ihre nahm. Ihr Blick hatte nichts von der darin glimmenden Rastlosigkeit verloren. »Hast du meine Hinweise gefunden?« Sonya nickte »Dann weißt du immerhin schon, dass es einen furchtbaren Aufstand gab.« Elina sah aus, als würde sie jeden Moment an ihren Worten ersticken. Plötzlich sprudelte es nur so aus ihr heraus. Sie sprach in schnellen abgehackten Sätzen. »Hier in der Forensischen Station hat es angefangen. Die Gefangenen haben die ganze Festung eingenommen und die Wachleute haben sie belagert, damit keiner rauskommt. Die Wachen hatten Angst, dass sich der Aufstand auch aufs Dorf ausbreitet, und ich habe mitbekommen, wie sie einzelne Patienten regelrecht aus dem Dorf verschleppt und in die geschlossene Abteilung geworfen haben, um sie mundtot zu machen.«

Sonya nickte immer wieder, während sie Elinas vor Anspannung bebenden Körper in den Armen hielt. Bis hierher hatte sie noch nichts Neues erfahren, doch ihre Schwester hatte gerade erst begonnen. Erneut nahm Elina einen tiefen Atemzug und schloss diesmal die Augen beim Weiterreden. »Und da ist mir mal wieder klargeworden, wie viel auf der Insel falsch läuft, besonders seit den Aufständen. Leute sind verschwunden, auch die Mitarbeiter waren völlig außer Kontrolle und ich wollte so viel wie möglich davon dokumentieren, um die Machenschaften aufzudecken. Verstehst du?« Sie riss ihre Augen wieder auf und Sonya konnte den abgehetzten Ausdruck in ihnen erkennen. »Ich habe geschnüffelt und gewühlt und – dämlich, wie ich bin – nicht einmal darüber nachgedacht, wie gefährlich das ist.« Ihre Mundwinkel verzerrten sich zu einem selbstironischen Lächeln, das voller Bitterkeit war. »Ich habe viel ungewollte Aufmerksamkeit auf mich gezogen und ich hatte Angst, ebenso zu verschwinden wie schon andere vor mir. Jedenfalls habe ich gespürt, dass ich unter Beobachtung stehe.«

»Und dann hat dich Pater Francis verraten und in den Keller gesperrt?«, meldete sich diesmal Liam zu Wort und Sonya fiel auf, dass sie fast vergessen hätte, dass er überhaupt da stand.

Doch Elina schüttelte nur energisch den Kopf.

»Nein, überhaupt nicht. Er hat mir geholfen, mich zu verstecken. Unten im Keller der Kapelle. Aber ich bin nicht lange da unten geblieben, denn es gab schon längst ein anderes Problem.« Sie holte tief Luft »Die Nachricht vom Aufstand war ein Funke, der sich wie ein Steppenbrand auf der Insel ausgebreitet hat. Am dritten Tag der Festungsrevolte ist das passiert, wovor alle Angst hatten. Im Dorf haben die Patienten angefangen zu rebellieren, sind in die Station eingefallen und haben sogar die Patienten aus der geschlossenen Abteilung befreit. Es war ein Chaos. Ein einziges furchtbares Chaos. Um die Situation wieder in den Griff zu kriegen, mussten die meisten Wachleute von der Festung abgezogen werden. Für mich war das eine große Chance.«

»Chance wofür?«

»Um in die Festung einzudringen. Ich wollte herausfinden und dokumentieren, was da drin passiert ist, bevor es irgendjemand nach den Aufständen vertuschen kann. Ein Wunder, dass ich es überhaupt bis zur Festung geschafft habe.«

»Du meinst wegen dem wütenden Mob?«, hakte Sonya behutsam nach. Ihre Schwester blinzelte einige Male wirr und ungleichmäßig, ehe sie wie aus einem düsteren Traum hochschreckte.

»Auch deswegen. Ich bin ihnen ein paar Mal nur knapp entwischt. Zuerst bin ich am Leuchtturm vorbeigekommen und danach Richtung Witwenspitze. Ich habe gesehen, dass die Festung zwar noch belagert wurde, aber nicht mehr vollständig umringt war, also habe ich mir von Oscar einen Schlüssel für die Festung nachmachen lassen und bin dann durch die Schlucht in einen der Kellereingänge eingedrungen. Ich glaube, mich hat sogar jemand gesehen. Dieser Wachhauptmann, Preston ist sein Name.«

»Das heißt, du bist seit einem Monat hier drin?«

»Weiß ich nicht.« Sie begann aus heiterem Himmel zu grinsen, doch glich es mehr einer verstörenden Grimasse. »Ich habe kein Zeitgefühl mehr. Ich ... wollte hier drin Fotos und Videos machen, um aufzudecken, was hier passiert ist. Aber alles, was ich gefunden habe, war Gewalt und Terror.« Plötzlich begann sie zu schluchzen und wahrscheinlich wäre sie in sich zusammengefallen, wenn Sonya sie nicht festgehalten hätte. »Die Gefangenen in der Festung haben sich gegenseitig in Stücke gerissen«, keuchte Elina mit belegter Stimme. Ihre Augen glotzten geradewegs durch Sonya hindurch. »Die Gänge waren gepflastert mit Blut und Leichen, manche davon so übel zugerichtet, dass sich ihre herausquellenden Därme auf dem Gang verteilt haben.« Sie schnappte nach Luft, während sie sich wie eine Ertrinkende an Sonya festklammerte. Elinas Fingernägel gruben sich tief in Sonyas Haut, doch atmete sie den Schmerz einfach weg. »Es war ein schreckliches Blutbad. Ich hatte noch nie in meinem Leben so große Angst und hab mich hier in der Kapelle eingesperrt. Am nächsten Tag wollte ich aus der Festung rausschleichen, aber da waren die Ausgänge fest verschlossen. Sie haben sich kein Stück bewegt.« Ihre Stimme überschlug sich vor Verzweiflung und Sonya wünschte sich, sie könnte mehr für ihre Schwester tun, als sie nur im Arm zu halten.

»Die Eingänge wurden zugemauert«, bestätigte Liam und Elinas Augen weiteten sich vor Schreck.

»Was? Wer hat das getan? Und warum?«

»Wir wissen es nicht«, antwortete Sonya. Sie strich Elina eine wilde Haarlocke aus der Stirn, bevor sie ihr Kinn sachte in ihre Richtung drehte. »Aber bald werden wir es wissen. Ich verspreche es dir. Während du hier drin warst, hat Dr. Cole die Kontrolle an sich gerissen und wahrscheinlich hatte er sie schon viel länger. Alles, was hier passiert, folgt irgendeinem Plan. Wir sind hier, weil wir Bedingfield befreien wollen. Er wird uns sagen können, was hier gespielt wird. Die Spuren führen von seinem Gefängnis genau hierher. Du müsstest sie eigentlich gehört haben.«

Elina musste nicht lange nachdenken, bevor sie entschieden nickte. »Ja! Ja, habe ich. Ich war mir nicht sicher, ob ich es mir nicht eingebildet habe. Kurz bevor ihr gekommen seid, sind mindestens zwei Leute hier an der Tür vorbeigegangen. Ich habe schon ewig niemanden mehr gehört. Einer von ihnen hat irgendwas gemurmelt, aber ich konnte nichts verstehen.«

»Langsam ergibt das ein Bild für mich«, raunte Liam in seine geballte Faust »Die Morde, das hängt sicher mit dem zusammen, was hier passiert ist.«

»So sicher wie das Amen in der Kirche. Und unsere verschwundenen Mitarbeiter mussten sterben, weil sie zu viel wussten.« Beinahe gleichzeitig senkte sich ihr Blick auf Elina, die nur verwirrt von einem zum anderen sah. Sonya wollte sich gar nicht erst vorstellen, was gerade in ihrem Kopf vor sich ging, und trotzdem kam sie nicht umhin, Elina mit noch mehr unbequemen Wahrheiten zu erschlagen.

»Hör zu, Schwesterherz. Außer dir gab es noch zwei andere Mitarbeiter, die verschwunden sind. Den Hausmeister Alan White und den Wachmann Oliver Preston. Beide wurden umgebracht. Weißt du irgendwas dazu? Warum ausgerechnet die beiden?«

Statt einer Antwort blieb Elinas Mund sperrangelweit offen, was Sonya als klares Nein deutete.

»Egal, denk nicht weiter drüber nach. Hauptsache, dir ist nichts passiert. So seltsam es klingt, aber ich glaube, es hat dir das Leben gerettet, hier eingesperrt zu sein.« Schon der bloße Gedanke, dass es auch anders hätte kommen können, ließ Sonya innerlich so frösteln, dass sie Elina hastig wieder an sich zog und ihr einen Kuss auf die Stirn drückte.

Ein Räuspern meldete sich aus dem Hintergrund. »Ich will euch ja nicht unterbrechen, aber dafür fehlt uns wirklich die Zeit.«

Sonya musste zugeben, dass Liam recht hatte. Sie stand auf und zog Elina auf die Beine.

»Kannst du laufen?«

»Es geht schon.« Zum Beweis wagte Elina einige Schritte auf wackeligen Beinen.

»Na, immerhin. Und wie geht es jetzt weiter?«, fragte Liam, während er den Lichtstrahl auffordernd in Sonyas Gesicht richtete. »Sag mir nicht, du bringst Elina hier raus und ich soll allein in diesem Schlachthaus nach Bedingfield suchen?«

Die Befürchtung stand ihm deutlich ins Gesicht geschrieben und Sonya beruhigte ihn mit einem Kopfschütteln. »Wo denkst du hin? Hast du noch nie einen Horrorfilm gesehen? Wir teilen uns nicht auf. Wir finden Bedingfield, schnappen ihn uns und dann nichts wie raus aus der Festung. Alle zusammen.«

Liam runzelte die Stirn, ein klares Zeichen dafür, dass sich seine Sorge nur noch weiter vertieft hatte.

»Wir haben nicht mal Waffen.«

»Dann lass uns hoffen, dass wir keine brauchen werden.«

31.

Schon zum zweiten Mal an diesem Tag schleppte sich Liam durch die finsteren Korridore der Festung, von denen er gehofft hatte, sie nie wieder sehen zu müssen.

Die Luft war immer noch erfüllt von demselben widerlichen Gestank, den sie schon in der Küche bemerkt hatten, doch jetzt verstand Liam endlich, was er da roch. Er atmete die Ausdünstungen von verrottenden Körpern und allem, was aus ihnen heraussickerte, tropfte oder kroch.

Allein der Gedanke daran stülpte ihm den Magen um. Je länger er die beißende Luft atmete, desto besser gelang es ihm zwar, den Gestank auszublenden, doch ganz verscheuchen ließ sich dieser Atem des Todes nicht. Er begleitete ihn auf jedem Schritt, damit er auch niemals vergaß, welches Schicksal hier auf ihn warten konnte.

Immer noch fiel es ihm schwer zu glauben, dass seine Verzweiflung ihn tatsächlich hierhingeführt hatte. Vielleicht war er dem echten Privatermittler Liam Hopkins doch gar nicht so unähnlich, denn für Geld machten sie beide offensichtlich alles. Eine Grenze gab es da schon lange nicht mehr.

Nahezu jedes Stück dieser zwielichtigen Korridore erinnerte ihn an ein Leben, das er nicht mehr haben wollte und vor dem er seit viel zu langer Zeit davonlief. Ein Leben, das er sich damals genauso ausgesucht hatte, mit all seinen Höhen und Tiefen, Verstrickungen und Krisen. Selbst, wenn er einiges in seinem Leben anders gemacht hätte, gab es für ihn keinen Zweifel daran, dass er trotzdem irgendwann an diesem Punkt gelandet wäre.

In seinen Hosen hätte der gleiche maßlose, vergnügungssüchtige und selbstzerstörerische Kindskopf gesteckt, der er eben war, doch seltsamerweise waren das genau die Eigenschaften, die er am meisten an sich mochte, im Gegensatz zu seinem mangelnden Ehrgeiz und seiner latenten Nachlässigkeit. Außerdem zog er Probleme an wie ein Scheißhaufen die Fliegen. Dabei hatte er nicht einmal Pech, im Gegenteil, das Glück war sein bester Freund. Das eigentliche Problem war nicht zu lösen, denn das Problem war er selbst.

Er hatte noch nie ruhig auf dem Sofa sitzen, geschweige denn stundenlang in einen Fernseher glotzen können. Was für andere nach Entspannung klang, fühlte sich für ihn an wie Stillstand. Und Stillstand bedeutete Folter. Wenn jeder Tag wie der vorherige aussah, konnte er sich ebenso gut gleich in einen Sarg legen, immerhin müsste er dann keine Miete mehr zahlen. Es waren vermutlich solche Gedanken, die ihn immer wieder in den Abgrund stürzten.

Obwohl er sich in den Augen der Gesellschaft wohl als Verlierer bezeichnen sollte, hatte Liam sich selbst nie so gesehen. Schon oft hatte er sich gefragt, ob das Unheil, das er anzog, wirklich nur reiner Zufall war oder ein kleiner Teil von ihm es in Wahrheit herbeisehnte oder sogar auf eine kranke Art genoss. Er war die Hauptperson seines eigenen kleinen Bühnendramas, von dem er nur hoffen konnte, dass es noch ein Happy End für ihn bereithielt.

Vermutlich war es an der Zeit, sich ernsthafte Gedanken über seinen Gemütszustand zu machen, doch für den Moment zog Liam es vor, sich lieber um sein Leben zu sorgen.

Mittlerweile hatten sie die schützende Kapelle ein gutes Stück hinter sich gelassen und drangen immer tiefer in den finsteren Kaninchenbau der Festung ein.

Sein Puls hatte sich seitdem kaum beruhigt und er machte sich auch keine Hoffnung, dass es noch so weit kommen würde. Hinter jeder Ecke sah er einen blutrünstigen Gefangenen und jedes Trümmerstück auf ihrem Weg sah zunächst aus wie eine verkrümmte Leiche. Doch bisher hatten sie weder das eine noch das andere zu Gesicht bekommen.

Noch nicht, dachte sich Liam in stiller Gewissheit. Die Festung wirkte menschenleer, doch er wollte nicht daran glauben, dass sie es tatsächlich war.

Vor ihnen teilte sich der Korridor in zwei Gänge auf, die in entgegengesetzter Richtung tiefer ins Innere der Festung führten.

Sonya blieb inmitten der Gabelung auf einem kreisrunden Schmutzfleck stehen, der für Liams Dafürhalten schon wieder verdächtig nach einer getrockneten Blutlache aussah. »Und jetzt?«

»Nach links« Liams Antwort kam so prompt, dass Sonya ihn verblüfft ansah. Als sie seiner Geste folgte, entdeckte sie es auch.

Dort lagen dicht bei der Wand ein paar plattgetretene Halme Stroh, gerade genug, damit es zwischen zwei Finger passte. In Sonyas Gesicht dämmerte die Erkenntnis.

Stroh gab es nicht in der Festung, sehr wohl aber in Bedingfields Gefängnishütte.

»Er hat uns eine Spur hinterlassen?«, flüsterte Sonya ungläubig.

»Oder es ist einfach von ihm abgefallen. Ist auch egal, Hauptsache, wir kennen den Weg.«

Ab jetzt übernahm Liam die Führung ihrer kleinen Truppe. Nicht, weil er unbedingt als Erster in sein Verderben stürzen wollte, sondern eher, weil er nicht als Letzter laufen und der Gefahr den Rücken zudrehen wollte.

Irgendwo in der näheren Umgebung dröhnte plötzlich ein dumpfer Schlag, bei dem sich Liam schlagartig in eine Ecke warf. Das Geräusch war genau aus der Richtung gekommen, in die sie sich gerade bewegten.

Nur ein Geräusch, nichts, wovor du Angst haben musst, versuchte sich Liam zu beruhigen, doch kamen die Gedanken nicht bei ihm an.

Nachdem er sich zurück auf die Beine gekämpft und seine feuchte Stirn abgewischt hatte, sah er, dass sich auch die anderen wieder gesammelt hatten, und tappte weiter voran ins Halbdunkel.

Liam hörte laute Atemgeräusche, die rasselnd und beängstigend klangen und bemerkte erst nach einigen Atemzügen, dass sie von ihm selbst stammten.

Er schluckte, als er aus dem Augenwinkel plötzlich eine Bewegung sah. Der Schein seiner Taschenlampe wirbelte herum, gleißend hell bohrte er sich in die Dunkelheit einer ehemaligen Wachstube.

Der Raum war ebenso furchtbar verwüstet worden wie die Küche und der Zellentrakt, mit der Ausnahme, dass es hier noch schlimmer nach Verwesung stank als bisher.

Zwischen den Trümmerstücken glaubte Liam, einen abgetrennten Arm zu entdecken, doch huschte sein Blick schnell weiter zu einer vergitterten Tür an der Stirnseite des Raums, wo er die Bewegung ausgemacht hatte.

Etwas war dort in der Dunkelheit, etwas, von dem Liam nicht wusste, ob er es überhaupt sehen wollte.

Ein unheilverkündendes Rascheln lag in der Luft, als Liam sich dichter an die vergitterte Tür heranschob. Er spürte Sonyas warmen Atem im Nacken und was ihm normalerweise gefallen hätte, ließ ihm in dieser angespannten Situation die Haare zu Berge stehen.

Der Schein seiner Taschenlampe, die mittlerweile besorgniserregend flackerte, gab den Blick in die vergitterte Kammer frei.

Vom Boden richtete sich eine zerrupft aussehende Gestalt auf.

»Dr. Bedingfield!«, schallte es von allen dreien wie aus einem Mund. Der Klinikleiter blinzelte verdattert ins grelle Licht, das ihm kaum erlaubte, seine Augen zu öffnen.

Die Tage in Gefangenschaft hatten weniger deutliche Spuren bei ihm hinterlassen als befürchtet. Bedingfield hatte nichts von seiner Leibesfülle eingebüßt und zeigte keine Spuren einer Verletzung. Lediglich um die Augen wirkte er etwas verknitterter und seine schneeweißen Haare, in denen noch einzelne Strohfasern hingen, standen ihm zu allen Seiten ab.

Er stand in einer kaum zwei Quadratmeter breiten und mit einem großen Vorhängeschloss gesicherten Kammer, von der Liam wusste, dass sie den Wachleuten früher zum Wegsperren von Material gedient hatte.

Die Decke über ihm war so niedrig, dass Bedingfield Mühe damit hatte, aufrecht zu stehen, während er sie aus großen verwunderten Augen ansah.

Er musste sie für ein Hirngespinst gehalten haben, denn es dauerte eine Weile, bis sich sein Gesicht plötzlich aufhellte.

»Mister Hopkins! Sie schickt der Himmel. Sie und ...« Sein Blick huschte zu Sonya, doch, da ihm offensichtlich ihr Name nicht mehr einfiel, überspielte er die Worte schnell. »Sie haben mich also gesucht? Oh, sie glauben ja nicht, wie dankbar ich Ihnen beiden bin.« Er schien Elina noch gar nicht bemerkt zu haben, die ein Stück abseits in den Schatten stand.

»Wer hat Sie hier drin eingesperrt? Und warum?«, meldete sich nun auch Sonya zu Wort, nachdem sie ebenfalls dichter an das Gitter getreten war.

»Das war Cole, der Mistkerl. Ja, er hat mich erst in eine Hütte drüben in der Schlucht gesperrt und dann hierhergeschleift. Er ist gerade auf der Suche nach irgendwas in der Festung und hat mich in der Zwischenzeit hier eingesperrt. Aber fragen Sie mich bloß nicht, was er vorhat.«

»Erst mal holen wir Sie hier raus.« Bereits ein kurzer Blick auf das Vorhängeschloss ließ ihn ahnen, dass es nicht so leicht werden würde wie erhofft. »Ich bin ein ganz passabler Schlossknacker, aber das dauert wahrscheinlich. Irgendeine Idee, wie wir das Ding schneller aufbekommen?«

»Den Schlüssel hat Cole, aber das Vorhängeschloss muss sich doch irgendwie aufbrechen lassen. Ich bitte Sie, beeilen Sie sich! Cole könnte jeden Moment zurück sein und wenn wir hier erst mal anfangen, Lärm zu machen, dann ...« Er rang nach Atem, so schnell hatte er gesprochen.

Liam drehte sich suchend im Kreis, doch fand er in den Trümmerhaufen nichts, was ihm nützlich erschien. Hilfesuchend sah er zurück zu Bedingfield, dem prompt eine Lösung einzufallen schien. »Schnell! Ein paar Kammern weiter liegt das Lager für Baumaterial und Werkzeug. Wenn die Häftlinge noch nicht alles verstreut haben, dann finden Sie da vielleicht eine Säge oder einen Hammer.«

Liam war schon mit einem Bein auf dem Gang, als er sich noch einmal umdrehte.

Zuerst spähte er zu Bedingfield hinter den Gittern, danach fiel sein Blick auf Sonya und letztendlich auf Elina. Erst dann bemerkte er endlich, was ihn schon die ganze Zeit störte, ohne dass er es hätte benennen können.

Im Vorbeigehen hakte er sich an Sonyas Unterarm ein und zog sie so plötzlich zu sich heran, dass sie beinahe mit den Köpfen aneinanderprallten. »Hör jetzt gut zu und lass dir nichts anmerken«, flüsterte er mit argwöhnischem Seitenblick. »Ich glaube, hier stimmt etwas nicht.«

»Was redest du da?« Hörte er ihre verhaltene Antwort dicht an seinem Ohr. Liam ahnte, dass sie ihm kein Wort glauben würde, und trotzdem musste er etwas ansprechen, das sich plötzlich nicht mehr aus seinem Kopf vertreiben ließ. Es war ein bloßer Gedanke, von dem er selbst hoffte, dass es nur ein Hirngespinst war.

»Deine Schwester, hast du sie dir mal genau angeschaut?«

»Elina? Was ist mit ihr?«

»Wenn sie wirklich bereits einen ganzen Monat hier feststeckt, müsste sie dann nicht viel schwächer sein? Fast schon verhungert und verdurstet?«

Sonya antwortete nichts, doch sah er ihrem starren Blick an, dass er soeben einen Gedanken angestoßen hatte.

»Pass einfach gut auf dich auf«, hauchte er ihr zu und verließ daraufhin hastig den Raum.

32.

Sonya hörte dabei zu, wie Liams Schritte auf dem Gang verhallten. Schon bald war nichts mehr von ihm zu hören, doch geisterte seine Warnung immer noch durch den Raum.

Pass gut auf dich auf. Sie ließ diese wenigen Silben durch ihren Kopf gleiten.

Lächerlich. Völlig absurd, hätte sie seinen Worten gern entgegnet, doch ein Teil von ihr konnte nicht abstreiten, dass er auch irgendwie Recht hatte.

Vielleicht hatte sie es nicht sehen wollen oder die Erleichterung hatte ihr die Sinne vernebelt, doch Elina machte tatsächlich einen viel zu gesunden Eindruck. Sie hätte längst verhungern oder verdursten müssen. Aber warum sollte sie ihnen etwas verheimlichen?

Sonya hatte sich seit Liams Verschwinden kein Stück bewegt, immer noch starrte sie gegen die Wand und versuchte, ihre durcheinanderwirbelnden Gedanken zu sortieren.

Es mochte nur wenige Augenblicke dauern und doch kam es ihr vor, als würde die Zeit stehenbleiben.

Atmen, Sonya. Tief durchatmen.

Um nicht an ihren Zweifeln zu ersticken, klammerte sie sich an dem Wenigen fest, was sie für unumstößlich hielt.

Elina hatte sie noch nie belogen, zumindest nicht mehr seit dem Tag, als sie beide die schwere Lungenentzündung überlebt hatten. Die Erinnerung daran versetzte sie weit zurück in eine Vergangenheit, die nur noch als verschwommenes Bild in ihrem Gedächtnis existierte.

Zwei unzertrennliche Mädchen, zwei Seelenverwandte, zwei Libellen. Noch vor wenigen Momenten war Sonya sich sicher gewesen, dass sie nichts auf der Welt sie davon überzeugen konnte, dass Elina in irgendeiner üblen Sache drinsteckte. Doch jetzt zögerte sie. Zwar waren sie keine Zwillinge, aber doch wie aus einem Ei.

Noch vor einem Jahr hätte auch Sonya nicht geglaubt, welche dunklen Untiefen in ihr selbst schlummerten, tief verborgen vor allen, die ihr nahestanden. Seitdem hatte sie einen Menschen erschossen und presste Geld aus jeder armen Seele heraus, auf die Varga mit dem Finger zeigte.

Wenn sie also selbst eine dunkle Seite besaß, warum dann nicht auch Elina? War es denn tatsächlich so abwegig?

Der bloße Gedanke daran ließ Sonya frösteln. Es war eine Kälte, die ihr vom Brustbein bis hinauf zur Kehle kroch. Falls Elinas Gefangenschaft nur eine Täuschung gewesen war, liefen sie geradewegs in eine Falle. Aber warum sollte Elina ihr das antun und wie passte das überhaupt ins Bild?

Sie fluchte leise in sich hinein, vor allem fluchte sie aber auf Liam und seine toxischen Worte, die ihr wie ein Gift zu Kopf stiegen.

Wem sollte sie eher glauben? Einem Lügner und Betrüger, wie Liam einer war, oder ihrer Schwester, die sie schon ihr ganzes Leben lang begleitete?

Oder keinem von beiden.

Was, wenn Liam bereits ahnte, dass Varga ihr aufgetragen hatte, ihn in jedem Fall zu beseitigen? Wäre das nicht ein guter Grund, sie und ihre Schwester gegeneinander auszuspielen? Andererseits hatte er Recht damit, dass Elina angesichts ihrer einmonatigen Gefangenschaft verdächtig gut genährt aussah.

Wie sie es auch drehte und wendete, alle ihre Überlegungen eckten aneinander und hinterließen einen pochenden Kopfschmerz.

Sonya fasste sich an die Stirn. Sie bemerkte zunächst gar nicht, dass Elina sich von hinten näherte. Als sie herumfuhr, blieb auch ihre Schwester stehen. In der Hand hielt Elina einen spitzen Gegenstand aus Metall.

»Was hast du da?«, ächzte Sonya und erschrak beim Klang ihrer erstickten Stimme.

»Das hier?« Elinas Antwort drang dumpf, beinahe schon monoton aus ihrem Mund. Immer noch machte sie keine Anstalten, sich aus dem Schatten zu bewegen.

Noch einmal, diesmal mit festerer Stimme, wiederholte Sonya ihre Frage: »Was hast du da in der Hand?« Trotz ihrer Bemühungen konnte sie das leichte Zittern in ihrer Stimme nicht verheimlichen.

Zuerst geschah nichts. Elina rührte sich nicht, auch antwortete sie nicht. Alles, was Sonya in der Dunkelheit sah, war das Weiß ihrer blinzelnden Augen und der spitze Gegenstand in ihrer Hand.

Plötzlich machte Elina einen Schritt nach vorne und Sonya sprang zurück. Die nackte Felswand grub sich in ihren Rücken, kalt und unüberwindbar blockierte sie jede Möglichkeit, weiter zurückzuweichen.

Dann stand Elina auch schon vor ihr.

»Hier.« Sie streckte ihre Hand aus, damit Sonya besser im Zwielicht sehen konnte. »Nur ein Schraubenzieher. Ich hab ihn vom Boden aufgehoben, vielleicht können wir ihn noch gebrauchen.« Ihre Augen wanderten forschend über Sonyas Gesicht. »Warum bist du plötzlich so blass?«

Weil ich nicht mehr weiß, was ich glauben soll. Sonya ließ die angestaute Luft aus ihren Lungen entweichen.

Nur ein Schraubenzieher. Am liebsten hätte sie laut darüber gelacht, doch war ihr gerade nicht danach zumute. Dieser ganze Ort nagte allmählich an ihren Nerven. Wahrscheinlich hatte sie einfach überreagiert, oder nicht?

»Es ... Es ist nichts. Ich dachte nur, vielleicht hast du etwas gefunden, um das Schloss zu knacken«, erwiderte sie. Nur ein kurzer Blick in Elinas dunkle Augen verriet ihr, dass ihre Schwester die Lüge sofort durchschaut hatte.

Das darauffolgende Schweigen vertiefte sich und Sonya war dankbar für die plötzlichen Laute, die aus Bedingfields Zelle drangen.

»Wo bleibt er denn nur?«, zischte der Klinikleiter, während er das Gesicht so fest gegen die Gitterstäbe presste, dass sie Abdrücke an seinen Wangen hinterließen.

»Er kommt sicher gleich zurück.« Sonya näherte sich der Zelle, ohne dabei Elina aus den Augen zu lassen. »Keine Sorge, wir holen Sie hier raus. Aber bis dahin hilft es uns am meisten, wenn Sie mit uns reden. Haben Sie irgendeine Ahnung, was hier drin passiert ist?«

»Etwas Schreckliches.« Bedingfields Augen traten auf befremdliche Weise aus den Höhlen hervor. »Uns fehlt die Zeit für alle Einzelheiten, aber ich versuche, es kurz zu machen.« Er räusperte sich, doch verlieh es seiner Stimme nicht mehr Kraft als zuvor. »Dr. Cole hat die Kontrolle über die Einrichtung an sich gerissen, wahrscheinlich schon viel länger, als es mir bewusst ist. Vielleicht wollte ich es auch einfach nicht wahrhaben, ich dummer sturer Bock. Als die Aufstände außer Kontrolle geraten sind, da ...« Seine Stimme senkte sich zu einem beschämten Flüstern. »War ich überfordert. Ich war mit den Aufständischen vom Dorf und der Station beschäftigt und wusste nicht mehr, was zu tun ist, und da habe ich das Kommando über die Wachleute auf Dr. Cole übertragen. Ich habe keine Ahnung, was er angestellt hat, aber nach knapp zwei Wochen ist es ihm gelungen, wieder Ordnung zu schaffen. Ich konnte nicht ahnen, dass er die Häftlinge hier drin eingesperrt und ihrem Schicksal überlassen hat. Und selbst wenn, hätte ich es sicher nicht für wahr gehalten.«

Die Worte peitschten in schnellem Rhythmus über seine Lippen, als fürchtete er, nicht rechtzeitig fertig zu werden.

Soweit machte die Geschichte für Sonya Sinn, auch wenn noch einige Puzzlestücke an die richtige Stelle gerückt werden mussten.

»Und wo sind die übrigen Häftlinge, geschweige denn die neue Wachmannschaft der Festung?«

»Ich weiß es nicht.« In Bedingfields Augen breitete sich ein Ausdruck der Leere aus. »Sie sind alle verschwunden.«

Nichts konnte einfach grundlos verschwinden, doch die Wahrheit kannten vermutlich nur Gott und Dr. Cole.

Eine Weile dachte Sonya über das Gesagte nach. Immer wieder schielte sie unauffällig zu Elina, die schweigend und mit bedrücktem Gesichtsausdruck neben ihr stand.

»Eine Sache noch: Ist dieses Massaker hier in der Festung der Grund, warum Alan White, Oliver Preston und Elina verschwinden sollten? Weil sie zu viel wussten oder zu nah an dem Geheimnis dran waren?«

Diesmal nickte Bedingfield enthusiastisch. »Davon bin ich fest überzeugt.« Für mehr Fragen blieb keine Zeit, denn aus dem angrenzenden Korridor drang das Geräusch von Schritten. Sie kamen rasch näher.

Eine dunkle Gestalt erschien in der Tür, sie stürzte in den Raum und mit großer Erleichterung erkannte sie Liam. In seinen Händen hielt er einen Hammer und einen Meißel fest umklammert.

»Das ist alles, was ich gefunden habe«, keuchte er außer Atem, verlor aber keine Sekunde, bis er sich an Sonya vorbei zum Gitter drängte.

Drei gut gezielte Schläge mit dem Hammer reichten aus, um das Vorhängeschloss am Bügel zu sprengen.

Der Widerhall dröhnte unüberhörbar durchs Mauerwerk, hinaus in den Gang und mit Sicherheit noch bis in die angrenzenden Räume und Hallen, wo sich das Echo allmählich verlor.

Für Sonya bestand kein Zweifel mehr daran, dass jeder in dieser Festung den Krach gehört haben musste. Und das bedeutete, dass ihre Zeit begonnen hatte zu laufen.

Kaum polterte das Schloss zu Boden, brach Bedingfield auch schon aus seiner Zelle hervor und rang so sehnsüchtig nach Luft, als hätte es keinen Sauerstoff hinter den Gitterstäben gegeben. In seinem hochrot angelaufenen Gesicht lag ein Ausdruck tiefster Erleichterung und Dankbarkeit.

»Endlich«, japste er unter Zuhilfenahme seiner wild rudernden Arme. »Wir ... wir müssen ...«, zu mehr reichte es bei ihm nicht mehr und so deutete er einfach nur hastig in Richtung des Ausgangs. Auch ohne, dass irgendjemand antwortete, las Sonya die wortlose Zustimmung in den Gesichtern der Anwesenden.

»Zurück zum Tunnel.« Ein Ruck ging durch die gesamte Gruppe, als hätte sie jemand an unsichtbaren Fäden gezogen. Sie drängten in Richtung des Ausgangs, als sich plötzlich ein Schatten in ihren Weg stellte.

Im Zwielicht ertönte das trockene Knacken eines gespannten Abzugs, ehe ein silberner Pistolenlauf aus dem pechfarbenen Nichts auftauchte.

Dahinter kam das völlig ausdruckslose Gesicht von Dr. Cole zum Vorschein.

»Ich denke nicht, dass Sie uns schon verlassen werden.« Ein beunruhigendes Lächeln glitt über seine schmalen Lippen.

Sonya hätte vor Schreck beinahe geschrien, während Liam, Elina und Bedingfield so perplex aussahen, als hätte man sie soeben geohrfeigt.

Das wilde Pochen in ihrer Brust hielt sie nicht davon ab, Cole einen hasserfüllten Blick zuzuwerfen, während er sie mit einem Wink des Revolvers dazu aufforderte, näher zusammenzurücken.

Daraufhin machte Liam einen Schritt auf ihn zu und Dr. Cole drückte den Abzug.

Sonya spürte die Hitze des Feuerstoßes an ihrer nackten Haut. Ein ohrenbetäubender Knall dröhnte wie ein Blitzschlag von den Wänden und brachte ihre Ohren zum Klingeln.

Auf einmal stand Liam stocksteif da und fasste sich mit weit aufgerissenen Augen an die Brust. Sonya stockte das Herz, sie machte einen Satz auf ihn zu, und da sah sie es. Knapp eine Handbreit neben Liam rauchte es aus einem Loch in der Wand.

»Das war knapp, nicht wahr? Ich mache keine Scherze und Sie besser keine Dummheiten.« Keiner von ihnen wagte es, auch nur zu zucken. Selbst Sonyas Gedanken erstarrten. Wenn sie wenigstens Dr. Coles Augen hätte sehen können, wäre es ihr leichter gefallen, ihn einzuschätzen, doch die Brillengläser des Doktors warfen den Schein aus Liams Taschenlampe so stark zurück, dass nur zwei spiegelnde Flächen zu sehen waren.

»Glauben Sie mir, ich bin ebenso wenig erfreut, Sie zu sehen wie Sie mich. Ich habe Sie nicht eingeladen, aber nun sind Sie da. Was mache ich jetzt nur mit Ihnen?«, überlegte er lautstark, wobei seine Zunge immer wieder über die trockenen Lippen glitt. »Laufen hier noch mehr von Ihnen herum?«

Nach kurzem Zögern schüttelten sie nacheinander die Köpfe.

»Ich hoffe für euch, dass das stimmt. Ziemlich viele Helfer für die Drecksarbeit hast du da gesammelt, Charles.« Dr. Cole warf Bedingfield einen lauernden Blick zu. Niemand antwortete ihm und so blieb Bedingfields viel zu lautes Schnaufen das einzige Geräusch im Raum. »Und sogar Sie, Miss Alvarez? Mit Ihnen habe ich offen gestanden gar nicht gerechnet.« Nur ein kurzer Blick auf Elinas geisterhafte Gestalt reichte ihm aus, um zu begreifen. »Also waren Sie die ganze Zeit hier in der Festung? Hm, wer hätte das gedacht. Ich bin überrascht, Sie überhaupt lebendig hier zu sehen.« Er rückte mit vorgehaltener Waffe auf sie zu und in Sonyas Innerem spannte sich jeder einzelne Muskel an. »Eine ziemlich lange Zeit ohne frische Vorräte. Es muss ein wahres Wunder geschehen sein.« Seine Worte tropften förmlich vor Sarkasmus.

»Wenn das Ihre Art ist zu fragen, wie ich überleben konnte, dann bitte«, zischte Elina mit einer Kälte in der Stimme, die Sonya ihr nicht zugetraut hätte. »Eigentlich wollte ich höchstens für ein paar Stunden in die Festung und danach in den Wäldern übernachten, deswegen hatte ich einen Rucksack mit genügend Verpflegung dabei. Und Frischwasser gab es in meinem Versteck in der Kapelle auch.«

Plötzlich kam sich Sonya albern vor, dass sie auch nur eine Sekunde an ihrer Schwester gezweifelt hatte. Sie warf Elina einen entschuldigenden Blick zu, auch wenn ihre Schwester die Bedeutung dahinter nicht verstehen konnte.

»Und was haben Sie jetzt mit uns vor? Wollen Sie uns alle erschießen?«, zischte Bedingfield, der wohl endlich seine Stimme wiedergefunden hatte.

Dr. Coles Blick schwenkte zu ihm herum.

»Du solltest mich besser kennen, Charles. Meine Methoden sind ganz anders als deine. Aber dafür fehlt dir natürlich wie immer die Fantasie. Und sieh mich bitte nicht so vorwurfsvoll an. Das ist alles deine Schuld. Viel schlimmer noch, schau dir an, wen du mit in die Sache reingezogen hast.« Wie zum Beweis wanderte der Pistolenlauf über die einzelnen Gesichter. »Wird Zeit, euch in eine Zelle zu stecken.«

»Wieso?«, entfuhr es Sonya, obwohl sie selbst nicht einmal wusste, warum sie das überhaupt fragte. Ein Teil von ihr glaubte, vielleicht damit Zeit zu schinden, doch wofür? Hier in der Festung gab es keine Zeit und außerhalb der Mauern niemanden, der sie suchen würde.

»Damit jeder von euch seine gerechte Strafe bekommt«, entgegnete Dr. Cole barsch. »Für das, was ihr angerichtet habt.« Seinen Worten haftete ein düsterer Unterton an, der Sonya schaudernd, aber vor allem verwirrt zurückließ. Auch Liam sah Dr. Cole irritiert an.

Sonya neigte sich zu Bedingfield. »Wovon redet er?«

»Das wisst ihr ganz genau. Es bringt euch nichts, die Unwissenden zu spielen. Aber ich helfe eurem Gedächtnis gern auf die Sprünge.« Cole sah sie unter gerunzelten Augenbrauen an und kurz wirkte es so, als würde er ihre Mitschuld infrage stellen, doch dann breitete sich ein besorgniserregend ruhiges Lächeln in seinem Gesicht aus. »Ich werde es euch gerne zeigen.«

33.

Tief in seine düsteren Gedanken versunken, tappte Liam durch die Hallen der menschenleeren Festung, hinter ihm der unsichtbare Lauf einer Pistole, die ihn stetig weiter vorantrieb.

Vielleicht hätte er das Vorhängeschloss doch besser mit seinem Dietrich bearbeiten sollen. Vielleicht hätte er niemals auf diese Insel kommen sollen. Vielleicht hätte er auch nie geboren werden sollen.

Wenn er diesen gottverdammten Auftrag nicht angenommen hätte, wäre alles womöglich ganz anders gelaufen.

Stimmt, du könntest jetzt schon tot in Vargas Kofferraum liegen.

Wie so oft in seinem Leben fragte Liam sich, an welcher Weggabelung er falsch abgebogen war, nur um festzustellen, dass es nicht nur eine gewesen war.

Es musste wahrscheinlich einfach so kommen. Denn die Rolle des chaotischen Einzelgängers, der von einem Schlamassel ins nächste tappte, war ihm wie auf den Leib geschneidert. Wohl die einzige Rolle seines Lebens, die er nie ablegen konnte.

Was hätte der echte Liam Hopkins jetzt getan, wenn er nicht zufällig in einem flachen Grab liegen würde?

Falls er wirklich hier in der Festung starb, wie sollten seine Eltern, mit denen er schon so lange nicht mehr gesprochen hatte, je erfahren, dass er damals gar nicht vor der Küste von Widow Peak ertrunken war? Dass er seinen Großvater nicht ermordet hatte und unschuldig eingesperrt worden war? Was würde aus seinem absurden Traum werden, endlich wieder auf die Beine zu kommen und das Theater seines Großvaters zu kaufen? Dann wäre er endlich zurück und zu Hause, nachdem er seit Ewigkeiten durch die Gegend streunte, ohne festen Ankerpunkt.

Liam kam der Geruch des Bühnenbodens in den Sinn. Wahrscheinlich hatte er gerochen wie jedes normale Stück Holz, wie jede Schulbank und jeder Dachbalken, doch in seiner Erinnerung atmete er eine eigentümliche Note ein. Eine, die nach Spannung und Nervosität roch, nach Lampenfieber und Heimat. Über die Jahre hatten sich einzelne Bretter etwas gelockert, wodurch kleine Spalten entstanden, durch die man die finstere Enge unter der Bühne sehen konnte. Ein niedriger Hohlraum, unberührt vom Licht, vom Lachen und Staunen des Publikums. Oft hatte Liam während der Proben dort hinabgesehen und auch das Toben seines Großvaters hatte ihn nicht davon abbringen können, immer wieder in diese dunkle fremde Welt dort unter seinen Füßen zu spähen. Als Kind hatte Liam manchmal sogar davon geträumt, durch die Finsternis dieses Hohlraums kriechen zu müssen. Es war immer seine größte Angst gewesen. Und nun fühlte sich Liam, als wäre er genau dort unten gelandet.

Die Mauern der Festung drückten von allen Seiten auf ihn nieder, und obwohl Liam genug Platz hatte, überkam ihn das Gefühl, kriechen zu müssen. Kein Lachen, kein Scheinwerferlicht, nicht mal ein Flüstern lag im halbdunklen Zwielicht. Nur ihre Schritte, regelmäßig wie der Schlag eines Herzens.

Die Erinnerung zerfiel vor seinem geistigen Auge, sie verrottete gemeinsam mit dem beißenden Gestank, der sich nun wieder stärker in seine Nase drängte.

Es kostete Liam einige Zeit, um wieder in die Realität der Festung zurückzufinden. Eine Realität, vor der er am liebsten wieder geflohen wäre.

Nacheinander stolperte ihre kleine Gruppe, verfolgt von Dr. Cole, eine ausladende Treppe hinauf, die sie bis vor ein großes ebenholzschwarzes Tor führte.

Was sich dahinter verbarg, konnte Liam allenfalls mutmaßen. Er wusste es ebenso wenig wie die Tatsache, was als Nächstes mit ihnen passierte oder warum Dr. Cole sie überhaupt bereitwillig hierherführte.

An den leeren Blicken und offenen Mündern der anderen glaubte er zu erkennen, dass dieses finstere Portal nicht nur auf ihn eine einschüchternde Wirkung besaß.

»Wohin führt er uns?«, hörte er Sonyas Stimme dicht neben sich, fühlte sich aber nicht imstande, ihr auch zu antworten.

Tief in den Bauch der Bestie

Normalerweise benutzte er solche dramatischen Vergleiche einfach zum Spaß, ob sie passten oder nicht, doch diesmal war es anders. Denn es stimmte.

Ihre Prozession kam vor dem Tor zum Stehen, wo Dr. Cole sie mit erhobener Waffe gegen die angrenzende Mauer drängte.

Während sie dort standen, sah Liam in die Gesichter der anderen.

Sonya zeigt keine erkennbare Angst, doch vom Ansatz ihrer Haare bis zu den dunklen Augenbrauen hatte sich eine tiefbesorgte Falte eingegraben. Er konnte spüren, wie es in ihr brodelte, spüren, wie ihre Gedanken kreisten, ohne zu einem wirklichen Entschluss zu kommen. Ihre Finger gaben keine Ruhe, erfüllt von einer geladenen, wenn nicht sogar zerstörerischen Energie, sie zuckten wie auf einer unsichtbaren Schreibmaschine.

Als sich ihre Blicke trafen, glaubte Liam in Sonyas Augen fast so etwas wie einen Hilferuf zu erkennen. Ihr unbändiger Stolz war einer lähmenden Sorge gewichen.

Keiner Sorge um sich selbst oder vor dem, was gleich passieren könnte. Nein, so viel erkannte Liam. Es war die Sorge davor, dass Elina etwas passierte. Doch nicht nur Elina wurde mit diesem Blick bedacht.

Für die Dauer eines Wimpernschlags bildete sich Liam ein, dass Sonya auch ihn so angesehen hatte, bevor ihre Augen rasch wieder zu Boden glitten.

Ganz anders reagierte Elina auf ihre bedrückende Situation. Aus großen verschreckten Augen sah sie sich immer wieder um. Sie murmelte vor sich hin und erst nach längerem Hinhören stellte Liam fest, dass sie betete.

Gerade konnten sie tatsächlich jede Hilfe gebrauchen, besonders die von Gott höchstpersönlich, doch wenn es nach Liam ging, brachte ein Gebet in etwa so viel, wie den Kopf zwischen die eigenen Beine zu klemmen.

Kein Gott erschien, um Elina zu helfen, aber auch kein Blitz streckte ihn für seine blasphemischen Gedanken nieder. Das himmlische Postamt hatte geschlossen und Liam kam zur gleichen Erkenntnis wie schon in jüngsten Jahren: Sie waren auf sich alleingestellt.

Sein Blick wanderte weiter zum Klinikleiter. Bedingfield stand leicht vornübergebeugt da, während ihm einzelne Strähnen seiner weißen und wolkenhaften Haare in die Stirn fielen. Aus seinem Gesicht sprachen so viele Emotionen gleichzeitig, dass selbst Liam Schwierigkeiten dabei hatte, sie zu deuten. Wut, Angst und Scham mischten sich zu einer Maske aus fest zusammengebissenen Zähnen und einem hochroten Gesicht mit geblähten Backen. Seine winzigen Knopfaugen glommen vor kalter Abscheu.

Nachdem Liam jeden von ihnen gemustert hatte, sah er zurück zu Dr. Cole, der gerade damit beschäftigt war, das Tor zu betrachten, wie um sicherzugehen, ob er auch den richtigen Weg gewählt hatte. Dann fuhr der Doktor so schlagartig zu ihnen herum, dass sein Mantel ein schnalzendes Geräusch von sich gab.

»Charles, wärst du so freundlich, das Tor für uns zu öffnen?« Auf seiner bleichen Handfläche erschien ein Schlüssel. Bedingfield blinzelte aufgeregt, wie ein Schüler, der nicht damit gerechnet hatte, vom Lehrer aufgerufen zu werden.

»Ich? Warum ich?«

»Du weißt warum.« Der Klang seiner Worte machte keinen Hehl daraus, dass er etwas wusste, was den anderen noch verborgen blieb. Wieder zeigte sich dieses kalte Lächeln bei Dr. Cole. »Ich bestehe darauf.« Ein Wink des Revolvers beendete die Diskussion, an deren Ende Bedingfield mit hängenden Schultern den Schlüssel an sich nahm und vor das Tor trat. Seine Hände zitterten, als er sie ausstreckte, gefolgt von einem Klicken, als Cole seinen Finger auf den Abzug legte.

Noch ein letztes Mal sah Bedingfield über seine Schulter in einen stählernen Lauf, dann versetzte er den großen Flügeltüren einen Stoß.

Ein heulender Windzug fegte über ihre Köpfe hinweg und mit ihm ein Gestank, der Liam fast die Sinne raubte. Der überwältigende Aasgeruch schien alle Luft aus dem Raum zu pressen. Schlimmer noch als der Gestank in der Küche, schlimmer als alles, was Liam jemals gerochen hatte.

Um sich herum hörte er, wie die anderen würgten, prusteten oder sich die Hände auf Mund und Nase pressten.

Auch Liam hielt die Luft an, doch das faulige Gas zwängte sich ungehindert in seine Nase und kroch ihm von dort den Hals hinab. Seine Augen tränten. Der Geschmack von Galle breitete sich auf seiner Zunge aus.

Was zur Hölle stinkt hier so?

Selbst in Dr. Coles Gesicht war ein Zucken zu erkennen, auch wenn er sich eisern dagegenstemmte, eine Regung zu zeigen.

Das Portal stand nun sperrangelweit offen und gab den Blick in eine weite von Säulen gestützte Halle frei. Als sie in den sakral anmutenden Bau vordrangen, tauchte immer mehr von seinem Innenleben auf.

Überall auf dem Boden verteilten sich die Überreste von geschmolzenen Kerzenstummeln, die so zahlreich aus dem nackten Steinboden sprossen wie Pilze in einem Wald. Über ihnen hing ein gewaltiger an schweren Ketten hängender Kronleuchter aus Eisen, beinahe so breit wie die Halle selbst.

Diffuses Licht drang durch eine vergitterte Glaskuppel am Dach herein und brach sich an den unzähligen Staubkörnern in der Luft. Es war ein unheiliger Ort, der jedem Eindringling durch seine finstere Präsenz deutlich machte, dass er hier nichts verloren hatte.

Auch dieser Raum schien von den Aufständen verschont geblieben zu sein, denn als sie weiter voran tappten, stellten sich ihnen einige von Tüchern verhüllte Möbelstücke in den Weg, alle mit einer zentimeterdicken Schicht aus Staub und Spinnweben bedeckt.

Von einer erhöhten Galerie wehten zerfranste Vorhänge geisterhaft in einem Luftzug, den Liam kaum spürte. Plötzlich fröstelte er. Warum brachte Dr. Cole sie hierher?

Obwohl er nicht vorhatte, seine Gedanken auszusprechen, hörte Liam sich doch sagen: »Was ... ist das für ein Ort?« Einen Moment schwebten seine Worte unangetastet in der Luft, ehe Dr. Cole sie tatsächlich beantwortete.

»Das hier ist der ehemalige Bankettsaal der Festung.« Mehr sagte er dazu nicht.

Hinter Liam ächzte jemand, als Dr. Cole sie unsanft weiter vorantrieb. Sie betraten den mittleren Teil der Halle, auf dem ein verblasster und in den Boden gestampfter Teppich ausgebreitet war, den man kaum noch vom Stein unterscheiden konnte.

Von den Säulen, die an der Galerie vorbei bis zum Dach emporragten, lachten ihnen groteske in den Stein gemeißelte Fratzen entgegen.

Weiter hinten kam das letzte Stück der Halle in Sicht, an deren Stirnseite sich ein gewaltiger offener Kamin ins Mauerwerk grub, gekrönt von einem opulenten Wappen. Unmittelbar davor erstreckten sich drei im rechten Winkel zueinander gestellte Tafeln wie bei einem ritterlichen Bankett.

Der Gestank war mittlerweile unerträglich.

Mit Entsetzen stellte Liam fest, dass bereits Gäste auf sie warteten. Der Anblick brannte sich unauslöschlich in seine Erinnerung. Egal wie oft er blinzelte, dieses Bild würde er nie mehr loswerden.

Auf den knapp zwei Dutzend Stühlen der Tafel hockten, lehnten und lagen schlaffe Körper mit verdrehten Gliedmaßen herum. Ihre leeren Augen glotzten ins Nichts.

Liam wollte nicht, doch konnte er nicht anders, als seine Augen über die Leichen wandern zu lassen. Er sah schwarze Lippen, eingefallene graue Gesichter und fleckige, teils wurmzerfressene Haut. Überall da, wo die Patientenkluft in Fetzen lag, sah er fauliges Fleisch und deutlich heraustretende Rippen. Viele der Leichname waren so dürr, dass sie fast zu zweit auf einen Stuhl gepasst hätten.

Liam kämpfte dagegen an, sofort sein Frühstück von sich zu geben. Er wagte es nicht zu atmen. Ein lähmendes Gefühl packte ihn, es strömte von seinem Kopf bis in seine zitternden Beine.

Plötzlich schwankte der ganze Raum um ihn herum und mit ihm auch der Boden unter seinen Füßen. Er taumelte, hielt sich an Sonya fest, die unter seinem Gewicht ächzte. Erst als seine Lunge schon aufbockte, erlaubte sich Liam, einen Schwall der stinkenden Luft in sich aufzusaugen.

Sie schmeckte infektiös, faulig und verboten. Ihm wurde schlecht. Mehrere Male würgte er, doch sank sein Mageninhalt immer knapp unterhalb der Kehle wieder nach unten. Er wollte sprechen, seine Starre mithilfe einiger Worte durchbrechen, doch fühlte sich seine Zunge sonderbar nutzlos und geschwollen an.

Als er zur Seite blickte, sah er das ausdruckslose Entsetzen in Sonyas Gesicht, deren bronzefarbener Hautton aschfahl geworden war.

Auf einmal machte Dr. Cole eine weitschweifige Bewegung mit der freien Hand.

»Willkommen zum Bankett von Widow Peak.« Seine Stimme verriet keine Freude, keine Genugtuung, nur ein dumpfes Grollen, das Liam beinahe mit einem inneren Schmerz verwechselte. »Wie Sie sehen, sind alle Plätze schon belegt, doch immerhin ist das Festmahl bereits angerichtet.« Er näherte sich dem Bankett-tisch, auf dem eine silberne Haube stand. »Ich darf Ihnen servieren, was auch alle vorherigen Gäste zu sich genommen haben.« Dr. Cole streckte seine knochige Hand aus und Liam konnte nichts anderes tun, als ungläubig dabei zuzusehen. Die Haube glitt in die Höhe und darunter kam ein leerer Teller zum Vorschein. »Nichts. Rein gar nichts. Haben Sie auch nur eine Vorstellung, was es mit dem menschlichen Körper macht, wenn man über eine so lange Zeit hungert?«

Beinahe erleichtert stieß Liam seinen angehaltenen Atem aus. Während er sich erst noch aus seiner Starre befreien musste, vernahm er schon Sonyas Stimme.

»Das haben Sie doch mit eigenen Augen gesehen!«, begann sie erst leise, fand mit jeder Silbe jedoch mehr zurück zu ihrem festen Sprachklang. »Sie sind wahnsinnig, Cole! Wie konnten Sie das den Menschen nur antun?«

Daraufhin trat Elina einen Schritt aus ihrer Gruppe heraus. »Heilige Maria Mutter Gottes«, stöhnte sie, ohne zu blinzeln, und bekreuzigte sich voll panischer Ehrfurcht. »Die Toten so zu verhöhnen ist ...« Ihr fehlten die Worte.

»Gottlos?«, griff Dr. Cole den Faden auf. »Ist es das, was Sie sagen wollten? Um gottlos zu handeln, muss man erst einmal an einen Gott glauben, und das trifft, denke ich, auf die wenigsten von uns hier zu. Für mich gilt nur das Gesetz der Moral.«

»Was soll das für eine Moral sein? Sie sind einfach nur ein kaltblütiger Irrer.« Jetzt hatte auch Liam endlich seine Stimme wiedergefunden.

Dr. Coles kalte und im trüben Licht schlangenhaft glitzernde Augen fuhren zu ihm herum.

»Und das sagen gerade Sie. Ich weiß, wer Sie vorgeben zu sein, und ich weiß, wer Sie wirklich sind.« Seine

Lippen formten die nächsten Worte überdeutlich. »Betrüger, Mörder, Wahnsinniger.«

Tief in Liams Brust begann es zu brennen, eine heiße Flamme aus Scham und selbstgerechter Wut.

»Davon trifft nur eine einzige Sache auf mich zu. Aber hören Sie auf, von sich abzulenken. Was haben Sie nur getan?«

»Was ich getan habe?«, folgte prompt das Echo. »Viel! Seit den Aufständen habe ich jeden einzelnen Stein auf dieser Insel wieder an den richtigen Platz gerückt, ich habe das Chaos eingedämmt, Patienten eingefangen und so viele schlaflose Nächte hinter mich gebracht, dass ich den Herzinfarkt schon im Nacken spüre. Und all das, während der echte Klinikleiter seinen Kopf in den Sand gesteckt hat, weil er heillos mit der Situation überfordert war. Das klingt für meine Ohren nicht nach einem Verbrechen.«

Diesmal war es Sonya, die sich mit bebender Stimme zu Wort meldete.

»Und dafür sind Sie über Leichen gegangen. Wir wissen, dass Sie die Patienten hier in der Festung eingesperrt haben, um sie aushungern zu lassen und damit die Aufstände niederzuschlagen.«

»Ein effizienter Plan, nicht wahr? Ich bin zwar der Meinung, dass Sie keine Erklärung verdient haben, aber es scheint mir, als hätten Sie keine Ahnung, wo Sie da reingeraten sind.« Er holte einmal tief Luft, schien es aber sofort wieder zu bereuen. »Sie glauben, das alles war ich? Nun, ich muss Sie enttäuschen. Dafür braucht es schon sehr viel Wahnsinn, kriminelle Energie und Skrupellosigkeit und von allem drei habe ich nicht besonders viel. Aber ich weiß, wer es war und warum derjenige es getan hat. Denken Sie einfach nach.« Er ließ eine kleine Pause, die kaum dazu ausreichte, einen klaren Gedanken zu fassen »Hier, zusammengetragen im Bankettsaal, haben sich die Toten gut sammeln und identifizieren lassen. Wichtig, wenn man sichergehen möchte, dass auch wirklich alle tot sind und niemand überlebt hat.«

Liam lauschte angespannt. Das Atmen fiel ihm immer schwerer, sei es wegen des schrecklichen Gestankes oder seiner stetig wachsenden Erschöpfung. Ein bleischweres Gewicht, geformt aus all den furchtbaren Dingen, die er in den letzten Tagen erlebt hatte, drückt auf ihn hinab. Nur zögerlich wollten ihm die nächsten Worte einfallen.

»Dann haben Sie also einen Komplizen?«

»Ich? Ihr seid doch die Handlanger für all das hier, oder habt ihr das schon vergessen?« Ohne die erhobene Waffe von ihnen zu nehmen, machte Dr. Cole kehrt und umrundete das von Leichen gespickte Bankett.

»Darf ich vorstellen: Clyde McDougal, Abraham Nicholson und all die anderen Gefangenen der forensischen Abteilung von Widow Peak. Manche von ihnen haben sich gegenseitig die Köpfe eingeschlagen. Andere sind an Krankheit und Schwäche gestorben oder eben verhungert. Und all das ist das Werk von ...« Sein anklagender Finger peitschte nach vorne und deutete in ihre Reihen. »Charles Bedingfield!« Dr. Coles Stimme dröhnte wie ein Donnerschlag von den Wänden und schien direkt in der versunkenen Gestalt des Klinikleiters einzuschlagen. »Oh ja, Charles. Versteck dich nicht so da hinten, sondern zeig dich deinen Anhängern. Was hast du ihnen geboten, damit sie bei deinem schmutzigen Spiel mitspielen? Und warum hast du sie erst jetzt hierhergeholt? Sind dir die Tricks ausgegangen?«

Bedingfield verlor jegliche Gesichtsfarbe, als er kerzengerade in die Höhe schoss. »Das ist Verleumdung! Ich habe keine Ahnung, wovon du da redest.«

»Doch das hast du«, kam die pfeilschnelle Antwort. »Und wir wissen es beide. Es ist traurig, mit anzusehen, wie du es immer wieder schaffst, die Leute für deine Zwecke zu benutzen, ohne dass sie überhaupt wissen, worum es geht.«

Plötzlich veränderte sich etwas in Bedingfields Gesicht. Seine unbeholfene Pausbäckigkeit zerfloss vor ihren Augen und machte Platz für einen Ausdruck kalter Berechenbarkeit, den Liam noch nie an ihm gesehen hatte.

»Die Wahrheit, hm? Ist es das, was du von mir hören willst, Joshua?«

»Die Wahrheit habe ich mittlerweile selbst herausgefunden. Ich will sie nur endlich aus deinem eigenen

Mund hören.« Bedingfield ballte die Fäuste, bevor er zu sprechen begann.

»Fahr zur Hölle, Joshua. Schon als ich dich zum ersten Mal gesehen habe, wusste ich, dass du ein Quälgeist bist. Einer, der nicht weiß, wofür es sich zu kämpfen lohnt und was manchmal dafür nötig ist.« Er warf seine Hände in die Luft. »Ja, verdammt! Ich war es, der die Anweisung gegeben hat, die Festung abzuschotten. Und ja, ich bin es gewesen, der den drei verschwundenen Mitarbeitern nachgestellt hat! Und jetzt? Bist du jetzt endlich zufrieden?«

Schweigend und mit weit geöffnetem Mund sah Liam zwischen den Männern hin und her. Er wusste nicht, was er sagen sollte, wusste nicht, was er glauben oder denken sollte. Sein vor Überhitzung beinahe platzender Kopf hatte auf Durchzug geschaltet, um die rasche Peitschenfolge der Eindrücke zu verkraften. Liams Gehirn weigerte sich zu glauben, dass Bedingfield, ausgerechnet derjenige, den sie retten wollten, das Scheusal war und Dr. Cole die ganze Zeit auf der richtigen Seite gestanden hatte.

»Zufrieden? Fast«, erwiderte Dr. Cole mechanisch. »Einige Kleinigkeiten sind mir noch nicht ganz klar.« Ihre Blicke brandeten wie zwei vor Verachtung sprudelnde Wellen aneinander.

»Wundert mich nicht. Wir zwei haben schon immer ganz verschieden gedacht. Dann hör jetzt gut zu. Denn es wird das Letzte sein, was du jemals von mir zu hören bekommst.« Dabei trat Bedingfield bis an die mit Leichen übersäte Tafel heran, ohne sich groß an deren Anblick zu stören.

»Als die Aufstände ausgebrochen sind, war ich überfordert, ja, ich gebe es zu. Wir hatten zu wenige Leute, um die Festung zu belagern und gleichzeitig auch den Rest der Insel unter Kontrolle zu bringen, also habe ich das einzig Richtige getan. Tief in der Nacht habe ich heimlich die übriggebliebenen Wachtposten abgezogen und zusammen mit Alan White und Oliver Preston alle Ausgänge zugemauert. Nur das Haupttor haben wir unangetastet gelassen, weil man es von der Brücke aus sehen kann und die Gefangenen es ohnehin nicht überwinden konnten. Danach habe ich dich, Joshua, in die Bekämpfung der Aufstände eingebunden, um nicht alleine die gesamte Verantwortung tragen zu müssen. Ich hatte gehofft, dass die Aufstände innerhalb weniger Tage wieder abflauen würden und ich die Festung danach wieder öffnen kann. Doch es kam ganz anders. Über zwei Wochen hat es uns gekostet, bis die Aufstände niedergeschlagen wurden, und mir war klar, dass kaum noch jemand in der Festung am Leben sein konnte.« Ein gequältes Seufzen blähte seinen Brustkorb auf. »Und da ist mir die Situation über den Kopf gewachsen. Ich musste irgendwie vertuschen, was dort passiert ist, und dann kam mir die Idee! Ich wollte die ganze Festung in Brand stecken und wisst ihr, welche Spuren dann noch übrig geblieben wären?« Er lachte freudlos. »Gar keine. Der ganze Steinhaufen wäre ausgebrannt und dann den Hang hinab ins Meer gestürzt. Egal wie viele Spezialisten dann hier rumgelaufen wären, sie hätten nur noch verkohltes und von den herunterbrechenden Steinen zu Staub zermahlenes Knochenpulver am Grund des Meeres gefunden. Ein tragischer Unfall, mehr nicht. Aber bevor ich meinen Plan in die Tat umsetzen konnte, mussten erst einmal diejenigen beiseitegeschafft werden, die davon wussten. Also Alan White und Oliver Preston Ich hatte mir ihr Schweigen teuer bezahlt, aber wollte mich nicht länger darauf verlassen. Außerdem hatte ich die Befürchtung, dass unsere unsägliche Dr. Elina Alvarez auch eine Ahnung davon hatte. Nur leider sind alle drei wie aus dem Nichts untergetaucht. Ich habe gesucht und gesucht, aber keinen von ihnen gefunden. Zusammen mit meiner ahnungslosen Sekretärin habe ich sogar in Elinas Kammer geschnüffelt, aber ohne Erfolg. Nur Oliver Preston ist mir kurz begegnet und ich habe ihm mit einem Beil aus Pater Francis' Hühnerstall den Scheitel gezogen, aber er konnte entkommen. Hoffentlich ist er mittlerweile draufgegangen.« Er gurgelte verächtlich und spuckte irgendwo zwischen die Säulen. »Jedenfalls konnte ich nicht länger warten. Ich musste alle drei endlich in die Finger bekommen und da kam mir der einzige Mann in den Sinn, der für Geld alles tut und keine Fragen stellt. Jemand, der mir wärmstens empfohlen wurde.

Der echte Liam Hopkins.« Sein Blick verdüsterte sich. »Kurz vor eurem Auftauchen ist mir wie durch ein Wunder dann sogar Alan White ins Netz gegangen, aber die anderen haben mir noch gefehlt. Ich fand, ihr Leben ist ein fairer Preis, um Widow Peak und meinen Ruf zu retten. Wir können hier noch so viel Gutes tun, auf der Station und im Dorf. Und glaubt mir, ich hatte große Pläne. Mit meinem Geschäftssinn und ohne dieses strenge Moralkorsett, in das ich mich nicht zwängen will, hätte ich Widow Peak zusammen mit unseren Investoren in die modernste und effektivste Klinik ganz Schottlands verwandeln können. Vielleicht hätte sich alles zum Guten gewandt, wenn unser lieber Dr. Cole nicht Lunte gerochen hätte.« Er blickte den stellvertretenden Leiter hasserfüllt an. »Zu dem Zeitpunkt wusste er zwar noch nicht, was hier wirklich läuft, doch er ahnte, dass etwas nicht stimmt, und war der Meinung, es wäre das Beste, mich vorerst aus dem Verkehr zu ziehen. Erst dann habe ich von Cole erfahren, dass mein angeheuerter Privatschnüffler nichts als ein dreister Hochstapler mitsamt seiner lästigen Begleitung ist.«

Einige Momente vergingen, ehe diese Worte überhaupt in Liams Verstand eindringen konnten. »Dann waren die Essensrationen vor der Festung nur als Ablenkung gedacht?«

»Aber sicher doch.« Bedingfield wedelte mit seiner Hand, als wäre die Antwort auf diese Frage völlig selbstverständlich »Ich musste bis zur letzten Minute vor dem Festungsbrand allen Angestellten, insbesondere Dr. Cole, glaubhaft machen, dass in der Festung alles in bester Ordnung ist. Vor allem die Köche hätten doch Verdacht geschöpft, wenn plötzlich nichts mehr für die Patienten in der forensischen Abteilung zubereitet wird. Also habe ich das Märchen von der neuen Schutzmannschaft in der Festung erfunden und jeden Tag das Essen vor den Toren abstellen lassen, nur um es später dann wieder zu entsorgen. Natürlich gab es zu Beginn Gerede über das neue Sicherheitskonzept, doch die vergangenen Wochen hatten weit interessanteren Gesprächsstoff geliefert und so hat sich bald niemand mehr dafür interessiert.«

Die Abgeklärtheit, mit der er sprach, erschreckte Liam fast mehr als die Worte selbst. In der Erwartung einer Reaktion richteten sich alle Blicke auf Dr. Cole.

»Erstaunlich, wie leicht es dir über die Lippen geht, dass du so viele Menschen auf dem Gewissen hast. Was für eine Diagnose würdest du an deinen eigenen Geisteszustand stellen?«

»Verschon mich bitte mit deinen pseudomoralischen Predigten, Joshua. Auch ich bin ein Mann mit Prinzipien, aber die sehen eben anders aus als deine«, schoss Bedingfield zurück und Liam spürte, wie die Stimmung zwischen den beiden Männern immer mehr zu kippen drohte. »Du bist also der Meinung, dass jeder Mensch beliebig viele Chancen verdient hat? Ich nicht! Es gibt Existenzen, die haben in meinen Augen ihre Lebensberechtigung verloren, denn egal wie lange man solche Leute therapiert, sie ändern sich ohnehin nicht. Die forensische Abteilung war voll mit ebensolchen Gestalten, Mörder, Vergewaltiger und Kinderschänder, und es tut mir um keinen Einzigen von ihnen leid. Ihr Leben ist ein fairer Preis, um Widow Peak und meinen Ruf zu retten. Wir können hier noch so viel Gutes tun, auf der Station, im Dorf.«

»Dass ich nicht lache. Charles, du bist ein selbstgerechter Lügner. In der Welt, in der du lebst, lässt sich alles so herrlich leicht rechtfertigen. Du drehst dir alles zurecht, wie du es gerade brauchst. Mir ist egal, ob du deine eigenen Lügen glaubst oder nicht, denn ich weiß, dass die Menschen dich noch nie interessiert haben, also hör auf, sie als Deckmantel zu benutzen.« Während er sprach, stoben Cole einzelne Speicheltropfen von den Lippen, doch ließ er sich in seinem Eifer davon nicht beirren. »Du sagst, die Patienten aus der forensischen Abteilung haben es verdient? Und was ist mit Alan White und Oliver Preston? Haben sie es auch verdient?«

Weder Liam noch Sonya wagten es, dazwischen zu reden. Es war ein absurder Streit in einer ebenso absurden Situation. Vom Bankett glotzten sie immer noch die leeren Augenhöhlen der Toten an und Liam hätte am liebsten aus voller Kehle geschrien, nur um damit zu bewirken, dass alle endlich schwiegen und er aus diesem Albtraum erwachen konnte. Doch nichts von alldem geschah und die beiden Psychologen feuerten weiterhin mit Widerhaken bewehrte Wortsalven auf sich ab.

»Nein, verdient haben sie es nicht und trotzdem kann ich es nicht mehr ändern. Ich bedauere, was passiert ist. Sie waren Opfer einer Sache, die mir über den Kopf gewachsen ist.«

Egal, was Bedingfield antwortete, es schien Dr. Cole nur noch mehr in Rage zu versetzen und sein Zeigefinger zuckte bereits zum wiederholten Mal besorgniserregend am Abzug.

»Ich wünschte, du könntest dich selbst hören, Charles. Du redest, als wäre es nur ein Unfall gewesen. Aber so ist es nicht. Du hast sie kaltblütig umgebracht.«

»Nenn es, wie du willst. Aber ihr Tod wird es wert sein, wenn Widow Peak dafür weiter bestehen kann.«

»Das wird es aber nicht.« Die Endgültigkeit, mit der Dr. Cole sprach, erstickte jegliche Widerworte »Widow Peak ist am Ende und du bist es auch, Charles. Zeit für dich, endlich Gesicht zu zeigen und für deine Verbrechen einzustehen. Sobald wir wieder eine Verbindung zum Festland haben, wartet eine Zelle auf dich.«

Eine Weile geschah nichts. Bedingfield verstummte, nur um kurz darauf beängstigend unbesorgt in sich hineinzulächeln.

»Du bist schlau, Joshua, aber leider nicht clever. Du kannst mit beiden Beinen in einer Falle stehen und bemerkst es nicht einmal.« Während Dr. Cole noch versuchte, den Sinn hinter diesen Worten zu verstehen, zog Bedingfield etwas aus dem Innenfutter seiner Jacke.

Ein ohrenbetäubendes Krachen zerriss die unbewegte Luft. Der Strahl eines Mündungsfeuers raubte Liam die Sicht. Dann folgte noch ein zweiter Schuss.

Während er die bunten Flecken aus seinem Sichtfeld blinzelte, wich Liam bis an die Tafel zurück, wo er beinahe gegen eine der Leichen stieß. Kaum konnte er wieder etwas sehen, fuhr er zur Quelle des furchtbaren Knalls herum. Und er musste nicht lange danach suchen.

Rauch stieg aus dem Revolver in Bedingfields Hand. Gegenüber von ihm war Dr. Cole auf die Knie gesunken. Blut schwappte ihm aus den beiden Stümpfen seines Zeigefingers und Daumens. Die Pistole, die er eben noch gehalten hatte, lag zerstört zu seinen Füßen.

»Tut mir leid. So weit hätte es nicht kommen müssen, aber du wolltest ja keine Ruhe geben«, belehrte ihn Bedingfield in einer beinahe schon harmlosen Stimmlage. Über das schmerzverzerrte Geschrei von Cole hinweg begann Bedingfield, einfach weiterzureden. »Nur falls du dich wunderst, die Waffe habe ich schon die ganze Zeit bei mir. Ich wusste, dass du verstockter Mistkerl mir bei der Durchsuchung niemals zwischen die Beine fassen würdest. Dafür bist du einfach zu prüde. Ich habe nur auf den richtigen Moment gewartet.

Wer hätte gedacht, dass sich noch einmal so eine gute Möglichkeit bietet.«

Als Nächstes huschte der Lauf der Waffe zum Rest der Gruppe weiter, zuerst richtete sie sich auf Liam, dann vorbei an Sonya auf Elina.

»Und euch rate ich, keine Dummheiten zu machen. Ich will nur ungern weitere Opfer hinzufügen müssen.«

Vielleicht lag es an den vorherigen Schreckmomenten, doch diesmal hatte sich Liam deutlich schneller wieder im Griff. »Damit kommen Sie nicht durch, Bedingfield.« Seine Drohung klang wie eine leere Floskel und je länger er die Worte in seinen Gedanken reifen ließ, desto mehr dämmerte ihm, dass sie es auch war.

»Ach, nein? Und was sollte mich aufhalten?« Darauf wollte Liam keine Antwort einfallen, doch war es diesmal Sonya, die plötzlich das Wort ergriff.

»Ihr Revolver. Er fasst genau fünf Schuss und zwei haben Sie schon verbraucht. Bleiben also noch drei Patronen für vier Menschen.«

Bedingfield erstarrte. Hinter seiner Stirn begann es fieberhaft zu arbeiten.

Und auch Liam horchte auf. Dieses winzig kleine Detail bedeutete eine völlig neue Situation. Und völlig neue Möglichkeiten.

Nein, Liam. Tu's nicht.

Wie von selbst machte er einen Schritt auf Bedingfield zu und der Pistolenlauf schnellte zu ihm herum.

»Haben wir hier einen ersten Freiwilligen?«

»Nein.« Er brauchte einige Anläufe, bis er es endlich schaffte, die richtigen Worte zu formen. »Ich schlage einen Handel vor.«

»Liam! Was machst du da?«, zischte ihm Sonya zu, doch ignorierte er sie. Da war sie plötzlich. Seine unrühmliche Chance, aus diesem ganzen Schlamassel herauszukommen.

Alle Augen waren auf ihn gerichtet. Sein Herz pochte nun schneller. Hatte er sich das auch gut überlegt? Nein, hatte er nicht. Aber dafür war auch keine Zeit gewesen. Irgendwo im Hintergrund konnte er Dr. Coles anhaltendes Stöhnen hören.

»Sie können uns nicht alle erschießen, das wissen Sie jetzt. Sie brauchen also Hilfe. Erinnern Sie sich an die Bezahlung, die Sie mir versprochen haben, Bedingfield? Was, wenn ich Ihnen sage, dass der echte Liam Hopkins und ich gar nicht so verschieden sind? Was, wenn ich Ihnen sage, dass Sie ohne mich niemals hier rauskommen. Sie brauchen mich. Und ich brauche Ihr Geld.« Dicht hinter ihm schnappte Sonya nach Luft und insgeheim war Liam dankbar, gerade nicht ihr Gesicht sehen zu müssen. Die Entscheidung fiel ihm ohnehin schwer genug.

Als Bedingfield ihn fragend ansah, setzte Liam noch einmal an. »Sie wissen ja mittlerweile, wer ich bin. Ich bin kein guter Mensch, aber ich bin einer, der es versteht, die richtigen Chancen zu nutzen. Also, ich frage Sie jetzt ein einziges Mal: Was ist es Ihnen wert, wenn ich die Seiten wechsle?«

Ein kaum merkliches Zucken fuhr durch Bedingfields Gesichtszüge.

»Du bluffst.«

»Ich bluffe niemals, wenn es um Geld geht.« Diese Worte hätte Liam vermutlich mit seinem eigenen Blut unterschrieben und doch schmeckten sie ungewohnt bitter. Einen Geschmack, den er vermutlich nur mit vielen süßen Drinks in seiner neugewonnenen Freiheit herunterspülen konnte.

»Du mieser ...«, zeterte Sonyas Stimme aus dem Hintergrund, doch schenkten weder Liam noch Bedingfield ihr Beachtung.

Über den Lauf der Waffe hinweg sah Bedingfield ihn neugierig an. »Warum solltest du mir vertrauen?«

»Tue ich nicht. Aber Sie wissen mittlerweile, dass ich ein verurteilter Mörder bin, und Sie können sich denken, was ich mit Ihnen anstelle, wenn Sie mich betrügen.«

Bedingfields Mundwinkel zuckte und er machte Platz, dass Liam sich neben ihn stellen konnte. »Die besprochene Summe?«

»Die besprochene Summe«, wiederholte Liam.

Als er seinen Platz neben dem Klinikleiter einnahm, begegnete er endlich dem entsetzten und funkensprühenden Blick aus Sonyas weit aufgerissenen Augen. Ein seltsamer Glanz lag in ihnen und wenn Liam es nicht besser gewusst hätte, würde er fast glauben, dass sie gegen die Tränen ankämpfte.

Dort, in den grünen Tiefen ihrer Augen, spiegelte sich eine Enttäuschung wider, wie Liam sie noch nie zuvor gesehen hatte. Es war eine Leere, eine Verletzlichkeit, aber vor allem der fleischgewordene Ausdruck des Betrogenseins.

Wie gern hätte er Anteil daran genommen, ihren Schmerz geteilt oder zumindest gelindert, doch es gab nichts, was er hätte sagen können.

Anstelle des erwarteten Wutausbruchs kam nur ein unendlich gequältes Flüstern über Sonyas Lippen. »Wieso, Liam?«

»Es tut mir leid, Sonya.« Er sah sie mit einem um Verzeihung bittenden Blick an. »Mir macht das auch keinen Spaß.«

»Warum tust du das dann?«

»Was erwartest du denn von mir? Dachtest du wirklich, ich bemerke es nicht? Dachtest du, ich würde nicht ahnen, was du in Vargas Namen mit mir anstellen sollst, sobald wir die Insel verlassen haben?«

Sonya verstummte. Sie blinzelte nicht einmal mehr. »Aber … Es gibt bestimmt noch eine andere Lösung.«

»Nicht für Varga. Nicht für mich. Oder hast du das wirklich geglaubt? Ich soll also einfach in meinen eigenen Tod marschieren, hm? Das kannst du nicht von mir verlangen. Es tut mir leid, Sonya. Das tut es wirklich. Ich wollte nicht, dass irgendetwas davon passiert. Ja, ich hatte wirklich gehofft, es gibt ein Happy End für dich, für mich, für uns. Aber das echte Leben schreibt eben keine guten Geschichten.«

In gebührendem Abstand zu Sonya ging Liam bis zur Banketttafel und zog dort ein Hackmesser aus der Tischplatte. Es rostete bereits, war aber immer noch scharf.

Ein Räuspern ließ ihn von der Klinge aufschauen. Bedingfield deutete auf Elina.

»Fang mit der da an.« Elinas Augen weiteten sich vor Schreck. Selbst die Gebete wollten ihr plötzlich in der Kehle steckenbleiben, als sich Sonya auch schon mit ausgebreiteten Armen vor sie warf.

»Das wagst du nicht. Nur über meine Leiche.« In ihrem Auftreten erkannte er die Wildheit einer Löwenmutter, die ihr Junges mit Zähnen und Krallen, vor allem aber mit ihrem Leben beschützen würde.

Er zögerte, die Klinge fühlte sich in seiner Hand plötzlich unendlich schwer an.

»Muss das wirklich sein?« Er sah über seine Schulter zu Bedingfield, der nur eine Armlänge von ihm entfernt neben ihm stand. In den bisher immer so sanften Augen des Psychologen suchte er vergeblich nach so etwas wie Gnade.

»Wenn du unseren Pakt besiegeln willst, dann ja. Es muss gemacht werden. Wir können keine Mitwisser gebrauchen. Denk an das Geld.«

»Bist du wirklich so ein skrupelloser Drecksack?«, brüllte ihm Sonya ins Gesicht. Ihre Stimme bebte so sehr, dass sie sich beinahe überschlug.

»Ich will auch nur leben.« Liam warf ihr einen traurigen und von Mitleid erfüllten Blick zu. »Ich hoffe, du kannst mir eines Tages verzeihen.«

Er sah die Verzweiflung in Sonyas Blick, als er mit dem Hackmesser ausholte und es auf sie herabsausen ließ.

Gott sei meiner Seele gnädig.

Die Klinge raste direkt auf sie zu, konnte sie nicht mehr verfehlen und doch zuckte sie im letzten Moment an ihr vorbei und hackte mit einem tosenden Laut gegen Bedingfields ausgestreckte Hand.

Ein Schrei dröhnte in Liams Ohren, danach ein lauter Knall. Aus dem Revolver löste sich ein Schuss.

Liam musste die Augen zusammenkneifen, als ihm ein warmer Schwall Blut ins Gesicht spritzte. Er sah nichts mehr, während er sich mit den nackten Fingern die roten Schlieren aus den Augen wischte. Der Geruch von Eisen drang ihm in die Nase.

Er hörte, wie Elina schrie. Sonya schnappte hörbar nach Luft und Dr. Cole hatte aufgehört zu stöhnen, doch was auch immer der stellvertretende Leiter sagte, drang nicht mehr an Liams Ohr.

Der Schleier vor seinen Augen lichtete sich und er sah Bedingfield mit einem Einschussloch in der Stirn auf dem Boden liegen. Eine Blutpfütze breitete sich unter ihm aus, während er aus weit aufgerissenen Augen zur Glaskuppel des Bankettsaals hinaufstarrte.

Liam hatte immer noch das Hackmesser in der Hand, als Sonya auf ihn zustürmte.

»Du mieser ...« Sie fiel ihm um den Hals und drückte ihn so fest an sich, dass ihm die Luft wegblieb. »Verarsch mich nie wieder so, verstanden? Ich bin tausend Tode gestorben!«

Erschöpft und ohne ein Wort von sich geben zu können, blieb Liam in ihrer Umarmung. Noch ein letztes Mal sah er zu Bedingfields Leichnam, dessen zähflüssiges Blut ihm gegen den Stiefel sickerte.

Und da begriff er es.

Ich bin tot.

34.

An diesem grauen Morgen regnete es bereits seit Stunden. Der wolkenverhangene Himmel schwebte über ihnen wie ein Grabstein, während die Strömung ihre Fähre von einem Wellenkamm zum nächsten stieß.

Auch diesmal toste wieder ein Unwetter um die kleine Fähre, wenn auch nicht so wild wie bei ihrer Hinfahrt nach Widow Peak. Sie hatten schon einen Großteil der Fahrt auf dem aschegrauen Meer hinter sich gebracht und in einiger Entfernung glitzerten bereits die Lichter von Edinburgh.

Drei Tage waren seit den Geschehnissen in der Festung vergangen. Drei Tage, die sich schrecklich weit weg und gleichzeitig ganz nah anfühlten.

Nach Bedingfields Tod hatten sie die Festung auf schnellstem Weg verlassen und versucht, eine Verbindung zum Festland herzustellen. Es war ihnen gelungen, das Signal des Funkmastes so weit wiederherzustellen, dass es zumindest für ein Notsignal Richtung Küste gereicht hatte. Das darauffolgende Warten auf die Einsatzkräfte hatte sich wie eine Ewigkeit angefühlt.

Sonya sah zu Liam, der tief in Gedanken versunken dasaß, dann fiel ihr Blick auf den leeren Sitz neben ihr.

Elina wollte noch ihre Sachen packen und sich von einigen Patienten und Kollegen verabschieden. Sie hatte beschlossen, erst die nächste Fähre zu nehmen. Zwar hatte Sonya mit ihr deswegen diskutiert und gestritten, wie zwei Schwestern es eben so taten, doch solange sie wusste, dass Elina jetzt in Sicherheit war, konnte sie mit der Entscheidung leben.

Eine Welle peitschte schäumend gegen das Bullauge neben Sonyas Kopf und ihr wurde bei diesem Geschaukel schon wieder schlecht.

Die Angst vor Wasser würde sie wohl niemals ganz ablegen können, doch seltsamerweise fürchtete sie sich ein kleines bisschen weniger, seit sie am Strand von Widow Peak beinahe ertrunken war.

Außer ihnen saßen nur eine Handvoll ehemaliger Patienten in dem nach feuchter Wolle riechenden Unterdeck. Hin und wieder hustete jemand oder scharrte mit den Füßen, ansonsten blieb das einzige Geräusch das Stampfen der Fähre inmitten der schäumenden See.

Als Sonya nach draußen sah, suchte sie instinktiv nach den Umrissen der Insel, obwohl sie wusste, dass Widow Peak schon lange aus ihrer Sichtweite verschwunden war.

Ihre letzten Tage dort hatten sich sonderbar angefühlt. Befreit von der Anspannung einer unmittelbaren Bedrohung hin zu einer seltsamen Ungewissheit.

Nach dem Eintreffen von Küstenwacht, Polizei und Rettungsdiensten hatten sie – wie alle anderen Patientinnen und Patienten – eine eingehende Befragung über sich ergehen lassen müssen und zu Sonyas Überraschung besaß Liam perfekt gefälschte Ausweisdokumente für seine Identität als Mister Hopkins.

Dr. Cole übernahm, solange die Ermittlungen andauerten, die Leitung der Klinik. Ob Widow Peak als Einrichtung bestehen blieb, war noch ungeklärt. Eine forensische Abteilung würde es dort wohl nicht mehr geben. Womöglich blieben zumindest die offene und geschlossene Station erhalten, vielleicht aber auch nichts davon.

Abgesehen von den zwei Fingern, die Dr. Cole verloren hatte, war er mit dem Schrecken davongekommen, und Sonya hatte ihm persönlich zwei der hübschesten Nähte gezogen, die sie seit langem vollbracht hatte.

Der Dr. Cole, den sie nach den Geschehnissen kennengelernt hatte, ähnelte in keiner Weise dem Schreckgespenst, das sie zuvor immer vor Augen hatten. Weder gegenüber der Polizei noch gegenüber sonst irgendwem hatte er erwähnt, was er über Liam wusste, und selbst nachdem Liam ihn darauf angesprochen hatte, behauptete Dr. Cole plötzlich, von nichts zu wissen. Noch überraschender war lediglich die Tatsache, dass sie von der Polizei wie ganz normale unbeteiligte Patienten befragt wurden, was nur bedeuten konnte, dass Cole sie in seinen Schilderungen der Geschehnisse völlig unerwähnt gelassen hatte.

Die ganze Nacht über hatte Sonya gerätselt, warum er das getan hatte, und glaubte mittlerweile daran, dass es seine verschrobene Art war, danke zu sagen.

Diesem Umstand hatten sie es zu verdanken, dass sie tags darauf unbehelligt die Insel verlassen durften.

Es hätte beinahe so etwas wie ein Happy End sein können, wäre da nicht eine nicht zu leugnende Tatsache gewesen, die wie eine dunkle Wolke über ihnen hing: Sie hatten so vieles auf sich genommen und kehrten ohne einen einzigen Penny der Bezahlung zurück.

Sonya wusste das, aber vor allem wusste es Liam, der immer niedergeschlagener wirkte, je näher sie an die Anlegestelle kamen.

Seit sie in der Fähre saßen, hatten sie über vieles geredet, nur nicht darüber, was nach dem Anlegen geschehen würde. Denn sie wussten es beide. Sie wussten, was Sonyas Auftrag war, und es auszusprechen, machte es nur noch schmerzhafter.

Liam hatte jeden Grund dazu, auszureißen oder sich nahe am Hafenbecken von Bord in die Fluten zu stürzen, doch blieb er einfach sitzen wie jemand, der bereits seinen Frieden mit einem unabwendbaren Ende geschlossen hatte.

Fast bekam Sonya den Eindruck, dass sie selbst nervöser war als er. Auch wenn sie nur hinter dem Abzug stand, war es doch ihr Finger, der abdrücken musste.

Und die Schuld, mit der ich leben muss.

Ein Teil von ihr hatte gehofft, dass sie den Auftrag einfach erledigen, das Geld einstreichen und dann bestens gelaunt und vielleicht sogar ein wenig betrunken nach Hause zurückkehren würden, damit beide dort einen neuen Abschnitt ihres Lebens beginnen konnten. Sie selbst endlich frei von Varga und Liam als schuldenfreier Mann, auch wenn sie nicht glaubte, dass dieser Umstand bei ihm lange halten würde. Zumindest hätte sie darauf gehofft, dass er sich seine Gläubiger in Zukunft besser aussuchte.

Sie schluckte und bemerkte erst viel zu spät, dass Liam sie ansah.

»Schau nicht so traurig, Prinzessin. Freu dich, deine Tage als Geldeintreiberin sind gezählt.« Er ließ seine weißen Zähne hervorblitzen, doch egal, wie unbeschwert er sich gab, er konnte Sonya nicht täuschen. Nicht nach allem, was sie zusammen durchgemacht hatten.

Prinzessin, so hatte er sie noch nie genannt. Es gefiel ihr nicht besonders und doch zeugte es von einer gewissen Verbundenheit, weshalb sie nicht widersprach.

»Ich sollte mich freuen, ja. Aber irgendwie ist davon noch nichts hier angekommen.« Sie tippte sich an die Schläfe.

»Es wird alles gut.«

»Tatsächlich?«

Liam legte ihr eine Hand aufs Knie. Die Berührung seiner Finger tröstete Sonya nicht darüber hinweg, dass ihr der schwerste Teil noch bevorstand. Ganz im Gegenteil. Ihr blieb nichts anderes übrig, als hier zu warten und sich dem Tribunal ihrer Zweifel und Vorwürfe auszusetzen.

Schon seit sie die Fähre betreten hatte, verloren sich ihre Gedanken im fernen Ausblick jenseits der Bullaugen.

Im Zucken der Wellen und dem Geschrei der über ihnen kreisenden Möwen lag ein seltsamer Widerspruch aus Entspannung und gleichzeitiger Unruhe. Ein genaues Spiegelbild von dem, was gerade in ihrem Inneren vor sich ging.

Plötzlich spürte Sonya wieder den kalten Biss ihrer Pistole auf der nackten Haut. Die Waffe war auf ebenso wundersame Weise zu ihr zurückgekehrt, wie sie verschwunden war. Vielleicht lag es am Erscheinen der Polizei auf der Insel oder Gründen, die sie nicht kannte, doch der Dieb hatte sich dazu entschlossen, ihr die Waffe zurück in die Hütte zu legen. Beinahe als wäre sie nie verschwunden gewesen.

In den Tagen während ihrer Ermittlungen hatte sich Sonya nach der Berührung ihrer Waffe gesehnt, dem verheißungsvollen Gefühl von Sicherheit und Kontrolle. Doch jetzt, kurz vor dem Hafen, fühlte sich dieses plumpe Mordinstrument plötzlich an wie eine Last. Denn Sonya wusste, was damit zu tun war, und sie wusste auch, dass Varga kein Zögern akzeptierte.

Ihr Blick fiel auf den leeren Sitz gegenüber von ihr, auf dem Liam eben noch gesessen hatte. Als sie erschrocken aufsprang, sah sie ihn draußen im Nieselregen stehen. Er lehnte sich wie eine Galionsfigur weit über den rostigen Bugspriet, während sich die Fähre durch den wabernden Nebel dem Fährhafen näherte. Inmitten der Dunstschwaden zeichneten sich bereits die ersten Umrisse der Anlegestelle ab.

Als Sonya das Unterdeck verließ und ihm an die Reling folgte, begann sie zu frösteln. Heute war es bitterkalt in Edinburgh und ihr Atem verwandelte sich vor ihrem Mund in einen Nebel aus Eiskristallen.

Aus dem Steuerstand schallte ein kehliger Ruf, der auch die letzten Passagiere aus ihren dämmrigen Gedanken riss. Der Kapitän wendete die Fähre zum Anlegemanöver.

»Hast du Angst?«, fragte sie Liam über das Dröhnen des Bootsmotors hinweg.

»Du etwa?« In seinen Augen flackerte die gleiche Zerrissenheit, die es Sonya bereits bei ihrem ersten Kennenlernen unmöglich gemacht hatte, ihn einzuschätzen.

Ein Ruck ging durch die Fähre, als sie mit den von der Bugseite hängenden Fendern gegen die Kaimauer prallten.

Leinen wurden zum Festland geworfen, Bewegung kam in die bescheidene Menge der Passagiere und kurz darauf schob sich auch schon die Anlegerampe mit einem trockenen Knirschen auf den betonierten Steg.

Die ersten Passagiere gingen bereits sichtlich erleichtert von Bord und nachdem Liam immer noch keine Anstalten machte, sich zu bewegen, löste Sonya ohne ein weiteres Wort seine krampfhaft in die Reling gekrallten Finger, indem sie ihre eigenen obenauf legte und ihn einfach mit sich zog.

Als sie sich dem Ausstieg näherten, stand dort bereits der finster dreinblickende Kapitän, den sie noch von der Hinfahrt auf die Insel kannten.

Er würdigte Sonya keines Blickes, dafür bohrten sich seine stahlgrauen Augen regelrecht in Liam.

»Erstaunlich«, bellte er, begleitet von einem Lachen, das ebenso gut ein Knurren hätte sein können. »Hätte nicht gedacht, dass Sie Widow Peak lebend verlassen. Scheint, als hätten Sie es geschafft.«

Liam lächelte freudlos. »Ich habe gar nichts geschafft.« Er trottete an ihm vorbei, ohne den Seebären noch eines Blickes zu würdigen.

Die Anlegestelle lag in dichtem Nebel versunken. Die Passagiere zerstreuten sich rasch in alle Richtungen, bis nur noch Liam und Sonya an der Hafenkante zurückblieben.

Gerade als Sonya sich fragte, ob Varga auftauchen und ihr Standgericht überwachen würde, flammten in einiger Entfernung zwei Autoscheinwerfer auf, die nur einen Sekundenbruchteil später wieder verloschen. Wenn man vom Teufel sprach.

Durch den dichten Nebel sahen sich Sonya und Liam an.

»Das war es dann wohl«, raunte er und diesmal blieb Sonya nicht verborgen, wie belegt seine Stimme klang. »Wirst du es wirklich tun?« Sie gab ihm keine Antwort. Nicht, weil sie es nicht wollte, sondern viel mehr, weil sie Angst davor hatte, es auszusprechen.

Nacheinander stapften sie durch den Nebel, bis sie vor einer schwarzen Limousine am Rande der Bootshäuser zum Stehen kamen.

In seinen weißen Mantel gehüllt war Varga nur schwer zu übersehen. Er lehnte bereits draußen an der Tür, während die aufglühende Zigarettenglut sein feistes Gesicht abwechselnd in Licht und Schatten tauchte.

Hatte Sonya da eben ein Lächeln auf seinen Lippen gesehen? Unmöglich, worüber sollte sich Varga auch freuen? Über die verschwendete Zeit und das fehlende Geld wohl kaum. Ohnehin war es noch nie ein gutes Zeichen gewesen, ihn lachen zu sehen.

Ihr Herz begann mit jedem Schritt, den sie sich näherten, schneller zu schlagen.

»Sonya«, schallte es ihr schon aus einigen Metern beinahe schon freundlich entgegen.

Sie nickte ihm zu. »Varga.« Sein wieselartiges Gesicht wandte sich Liam zu.

»Und da ist mein Goldjunge.« Das aufgesetzte Lächeln gefror ihm auf den Lippen. »Von dem ich gehört habe, dass er ohne mein Geld zurückkommt.« In den Worten lag ein kaum zu überhörender Vorwurf, den Varga mit gespitzten und giftigen Lippen geradezu ausspuckte.

Sonya kannte ihn mittlerweile gut genug, um zu wissen, wann sie besser schweigen sollte. Offenbar nahm sich auch Liam ein Beispiel an ihr, denn er stand ebenso stumm da, völlig bewegungslos außer dem Zucken seiner nervösen Finger.

Nur das Rütteln und Zerren des Winds an den Rollläden der Bootshäuser verriet Sonya, dass die Zeit nicht plötzlich stehengeblieben war.

»Ich bin überrascht, dass du dich überhaupt traust, hier mit leeren Händen aufzukreuzen, Liam. Aber sicher auch nicht ganz freiwillig.« Er warf einen Blick zu Sonya. »Ich würde ja sagen, gute Arbeit, aber ohne mein Geld ist es scheißegal.« Er warf seine Zigarette so schwungvoll auf den Boden, dass sie funkensprühende Sätze machte, ehe sie in der nächsten Pfütze verlosch. »Ich bin sehr ...«, er holte einmal tief Luft, »enttäuscht. Und zwar von euch beiden.«

»Moment mal«, fiel Sonya ihm ins Wort, bereute es aber gleich wieder, als ihr einfiel, wie ungut das für sie ausgehen konnte. Sie schlug einen versöhnlicheren Ton an. »Ich habe meinen Job erledigt. Genauso, wie du es wolltest.«

Verglichen mit den Tobsuchtsanfällen, die sie bereits bei ihm beobachtet hatte, blieb Varga verhältnismäßig ruhig. Er legte einen seiner bleichen Finger an die Lippen, womit er deutlich machte, dass auch nur ein weiteres Wort aus ihren Lippen die Anzahl der heutigen Toten verdoppeln würde.

»Wäre besser gewesen, wenn du dafür gesorgt hättest, dass der Halsabschneider mein Geld mitbringt.«

»War nicht meine Aufgabe.«

In Vargas Augen suchte sie verzweifelt nach einem Hauch von Verständnis, prallte jedoch auf die altbekannte Wand aus Eis.

»Leider«, räumte er zähneknirschend ein und blies Liam einen dichten Rauchschwall ins Gesicht. »Aber was dich angeht, gibt es keine Ausreden. Kein Geld bedeutet kein Deal.«

Trotz der schlechten Sicht bemerkte Sonya, wie Liam alle Farbe aus dem Gesicht wich. »Aber ... Das ist nicht meine Schuld. Ich habe den Auftrag, den ich hatte, erfüllt.«

»Nur war der Auftrag von Bedingfield. Mich interessiert nur die Kohle«, blaffte Varga. Seine Augenbrauen hatten sich mittlerweile so tief gesenkt, dass man die darunter verborgenen Augen kaum noch erkennen konnte. »Du hast mir keinen lausigen Penny mitgebracht. Nicht gerade ein gutes Argument, um dich am Leben zu lassen, hm?«

»Komm schon, Varga. Lass mich nicht betteln. Das ... muss doch nicht sein. Du willst nur dein Geld, klar, das verstehe ich. Bestimmt spricht es sich schnell herum, dass ich den Fall lösen konnte, und dann bin ich gut im Geschäft und kann noch viel mehr Geld verdienen. Tot bringe ich dir doch auch nichts. Hm, was sagst du?«

Die Worte sprudelten nun schneller über Liams Lippen, doch kein einziges davon rief eine nennenswerte Reaktion bei Varga hervor.

»Du bist ein Schwätzer. Jedes Wort eine neue Lüge. Dir ist ja wohl hoffentlich klar, dass es mich ziemlich schlecht aussehen lässt, wenn ich dich jetzt auch noch davonkommen lasse. Wir wissen doch beide, dass du mir kein Geld mehr bringst. Deine ewigen Ausreden langweilen mich. Deswegen wird Sonya dir gleich zeigen, was es bedeutet, mich zu langweilen. Oder schlimmer noch, mich zu enttäuschen.«

Er nickte ihr auffordernd zu und Sonya zog nach einigem Zögern ihre Waffe. Sie stand einfach da und versuchte, mit ihrer Haltung so deutlich sie konnte auszudrücken, dass sie es am liebsten nicht tun würde. Ihr Finger klemmte sich hinter den Abzug.

»Varga, muss das wirklich ...«

»Halt den Rand.« Seine ausgestreckte Hand traf sie beinahe ins Gesicht. »Du sprichst nur, wenn ich es dir sage, und du machst, was auch immer ich befehle. So war unser Handel und keine Sekunde früher bist du mich los. Haben wir uns verstanden?«

Sonya musste dem tiefen Verlangen widerstehen, ihn anzuspucken. Leider hatte sie schon Erfahrung darin, ihren Stolz runterzuschlucken, so wie auch jetzt.

Das ist alles nur für Elina, dachte sie sich. Keine Antwort drang über ihre Lippen, doch ihr Schweigen schien Varga zu genügen.

Er schnippte mit seinen beringten Fingern, woraufhin ein düster aussehender Mann seinen Kopf aus der Fahrerseite des Autos steckte. »Du wartest hier und passt auf, dass uns niemand stört. Verstanden?«

»Okay, Boss.« Das Gesicht verschwand wieder hinter der gepanzerten Scheibe.

»Und ihr zwei …«, Varga sah abwechselnd von Sonya zu Liam, »mitkommen!«

Gemeinsam stapften sie hinaus auf einen von Wind und Wellen umtosten Betonsteg, der sich als Wellenbrecher weit über das Wasser erstreckte. Eine von Möwendreck gepflasterte rote Signalleuchte wies ihnen den Weg, bis sie am äußersten Ende des Stegs ankamen, dessen Spitze vom Land aus im dichten Nebel versunken war. Dort standen zwei rostige Bootshäuser, in deren schattigen Zwischenraum sie zum Stehen kamen.

»Und jetzt?« Ein herausforderndes Glitzern lag in Liams Augen. »Lässt du mich hier über die Planke springen?« Varga lachte nicht, Sonya schaute nur verdutzt. Sie konnte sich nicht erklären, wie Liam im Angesicht seiner Hinrichtung noch diesen Galgenhumor aufbringen konnte.

»Ich würde ja gern sagen, dass es rein geschäftlich ist, aber bei einer Ratte wie dir wäre das gelogen.« Vargas grimmiges Gesicht legte sich in tiefe Falten. »Du hast mich viel Geld gekostet und wir wussten beide, dass du es mir zurückzahlen wirst. Auf die eine Art oder die andere.« Sein Gesicht halb unter den Händen vergraben, steckte er sich eine neue Zigarette an.

»Bring es zu Ende, Sonya.« Der Klang seiner Worte drang nur seltsam verzögert an Sonyas Ohr. Immer noch starrte sie auf die Pistole in ihrer Hand.

»Warte kurz. Darf ich ... noch kurz mit ihm reden? Es geht ganz schnell.«

»Ach ja?« Obwohl Sonya ihn nicht direkt ansah, spürte sie Vargas funkensprühenden Blick in ihrer Seite »Ein letzter Plausch unter Freunden, was? Du dreiste Göre. Aber meinetwegen. Ich gebe euch eine Minute. Eine Zigarettenlänge und dann erledigst du den Job.« Ein dichter Rauchschwall drang aus Vargas Nüstern, als er sich abwandte und einige Meter entfernt auf der anderen Seite des Stegs übers finstere Wasser blickte.

Natürlich hörte er ihnen weiter zu, aber daran ließ sich nichts ändern. Zumindest hatte es nun den Anschein einer gewissen Zweisamkeit.

Gefolgt von einem langen Seufzen ergriff Liam das Wort. »Tu es nicht, Sonya. Ich verspreche dir, ich ändere mich.« In seinen Augen lag eine verzweifelte Aufrichtigkeit, die Sonya das Herz durchbohrte. Diesen Ausdruck hatte sie bisher noch nie bei ihm entdeckt.

»Du hast dich schon geändert, Liam.« Ihre Stimme drang als sich kräuselnder Nebel aus ihrem Mund. »Ob es dir bewusst ist oder nicht. Du bist ein feiner Kerl.«

»Dann lass mich leben.«

»Es geht nicht. Ich kann nicht. Wegen Elina ... und mir und ...« Ihr versagte die Stimme. Ein Zittern ließ die Waffe in ihrer Hand klappern. »Verstehst du es nicht? Wir sind wie zwei Seiten einer Münze. Es kann uns nicht beide geben. Es muss immer eine Entscheidung getroffen werden zwischen Kopf oder Zahl.«

Er nickte niedergeschlagen, bevor sein hängender Kopf plötzlich wieder nach oben schnellte. »Ich habe schon gesehen, wie bei einer Wette die Münze auf der Seite liegen geblieben ist.«

»Hör auf damit«, erwiderte Sonya mit sanfter, beinahe einfühlsamer Stimme, frei von jeglichem Vorwurf. »Dein Humor rettet dich nicht. Und mich auch nicht. Wenn ich dich am Leben lasse, dann ...« Sie sprach die Worte nicht aus, doch wussten beide, was sie sagen wollte.

Dann bin ich tot und Elina auch.

»Und was ist mit allem, was wir zusammen durchgemacht haben? Hast du das schon wieder vergessen?«

»Nein. Es war ein unvergessliches Abenteuer. Und ich werde dich nie vergessen. Hast du gehört? Es ... tut mir leid.«

Etwas veränderte sich in Liams Ausdruck. Nur eine Winzigkeit und dennoch kaum zu übersehen.

»Wahrscheinlich hast du recht. Du kannst mich nicht retten. Niemand kann das.« Er lächelte voller Bitterkeit in sich hinein. Jetzt glitzerten auch in seinen Augen die Tränen. Er sammelte all seine Kraft, bevor er den nächsten Satz ausspuckte. »Mach es schnell.«

Sonya schluckte schwer. Ihre Augen begannen sich mit Tränen zu füllen, als sie die Waffe anlegte.

»Willst du noch etwas sagen?«

»Ja.« Er suchte ihren Blick und Sonya strömte so viel ehrliche Wärme entgegen, dass sie stockte. »Das Beste, was mir in den letzten Jahren passiert ist, das bist du.«

Auf einmal fühlte es sich an, als hätte ihr jemand den Boden unter den Füßen weggezogen. Ihre Knie drohten einzuknicken und kein Wort wollte aus ihrem Mund dringen. Eine Träne lief ihr seitlich am Gesicht herab. Dann drückte sie den Abzug.

Ein klumpiger Schwall Blut schoss aus Liams Brust. Mit ungläubig verzerrtem Gesicht wankte er noch ein Stück zur Seite, bevor er röchelnd in sich zusammenbrach und reglos am Boden liegenblieb.

Entgeistert sah Sonya erst ihn und dann die rauchende Waffe in ihrer Hand an. Die Pistole glitt ihr aus den Fingern und krachte zu Boden, bevor sie neben ihm auf die Knie fiel.

Ihre Hände zitterten vor Kälte, als sie zuerst seine blutüberströmte Brust berührte und ihm dann verzweifelt über die Wange streichelte, wobei sie eine Spur aus Blut hinterließ.

Da lag er. Ein ganzes Leben ausgelöscht innerhalb eines Wimpernschlags.

»Ich wollte das nicht«, hauchte sie ihm ins Ohr. »Das musst du mir glauben.« Ihr Atem ging schnell und unregelmäßig, unterbrochen von Schluchzern. Längst hatte sie aufgegeben, gegen ihre Tränen anzukämpfen, die ihr nun in Strömen an den Wangen hinabliefen.

Dicht neben sich hörte sie das Knirschen von Schritten näherkommen.

»Ich wusste, du hast den Mumm, es durchzuziehen.« Vargas Stimme schwebte in der Luft wie ein Pesthauch und Sonya musste ihre gesamte Kraft aufbringen, ihn nicht sofort anzufallen. »Nimm es dir nicht so zu Herzen. Er war nur irgendein Verlierer. Niemand, um den man weinen muss.«

In diesem Moment drohte Sonya vor Hass beinahe zu explodieren. Sie ballte ihre Faust und schlug sie in den blanken Betonboden. »Es reicht! Du hast mir nichts mehr zu sagen, Varga. Ich entscheide selbst, um wen ich weine, verstanden?« Ihr funkensprühender Blick richtete sich auf den über ihr stehenden Geldhai, der einen raschen Schritt zurückwich. »Das war's. Ich bin dir nichts mehr schuldig und ich will dich nie wieder sehen.«

»Schade. Aber Deal ist Deal.« Ein dünnes Lächeln entblößte Vargas Zähne. »Falls du es dir anders überlegst, du weißt, wo du mich findest. Kümmere dich noch um die Leiche, wie ausgemacht.« Mit diesen Worten wandte er ihr den Rücken zu und verschwand im Nebel. Erst als die Leuchten seines Wagens in weiter Ferne aufflackerten, drehte sich Sonya zu Liams zusammengesunkener Gestalt um. Sie wischte sich die Tränen aus den Augen.

»Und? Wie war ich?«

»Großartig.« Liam riss die Augen auf und bedachte sie mit einem breiten Lächeln, während er sich den aufgeplatzten Blutbeutel unter dem Oberteil herauszog. »Lass uns hoffen, dass Varga niemals Wind davon bekommt.« Er streckte eine Hand aus, woraufhin Sonya ihn auf die Beine zog.

Sie standen nun dicht beieinander. Ihr Atem mischte sich in der Luft zwischen ihren Mündern zu einer Wolke aus Eiskristallen.

»Deine letzten Worte ... Das war so nicht abgesprochen.«

»Ich weiß«, antwortete Liam, als er den Kopf schräg legte und Sonya unverwandt in die Augen sah. »Aber es stimmt.«

Wie aus dem Nichts spürte Sonya ein Kribbeln in ihrem Bauch, von dem sie nicht wusste, wann sie es zum letzten Mal gespürt hatte.

»War schlimm zu sehen, wie du da gerade zusammengebrochen bist. Mit dem ganzen Blut ... Ich hatte schon Angst, dich doch aus Versehen erwischt zu haben.« Sie schüttelte den Kopf, um die finsteren Gedanken wieder loszuwerden.

Liam dagegen lächelte nur. »Kann ich verstehen. Als wir auf der Insel waren, da … hatte ich auch Angst, dich zu verlieren.«

»Ja?«

»Mehr als nur einmal. Hast du es nicht gemerkt?«

»Warum sagst du mir das erst jetzt? Ausgerechnet jetzt, wenn wir …« Sie wollte die Worte nicht aussprechen, die ihr wie ein schweres Bleigewicht auf der Zunge lagen.

Wenn wir gleich getrennte Wege gehen.

»Weil ich eben so bin, wie ich bin. Ich wollte einfach, dass du es weißt.« Mit einer sanften Bewegung streichelte er ihr über die Wange.

»Und jetzt?«

»Tja, du bist endlich frei. Du kannst tun, was auch immer dich glücklich macht. Nutze deine zweite Chance. Du kannst wieder eine richtige Ärztin sein, Leben retten und jeden Tag für irgendjemanden da draußen eine Heldin sein.«

»Ich war noch nie für irgendwen eine Heldin.«

»Für mich schon. Wir wissen beide, dass ich ohne dich vermutlich nicht mehr von der Insel runtergekommen wäre.«

Ohne genau zu wissen warum, musste nun auch Sonya lächeln. »Und was wird aus dir? Neue Identität, neues Leben?«

»Nein. Ich denke, ich bleibe erst mal Liam Hopkins. Das ist viel interessanter, als immer nur den verschwundenen Enkel zu spielen.« Er lachte, wobei seine ebenmäßig weißen Zähne hervorblitzten. »Aber im Ernst. Ich will das alles nicht mehr. Ich will nicht mehr ständig von einer Haut in die andere schlüpfen. Ich will ein Zuhause. Es wird Zeit, sich etwas Langfristiges aufzubauen. Ich finde, der Privatermittler steht mir gut. Aber davor muss ich erst einmal für eine Weile verschwinden.«

Sonya hatte gewusst, dass es so kommen würde, und doch konnte sie nichts gegen das schraubstockartige Gefühl in ihrer Brust unternehmen.

»Verstehe. Sehen wir uns wieder?«

Anstelle einer Antwort ließ er ein Zwinkern für sich sprechen. »Ganz sicher sogar«, fügte er hinzu und nahm sie zum Abschied noch einmal fest in den Arm. Sonya lächelte. Ein letztes Mal begegneten sich ihre Augen, bevor er sich umdrehte, den Mantelkragen hochschlug und in den Nebel davon stapfte.

Sonya ertappte sich dabei, wie sie immer noch lächelte, als sie ihm hinterher sah. Es war ein ehrliches Lächeln voller Erleichterung und Zuversicht und es beschlich sie das Gefühl, dass sie Liam schon bald wiedersehen würde.

Nachwort & Danksagung

Dunkle Wolken brauen sich auf dem Buchcover über Widow Peak zusammen, einer Insel, die zum Glück nur meiner Fantasie entsprungen ist. Eine solche Einrichtung existiert nicht in Schottland, und meines Wissens auch nirgendwo sonst auf der Welt. Doch sie könnte es!

Sowohl das Schreiben, als auch die Recherche für Küstenwahn waren eine besondere Erfahrung für mich. Dass eine geschlossene Psychiatrie nicht unbedingt eine Gummizelle bedeutet, und viele weitere Vorurteile musste ich zuerst einmal abbauen.

Die Geschehnisse aus Widow Peak bleiben reine Fiktion und dennoch beruhen einige Szenen, besonders die, in denen Grundzüge von psychiatrischen Einrichtungen erklärt werden, auf Fakten und Erfahrungen.

Eine unschätzbare Hilfe um Fakt und Fiktion in den richtigen Einklang zu bringen, war hierbei meine Frau. Ihre beruflichen Erfahrungen in der Verwaltung einer Psychiatrie waren hierfür essentiell.

Kommen wir als Nächstes zu den wunderbaren Menschen, die mich auf meinem Weg begleitet haben. Ich bedanke mich wie immer von ganzem Herzen bei meiner Familie, meinen Freunden und besonders bei meiner Frau, die mich stets unterstützt.

Ebenso bedanken möchte ich mich bei meiner Lektorin Alexandra Sept.

Ein weiterer großer Dank geht an Nicole Siemer, Thomas Seidl und alle Mitarbeiter des Empire-Verlags. Nur dank eures Vertrauens und eurer Geduld war es mir möglich, dieses Nachwort überhaupt schreiben zu können.

Mein letzter Dank geht traditionsgemäß immer an euch, meine lieben Leserinnen und Leser. Ohne euch wäre ein Autor nichts, und ich hoffe, dass ihr die Zeit mit Küstenwahn genossen habt.

Euch allen sage ich Danke!